insel taschenbuch 4979
Camilla Trinchieri
Toskanische Verdammnis

»Bei Trinchieri ist das Lösen von Verbrechen abenteuerlich, lustig und lecker. Dies ist der bisher beste Band der Serie. Her mit Nummer vier.« *Publishers Weekly*

An einem späten Oktobermorgen im beschaulichen Örtchen Gravigna in der Toskana sind Ex-Cop Nico Doyle und sein Freund, Maresciallo Salvatore Perillo, gerade beim Frühstück, als sie zurück auf die Wache gerufen werden: Der achtzigjährige Cesare Rinaldi, Barkeeper im Hotel Bella Vista, wird seit drei Tagen vermisst.

Nicos treuer Hund OneWag findet am nächsten Tag eine tödliche Spur: Bei einem Auto nimmt er einen Geruch wahr und schlägt an. Im Kofferraum liegt Cesares Leiche, mit Messerstichen in der Brust. Der Besitzer des Autos ist Nicos Freund Jimmy, Inhaber seiner Stammbar All'Angolo. Warum sollte Jimmy Cesare töten, und was hat die junge Hotelmanagerin Laura Benati mit dem Fall zu tun? Maresciallo Perillo braucht erneut Nicos Hilfe, um den Fall zu lösen ...

Camilla Trinchieri, geboren in Prag, lebt in New York. Sie hat mehrere erfolgreiche Kriminalromane unter den Pseudonymen Trella Crespi und Camilla Crespi veröffentlicht. *Toskanische Verdammnis* ist der mittlerweile dritte Band ihrer erfolgreichen Reihe um Nico Doyle.

Ruth Keen, geboren in London, ist Sinologin, Journalistin und Übersetzerin von Belletristik, Sachliteratur und Graphic Novels aus dem Englischen. Sie lebt in Berlin.

Im insel taschenbuch liegen außerdem vor: *Toskanisches Vermächtnis* (it 4828) und *Toskanische Vergeltung* (it 4916).

Camilla Trinchieri

TOSKANISCHE VERDAMMNIS

Kriminalroman

Aus dem amerikanischen Englisch
von Ruth Keen

Insel Verlag

Die Originalausgabe erschien 2022 unter dem Titel *Murder on the vine*
bei Soho Press, New York.

Klimaneutral
Druckprodukt
ClimatePartner.com/14438-2110-1001

Erste Auflage 2023
insel taschenbuch 4979
Deutsche Erstausgabe

Umschlaggestaltung: zero-media.net, München
Umschlagfoto: serts/Getty Images, München
Satz: Satz-Offizin Hümmer GmbH, Waldbüttelbrunn
Druck: CPI books GmbH, Leck
Printed in Germany
ISBN 978-3-458-68279-0

www.insel-verlag.de

EINE VORBEMERKUNG

Viele Menschen bewohnen meine toskanischen Krimis. Manche, wie Nico, Perillo und Daniele, bilden die Grundpfeiler der Serie. Andere, wie Tilde, Nelli und Stella, sind für die drei von existentieller Bedeutung, führen aber auch ihr eigenes Leben. Sie sind Teil einer Welt, die ich mir erschlossen habe, und sie wohnen in Gravigna, Greve und anderen Dörfern. Dort sind sie verankert, ganz wie die Leute, die diese Geschichten betreten und sie wieder verlassen: Manche erscheinen ganz unvermittelt und hoffen auf ihren Auftritt. Ich lasse sie herein, damit auch ich an dieser Welt teilhaben kann, die in meinen Gedanken langsam Gestalt annimmt, und ich wünsche mir, dass sie auch für Sie zum Leben erwacht. Ich weiß – all die vielen fremden Namen, die man sich merken muss, man könnte glatt den Überblick verlieren. Bitte verzagen Sie nicht: Für dieses dritte Toskana-Abenteuer habe ich ein Personenverzeichnis erstellt, das Sie am Ende des Buches finden; vielleicht ist es hilfreich. Ich hoffe, diese neue Reise macht Ihnen Spaß.

Vielen Dank
Camilla Trinchieri

EINS

Gravigna, ein kleines Dorf in den Chianti-Hügeln der Toskana
Ein Sonntag Mitte Oktober, 10:35

Barfuß, in Jogging-Shorts und einem verwaschenen Yankees-T-Shirt saß Nico Doyle auf dem Balkon des kleinen Bauernhauses, in dem er zur Miete wohnte, und aß eine letzte Scheibe Toast. Endlich war die drückende Sommerhitze milderen Tagen und kühlen Nächten gewichen. Die drei Schwalben, die sich zwischen den Holzbalken der Balkon-Überdachung angesiedelt hatten, waren bereits zu ihrem langen Vogelzug nach Südafrika aufgebrochen; zurück blieben nur ihre leeren Nester, die im Frühling wieder gefüllt werden würden.

Vor ihm lag ein freier Tag. Tilde erwartete ihn erst zur Abendessenszeit im Sotto Il Fico. Als er seinen Blick über die ihn immer noch überwältigende Szenerie schweifen ließ, spürte er, wie aller Kummer vergangener Zeiten von ihm abfiel. Die Farben eines italienischen Herbstes waren eher gedämpft – sie erschienen in unterschiedlichen Schattierungen gelber, brauner, grauer und blassgrüner Töne. Italienischer Ahorn konnte sich nicht mit jenem atemberaubend leuchtenden Rot messen, das typisch für das Herbstlaub Neu-Englands war. Die einzig kräftige Färbung boten in einiger Entfernung die Zypressen mit ihrem tiefen Dunkelgrün.

Eine strahlende Sonne ließ die Blätter an den in der Nähe stehenden Olivenbäumen, die seinem Vermieter gehörten, silbern glitzern. Hinter dem Hain erstreckten sich ordentliche Reihen von Ferriello-Reben, deren Blätter vergilbt und deren Trauben bereits per Hand abgeschnitten worden waren. Die Olivenernte würde Ende des Monats beginnen. Letztes Jahr hatte Nico sich seinem Vermieter und den Saisonarbeitern angeschlossen. Auf einer uralten Holzleiter balancierend hatte er Zweige gerüttelt, hartnäckige »Kletten« abgerissen und die unterhalb der Bäume ausgebreiteten schwarzen Netze mit den grünen Früchten vollgeschüttet. Er freute sich darauf, auch in diesem Jahr mithelfen zu können. Sein Lohn bestand aus zwei Flaschen des besten Olivenöls, das er je gekostet hatte.

Aus dem Wald hinter dem Bauernhaus drangen Gewehrschüsse. Die Jagdsaison war eröffnet und die sonst so friedlichen Wochenenden dröhnten vom ständigen Widerhall der Gewehrsalven. Der Lärm veranlasste Nico, sein Gegenüber an dem kleinen Balkontisch anzuschauen; dort saß Perillo, Maresciallo dei Carabinieri des Greve-in-Chianti-Reviers, und trank seinen dritten Espresso. Sie hatten sich vor knapp über einem Jahr kennengelernt, als Nico von einem einzelnen Schuss, gefolgt vom Jaulen eines Hundes, aufgeschreckt in den Wald gerannt war. Er hatte den Hund adoptiert und ihm den Namen »OneWag« gegeben. Nun schlief OneWag gerade zu seinen Füßen. Und der Maresciallo war ein Freund geworden.

»Ich habe Sie nie danach gefragt«, sagte Nico. »Jagen Sie?«

Perillo schüttelte den Kopf. »Ich weiß nicht, was daran Spaß machen soll.« Er war ohne Voranmeldung bei Nico hereingeschneit. Nico war überrascht, ihn so früh an einem Sonntagmorgen vor seiner Tür zu sehen, hatte ihn aber mit einem freundlichen Lächeln willkommen geheißen und ihm sofort Frühstück angeboten. Nicos Hund hatte ihn mit einem Schwanzwedeln begrüßt und ausgiebig an seinen Schuhen geschnüffelt.

Perillo schob seinen leeren Teller zur Seite und griff nach seinen Zigaretten. »Sehr anständig, mich zu empfangen und mir etwas zu essen anzubieten. Zwar waren es nicht die Spiegeleier mit Speck, die Sie mir mal versprochen hatten« – Perillo klopfte eine filterlose Zigarette aus der Schachtel –, »aber ich muss zugeben, so ein Toast mit einer dicken Schicht Ricotta und Akazienhonig schmeckt auch ganz ausgezeichnet.«

Nico bückte sich und hob eine Schüssel voll neuer Kartoffeln auf, die neben OneWag am Boden stand. »Ich konnte ja nicht ahnen, dass Sie kommen.« Das ernste Gesicht des Maresciallo hatte Nico kurz vermuten lassen, dass etwas Schlimmes geschehen war, aber Perillo hatte sein Frühstück verzehrt, ohne ein Wort zu sagen. Nico wusste, was immer seinem Freund auf der Seele lag, er würde früher oder später damit herausrücken.

»Was haben Sie mit all den Kartoffeln vor?«, fragte Perillo. Nico versuchte sich immer wieder neue Rezepte für das Restaurant von Tilde auszudenken, der Cousine seiner verstorbenen Frau. Was für ein seltsames Hobby für einen ehemaligen Kriminalkommissar, dachte Perillo, aber als unbezahlte Kraft in einem Restaurant zu arbeiten war ja noch seltsamer.

»Ich schäle sie und werde mich hüten, Sie zu bitten, mir dabei zu helfen«, sagte Nico.

»Was für eine unfaire Bewertung unserer Freundschaft.« Perillo zog eine zusammengerollte Zeitung aus der hinteren Tasche seiner Jeans. »Aus reiner Nächstenliebe lege ich Ihnen für die Schalen diese noch ungelesene Zeitung zu Füßen.«

»Sehr großzügig, Maresciallo.«

Perillo lehnte sich zurück und drehte seine Zigarette zwischen den Fingern hin und her. Er war nicht gerade bester Laune, schon seit Wochen nicht. Es war Ivanas Idee gewesen, Nico aufzusuchen und mit ihm zu sprechen. Als Amerikaner, der ihm auch noch ein paar Jahre vorraushatte, würde Nico eine andere Sicht der Dinge beisteuern.

OneWag unter dem Tisch betrachtete die ausgebreitete Zeitung. Er hob die Schnauze und schnüffelte. Die Zeitung verströmte offenbar einen warmen Geruch, denn der kleine Hund ging näher und machte sich darauf breit.

»*Ehi*, Rocco, runter da.« Perillo ruckelte an einer Zeitungsecke, um den Hund zu verscheuchen. Er hatte OneWag einen Namen gegeben, den er aussprechen konnte. Schlau, wie er war, hörte der Hund auf beide Namen. Jetzt bedachte er den Maresciallo mit seinem *Kenne-ich-dich?*-Blick und rührte sich nicht vom Fleck. Papier war wesentlich wärmer als die Fliesen.

»Ist schon in Ordnung«, sagte Nico. »Dann wird er eben unter Kartoffelschalen begraben. Das hat er nun davon.«

»*O Sole Mio*«, schallte es aus der Wildlederjacke, die über Perillos Stuhllehne hing. Er langte nach dem Handy, schaute erst, wer der Anrufer war, und wischte dann über das Display. »Vince, habe ich dir nicht gesagt, dass ich mir den Vormittag freinehme?« Perillo stellte auf Lautsprecher.

»Ja, das haben Sie, Maresciallo, aber eine Signorina Benati besteht darauf, dass ich Sie anrufe.«

»Und warum?«

»Ihr Barkeeper ist seit drei Tagen verschwunden.«

»Nimm die Details auf, sag ihr, wir kümmern uns darum, und schick sie heim.«

»Sie weigert sich aber zu gehen, bevor sie mit Ihnen gesprochen hat. Sie ist die Managerin des Hotels Bella Vista und behauptet, Sie hätten sich letzten September kennengelernt.«

»Natürlich, jetzt erinnere ich mich. Biete ihr einen Kaffee aus der Bar an. Ich bin in einer halben Stunde da.« Er schob sein Handy wieder in die Jackentasche.

»Nichts Ernstes, hoffe ich«, sagte Nico.

»Als wir das letzte Mal nach jemandem suchten, stellte sich heraus, dass die vermisste Frau beschlossen hatte, einen Ehezwist beizulegen, und zwar, indem sie eine Woche allein nach Paris fuhr. Hoffen wir mal, dass das hier nichts Ernsteres ist.« Perillo beäugte die Zigarette und hielt sie noch ein paar Sekunden in der Hand, um sie dann zurück in die Schachtel zu schieben.

Nico bemerkte es, sagte aber nichts. Er hatte noch nie erlebt, dass Perillo, als starker Raucher, der er war, eine Zigarette wieder weggesteckt hatte.

»Ich habe mir überlegt, ob es nicht vielleicht besser wäre, mit dem Rauchen aufzuhören«, verkündete Perillo, als hätte er Nicos Gedanken gelesen.

Nico ließ eine geschälte Kartoffel ins Sieb fallen und griff nach einer neuen. »Ausgezeichnete Idee.«

Perillo starrte weiter auf die Zigarettenschachtel. »Dazu gehört Mut.«

Genauso viel Mut, wie er anscheinend braucht, seine Sorgen offen anzusprechen, dachte Nico. »Aber wesentlich weniger, als einen Mörder dingfest zu machen.«

Perillo beugte sich vor und ließ seine Ellbogen auf die Knie fallen. »Das letzte Mal habe ich es ziemlich vermasselt.«

»Sie haben den Schuldigen gefunden.«

Perillo schüttelte den Kopf. »Ich bin ein Mann geworden, den ich nicht mag.«

Eine kühne Aussage für einen Kerl, der äußerst selbstbewusst, manchmal sogar wichtigtuerisch auftrat. Nico ließ das Schälmesser ins Sieb fallen und schaute Perillo in die Augen. »Und was für ein Mann ist das?«

»Einer, der zu viel isst und zu viel raucht, der sich Sorgen über das Alter macht.« Perillo starrte auf seine Füße. »Mir ist meine Antriebskraft abhandengekommen, ich trete auf der Stelle, bin voller Zweifel und erkenne mich selbst nicht mehr.«

»Da, wo ich herkomme, nennt man das eine Midlife-Crisis.«

»Sie kennen das?« Perillo wartete die Antwort nicht ab. »Haben Sie sich auch so wertlos gefühlt?«

»Nicht wertlos, nur anders. Ich durchlief tatsächlich eine Phase, in der mir meine körperlichen und geistigen Veränderungen zu schaffen machten, aber dann wurde Rita krank. Ich merkte sehr bald, was für ein Glück ich hatte, einfach am Leben zu sein.«

Die Vorstellung, dass Ivana etwas zustoßen könnte, ließ Perillo erschauern. Sie war seine Erdung. »Ich komme mir vor wie ein Schwächling.«

»Jedes Mal, wenn mich mein schütter werdendes Haar oder irgendein neues Wehwehchen deprimiert«, entgegnete Nico, »sage ich mir, wie verdammt fantastisch es ist, dass ich mehr oder weniger noch alle fünf Sinne beisammenhabe.«

Perillo schaute über den Olivenhain und die dahinterliegenden Felder. Er dachte an Ivana, die bald von der Messe heimkommen und anfangen würde, das Sonntagsessen zu kochen, und die ihn erwartete. Er dachte an Signorina Benati, die jetzt auf dem Revier saß und ihn erwartete. Nico hatte recht: Was er hatte, war doch gut. Eine wunderbare Frau, die es immer noch mit ihm aushielt, eine Arbeit, der er gern nachging, und einen guten Freund wie Nico. Das müsste er sich vor Augen halten, wenn sich wieder die Zweifel regten, was bestimmt geschehen würde, das wusste er. »Danke, Nico. Das hat mir Mut gemacht.« Perillo stand auf. »Sagen Sie ehrlich – den letzten Mordfall habe ich doch gar nicht so schlimm verbockt, oder?«

Nico ergriff das Messer und nahm sich eine Kartoffel vor. »Keineswegs. Sie haben mit großer Hartnäckigkeit und Intelligenz ein Team geführt.« Das war leicht übertrieben. Der Hartnäckige war Daniele gewesen, Perillos rechte Hand. »Die drei Musketiere, hat uns Ivana nicht so genannt?«

Man sah Perillo die Erleichterung an. »Einer für alle. Alle für einen. Danke noch einmal für das Frühstück und die Aufmunterung. Ich muss zurück nach Greve.«

»Gern geschehen. Ich habe vielleicht nicht jedes Mal Speck im Kühlschrank, aber immer ein offenes Ohr.«

»Ich verlass mich drauf. Ich finde selber hinaus. Ciao, Rocco.«

OneWag ließ sich zu einem Schwanzwedeln herab.

Während die Sonne weiter stieg und ihr Licht über dem Olivenhain ausbreitete, wandten sich Nicos Gedanken einem unbeschwerten Thema zu – einer Überraschung für seine Familie im Sotto Il Fico: dünne Kartoffelscheiben unter einer Schicht Wurstbrät, Zwiebelscheiben, Parmigiano, darüber ein wenig Rosmarin und ein Schuss Olivenöl.

Laura Benati erhob sich von der Bank vor dem Büro des Maresciallo, als Perillo ins Revier stürmte. Er war ein kleiner, stämmiger Mann mit einem schönen Gesicht, einer kräftigen Nase, einem dicken schwarzen Haarschopf und interessanten dunklen Augen. Als sie ihn zum ersten und gleichzeitig letzten Mal gesehen hatte, war er uniformiert in ihrem Hotel erschienen und hatte ihr Fragen über einen Mann gestellt, der in Gravigna ermordet worden war. Aus Sorge, seine Anwesenheit könne die Gäste beunruhigen, hatte sie sich bemüht, ihn so schnell wie möglich loszuwerden, und ihm sogar ein Lügenmärchen aufgetischt. Jetzt war sie diejenige, die seine Hilfe brauchte. Sie hoffte, er würde netter sein als sie damals.

Laura hielt Perillo die Hand hin, als er auf sie zutrat. »Ich danke Ihnen vielmals, dass Sie gekommen sind.«

Perillo ergriff die Hand und begutachtete die junge Frau einen Moment. Sie war Ende zwanzig, mit einem wunderschönen, bleichen Gesicht und runden Wangen. Letztes Jahr hatte sie das wellige blonde Haar offen getragen und etwas sehr Hübsches angehabt. Warum erinnerte er sich an solche Einzelheiten, aber nicht an ihren Vornamen? Heute trug sie ein nüchtern-dunkelblaues Kleid; ihr Haar war zu einem straffen Knoten zusammengebunden. Perillo kehrte wieder in die Gegenwart zurück und schüttelte ihr endlich Hand. »Ah, ja, Signorina Benati, ich erinnere mich gut.«

»Es tut mir leid, Ihren Sonntag gestört zu haben, aber wie mich die Erfahrung lehrt, ist es immer am besten, sich an die Chefetage zu wenden, wenn man ein Problem hat.«

»Absolut«, sagte Perillo lächelnd, dem sein sanft gestreicheltes Selbstwertgefühl guttat. Er öffnete die Tür zu seinem Büro und bedeutete ihr, vor ihm einzutreten.

Laura sah sich in dem großen Zimmer um. Es gab dort nur drei Stühle – einen Metallstuhl im rückwärtigen Bereich neben einem Computer, einen hölzernen, mit Armlehnen versehenen Bürostuhl hinter einem großen, tintenbekleckten Schreibtisch aus Holz in der Mitte des Raumes und unmittelbar davor einen Stuhl mit gerader Rückenlehne, auf dem sie jetzt Platz nahm.

Perillo war ihr gefolgt. »Sie möchten eine Vermisstenanzeige aufgeben«, sagte er, während er sich auf seinen Lehnstuhl setzte. »Richtig?«

»Ja. Cesare ist seit drei Tagen verschwunden. Er hat nicht –«

Perillo unterbrach sie mit erhobener Hand, während er sich aus einer Schreibtischschublade einen Notizblock griff.

»Ich bitte um etwas Geduld, Signorina Benati. Mein Computer-Protokollant, Brigadiere Donato, schwelgt an diesem Sonntag gerade in der Kunst von Florenz. Daher obliegt es mir, Ihre Angaben zu notieren.« Dem Kaugummi kauenden Vince traute er nicht zu, alle Einzelheiten korrekt aufzuschreiben, und Dino war lähmend langsam.

»Mit einem Bandgerät ginge es schneller«, erklärte Laura in einem entschiedenen Tonfall.

Perillo reagierte gereizt. Daniele versuchte ihn ständig zu überreden, Verhöre aufzuzeichnen, aber Aufnahmen könnten geschnitten oder gelöscht werden, das Gerät könnte seinen Geist aufgeben. Außerdem ertrug er den verzerrten Klang seiner Stimme nicht. Er hielt seinen Stift über dem Notizblock gezückt: »Name der vermissten Person?«

Geduld, ermahnte sich Laura. Ihr absolut vernünftiger Vorschlag war auf taube Ohren gestoßen. »Cesare Rinaldi. Sie erinnern sich bestimmt an ihn. Sie hatten ihn letztes Jahr verhört. Er ist der Barkeeper des Hotels. Am Freitag ist er nicht zur Arbeit gekommen. Aber er hat noch nie einen einzigen Tag gefehlt, seit ich vor acht Jahren anfing, im Hotel zu arbeiten.«

Perillo erinnerte sich an den alten Mann mit den listigen Augen, an sein schmales, wohlgeformtes Gesicht und an das weiße, zu einem Pferdeschwanz gebundene lange Haar. Das Gespräch mit Cesare hatte bei ihm damals den Eindruck hinterlassen, dass der Barkeeper mehr wusste, als er sagte. »Er ist eindeutig ein Mann, der ganz in seinem Job aufgeht. Wenn ich mich recht entsinne, arbeitete er schon als Jugendlicher im Hotel.«

Laura rutschte auf ihrem Stuhl herum. »Es tut mir leid, das stimmt nicht.«

»Hatten Sie mir das nicht so gesagt?«

»Ihre Anwesenheit im Hotel hatte mich nervös gemacht, und ohne groß zu überlegen habe ich Ihnen erzählt, was Cesare immer zu seinen Gästen sagt. Er beeindruckt sie gern mit der Hingabe an seinen Job. Das bringt dickes Trinkgeld.«

»Einen Maresciallo anzulügen ist nie besonders schlau, besonders nicht bei einer Mordermittlung.«

»Ich weiß. Bitte verzeihen Sie.«

Perillo starrte sie durchdringend an. Ihre Lüge warf kein gutes Licht auf sie. Sie senkte den Blick. Er setzte wieder den Stift an.

»Bitte geben Sie mir eine detaillierte Beschreibung – Alter, Augenfarbe, Haarfarbe, Körpergröße, Statur et cetera.«

»Es steht alles hier.« Laura reichte Perillo einen Umschlag, den sie die ganze Zeit in der Hand gehalten hatte. »Ich habe es aufgeschrieben, um Zeit zu sparen. Ich habe auch ein Foto von Cesare dazugelegt.« Sie biss die Zähne zusammen; sie war wütend auf sich und voller Schuldgefühle. Nicht wegen der Lüge, sondern weil sie so lange gewartet hatte, bis sie aufs Revier gekommen war. Und was, wenn er einen Herzanfall hatte oder gestürzt war, wenn er sich den Kopf verletzt hatte und jetzt in einem Graben lag, unfähig, sich zu bewegen?

Perillo zog das gefaltete Blatt aus dem Umschlag. Das Foto landete mit dem Gesicht nach unten auf dem Schreibtisch. Er drehte es um. Cesare schaute ihm lächelnd entgegen, den Arm um eine ebenso glückliche Signorina Benati gelegt. Beide hielten Prosecco- oder Champagnergläser in der Hand. Im Hintergrund war ein Blumengarten zu sehen. »Sie haben gefeiert?«

Ein wehmütiger Schatten fiel über Lauras Gesicht. »Seinen achtzigsten Geburtstag, letztes Jahr. Wir haben für ihn im Garten hinter dem Hotel eine Party ausgerichtet.«

Perillo drehte das Foto um und legte es auf seinen Schreibtisch. Das offensichtliche Glück des vermissten Mannes stimmte ihn unbehaglich. Perillo wusste, dass er sich nicht freuen würde, achtzig geworden zu sein. Er faltete das Blatt auseinander und kniff die Augen zusammen, um es lesen zu können. Älterwerden war demütigend und furchterregend. »Vielen Dank, Signorina Benati. Das war sehr umsichtig.« Alle körperlichen Merkmale Cesares waren aufgeführt, selbst, was er getragen hatte, als sie ihn das letzte Mal sah. Keine Ehefrau, weder eine Partnerin noch einen Partner. Ein Neffe, Pietro Rinaldi, war der einzige Verwandte. Dessen Telefonnummer stand neben seinem Namen. *Cesare ist ein Einzelgänger*, hatte sie zum Schluss geschrieben.

Laura rutschte auf den Rand des Stuhls und beugte sich so weit zu Perillo vor, wie der Schreibtisch es zuließ. »Können Sie bitte Ihre Leute losschicken, ihn zu suchen? Ich fürchte, dass ihm etwas Schlimmes zugestoßen ist.«

Perillo erkannte in ihrem Gesicht Zuneigung und Sorge. *War Signorina Benati einfach eine mitfühlende Seele, oder liebte sie diesen alten Mann?*, fragte er sich. Möglicherweise hatte Cesare einige Spuren hinterlassen, die sie nicht richtig interpretierte. Im Pariser Fall hatte der Ehemann nicht verstanden, warum die besten Kleider seiner Frau weg waren. »Erzählen Sie mir zuerst, was Sie unternommen haben, um ihn zu finden, damit wir keine Zeit verlieren.«

»Cesare tritt immer nachmittags um vier seinen Dienst an. Als er am Freitag um fünf noch nicht erschienen war, habe ich ihn angerufen. Er antwortete nicht und ich hinterließ eine Nachricht. Ich übernahm die Bar und rief ihn jede halbe Stunde an. Ich wurde immer ärgerlicher, dann wütend. Es ist noch nie passiert, dass er nicht zur Arbeit kam, und ich hatte keinen Ersatz für ihn parat. Als ich um Mitternacht die Bar schloss, war ich müde und dachte, er hätte sich den Tag vielleicht freigenommen, um sich abzuregen.«

»Abzuregen?«

»Am Donnerstagabend hatte es in der Bar einen Zwischenfall gegeben. Cesare hat ein Tablett mit Drinks über einem Hotelgast verschüttet. Der Gast beschwerte sich dann bei mir, behauptete, Cesare hätte es mit Absicht getan und sich nicht entschuldigt. Ich entschuldigte mich daraufhin in Cesares Namen und in dem des Hotels, erließ ihm die deftige Rechnung, die er in der Bar gemacht hatte, und damit hatte sich die Sache.«

»Haben Sie sich Cesares Version der Geschichte angehört?«

»Ich habe es gar nicht versucht. Ich wollte ihm etwas Zeit

lassen. Dieser Gast ist einer dieser arroganten Männer, die meinen, sie könnten Angestellte mit einem Fingerschnipsen herumkommandieren. Ich musste es mir schon ein paarmal verkneifen, ihn anzublaffen.«

»Der Name dieses Gastes?«

Sie zögerte. Sie hätte nicht schlecht über ihn reden dürfen.

Perillo hielt den Blick auf sie gerichtet. »Ich bezweifle, dass ich ihn behelligen muss, aber nur für den Fall.«

Laura nickte. »Dottore Eugenio Vittori. Er ist ein sehr erfolgreicher Geschäftsmann und kommt seit Jahren zu uns.«

»Danke«, sagte Perillo. *Zwischenfall mit Dottore Vittori*, schrieb er in sein Notizheft und fragte sich, ob der Titel des Mannes rechtmäßig erworben war. Zu viele Männer setzten gern eine Ehrenbezeichnung vor ihren Namen, um sich Prestige zu verleihen. Er schaute auf. »Bitte fahren Sie fort.«

»Als Cesare gestern Nachmittag noch immer nicht aufgetaucht war, fuhr ich zu seinem Haus.«

Perillo kniff die Augen zusammen und blickte wieder auf die Liste mit den Angaben, die Signorina Benati ihm gegeben hatte. »Also in die Via Vigneto 18?«

»Ja. Es liegt vom Hotel nur ein paar Kilometer die Straße entlang. Sein Motorrad war nicht da. Ich hatte schon beim Hotel danach geschaut. Manchmal läuft er lieber heim und lässt es über Nacht stehen.«

»Wissen Sie, was für ein Modell es war?«

»Es steht auf dem Blatt, das ich Ihnen gegeben habe. Eine 1972er Ducati 750 GT.« Wie sehr er dieses Motorrad liebte. Oft fand sie ihn noch vor Dienstbeginn auf dem Parkplatz des Hotels, wie er jedes Rädchen und Schräubchen dieser altertümlichen Kiste polierte. Pietro hatte ihr das Modell genannt, als sie Cesares Haus durchsuchten. *»Es ist 'ne Menge wert. Hoffentlich hat er's nicht demoliert«*, hatte er hinzugefügt.

Perillo schaute von seinen Notizen auf. »Und das Kennzeichen?«

»Es tut mir leid, das weiß ich nicht. Pietro auch nicht.«

»Wir finden es schon.« Das war ein Job für Daniele. »Sie gingen ins Haus?«

»Nicht allein. Ich hatte keinen Schlüssel. Ich bummerte gegen die Tür, rief vor den Fenstern nach ihm, klopfte an die Scheiben. Nichts. Dann rief ich seinen Neffen an, Pietro. Er kam, so schnell er konnte, etwa eine Stunde später. Er wohnt in Castellina. Seine Adresse und Telefonnummer stehen auch auf dem Zettel.«

Perillo vergewisserte sich kurz. Er fand die Adresse und Telefonnummer des Neffen auf der Rückseite des Blattes, zusammen mit ihrem Namen und ihren Kontaktdaten. *Natürlich, Laura.* Er wiederholte den Namen im Kopf, um ihn sich ein für alle Mal einzuprägen. »Fanden Sie irgendwelche Hinweise im Haus? Koffer, die nicht mehr da waren, fehlende Kleidung im Schrank?«

»Es ist ein kleines Haus, zwei Zimmer, Küche, Bad. Es hat nicht lange gedauert, sich darin umzusehen. Im Schrank waren alle Kleider noch da. Die meisten seiner Sachen lagen auf dem Boden oder waren über Stühle geworfen.« Sie hatte den Stapel nicht abgewaschener Teller angestarrt, das ungemachte Bett, die schmutzigen Socken, die im Schlafzimmer am Boden herumlagen. Die Unordnung hatte sie überrascht und ein ungutes Gefühl in ihr ausgelöst; sie fühlte sich an ihr früheres chaotisches Leben erinnert. Cesare hielt die Bar immer penibel sauber. Es kam ihr vor, als wäre sie in das Zuhause eines ihr unbekannten Mannes eingedrungen. »Es war sehr unordentlich im Haus, sah aber nicht aus, als sei alles von fremder Hand verwüstet worden.« Wäre Pietro nicht bei ihr gewesen, hätte sie aufgeräumt. Inzwischen hielt sie Ordnung und wünschte sich dasselbe für Cesare.

»Hatte der Neffe irgendeine Ahnung, wohin sein Onkel verschwunden sein könnte?«

Laura schüttelte den Kopf. »Nein. Pietro sagte, er hätte in letzter Zeit nicht mit seinem Onkel gesprochen. Wir haben dann an die Türen benachbarter Häuser geklopft. Es gibt da nur drei. Niemand wusste etwas. Wir fuhren nach Panzano, wo er immer seine Lebensmittel holt. Der Obst- und Gemüsehändler hat ihm am Freitagmorgen zwei Äpfel verkauft. Mehr hat Cesare in Panzano nicht eingekauft.«

Perillo machte sich eine Notiz über den Obsthändler. Dass er nur zwei Äpfel gekauft hatte, ließ vermuten, dass Cesare wahrscheinlich keine größere Reise plante. »Haben Sie die Nachricht von seinem Verschwinden auch in den Nachbarorten verbreitet? Hier in Greve oder in Gravigna?«

»Darum wollte Pietro sich kümmern und sich in den Bars und Cafés umhören. Ich konnte nicht. Ein Hotel zu führen ist mehr als ein Fulltime-Job.« Sie hob die Hände. »Cesare bleibt eigentlich am liebsten in der näheren Umgebung seines Hauses.«

»Sie schreiben hier, Signor Rinaldi sei ein Einzelgänger. Sie schreiben auch, dass er seit achtunddreißig Jahren hinter der Hotelbar steht. Ich hätte nicht gedacht, dass das eine Arbeit ist, die sich ausgerechnet ein Einzelgänger aussucht?« Perillo war es wichtig, sich ein Bild von dem Mann zu machen.

Laura dachte manchmal, dass irgendetwas in Cesares Leben vor langer Zeit schiefgegangen war, etwas, das schwer auf ihm lastete. »Er liebt seinen Job sehr, aber vielleicht hat ihn gerade das zum Einzelgänger gemacht. Denken Sie nur an die vielen Stunden, in denen ihm die Gäste ihre Probleme erzählen oder sich einfach nur gern reden hören.« Sie zog es vor, das für den wahren Grund zu halten. »Manchmal habe ich ihm gern dabei zugesehen. Er war sehr aufmerksam. Er hat mit seinen Gästen gelacht, sie aufgezogen, Mitleid gezeigt, manchmal gute Ratschläge erteilt. Sie liebten ihn, gaben großzügige Trinkgelder. Aber wenn er nicht arbeitete, wollte er allein sein.« Laura warf einen Blick auf das Foto, das mit dem Gesicht nach unten auf Perillos Schreibtisch lag. Auf dieser Geburtstagsfeier hatte er zu ihr gesagt, ihre Freundschaft sei die einzige, die er im Leben brauche. Sie fand das traurig, aber auch anrührend. Jetzt war Cesare verschwunden. Er brauchte Hilfe. Sie spürte es in tiefster Seele. Er würde nicht einfach einen Job im Stich lassen, den er nach achtunddreißig Jahren immer noch liebte. Er würde sie nicht im Stich lassen. Sie waren Freunde.

»Irgendwelche Hobbys, die ihn fortgelockt haben könnten?«

»Er hat auf seinem Grundstück neben dem Haus ein kleines Weingut. Er witzelte immer, er sei der einzige Toskaner, dem es gelang, Wein auf einer kleinen Insel anzubauen.«

»Welcher Insel?«

»Das hat er nicht gesagt.« Laura beugte sich vor und schaute ihn durchdringend an. »Ich habe Ihnen mehr erzählt, als Sie wissen müssen. Könnten Sie jetzt bitte Ihre Männer losschicken, um ihn zu suchen?«

Perillo ärgerte sich ein weiteres Mal über ihren bestimmenden Ton.

Laura begriff. Acht Jahre des Umgangs mit anspruchsvollen Gästen und einem überarbeiteten Personal hatten sie gelehrt, die Reaktionen eines Menschen schnell einzuschätzen. »Es tut mir leid, Maresciallo, aber ich bin außer mir. Cesare ist ein guter Freund.« Mit nur zwanzig Jahren hatte sie als Assistentin der Besitzerin im Hotel angefangen. Zwei Jahre später war die Besitzerin zurück nach Florenz gegangen und hatte ihr die Leitung übertragen. Cesare hatte sie geduldig an ihre Arbeit herangeführt und ihr jene »lächelnde Langmut« beigebracht, die ihr jetzt abhandengekommen war. »Ich habe Ihnen alles gesagt, was ich weiß.«

Perillo quittierte ihre Worte mit einem Nicken und griff zum Hörer seines Bürotelefons.

Etwas vibrierte, als Daniele Michelangelos Skulptur eines nackten Mannes anstarrte, eines Sklaven, wie ein Schild verkündete. Das Gesicht des Mannes war unfertig, aber sein kräftiger Körper stemmte sich vor, versuchte, sich aus dem groben Marmorblock zu befreien, der ihn umschloss.

»Spürst du nicht seine Verzweiflung?«, fragte Stella.

Was Daniele spürte, war Peinlichkeit, etwas, das er angesichts des nackten *David* nicht empfunden hatte. Diese Skulptur war sinnlich. Der Sklave schien sich zu winden und Daniele dachte unwillkürlich an Sex. Das Handy vibrierte weiter. Daniele starrte weiter. Er war rot geworden.

»Mir gefällt er viel besser als der *David*«, sagte Stella. Es war ihr zweiter gemeinsamer Sonntag. Das erste Mal hatte sie Daniele zu den Uffizien mitgenommen, um ihm ihre Kunstwelt zu erschließen. Heute waren sie in der Accademia. Stella hakte sich bei ihm unter. Brigadiere Daniele Donato war ein liebenswerter, zartfühlender Mann. Sie fühlte sich sicher bei ihrem neuen Freund.

Daniele genoss die Wärme von Stellas Arm und bedeckte mit der Hand seine Hosentasche, um das vibrierende Handy zum Schweigen zu bringen.

»Ich glaube, du solltest das Gespräch annehmen«, sagte Stella. »Vielleicht ist es deine Mutter.« Sie wusste, dass sie sich sehr nahestanden.

Daniele holte das Handy hervor und blickte auf das Display. »Es ist der Maresciallo.«

»Dann geh ran. Ich möchte nicht, dass du Ärger bekommst.«

»Mir steht ein freier Tag zu!«

Sie entzog ihm ihren Arm. »Bestimmt ist es wichtig.«

Daniele seufzte und hielt das Handy ans Ohr. »Ja, Maresciallo?«

Perillo widerstrebte es, Daniele herbeizuzitieren, aber seine Notizen mussten entziffert und zusammen mit den Informationen, die Laura Benati ihm gegeben hatte, per Fax versandt werden. Der junge, in gleichem Maße naive wie aufgeweckte Venezianer war zu seiner rechten Hand geworden. »Es tut mir leid. Ich brauche dich hier auf dem Revier. Es gibt eine vermisste Person.«

Als Nächstes wählte Perillo die Nummer von Vince. Keine Antwort. Er schaute auf die Uhr. Fast schon Mittagszeit. Vince war wahrscheinlich losgezogen, um irgendwo seinen ewig expandierenden Magen zu stopfen. Laura zappelte auf ihrem Stuhl, als Perillo es bei Dino versuchte.

»Ja?«, antwortete Dino. Er war ein Mann weniger Worte.

»Ruf die Präfektur von Florenz an und sag denen, dass wir eine vermisste Person melden; wir faxen ihnen ein Foto und persönliche Angaben. Ich habe sie hier auf meinem Schreibtisch liegen. Lass sie wissen, dass wir später weitere Informationen schicken.« Als Perillo aufgelegt hatte und aufschaute, sah er Lauras fragenden Blick. »Ich versichere Ihnen, dass wir von hier aus alles tun, was in unserer Macht steht, aber es ist die Präfektur von Florenz, die eine Suche nach einer vermissten Person in die Wege leitet. Auch die Feuerwehr wird einbezogen. In ein paar Stunden treffen Suchhunde aus Florenz bei uns ein und fangen an zu schnüffeln.«

Laura lächelte ihn zaghaft an. Es wurde gehandelt ... endlich. »Sie werden seine Kleidung benötigen.«

»Ja, je mehr Körpergeruch man den Tieren zur Verfügung stellt, desto besser. Bringen Sie einen Koffer voll. Ich weiß nicht, wie viele Hunde sie uns schicken.«

Laura stand auf. »Ich gehe die Sachen holen. Pietro hat mir die Schlüssel dagelassen.«

Perillo hob die Hand und hielt Laura zurück. »Nur noch eine Frage.« Eine, die kurz in seinem Kopf rumort hatte. »Wie ist Cesares Gesundheitszustand, soweit Sie wissen?«

»Da müssen Sie seinen Arzt fragen. Ich glaube, er geht zu dem in Panzano. Er hat sich bisher nur über morsche Gelenke beklagt.«

»Gedächtnisschwund haben Sie nicht zufällig bemerkt? Dass er plötzlich nicht mehr weiß, wie man einen Cocktail mixt? Manchmal verschwinden Menschen, weil sie vergessen haben, wie sie nach Hause kommen.«

Laura setzte sich wieder auf die Stuhlkante. Konnte es sein, dass Cesare umhergeirrt war und völlig umnachtet immer weiterlief? Ein herzzerreißender Gedanke. »Er ist langsamer geworden. Er sitzt jetzt hinter dem Tresen auf einem Hocker. Früher hat er immer gestanden. Und er ist nicht mehr so geduldig wie früher, aber Gedächtnisverlust ist mir an ihm nicht aufgefallen. Er wiederholt sich nicht oder stellt immer wieder dieselbe Frage, falls Sie das meinen.« Aber sie sprachen auch nicht mehr so miteinander wie früher. Das Hotel war jetzt sehr erfolgreich. Sie hatten beide zu viel zu tun, und wenn die Arbeit getan war, waren sie zu müde. »Selbst wenn er vergessen hat, wie er nach Hause kommt, hätte ihn doch inzwischen jemand gefunden.«

»Das käme darauf an, wohin er sich verirrt hat.« Perillo schaute in Lauras kummervolles Gesicht. »Wir finden ihn, Signorina Benati. Wir finden ihn.«

»Bitte tun Sie das.« Laura stand wieder auf und verließ rasch das Zimmer.

Nico öffnete langsam die Tür zum Sotto Il Fico, ängstlich darauf bedacht, die große Platte, die er in einer Hand balancierte, nicht fallen zu lassen. OneWag machte Sitz und lauerte, ob sie herunterkippen und zerbrechen würde. Die Platte tat ihm den Gefallen nicht und die Tür zum Restaurant schloss sich wieder. Der Hund schnupperte ein letztes Mal dem sich verflüchtigenden Duft kross gebackener Wurst hinterher und lief dann den Hügel hinunter, um zu erkunden, was es im Dorf Neues gab.

»Buonasera, Nico«, sagte Elvira, die auf ihrem angestammten Kommandoposten am anderen Ende des schmalen Raums saß. Sie trug eines ihrer weißen Sonntagskleider. Sie ordnete jedem Tag der Woche ein Kleid in einer anderen Farbe zu. »Wie ich sehe, hast du uns wieder eine deiner Ideen mitgebracht.« Sie klang wenig begeistert.

»Gestern noch eine Idee. Heute schon Wirklichkeit. Dir auch ein Buonasera.« Nico war an Elviras grummelige Art gewöhnt. Sie hatten sich angefreundet, obwohl sie dies wahrscheinlich nie zugeben würde. Ihm war klar, dass sie sich unbedingt als Besitzerin des Restaurants behaupten wollte. In Wahrheit schmiss die ihr verhasste Schwiegertochter Tilde den Laden, mit etwas Unterstützung von Enzo, Elviras angebetetem Sohn. Alter, Einsamkeit, immer weniger Dinge, die Spaß machten, Eifersucht – Nico fand, das war mehr als genug, um einen Menschen grantig zu stimmen. Er bewegte sich zwischen den Tischen auf sie zu, während er die Platte hochhielt wie ein Ober, der in einem feinen Restaurant eine berühmte Spezialität präsentiert. »Ich fresse meinen Hut, wenn dir das nicht schmeckt.«

Elvira brummte: »Du trägst keinen Hut.«

»Ich kauf mir einen.«

»Das solltest du auch in deinem Alter. Dein Haar wird schütter. Was ist das?«

»Eine Art Lasagne, nur mit Kartoffelscheiben statt Pasta.«

Mit einer wegwerfenden Handbewegung wies sie sein Essen fort. »Gib es Tilde. Sie ist die Köchin. Wie alt bist du?«

Er wurde bald neunundfünfzig. »Ich verrate dir mein Alter, wenn du mir deins verrätst.«

Elvira ergriff ihre *Settimana Enigmistica* und nahm ein neues Kreuzworträtsel in Angriff. Nico verstand, dass er entlassen war. Er drückte einen schnellen Kuss auf Elviras rabenschwarz gefärbtes Haar und begab sich mit seiner Platte in die Küche.

Als er eintrat, war Tilde gerade dabei, einen riesigen Steinpilz mit einem feuchten Tuch zu säubern. Wie immer trug sie über ihrem Kleid eine perfekt gebügelte Schürze. Ihr langes kastanienbraunes Haar war unter einem grünen Kopftuch zusammengehalten. Sie schaute auf und lächelte. »Du bist früh dran.«

Nico erwiderte das Lächeln und stellte sein Gericht auf die verschrammte hölzerne Arbeitsplatte. »Ciao, Tilde.« Tildes Anblick stimmte ihn immer froh. Er liebte sie, weil sie Ritas vergötterte Cousine war, weil sie ihn mit offenen Armen aufgenommen hatte, als er vor fast anderthalb Jahren nach Gravigna gekommen war, um zu versuchen, in Ritas Heimatort ein neues Leben anzufangen. Er sah zu, wie Tilde zum nächsten großen Steinpilz griff. »Wo werden diese Prachtstücke landen? In einem Risotto oder einer frischen Tagliatelle?« Der Herbst war die Hauptsaison für Porcini – Steinpilze.

»Diese hier sind dafür zu schön. Sie wandern mit einem

Dutzend anderen in den Ofen. Ein wenig Olivenöl, Knoblauch, am Ende reichlich mit Petersilie bestreut, und du hast eine Speise für die Götter.« Tilde beäugte Nicos mit einer Folie bedeckte Platte, die auf der Arbeitsplatte stand. »Was hast du mitgebracht?«

»Etwas, das bescheidener ist. Da du ja im Gegensatz zu allen anderen das Restaurant nicht schließt –«

»Die Leute im Ort essen ja auch gern auswärts«, unterbrach ihn Tilde. »Wir werden diesen Winter aber nur abends öffnen. Alba und ich brauchen die Vormittage. Wir wollen jetzt selber Cantuccini herstellen.«

Nico nahm seine Kreation zur Hand. »Ich versuchte dir gerade zu sagen, dass ich mir ein Wintergericht ausgedacht habe, das dir vielleicht gefällt. Darum bin ich schon so früh hier. Gibt's einen freien Ofen?«

»Im Moment noch alle drei.«

Während Nico einen der Öfen anstellte, sagte Tilde: »Ich habe gehört, dass Cesare verschwunden ist, der Barkeeper vom Hotel Bella Vista. Weißt du etwas darüber?«

Nico zuckte mit den Schultern. »Nein.« Seit Perillo den Anruf erhalten hatte, waren erst fünf Stunden vergangen. Wie so oft hatte sich die Nachricht schnell herumgesprochen. Die Gravignesi waren stolz auf ihre ausgezeichnete Gerüchteküche.

»Salvatore hat dich nicht in den Fall einbezogen?«, fragte Tilde. Viele Menschen in Gravigna nannten Perillo beim Vornamen. Er war Stammkunde im einzigen Café des Ortes, der Bar All'Angolo, und als er noch Fahrrad fuhr, war er manchmal mit seinen Radlerfreunden im Sotto Il Fico eingekehrt. Obgleich Perillo sein Freund war, brachte Nico es nicht über sich, einen Maresciallo der Carabinieri beim Vornamen zu nennen. Außerdem sprach man sich zu seiner Zeit bei der New Yorker Kriminalpolizei meistens auch mit Nachnamen an.

»Warum sollte er mich einbeziehen?«, fragte Nico. »Er braucht Suchhunde, nicht mich. Du hast den Vermissten Cesare genannt. Kennst du ihn?«

»Ich habe ihn kennengelernt, als Babbo starb. Er kam zur Beerdigung und erzählte mir, dass sie in der Oberschule zusammen Fußball gespielt hätten. Sie verloren sich aus den Augen, als Cesare nach Deutschland ging, um dort Arbeit zu suchen. Er sagte, es täte ihm leid, sich nie bei Babbo gemeldet zu haben, als er wieder zurückkam. Er schien ein netter Mann zu sein, ein trauriger. Das war jedenfalls mein Eindruck. Ich hoffe, es ist ihm nichts zugestoßen, und dass sie ihn schnell finden.«

Nico prüfte die Ofentemperatur – 205 Grad. Er schob sein Gericht auf die oberste Schiene, glücklich, dass es ihm jetzt endlich gelang, Fahrenheit in Celsius umzurechnen. »Wenn er noch in der Toskana ist, werden die Hunde ihn finden.«

ZWEI

Nach seinem Lauf am frühen Morgen und einer kurzen Dusche fuhr Nico am Montag mit OneWag ins Dorf, um wie üblich auf der großen Piazza in der Bar All'Angolo zu frühstücken. Diese Routine hatte sich binnen weniger Wochen eingespielt, als er im letzten Mai nach Gravigna gezogen war. In der lärmenden Betriebsamkeit des Cafés, wo Touristen und Einheimische ihre Espressi und Cornetti genossen, fühlte er sich nicht ganz so einsam. Hier hatte er auch einen Freund gefunden, Gogol, einen Quell endloser Dante-Zitate. Sie trafen sich hier jeden Tag zum gemeinsamen Frühstück, außer sonntags, wenn Gogol zur Messe ging.

»Ciao, Nico«, sagte Sandro, der gerade dabei war, leere Espressotassen vom Tresen zu räumen und sie in einen schon vollen Drahtkorb zu legen; danach würde alles in den Geschirrspüler wandern. Er wirkte niedergeschlagen. Sandro Ventini, dem das Café zusammen mit seinem Ehemann Jimmy Lando gehörte, stand meistens an der Kasse, gab lächelnd Wechselgeld heraus oder bediente die Kunden. Jimmy machte die Knochenarbeit, betrieb die dampfend heiße Kaffeemaschine und buk die Cornetti. Nico fand die Arbeitsteilung ungerecht, wusste aber, dass er sich da herauszuhalten hatte.

»Ist Jimmy immer noch in Florenz?«, fragte Nico, nachdem die letzten zwei Stammgäste gegangen waren.

Sandro machte sich an Nicos Americano. »Wenn nicht, müsste ich das hier wohl nicht machen.«

Nico war aus purem Egoismus enttäuscht. Denn Jimmys fortdauernde Abwesenheit bedeutete, dass er ein weiteres Mal ohne die heißen, ofenfrischen Vollkorncornetti auskommen musste. Er nahm immer zwei. »Wie ist die Operation seiner Mutter gelaufen?«

»Sie hat's überlebt.« Sandros Bedauern darüber war unverkennbar. »Und jetzt ist er derjenige, der krank ist und eine dicke Erkältung hat. Heute Nachmittag kommt er wieder nach Hause.«

Das Verhältnis zwischen Jimmys Mutter und Sandro war nicht gerade von Zuneigung geprägt. Das war jedenfalls die Meinung des »Rentnerquartetts«, jener vier alten Knaben, die ihre Tage damit verbrachten, auf einer Bank der Piazza zu sitzen und zu tratschen. Jimmys Mutter konnte sich mit einer Ehe zwischen zwei Männern nicht abfinden. »Bestellen Sie ihm gute Besserung«, sagte Nico.

»Was kann ich Ihnen anbieten?«, fragte Sandro. »Möchten Sie eine Ciambella oder lieber eine Bomba?«

OneWag stellte ein Ohr auf. Beides war in tiefem Öl Gebackenes, gefüllt mit Vanillecreme oder Marmelade. Das meiste vom Zuckerguss gewöhnlich auf dem Boden.

»Nur Kaffee, danke.« OneWag warf seinem Herrchen einen enttäuschten Blick zu und sauste zur Tür. Nico vertiefte sich wieder in *La Nazione*, die florentinische Tageszeitung, die im Café auslag.

Der Hund flitzte durch die Beine von Gogol, der soeben das Café betrat, hinaus auf die Piazza. »›Eile ... die jeder Handlung raubt den rechten Anstand ...‹«, warnte er.

»Buongiorno, amico«, rief Nico ihm zu. Er freute sich, Gogol zu sehen, und war erleichtert, dass ihn sein Freund mittlerweile nicht mehr aufforderte, die Dante-Zitate zu benennen, die er so gern von sich gab.

»›Abermals der Welt die Sonne aufging‹«, zitierte Gogol, als er sich in seinem mit Kölnischwasser besprühten Mantel auf Nico zubewegte. Dieses Kleidungsstück, das er zu jeder Jahreszeit trug, hatte ihm seinen Spitznamen eingebracht, nach der Novelle *Der Mantel* des russischen Schriftstellers Gogol. »Wir können uns glücklich schätzen, dass wir uns immer noch in ihr befinden, mein Freund«, fügte der alte Mann hinzu. »Zumindest für heute.« Er hielt inne; seine Augen hefteten sich auf den leeren Tisch. »›Und setze mich mit euch, wenn ihr es wünschet.‹«

Nico war der *trotz allem* vorwurfsvolle Unterton nicht entgangen; er musste sich ein Schmunzeln verkneifen. »Es tut mir leid, aber der Fleischer hat deine Crostini noch nicht gemacht. Gestern Abend beschloss seine Frau, dass die Touristensaison so gut wie vorbei ist und er Essen und Wein nur noch zur Mittagszeit anbieten soll.« Nico zog den Stuhl neben sich heran. »Ich wünsche durchaus, dass du dich setzt. Kann ich dich zu etwas anderem einladen?«

Gogol spähte konzentriert auf die hinter Glas liegenden Angebote am Ende des L-förmigen Tresens. Nach einer geraumen Weile sagte er: »›Hier muss man jedes Zweifels sich entschlagen.‹ Bitte zwei Ciambelle mit Vanillecreme.« Gogol lüftete die Rockschöße seines Mantels und nahm Platz. »Um zu überleben, muss man sich anpassen, was mich zu der Annahme verleitet, dass sich der vermisste Mann an die Naturgewalten anpassen muss. Gestern Nacht herrschte unfreundliches Wetter. Ich spüre, dass er noch nicht gefunden wurde.«

»Vermutlich nicht. Bei meinem Morgenlauf vorhin habe ich einen Spürhund gesehen.« Das goldene Fell des Retrievers hatte die aufgehende Sonne eingefangen und Nico war einen Moment stehengeblieben, um das Tier zu beobachten. Der Hund hielt den Kopf gesenkt; er bewegte sich wie ein Periskop, das sein Ziel anvisiert. Der Mann, der ihn an einer langen Leine führte, folgte ihm und spornte ihn mit leise geraunten Kommandos an.

Sandro, der mit Gogols Bestellung beschäftigt war, schaute auf, als der Maresciallo in der Tür des Cafés erschien. »Ciao, Salvatore. Gibt's was Neues über Cesare?«

»Noch nicht.« Perillo hielt seinen rechten Arm vom Eingang weg; zwischen Mittel- und Zeigefinger klemmte eine brennende Zigarette. Er trug seine bevorzugte Kluft – Jeans, weißes Hemd, darüber seine heißgeliebte braune Wildlederjacke.

Als Nico ihn sah, wünschte er sich, ebenfalls etwas Wärmeres und Ordentlicheres als ein zerknittertes Baumwollhemd angezogen zu haben. Die Temperaturen waren seit gestern um ein paar Grad gesunken. »Ciao, kommen Sie doch rein«, rief er Perillo zu. Er hatte die Zigarette bemerkt und bemühte sich um einen neutralen Gesichtsausdruck.

»Sandro, einen doppelten bitte.« Perillo und hob den Daumen, was bedeutete, dass er ihn mit einem Schuss Grappa haben wollte. »Es ist erst meine dritte Zigarette«, sagte er zu Nico. »Ich war die ganze Nacht wach.« Perillo ließ die halb gerauchte Zigarette auf den Bürgersteig fallen, drückte sie mit dem Absatz aus und ging direkt zum Tresen. Sandro stellte Gogols Ciambelle und Nicos Americano auf ein Tablett. Aus der großen chromglänzenden Kaffeemaschine tropfte schon der Espresso des Maresciallo in eine weiße Tasse. Auf dem Tresen stand die geöffnete Grappaflasche.

»Ich nehme das Tablett zusammen mit meinem Kaffee«, sagte Perillo. »Kennen Sie Cesare Rinaldi?«

Sandro nickte. »Er kam hin und wieder her, als wir vor zehn Jahren den Laden gekauft hatten. Dann saß er immer in der Ecke und schaute uns ungefähr eine Stunde lang bei der Arbeit zu. Er meinte, das würde Erinnerungen an seine Jugendzeit wecken. Offenbar hat er mal ein paar Jahre für den Vorbesitzer gearbeitet. Cesare war kein netter Mensch, aber ich glaube, jeder Vermisste hat es verdient, gefunden zu werden.«

»Was heißt, er war nicht nett?«

»Ich weiß nicht. Man muss es selber erleben. Jemand kommt hereinspaziert und schon leuchtet ein Alarmknopf auf. Bitte sehr.« Sandro stellte die volle Espressotasse aufs Tablett.

»Ja, so etwas gibt es«, sagte Perillo. »Irgendein Urinstinkt, noch aus der Zeit, bevor wir uns vom Tier zum Menschen entwickelt haben. Danke für den Kaffee.«

Behutsam, um nicht den doppelten Espresso zu verschütten, näherte sich Perillo ihrem Tisch. Nico fegte die Zeitung zu Boden, um Platz zu schaffen. Gogol sah zu, wie der Maresciallo das Tablett abstellte und, kaum dass er saß, seinen Kaffee in einem Rutsch herunterkippte. Dieser Mann hatte rein gar nichts Genügsames an sich, urteilte Gogol. Er schob den Teller mit den Ciambelle zu Nicos Freund hinüber. »›Mit neuer Hoffnung speise den schlaffen Mut und sei getrost.‹«

»Wie freundlich von Ihnen, Gogol.« Die Großzügigkeit des alten Mannes überraschte Perillo. Er wusste nicht genau, ob Gogol verrückt oder nur ein wenig speziell war; in seiner Gegenwart fühlte er sich immer etwas unbehaglich. »Vielen Dank. Ich nehme gern eine halbe.« Perillo teilte die Ciambella mit Gogols Gabel und schob den Teller wieder dem alten Mann zu.

»Gibt's was Neues?«, fragte Nico.

»Bis jetzt noch nicht, aber ein Mann verschwindet nicht so einfach.«

»Agatha Christie ist einmal verschwunden«, sagte Sandro, während er den Tresen wischte. »Elf Tage, glaube ich. Jimmy hat all ihre Bücher gelesen. Der Mann macht wahrscheinlich irgendwo Ferien. Die könnte ich auch gut gebrauchen.«

Perillo zog seinen Stuhl näher heran und senkte die Stimme. »Mithilfe seines Fotos überprüfen unsere Leute die Bahn- und Busstationen, die Fluglinien und die Flughäfen von Florenz und Pisa. Wir haben gerade erst angefangen. Bisher hat die Suche in den Krankenhäusern von Florenz nichts ergeben. Mit den Ambulanzen und Arztpraxen sind wir noch nicht durch. Wir wissen allerdings, dass der Mann für sein Alter sehr gesund war, was hoffentlich bedeutet, dass er nicht mit einem Herzinfarkt oder Schlaganfall irgendwo in einem Graben liegt.«

»Was wissen Sie noch über ihn?«, fragte Nico leise.

»Ich habe seinen Neffen angerufen, Pietro. Ich hatte nicht den Eindruck, dass er sich große Sorgen um seinen verschwundenen Onkel macht. Laura Benati scheint sehr an Cesare zu hängen, entweder, weil er ein guter Barkeeper oder ein netter Mensch ist, wenigstens ihr gegenüber. Sie ist wunderbar. Ich bin« – Perillo schaute auf seine Armbanduhr – »in zehn Minuten mit Rinaldis Nachbarn verabredet. Er liefert Enrico ein paar Flaschen seines Olivenöls.« Er biss in seine halbe Ciambella und achtete darauf, dass nichts von der herauslaufenden Vanillecreme danebenging.

»Cesare hat sich verlaufen?« Gogol leckte etwas Creme von seinem Finger. »Er hat ein gutes Herz. Cesare war das Schild, hinter dem ich mich versteckte, wenn es in der Schule brenzlig wurde.«

Nico wusste, dass man Gogol permanent gehänselt hatte.

Perillo schluckte hastig hinunter. »Sie kennen ihn?«

Gogol schüttelte langsam den Kopf. »›Ich fürchte, sein Auge saugt nicht mehr den süßen Schein.‹«

Perillo griff sich unter dem Tisch an die Hoden, eine Geste gegen den bösen Blick. »Falls Sie damit prophezeien wollten, dass der Mann tot ist, dann hoffe ich, dass Sie sich irren. Seinetwegen und um der Signorina Benati willen.«

Gogol schaute Perillo aus traurigen Augen an. »›Was soll ich dir, o süßer Bruder, sagen?‹«

Perillo vermied eine unhöfliche Antwort, indem er den letzten Bissen seiner Ciambella aß. Gogols Bemerkung hatte ihm die Laune verdorben.

»Haben Sie bei der Polizei nachgefragt?«, sagte Nico. »Cesare könnte ja verhaftet worden sein.«

»Carabinieri und Polizei können einander nicht ausstehen. Die Leute in der Präfektur stehen aber mit ihnen in Verbindung.« Perillo lehnte sich in seinem Stuhl zurück, um der vorderen rechten Hosentasche seiner Jeans ein Taschentuch zu entnehmen, das Ivana ihm immer dort hineinsteckte. »Bis jetzt ergebnislos.« Er wischte sich den Mund ab und stand auf. »Danke für die Ciambella, Gogol. Ciao, Nico. Ich zahle später, Sandro.«

Sandro hinter der Bar hob den Daumen und fuhr fort, die Vitrine unter dem Tresen mit Sciacciata und Tramezzini zu bestücken. OneWag war wieder hereingeschlendert und saß jetzt vor dem Tresen; von dort schaute er steinerweichend zu Sandro hoch. Das Telefon, ein wuchtiges, schwarzes Ding, das noch aus den fünfziger Jahren stammte, begann zu bimmeln. OneWag stellte die Ohren auf und wandte sich dem Geräusch zu; das Thema Nahrungsaufnahme war vorübergehend vergessen.

»Dieses schräge Geräusch fasziniert ihn jedes Mal«, sagte Nico.

Sandro füllte die Vitrine weiter mit Panini, die später aufgewärmt und von Eltern gekauft werden würden, bevor sie ihre Kinder von der Schule abholten. Niemand wagte es, ohne einen Imbiss vor dem Schultor aufzukreuzen.

»Soll ich rangehen?«, fragte Nico.

»Ja, bitte. Ich habe nur zwei Hände«, sagte Sandro.

Nico lief schnell zum Telefon hinüber. »Bar All'Angolo.«

»Wo ist Sandro?«, fragte eine ungehaltene Stimme.

»Er kann gerade nicht ans Telefon kommen. Kann ich ihm etwas ausrichten?«

»Ah, Nico. Ciao. Jimmy hier.«

»Oh, ciao. Ich hatte Sie gar nicht erkannt«, sagte Nico, den es ärgerte, dass ihn sein amerikanischer Akzent jedes Mal verriet.

»Meine Nase ist zu und nun ist mir auch noch das Benzin ausgegangen. Sandro soll mich holen kommen. Bitte sagen Sie ihm, dass ich ein paar Kilometer vor der Abzweigung nach Montagliari stehe.«

»Einen Augenblick.« Nico schaute zu Sandro hinüber, der gerade das letzte Panino arrangierte. »Jimmy braucht Sie.«

»Immer nur, wenn ihm danach ist, und in letzter Zeit ... ach, egal.« Sandro schaute grimmig drein, ging zum Telefon und griff nach dem Hörer. »Was ist jetzt schon wieder, Liebster?« Er lauschte mit geschlossenen Augen.

Gogol schaute grinsend auf. Sein Teller war blitzblank geputzt. Ein Klecks Vanillecreme an seinem glattrasierten Kinn war der einzige Hinweis, dass sich noch vor kurzer Zeit Essen auf dem Tisch befunden hatte.

Sandro wandte Nico und Gogol den Rücken zu und senkte die Stimme. Außer ihnen war niemand im Café. »Auftanken ist nicht mein Job. Es ist dein Auto. Ich muss mich um meinen eigenen Wagen kümmern. Jedes Mal, wenn du deine Mutter besuchst, setzt dein Verstand aus und du wirst wieder zu einem Sechsjährigen.«

Nico stieß Gogol an und ließ seine Finger über den Tisch laufen. Gogol verstand und erhob sich langsam von seinem

Stuhl. Nico legte das Geld für ihr gemeinsames Frühstück unter seine Kaffeetasse und stand auf. OneWag bellte und rannte zur Tür, in Erwartung neuer Ereignisse.

Sandro drehte sich um und hob die Hand. »Nico, einen Moment, bitte.«

Nico blieb stehen. Gogol brummte seinen üblichen Abschiedsgruß. »Bis morgen, so ich lebe«, und schlurfte in einer Wolke von Kölnischwasser davon.

»Du wirst leben«, entgegnete Nico.

»Jimmy, ich mache das Café jetzt nicht zu. Ich finde schon einen guten Samariter, der dir ein bisschen Benzin bringt. Ciao.« Sandro knallte den Hörer auf und schaute Nico an. »Ich liebe ihn wirklich, aber manchmal könnte ich ...«

»Ich nehme an, der gute Samariter bin ich«, unterbrach ihn Nico, der den Rest nicht hören wollte.

»Würden Sie das machen? Einen Monat Frühstück gratis für Sie und Gogol.«

»Das ist nicht nötig. Ich helfe gern und habe auch gerade nichts vor.«

Sandro klatschte in die Hände. »Sie schickt der Himmel. Ich hole Ihnen einen leeren Kanister aus meinem Auto.« Er schlüpfte hinter dem Tresen hervor. »Falls jemand kommt, ich bin in zwei Minuten wieder da.« Sandro eilte hinaus.

Nico wartete neben der offenen Tür. Die Piazza war leer. Letzte Woche war die große Linde, deren Äste hoch über den Bänken hingen, noch voll gelber Blätter gewesen. Jetzt hatten sich diese Blätter wie ein Teppich über den Boden gebreitet. Luciana trat aus ihrem Blumenladen, der nur zwei Türen von der Bar All'Angolo entfernt war. Als OneWag sie erblickte, sauste er los, um ihr Guten Tag zu sagen.

Luciana und OneWag hatten sich schon in seiner Zeit als Straßenhund angefreundet. Sie hielt immer einen Keks für ihn bereit. Er wedelte nur einmal mit dem Schwanz, ließ sich den Kopf kraulen und folgte ihr, als sie auf Nico zuging. Sie trug eines ihrer unzähligen schwarzen Zeltkleider, das jedoch wenig dazu beitrug, ihren massiven Körperumfang zu kaschieren. Das Auffälligste an ihr waren ihre großen, haselnussbraunen Augen und ein kleiner Kopf, der unter dichten hennaroten Locken hervorschaute.

»Buongiorno«, sagte Nico und kreuzte die Arme vor der Brust. Luciana hatte die peinliche Angewohnheit, ihn jedes Mal zu umarmen, wenn er Blumen bei ihr für Ritas Grab kaufte.

»Ciao.« Über ihr fülliges Gesicht breitete sich ein Lächeln. »Ich habe Sandro wegrennen sehen. Wo will er denn hin? Es ist doch Zeit für meinen Morgenimbiss.«

»Zu seinem Auto. Geben Sie ihm zwei Minuten.«

»Ich gebe ihm auch fünf. Sie sollten mir auf eine Schiacciata mit Feigen und Prosciutto Gesellschaft leisten. Die Feigen sind jetzt perfekt und der Prosciutto, wie Sie ja wissen, ist weit und breit der beste.«

Sciacciata, was so viel wie »gepresst« bedeutete, war der toskanische Begriff für das, was Nico als Focaccia kannte. Lucianas Mann Enrico besaß die einzige Salumeria in Gravigna. Ihm gehörte auch die Bäckerei am Dorfrand. Seine Olivenbrote waren stets im Nu ausverkauft. »Ich würde Ihnen sehr gerne Gesellschaft leisten«, sagte Nico, denn sein Magen verlangte nach etwas Nahrung, »aber ich kann nicht. Es tut mir leid. Ich muss etwas Dringendes erledigen.« Vielleicht würde er sich etwas zu essen gönnen, wenn er wiederkam.

Luciana machte einen Schmollmund, aber lächelte schnell wieder. »Kommen Sie nachher im Laden vorbei. Ich habe ein paar Prachtstücke da, die sicher schnell weggehen. Chrysanthemen, so groß wie mein Kopf. Fast auch in der gleichen Farbe – ich wette, Rita hat sowas in New York nie gesehen. Die Astern, die Sie letzte Woche gekauft haben, sind jetzt sicherlich verwelkt.«

Nico meinte, in ihren Augen eine leise Rüge zu erkennen. Seine Besuche an Ritas Grab hatten in letzter Zeit etwas nachgelassen. Im Vorjahr war er noch täglich hingegangen. Seitdem seine Freundschaft mit Nelli inniger geworden war, hatte er versucht, sich in einem Strudel zwiespältiger Gefühle über Wasser zu halten. Jetzt ging er sowohl Rita und Nelli aus dem Weg, was bedeutete, dass ihn nur noch ein einziges Gefühl bedrückte – Schuld. »Betrachten Sie drei dieser Prachtexemplare als verkauft. Ich hole sie später ab.«

»Bravo.« Luciana umarmte ihn trotz seiner abwehrend verschränkten Arme. »Ich suche Ihnen die schönsten aus.«

Nico trat einen Schritt zurück. »Schauen Sie, da kommt er.« Sandro schritt mit einem großen Plastikkanister in der Hand auf sie zu.

»Wem ist denn das Benzin ausgegangen?«, fragte Luciana neugierig.

»Jimmy«, sagte Nico.

»Hier, Nico.« Sandro gab ihm den Kanister und etwas Geld. »Sie wissen, wohin Sie fahren müssen?«

Nico nickte.

»Danke. Sie sind der Schutzheilige der Reisenden.«

»Das ist Christopherus«, sagte Luciana, da sie annahm, Nico sei nicht katholisch. Aber nein, natürlich war er das, bei einem irischen Vater und einer italoamerikanischen Mutter, fiel ihr wieder ein. Ein mit Jimmy verheirateter Sandro hingegen hatte seine Heiligen bestimmt vergessen. »Wo fahren Sie hin?«, fragte sie Nico.

Nico tat, als habe er ihre Frage nicht gehört. Das konnte Sandro ihr sagen, wenn er wollte. »Bis später, ihr beiden.«

Mit dem sicheren Instinkt, dass ein Abenteuer bevorstand, bellte OneWag kurz auf und rannte zu Nicos Wagen.

Jimmy stand neben der geöffneten Motorhaube eines alten, stark zerbeulten grünen Fords, der auf dem linken Seitenstreifen der Straße parkte. Als Nicos Wagen näher kam, wedelte Jimmy mit beiden Armen. Jimmy war ein kleiner, muskulöser Mann Anfang dreißig; er hatte ein rundes, blasses Gesicht mit einem Schlafzimmerblick aus Augen, die so pechschwarz waren wie sein Haar. Nico hupte einmal, um zu zeigen, dass er ihn gesehen hatte, und schaute sich nach einem Parkplatz um. Der Standstreifen auf seiner Seite war wegen Reparaturarbeiten einige Kilometer lang gesperrt. Zum Glück war Jimmy das Benzin mitten auf einem langen, geraden Abschnitt der SR 222 ausgegangen, einer verkehrsreichen Bundesstraße, die Siena mit Florenz verbindet. Nico konnte daher die Straße weit überschauen und lenkte sein Auto schwungvoll über beide Fahrbahnen. Als er ein paar Meter hinter Jimmys Auto zum Stehen kam, sprang OneWag auf Nicos Schoß und drückte die Nase durch den schmalen Fensterspalt.

»Du bleibst hier«, sagte Nico. OneWag fing an zu bellen und zu zappeln, als Jimmy auf sie zukam. Wahrscheinlich freute sich sein Hund, den Cafébesitzer zu sehen, da er ihm hin und wieder etwas übriggebliebenes Gebäck zuwarf, das OneWag dann im Flug aufschnappte. »Hör auf, OneWag!« Der Hund kratzte mit den Pfoten an der Fensterscheibe; sein Gebell wurde immer eindringlicher. »Reg dich ab.«

»*Ehi*, ciao, Rocco«, sagte Jimmy grinsend; seine Stimme klang nach verstopfter Nase. Er öffnete schwungvoll Nicos Fahrertür. Bevor Nico ihn daran hindern konnte, sprang OneWag heraus. Jimmy breitete die Arme aus und rief Nico zu: »Amerikanische Freunde sind die besten. Ich umarme Sie aber nicht, ich möchte nicht, dass Sie meine Erkältung kriegen.«

Innerlich fluchend, holte Nico den Kanister, der gefüllt ziemlich schwer war, unter dem Beifahrersitz hervor und quetschte sich aus dem engen Fiat 500. Er reichte Jimmy den Kanister, während er OneWag im Auge behielt, der Jimmy ignoriert hatte und jetzt an der Rückseite des Ford schnüffelte.

»Vielen Dank, dass Sie gekommen sind«, sagte Jimmy. »Ich weiß auch nicht, warum ich immer vergesse, auf die Tankuhr zu gucken.« Er zog ein Taschentuch hervor und schnaubte hinein. »Sandro hat mir schon mit Scheidung gedroht.«

»Das meint er ja nicht ernst.« Nico schaute immer noch auf OneWag, der nun auf den Hinterbeinen stand und am unteren Kofferraumrand des Ford schnupperte.

»Haben Sie Lebensmittel im Kofferraum?«

Jimmy blickte auf den rückwärtigen Teil seines Wagens. »Eine mottenzerfressene Decke, die nicht mal der Dieb, der vor einiger Zeit das Schloss aufgebrochen hat, mitnehmen wollte.«

»Also, irgendwas ist dadrin, und mein Hund will es haben.«

»Sehen Sie ruhig nach. Man muss nur draufhauen, dann springt er auf. Ich fülle derweil den Tank nach.«

Nico trat näher an den Kofferraum heran und nahm einen schwachen Geruch wahr, der ihm in der Kehle steckenblieb. Er bückte sich und hob OneWag auf. »Jimmy, kommen Sie bitte einen Moment hier rüber.«

Jimmy stellte den Kanister auf dem Boden ab und lief wieder zu Nico zurück. »Was ist los?«

»Vielleicht gar nichts.« Er gab ihm den Hund. »Bitte halten Sie OneWag fest. Ich mache jetzt den Kofferraum auf.«

Jimmy presste den sich windenden OneWag fest an seine Brust. »Was, glauben Sie, ist dadrin?«

»Das sehen wir gleich.« Nico schlug mit der Faust auf den Kofferraum. Er sprang ein paar Zentimeter weit auf. Der Geruch war jetzt stärker, jedoch nicht so stechend, dass einem übel wurde. Nico hob die Klappe weiter an und sah eine Plastikplane, die lose über eine klobige Form gebreitet war. Er beugte sich vor. Ein Männerstiefel schaute aus einem Ende der Plane hervor. Er lüpfte das andere Ende mit seinem Kugelschreiber und erblickte den Hinterkopf und Nacken eines Mannes. Der Schuhgröße nach vermutete er zumindest, dass es ein Mann war. Nico drückte zwei Finger auf die Halsschlagader, die das Blut ins Gehirn pumpt.

Jimmy trat näher heran und spähte auf die dunklen Umrisse. »Was ist das?« OneWag winselte und wollte freigelassen werden.

Nico schlug den Deckel wieder zu. »Es tut mir leid, Jimmy. Wir müssen hier auf die Carabinieri warten.« Er nahm Jimmy OneWag ab, flüsterte: »Braver Junge«, und beförderte ihn zurück in sein Auto.

»Was ist in meinem Kofferraum?«, fragte Jimmy mit bebender Stimme.

»Ein toter Mann, fürchte ich.«

Jimmy erbleichte. »Tot? Sind Sie sicher?«
»Ganz sicher.«
»Nein, Sie veräppeln mich, oder?«, fragte Jimmy lachend. »Ein ganz schlechter Witz.«
Nico zog sein Handy aus der Tasche und wählte Perillos Nummer. »Leider nein.«
Jimmys Magen drehte sich um. »Tot, in meinem Wagen? Wie denn? Wer ist das?« Er zupfte Nico am Ärmel, während dieser Perillo die Lage erläuterte. »Haben Sie das Gesicht gesehen? Ist es jemand, den ich kenne? Oh Gott, bitte lass es niemanden sein, den ich kenne.«
»Ich habe nicht genau hingesehen«, sagte Nico zu Perillo, der *Wer ist es?* gefragt hatte.
Jimmy warf die Arme hoch. »Scheiße! Verdammt! Ich glaub es nicht.« Er schaute hoch zum klaren, wieder einmal strahlend schönen Himmel. »Lieber Gott, warum ich? Nur, weil ich nicht dazu gekommen bin, das blöde Schloss reparieren zu lassen? Das hab ich nicht verdient. Sandro bringt mich um.« Er zückte sein Handy.
Nico hielt ihn zurück. »Bitte sagen Sie ihm nicht, dass er herkommen soll. Sobald der Maresciallo hier ist, fahre ich Sie in meinem Auto nach Hause.«
Jimmy entwand sich Nicos Griff. »Ich brauche Sandro jetzt bei mir, sofort!«
»Das weiß ich, und auch, dass Sandro sofort hierhereilen würde, aber Maresciallo Perillo möchte keine Zuschauer.«
»Das ist Sandro ganz egal. Er kommt bestimmt. Ich brauche ihn. Salvatore Perillo denkt wahrscheinlich, ich hätte die Leiche da reingetan.«
»Haben Sie?«
»Sind Sie wahnsinnig?« Jimmy ging ein paar Schritte zur Seite und wählte eine Nummer auf seinem Handy.
Um Jimmy etwas Privatsphäre zu lassen, lehnte Nico den Kopf an das Fahrerfenster seines Wagens und redete beruhigend auf den noch immer aufgeregten OneWag ein.
»Er glaubt mir nicht«, sagte Jimmy, der wieder zu Nico zu-

rückkam. Alle Farbe war aus seinem Gesicht gewichen. »Er meint, ich will nur, dass er herfährt. Sie würden schon dafür sorgen, dass ich nach Hause komme.«

»Natürlich tu ich das.«

»Oh Gott, ich weiß nicht, was ich machen soll, was ich denken soll. Sie müssen mir glauben, Nico. Als ich das letzte Mal reingeguckt habe«, Jimmy hielt inne und schluckte ein paarmal, als wäre ihm die Erinnerung in der Kehle steckengeblieben, »waren nur der Ersatzreifen und die Decke im Kofferraum.«

»Und wann haben Sie das letzte Mal reingeguckt?«

»Vor fünf Tagen. In Florenz kann man unmöglich parken, darum lasse ich, wenn ich meine Mutter besuche, den Wagen immer auf dem Parkplatz an der Straßenbahnhaltestelle Villa Costanza stehen und nehme die Tram in die Stadt.« Jimmy packte Nico am Arm. »Glauben Sie, es war ein Obdachloser, der einen warmen Schlafplatz gesucht hat? Es wird ja nachts jetzt kalt. Vielleicht war er betrunken und wurde ohnmächtig? Und dann fiel der Deckel zu. Oder es war eine Überdosis?« Sandro hatte ihm beigebracht, sich alle möglichen Situationen vorzustellen, wenn etwas geschah, das ihm Angst machte. Was das betraf, war natürlich ein toter Mann in seinem Kofferraum nicht zu toppen. »Vielleicht hatte er bloß einen Schlaganfall. Glauben Sie, dass es das war?«

»Der Maresciallo klärt das sicherlich«, sagte Nico. *Vielleicht ein Obdachloser. Der Stiefel, den er gesehen hatte, war alles andere als neu.*

Jimmy vergrub sein Gesicht in den Händen. »Oh Gott, der arme Mann, und es ist alles meine Schuld.«

Nico nahm Jimmys Arm. »Kommen Sie, wir setzen uns in meinen Wagen, ja?«

Während die beiden Männer und ein Hund schweigend im Fiat 500 warteten, rasten viele Autos auf ihrem Weg nach Süden oder Norden an ihnen vorbei, nichtsahnend, dass dort ein toter Mann war, der seiner Erkennung harrte.

Der Alfa Romeo der Carabinieri kam kreischend auf der direkt gegenüberliegenden Straßenseite zum Stehen. Perillo stieg gemächlich auf der Beifahrerseite aus. Ein zögerlicher Daniele schaute sich erst nach beiden Seiten um, bevor er sich von seinem Fahrersitz erhob. Mit einer Leiche konfrontiert zu werden, verwandelte einen wunderschönen Montagmorgen plötzlich in einen schrecklichen Tag. Was für ein egoistischer Gedanke, auf den er nicht stolz war.

Perillo blieb mitten auf der Fahrbahn stehen und drehte sich nach seinem Brigadiere um. »Komm schon, Dani. Bring das Foto mit.«

Daniele nahm das Foto und seine Canon-Kameratasche vom Rücksitz, und nachdem er sich ein weiteres Mal vergewissert hatte, dass keine Autos kamen, stieg er aus dem Alfa.

Perillo gesellte sich zu Nico und Jimmy, die vor dem Ford standen. »Traurige Sache«, sagte er.

»Eine Tragödie!« Jimmy vergrub seine Nase in einem Taschentuch.

Daniele rannte über die zweispurige Straße und lächelte erleichtert, als er Nico sah. Die Polizeiarbeit war immer etwas einfacher, wenn Nico dabei war, da seine Anwesenheit meist bewirkte, dass Perillo seine Launen zügelte.

OneWag reckte sich so weit er konnte am Wagenfenster hoch, wie um Hallo zu sagen und wieder den Ford zu erschnüffeln.

Perillo hielt Jimmy mit dem Arm zurück. »Bitte treten Sie zur Seite.«

Jimmy nickte eifrig. »Ja, danke. Ich überlasse das Ihnen. Ich kann mit dem Tod nicht gut umgehen. Bei der Beerdigung meiner Tante musste ich mich übergeben. Furchtbare Sache. Ich setze mich zu Rocco.«

»Aber lassen Sie ihn bitte nicht raus.« Nico wartete, bis Jimmy sich auf den Fahrersitz gesetzt und OneWag auf den Schoß genommen hatte. Der Hund drückte sich weiter gegen das Fenster.

»Zeigen Sie's mir«, sagte Perillo. Nico klopfte mit den Fingerknöcheln auf den Kofferraumdeckel, der daraufhin aufsprang. Er wollte nicht noch weitere mögliche Fingerabdrücke verwischen, für alle Fälle. Daniele stellte sich neben Nico und schloss die Augen.

Perillo schnupperte. »Nicht ganz so schlimm. Allzu lange liegt er noch nicht hier drin.«

»Jimmy sagt, er hätte das Auto fünf Tage lang an der Station in Villa Costanza geparkt, als er in Florenz war.«

Perillo streifte Latexhandschuhe über, beugte sich in den Kofferraum und zog die Plastikplane beiseite. Der Mann lag in Embryohaltung da, den Rücken zur Wagenöffnung gekehrt.

»Ist es der Vermisste?«, fragte Nico.

Perillo kam wieder unter der Haube hervor. »Dieser Mann hat kurzgeschnittenes graues Haar. Auf dem Foto, das ich habe, trägt Cesare einen Pferdeschwanz. Er könnte es trotzdem sein, aber ohne ihn umzudrehen kann ich nicht viel von seinem Gesicht erkennen. Ich möchte ihn lieber nicht bewegen, für den Fall, dass er keines natürlichen Todes gestorben ist.«

»Ich kann mir nicht vorstellen, dass er sich mit einer Plastikplane zugedeckt hat, um dann eines natürlichen Todes zu sterben.«

»Man darf doch wohl hoffen, oder? Vielleicht war ihm kalt.«

Nico zeigte auf die Kameratasche, die an Danis Schulter hing. »Ihr Brigadiere hat seine Ausrüstung dabei.«

Perillo seufzte. »Na schön, Dani, knips los.«

Daniele holte die Digitalkamera des Reviers aus der Fototasche. Er ließ sich Zeit, das Objektiv sauber zu wischen, bevor er sich dem offenen Kofferraum näherte, wobei er es ängstlich vermied, die Leiche allzu genau anzusehen. Die Toten durch ein Objektiv zu betrachten machte es irgendwie leichter, weniger real. Er schoss Fotos aus verschiedenen Winkeln und wiederholte das Ganze mit Blitzlicht. Es war ihm wichtig, gute Arbeit zu leisten, und er war stolz, dass der Maresciallo sein altes Hobby aus Schulzeiten für nützlich hielt.

»Das genügt«, sagte Perillo schließlich, denn es war ihm klar, dass Daniele so lange Fotos schießen würde, bis die Batterie leer war.

Daniele wandte sich vom Kofferraum ab und senkte die Kamera. »Jetzt bräuchten Sie das Foto von Rinaldi zum Vergleich.«

»Ich drehe den Mann erst einmal um.« Perillo kam näher und zog vorsichtig die Schulter an sich heran. Der Kopf blieb, wo er war, der Rückseite des Kofferraums zugewandt. »Scheiße!« Perillo beugte sich tiefer ins Innere, schob seinen Arm unter die angewinkelten Beine des Mannes, hob diese hoch und dann zur Seite. Der Rest des Körpers, der immer noch unter der Plastikplane lag, kam dabei mit. Nun sah man deutlich, welch furchtbare Verletzungen diesem Mann zugefügt worden waren.

Perillo streckte die Hand aus dem Kofferraum und versuchte, mit seinen in Gummihandschuhen steckenden Fingern zu schnipsen. Daniele reichte ihm Cesare Rinaldis Foto.

Einen Augenblick später tauchte Perillo wieder unter dem Kofferraumdeckel hervor. »Es ist unser Vermisster.« Er schloss den Kofferraum. »Wie es aussieht, wurden ihm mehrere Stichwunden beigebracht. Dani, ruf Barbara im Büro des Staatsanwalts an und sag ihr, wir hätten wieder einen Mordfall. Und schaff auch die Spurensicherung und den Gerichtsmediziner her. Sag ihnen, sie sollen sich beeilen. Es ist fast schon Zeit zum Mittagessen.«

Daniele zögerte. »Maresciallo, würde es nicht schneller gehen, wenn ich das Auto nach Florenz fahre, Signor Rinaldo beim Gerichtsmediziner abliefere und das Auto bei der Spurensicherung vorbeibringe?« Bei der Vorstellung, mit einem toten Mann im Kofferraum zu fahren, wurde ihm zwar mehr als flau, aber wenigstens würde er etwas tun und nicht neben einem Toten und dessen Geruch herumstehen und wer weiß wie lange warten müssen.

Perillo sagte: »Ein guter Gedanke und ein großzügiges Angebot, Dani, aber das Innere des Wagens könnte der Tatort sein. Den rühren wir nicht an.«

Daniele nickte und entfernte sich ein Stückchen, um die Anrufe zu tätigen.

»Ich wünschte, wir könnten uns sein Handy nehmen«, sagte Nico. Er hatte es aus der hinteren Jeanstasche des toten Mannes herausschauen sehen.

»Wir bekommen es ohnehin früher oder später. Dani ist geschickt im Erraten von Passwörtern.« Perillo warf einen Blick auf Nicos Auto. Jimmy starrte ihn mit großen Augen an. OneWag, der immer noch den Kopf an die Scheibe presste, bellte.

»Ich fahre Jimmy wohl besser nach Hause«, sagte Nico.

»Bitte tun Sie das. Und kein Wort darüber!«

»Zu spät, glaube ich.«

Perillo folgte Nicos Blick. Auf der anderen Straßenseite stand jetzt ein grauer Renault hinter seinem Alfa Romeo. Laura sprang heraus. »Haben Sie Cesare gefunden?«

»Was machen Sie hier?«, rief Perillo. »Kommen Sie nicht näher.«

Laura machte Anstalten, die Fahrbahn zu überqueren, aber Autos aus beiden Richtungen hinderten sie daran. »Ich habe gesehen, wie Ihr Alfa die Straße hinunterraste. Sie haben ihn gefunden. Ich weiß es. Ist er verletzt?«

»Steigen Sie bitte wieder in Ihr Auto und kehren Sie um, Signorina Benati. Fahren Sie nach Hause.«

Jimmy erkannte Laura, die Frau, die der Bar All'Angolo zu einem wirtschaftlichen Aufschwung verholfen hatte, indem sie einen Dauerauftrag für die tägliche Lieferung seiner Cornetti geordert hatte. Warum war sie hier? Er winkte ihr zu und wollte schon das Fenster herunterfahren, als ihm einfiel, dass Sandro ihm erzählt hatte, Cesare Rinaldi sei verschwunden. Jimmy vergrub sein Gesicht in OneWags Nacken. *Sandro, bitte mach, dass er es nicht ist.*

Laura trat auf die Fahrbahn. »Sie haben doch Cesares Foto.« Ein Auto hupte und raste auf Perillos Straßenseite vorbei. Sie rührte sich nicht.

»Sein Gesicht ist verdeckt«, sagte Perillo. »Bevor der Gerichtsmediziner kommt, darf ich ihn nicht berühren.« Nico, der neben ihm stand, trat von einem Fuß auf den anderen. Perillo verschränkte seine Hände. »Bitte fahren Sie nach Hause oder zurück ins Hotel. Ich sage Ihnen Bescheid, sobald das medizinische Notfallteam hier ist und wir ihn bewegen können. Bitte, Signorina.«

Nico sah zu, wie die Frau die Schultern durchdrückte und ein paar Zentimeter zu wachsen schien.

»Ich verstehe. Es gibt eine Zeit und einen Ort für schlechte Nachrichten, und das hier ist weder diese Zeit noch dieser Ort. Ich weiß, dass Cesare da in dem Kofferraum liegt. Ich sehe es Ihnen an, Maresciallo. Ich warte im Hotel auf Sie, wo Sie mir die offizielle Todesnachricht überbringen können.« Sie ging zu ihrem Auto, vollführte eine rasante Wende und fuhr zurück in die Richtung, aus der sie gekommen war.

»Eine intelligente Frau«, sagte Perillo, als er Lauras Wagen hinterherblickte, der mit der Entfernung immer kleiner wurde.

»Ja, sie hat Sie verstanden.« Nico ging zu seinem Auto, öffnete die Tür und hob OneWag von Jimmys Schoß, bevor dieser wieder zum Kofferraum rennen konnte. »Kommen Sie raus, Jimmy, und steigen Sie auf der Beifahrerseite ein. Ich bringe Sie nach Hause.«

»Nicht nach Hause«, sagte Perillo. »Nehmen Sie ihn zuerst mit aufs Revier und lassen Sie ihm von einem meiner Männer die Fingerabdrücke und eine DNA-Probe nehmen. Die Spurensicherung wird sie so schnell wie möglich haben wollen.«

Jimmy stöhnte und stieg langsam aus, als wären seine Glieder vom langen Warten steif geworden. Aschfahl starrte er Perillo aus weit aufgerissenen Augen an. »Laura irrt sich, oder? Es ist nicht Cesare Rinaldi.«

»Ich weiß es noch nicht.« Perillo kniff die Augen zusammen und schaute Jimmy an. »Spielt das eine Rolle? Ist Cesare ein Freund von Ihnen?«

Jimmy schüttelte den Kopf. »Es ist nur, weil Sandro mir erzählt hat, dass er verschwunden ist, und dann, als Laura ...« Er zeigte auf die Stelle, wo Laura noch vor wenigen Minuten gestanden hatte.

Nico stellte sich zwischen die beiden Männer. Jetzt war

nicht der Zeitpunkt, einen verängstigten Mann zu vernehmen. »Der Ford hat kein Benzin mehr«, erklärte er Perillo. »Neben der Motorhaube steht ein voller Kanister. Fahren wir, Jimmy. Rufen Sie Sandro an und sagen Sie ihm, dass Sie vorher noch auf dem Carabinieri-Revier vorbeischauen.«

Jimmy zog ein neues Taschentuch hervor und schnäuzte sich die Nase, den Blick immer noch auf Perillo gerichtet. »Bekomme ich mein Auto zurück?«

Perillo nahm Jimmys Arm und führte ihn auf die Beifahrerseite. »So bald wie möglich.«

»Wie bald?«

»Das hängt von der Spurensicherung ab.«

Nico setzte sich auf den Fahrersitz. OneWag sprang aus seinen Armen auf den Rücksitz. Er streckte sich aus und legte seinen Kopf auf die Pfoten. Jetzt würde wohl nichts Aufregendes mehr passieren.

Jimmy machte die Beifahrertür auf und brummte: »Ich brauche mir nichts vorzumachen. Meinen Wagen sehe ich nie wieder.« Er warf einen Blick zurück auf Perillo. »Tun Sie mit dem Auto, was Sie wollen, aber bringen Sie bitte den Kanister wieder zurück. Er gehört Sandro; er ist sehr pingelig mit seinen Sachen.«

Als der Fiat 500 losfuhr, stellte Daniele sich wieder zu Perillo. »Die Spurensicherung sagt, sie kommen, so schnell sie können. Barbara wünscht Ihnen viel Glück.«

Perillo runzelte die Stirn. »Heißt das, ich kriege wieder Della Langhe?«

»Das hat sie nicht gesagt.« Daniele musterte seine Füße und hoffte, nicht rot zu werden. Lügen war ihm ein Gräuel, aber er folgte nur ihrem Rat. *»Sieht ganz so aus«*, hatte Barbara in Wirklichkeit auf seine Frage geantwortet, wer der zuständige Staatsanwalt sein würde. *»Aber sagen Sie's ihm noch nicht. Warum wollen wir Ihnen beiden den Tag verderben?«* Zwischen Della Langhe und dem Maresciallo herrschte weder Zuneigung noch Respekt. Della Langhe war ein arroganter toskanischer Aristokrat, der den Neapolitaner herablassend behandelte.

Perillo schaute auf die Uhr. »Ich sollte Ivana anrufen.« Er wählte seine Privatnummer. »Ciao, bella. Du hast es erraten. Ein toter Mann in einem Kofferraum ... Ja, ich weiß. Du kannst sie mir zum Abendessen aufwärmen.« Er lauschte und nickte. »Ja, ich weiß. Es ist nicht dasselbe. Es tut mir leid. Ciao.« Perillo beendete das Gespräch und warf Daniele einen betrübten Blick zu. »Zum Mittag hätte es frische Tagliatelle mit Steinpilzen gegeben und danach Schweinebraten auf einem Bett aus Zwiebeln, Sellerie und Karotten!« Er seufzte vernehmlich. »Unser Job verlangt uns ständig neue Opfer ab.«

»Wie wahr, Maresciallo, aber ich habe Vince angerufen, damit er uns Sandwiches vom Café bringt.«

Perillo zog überrascht die Augenbrauen hoch. »Und eine Thermoskanne mit Espresso?«

»Ja, Maresciallo.«

Über Perillos Gesicht breitete sich ein strahlendes Grinsen aus, als er Daniele kräftig auf die Schulter klopfte. »Brigadiere Donato, du wirst es noch weit bringen.«

Daniele errötete.

DREI

Die Mittagszeit war vorbei. Nico stand in der Küche und säuberte Geschirr, das Alba und Enzo von der Terrasse hereintrugen.

»Dein Kartoffelauflauf war ein voller Erfolg«, sagte Tilde. »Elvira und Enzo haben alles bis auf den letzten Krümel verputzt.«

Nico lachte. Es war ein nettes Kompliment, aber nachdem er vor Kurzem eine Leiche entdeckt hatte, war es noch viel netter, wieder im Restaurant und mit den Menschen zusammen zu sein, die er als seine Familie betrachtete. »Deine Schwiegermutter hat sogar von ihrem Kreuzworträtsel aufgeschaut, als ich hereinkam, und mir eins ihrer seltenen Lächeln geschenkt. Ich schätze, das galt dem Auflauf.«

»Was hältst du davon, etwas schärfere Wurst zu nehmen, damit er ein bisschen würziger wird?«

»Du bist die Köchin. Du kannst ihn nach Lust und Laune verändern.«

Auf ein zaghaftes Klopfen am Rahmen der Küchentür hin sah Tilde sich um.

»Ciao Tilde, ciao Nico.« Nelli zupfte an ihrem langen, über die Schulter geworfenen grauen Zopf und schaute sie besorgt aus ihren blauen Augen an.

Nico spürte, wie er sich verkrampfte. »Ciao.«

Tilde lächelte. »*Ehi,* bella, was für eine schöne Überraschung. Ich hab dich schon ein Weilchen nicht mehr gesehen.« Sie warf Nico flüchtig einen strafenden Blick zu.

Immer ist der Mann schuld, dachte Nico. Na ja, vielleicht hatte Tilde sogar recht. Nein, nur zum Teil. Nachdem sie einen schönen Winter und Frühling lang gemeinsame Wandertouren unternommen, sich gegenseitig bekocht und miteinander geschlafen hatten, war jeder wieder auf Abstand gegangen.

»Wolltest du bei uns Mittag essen?«, fragte Tilde. »Nico hat einen köstlichen Kartoffelauflauf gemacht, aber der ist alle. Ich kann dir gerne etwas anderes aufwärmen.«

Nelli schüttelte den Kopf, dann schaute sie Nico an. »Wie geht es dir?«

»Mir geht's gut.« Ihr Blick wirkte sanft. »Warum fragst du?«

Weil du mir wichtig bist, hätte sie gern gesagt, tat es aber nicht. »Ich habe gehört, dass du einen toten Mann in Jimmys Wagen gefunden hast. Stimmt das?«

Tilde starrte Nico mit offenem Mund an. »Wirklich?«

Nico nickte. »Die Klatschtanten von Gravigna waren mal wieder schneller als der Blitz.«

Tilde musterte Nico kritisch. »Klatschtanten? Männer mögen und verbreiten Gerüchte genauso wie Frauen.« Sie wandte sich wieder dem Spülbecken zu und begann energisch einen Topf zu schrubben. »Wer immer das herumerzählt, hier kam jedenfalls nichts davon an. Nicht wahr, Nico?«

»Ich verbreite keinen Klatsch«, verteidigte sich Nico.

»Das ist kein Klatsch. Das ist eine Nachricht, die uns alle etwas angeht«, sagte Tilde vorwurfsvoll, an Nico gerichtet.

»Ich habe das nicht aus der Gerüchteküche erfahren«, sagte Nelli, die jetzt wünschte, sie wäre nicht gekommen. »Gogol kam nach dem Frühstück zu mir ins Atelier. Er saß die ganze Zeit still da, während ich an seinem Porträt arbeitete, bis er plötzlich sagte: ›Nico hat wieder einen toten Mann gefunden‹, und dann zitierte er: ›Vernimmst du nicht sein Schmerzensbrüllen?‹ Ich dachte ...«

Nelli wurde von Alba unterbrochen, die jetzt mit einem Stapel Teller in der Tür auftauchte. »Das sind die letzten.« Sie übergab sie Nico und begrüßte dann Nelli, die ihr Platz gemacht hatte. »Ciao, wie schön, dass du hier bist.« Sie küsste Nelli auf beide Wangen. »Wir können ein bisschen Aufmunterung gut gebrauchen, findest du nicht auch, Tilde?«

Nico erhielt den nächsten strafenden Blick.

»Danke, Alba«, erwiderte Tilde. »Ich seh dich um fünf.«

Alba winkte: »Ciao, allerseits«, und weg war sie.

Nelli tauchte wieder in der Küchentür auf. »Da jetzt geklärt ist, dass sich Gogols Schmerzensbrüllen auf den toten Mann und nicht auf dich bezog, gehe ich mal wieder ins Atelier.«

Nico deponierte den Stapel schmutziger Teller auf der Arbeitsplatte. »Nein, warte bitte einen Moment, Nelli. Es ist völlig ausgeschlossen, dass Gogol von dem toten Mann gewusst haben kann, es sei denn, Sandro hätte es ihm erzählt.«

»Er hat mein Atelier nicht verlassen. Er wusste es einfach. Er spürt Dinge, die uns entgehen, ganz so, wie Tiere Schwingungen hören können, die das menschliche Ohr nicht empfängt.«

»Jimmy ist überzeugt, dass Gogol über außersinnliche Wahrnehmung verfügt«, sagte Nico. »Ich habe es nicht geglaubt, als er mir das erzählte, und ich glaube es noch immer nicht.«

»Du stehst zu sehr auf dem Boden der Tatsachen.« So, wie Nelli es sagte, klang es nicht nach einem Kompliment.

»Ich finde es tröstlich, festen Boden unter den Füßen zu haben.«

»Wie schade. Auf Wiedersehen.« Nelli verschwand im Türrahmen.

Tilde buffte Nico in den Arm. »Geh ihr nach.«

»Nein.«

»Was ist bloß los mit euch beiden?«

»Wenn ich's wüsste, würde ich's dir sagen.« Er musste dahinterkommen, aber es war doch nicht alles seine Schuld, oder?

»Vielleicht solltest du Nelli fragen.«

»Vielleicht tu ich das sogar.«

Nico nahm einen dreckigen Teller zur Hand und begann die Essensreste mit einem Messer in den Abfalleimer zu kratzen. »Falls du irgendwas erfährst, das uns weiterbringt, lass es mich wissen.«

Tilde versetzte ihm einen Schlag mit dem Küchenhandtuch. »Echt, ihr Männer seid so was von unmöglich.«

Nico rief Perillo während einer Arbeitspause an. Sich nach dem Stand des Mordfalls zu erkundigen war angenehmer, als in sich gehen zu müssen. »Ciao. Wo sind Sie?«

»Im Park gegenüber vom Revier; ich muss nachdenken.«

»Sehr gut. Ich brauche wohl nicht zu fragen, worüber.«

»Nicht über den Mord«, antwortete Perillo. »Ich warte auf Wiederherstellung meines Seelenheils.«

Perillos Seele reagierte nur auf Nahrung. »Ich vermute, Sie haben nicht zu Mittag gegessen.«

»Ein Sandwich im Stehen am Straßenrand, als wir auf den Gerichtsmediziner warteten.«

»Haben Sie irgendetwas Hilfreiches von ihm erfahren?«

»Gianconi meint, dass er seit vier Tagen tot ist, das heißt, er wurde am Freitag getötet, am Tag, als er verschwand. Man hat viermal auf ihn eingestochen, ins Herz, in die Brust und zweimal in den Magen. Nach der Autopsie wissen wir mehr. Die Spurensicherung ist immer noch mit dem Wagen zugange. Die Plastikplane war teilweise blutverschmiert und an anderen Stellen saubergewischt. Sie haben keine klar erkennbaren Fingerabdrücke gefunden. Auch das Handy war sauber.«

Nico hörte ein Inhalieren, danach langsames Ausatmen. Perillo rauchte. So viel zu den guten Vorsätzen. »Hat Ihr Treffen mit Rinaldis Nachbar heute früh etwas ergeben?«

»Er heißt Mattia Gennari, jemand, den wir überprüfen müssen. Er behauptete, Rinaldis Verschwinden sei schlicht ein Trick gewesen, um Mattia zu zwingen, mehr Geld zu bieten.«

»Wofür?«

»Cesares Grundstück. Es grenzt an das von Gennari. Gennaris Land ist kleiner. Auch sein Haus. Hätte Rinaldi ihm das Grundstück verkauft, hätte Gennari ein größeres Haus bauen können.«

»Das bedeutet also, das Land ist für landwirtschaftliche Nutzung vorgesehen?«

»Ja. Die Größe des Hauses ergibt sich aus der Grundstücksfläche. Cesares Haus hat zwei Zimmer im Parterre und oben noch mal zwei.«

»Ein größeres Haus ist hoffentlich kein Grund, einen Menschen umzubringen. Werden die Ermittlungsbehörden eingeschaltet? Capitano Tarani von der Investigativeinheit der Provinzzentrale hat sich beim letzten Mal ganz gut bewährt.«

»Ich weiß noch nicht. Ich melde mich später wieder. Ich habe gleich eine Verabredung. Ciao.«

Nico ging wieder an die Arbeit. Nach Nellis Besuch brauchte auch er eine Wiederherstellung seines Seelenheils.

Perillo folgte Laura Benati durch die große Eingangshalle im hinteren Bereich des Hotels Bella Vista. Da er in offizieller Funktion kam, war Perillo in Uniform erschienen. Laura trug das blaue Kleid, das sie schon bei ihrer vorherigen Begegnung angehabt hatte.

Sie durchquerten den gemütlichen Barbereich, wo Perillo im letzten September mit Cesare über einen Hotelgast geplaudert hatte. Gar nicht so lange her, dachte Perillo, vorsichtig darauf bedacht, nicht die leere Stelle hinter dem Tresen anzustarren.

»Cesares Neffe erwartet uns«, sagte Laura, als sie um die Ecke bog. »Ich habe ihn angerufen, als ich wieder hier war. So brauchen Sie für Ihren Spruch ›Ich muss Ihnen leider mitteilen, dass …‹ nicht extra nach Castellina zu fahren.« Sie klang kühl.

»Vielen Dank. Es ist wirklich keine leichte Aufgabe.« Eine Aufgabe, bei der sich jedes Mal sein Magen verkrampfte.

»Ich schätze, es ist immer das Beste, die schmerzlichen Dinge schnell hinter sich zu bringen. Ich habe ihm lediglich gesagt, dass Sie uns etwas mitteilen wollen.«

Perillo folgte Laura durch einen weiteren Raum. Dieser war mit bequemen Sesseln und Sofatischen aus Massivholz vollgestellt, auf denen Bildbände lagen. Laura öffnete eine Tür. Pietro Rinaldi, der am Fenster stand, drehte sich zu ihnen um, als sie eintraten. Er war ein großer, korpulenter Mann Anfang, Mitte fünfzig, mit einer Stirnglatze, einem breiten Gesicht, Hängebacken und müden Augen. Sein Sweatshirt, seine Jeans und Stiefel waren voll weißer Farbkleckse.

Ein Anstreicher, dachte Perillo, als er den Raum betrat. Er stellte sich vor und hielt ihm die Hand hin.

Pietro schüttelte sie kurz und trat dann einen Schritt zurück, als würde der Maresciallo einen strengen Geruch ausströmen. »Sie haben Cesare gefunden?«

»Warum setzen wir uns nicht erst einmal«, sagte Laura sanft und nahm in einem der Sessel Platz.

Die beiden Männer folgten ihrem Beispiel. Pietro verschränkte die Arme, als wollte er sich gegen etwas wappnen, das ihm der Maresciallo gleich mitteilen würde. »Bringen wir's hinter uns.«

Perillo holte tief Luft. »Es tut mir leid. Ihr Onkel, Cesare Rinaldi, ist tot.«

Laura sackte in ihrem Sessel zusammen und schloss die Augen. Sie war sich sicher gewesen, dass er tot war. Es war die einzige plausible Erklärung für sein Verschwinden. Trotzdem hatten die Worte des Maresciallo sie mit erstaunlicher Wucht ins Herz getroffen.

Pietro presste seine Arme noch fester zusammen. »War es Herzversagen? Er hat manchmal über Herzschmerzen geklagt.«

»Jemand hat ihn mit vier Messerstichen ins Herz, in die Brust und in den Magen getötet.«

Laura setzte sich auf; mit offenem Mund starrte sie Perillo aus ungläubig aufgerissenen Augen an.

»Der arme Mann«, sagte Pietro mit einer Stimme, in der kein Mitgefühl erkennbar war.

»Es tut mir aufrichtig leid«, sagte Perillo. Abgedroschene Worte, die nicht den geringsten Trost boten, aber was sollte er sonst sagen? Er erklärte rasch, wie und wo man Cesare gefunden hatte. »Wir müssen Sie bitten« – er wandte sich zu Pietro –, »ihn zu identifizieren, da Sie sein nächster Angehöriger sind.«

»Sicher. Was ist mit der Ducati? Haben Sie die gefunden?«

»Nein, haben wir nicht.«

»Cesare hat sie in einem exzellenten Zustand gehalten. Sie dürfte mehr als fünfzehntausend Euro wert sein. Haben Sie vor, eine Suche anzuordnen?«

Perillo nickte, während er im Stillen Neffe Pietro vorerst ganz oben auf die Liste seiner Verdächtigen setzte. Ohne mit der Wimper zu zucken, hatte Pietro die Nachricht über seinen ermordeten Onkel vernommen, aber um dessen Motorrad machte er sich Sorgen. »Selbst wenn wir sie finden, wird die Spurensicherung sie eine Zeitlang behalten wollen.«

Pietro verzog verärgert das Gesicht.

Laura, die mit den Tränen kämpfte, ging zum Fenster hinüber. *Wie konnte irgendjemand Cesare nicht lieben? Ihren zärtlichen, freundlichen Cesare? Welches Monster hatte das getan?*

Sie sah zu, wie ein Gast unter dem großen Baum Kastanien sammelte. Cesare hatte den Baum »Il Vecchio« genannt, weil er behauptete, dass er das einzige Lebewesen an diesem Ort sei, das älter war als er. Sie presste die Augenlider zu, um ihre Tränen aufzuhalten, um die Erinnerungen zu verdrängen, von denen sie wusste, dass sie sich raunend anschleichen und ihr den Brustkorb zuschnüren würden. Dieses Mal musste sie stark bleiben, nunmehr ganz auf sich gestellt. Cesare konnte ihr nicht mehr helfen.

Perillos Blick blieb weiter an Pietro haften. »Ich brauche die Schlüssel zu Cesares Haus.«

»Die hat Laura.«

»Nein«, sagte Laura vom Fenster her. »Ich habe sie dir zurückgegeben, bevor der Maresciallo kam.«

Pietro zuckte mit den Achseln. »Hatte ich vergessen. Sie finden sowieso nichts. Laura und ich haben schon gesucht.«

Perillo stand auf. »Sie haben aber nicht nach Indizien für einen Mord gesucht. Das Haus wird versiegelt, bis die Spurensicherung fertig ist. Ich muss Sie beide außerdem bitten, nach Greve aufs Revier zu kommen und Fingerabdrücke und DNA-Proben abzugeben, um jegliche Verdachtsmomente auszuschließen. Je früher, desto besser.«

»Desto besser für Sie«, sagte Pietro unwirsch. »Schließlich habe ich zu arbeiten, und von meinem Wohnort aus ist Greve nicht gerade um die Ecke.«

Perillo richtete sich auf und drückte die Schultern durch.

Das half gewöhnlich im Umgang mit unangenehmen Leuten. »Je früher wir den Mörder Ihres Onkels finden, desto besser.« Er hielt ihm die Hand hin.

Pietro kramte in der Hosentasche seiner Jeans und ließ einen schweren Eisenschlüssel in Perillos offene Hand fallen.

»Danke, Signor Rinaldi. Ich muss Ihnen außerdem einige Fragen stellen. Ich erwarte Sie morgen früh um neun.«

Pietros linkes Auge begann zu zucken. »Ich habe ihn nicht getötet.«

Perillo ignorierte die Behauptung und wandte sich Laura zu, die immer noch aus dem Fenster schaute. »Signorina Benati, kommen Sie auch morgen früh?«

»Ja. Ich mache alles, was hilft, das Schwein zu finden. Ich habe Cesare sehr lieb gehabt. Meine Großeltern wohnten ihm gegenüber in derselben Straße. Wir haben früher zusammen gespielt.«

»Dann also bis morgen.« Perillo setzte seine Mütze auf und verließ den Raum.

»Es tut mir leid, Laura«, hörte er Pietro sagen. Er blieb stehen und lauschte.

»Womit hast du Cesare dermaßen aufgeregt?«, fragte Laura. Schweigen.

Perillo begab sich zum Ausgang.

Vince sah sich immer wieder auf dem riesigen Areal des Parkplatzes von Villa Costanza um, während er Daniele zur Imbissbar folgte. »Es gibt hier mehr als vierhundert Stellplätze!«

»Fünfhundert und fünf«, berichtigte Daniele.

»Hier kann er unmöglich umgebracht worden sein. Alles ist offen überschaubar. Nichts, wo man sich verstecken könnte.«

»Zwischen zwei geparkten Autos wäre man geschützt.«

»Komm schon, Dani. Das ist zu riskant. Cesare ist mit Sicherheit woanders ermordet worden. Glaubst du, es war Jimmy? Er hat ihn erstochen und in den Kofferraum bugsiert, um ihn später in eine unserer vielen Schluchten im Chianti zu werfen. Könnte doch sein, oder?«

Daniele lief weiter. »Die Snackbar ist gleich da vorn bei den Ticketautomaten.«

»Nicht so schnell, Dani. Ich bin ganz außer Puste.« Da Vince unablässig seinen Hunger stillte, war er etwas füllig.

»Dann hör auf zu reden.« Daniele hatte Vince angeboten, ein paarmal die Woche mit ihm Frühsport zu machen. Doch Vince hatte bloß gelacht.

Daniele zupfte nervös am Bandelier über seiner Uniformjacke und betrat dann die Snackbar, die den optimistischen Namen *TuttoBene* trug, »Alles ist gut«. Das Lokal war geräumig und makellos sauber. Ein langer, U-förmiger Tresen nahm die Mitte des Raumes ein, dahinter standen zwei Leute, die Kaffee machten und Sandwiches ausgaben. Kleine Tische reihten sich entlang der Fenster, die den Blick auf die Straßenbahnschienen freigaben.

Als Daniele an der Seite eines keuchenden Vince weiter hineinging, schaute ein Mann am letzten Tisch von seinem Laptop auf. Angesichts zweier Uniformierter erhob er sich eilig und kam ihnen entgegen.

Der Manager, dachte Daniele. Ein Mann Ende dreißig mit Geheimratsecken und einem erschöpften Gesichtsausdruck, elegant gekleidet in gebügelten blauen Hosen und einem hellblauen Kragenpulli. Daniele ging ihm entgegen und stellte sich und Vince vor, der sich hinter ihm hielt.

»Buonasera. Ich bin hier der Manager, Giovanni Sant'Angelo.« Er schüttelte Daniele die Hand und hielt auch Vince seine Hand hin, der aber keine Notiz davon nahm, da er bereits eingehend die Sandwiches in der Auslage unter dem Tresen begutachtete. Der Manager steckte seine Hand wieder in die Tasche. »Was kann ich für Sie tun?«

»Ein Glas Wasser wäre toll«, sagte Vince.

Daniele drehte sich um und warf Vince einen vernichtenden Blick zu. »Geh zum Tresen und frag da.«

Vince nickte erfreut. Genau dorthin, zum Tresen, wollte er ja. Er hatte eine unwiderstehliche Schiacciata mit Salami und Mozzarella entdeckt.

»Vielleicht sollten wir besser draußen sprechen«, sagte Daniele, der sah, dass sie von ein paar Kunden angestarrt wurden.

»Ja, natürlich«, sagte der Manager. Anstatt den Fußweg zu nehmen, auf dem sich um diese Zeit einige Leute aufhielten oder zu den Straßenbahnen gingen, führte der Manager Daniele zum Parkplatz.

»Möglicherweise wurde hier am Freitag ein Mann erstochen«, sagte Daniele.

Der Manager blieb stehen und schaute Daniele an; er brauchte einen Moment, um die Nachricht zu verdauen. Dann fragte er: »Und warum glauben Sie, dass es hier passiert ist?«

»Man hat die Leiche in einem Auto gefunden, das fünf Tage lang hier geparkt war. Laut Aussage des Gerichtsmediziners ereignete sich der Mord am Freitag, da stand der Wagen noch hier.«

Sie gingen weiter. Es war fünf Uhr nachmittags und der Platz war zur Hälfte voll, hauptsächlich mit Mietwagen der Touristen und Pendlerautos. »Der Parkplatz ist videoüberwacht. Was immer an dem Tag passierte, wird sich auf den Aufnahmen zeigen. Ich weiß nicht, wie ich Ihnen sonst noch helfen kann.«

»Wir warten noch auf das Filmmaterial, aber es schadet auch nicht zu fragen, ob jemand etwas Außergewöhnliches gesehen hat.«

»Die vom Reinigungsteam haben kein Blut bemerkt«, sagte der Manager. »Sie stehen jeden Morgen vor der Tür und warten, dass wir aufmachen. Die hätten auf jeden Fall etwas gesagt. Bitte.« Er blieb wieder stehen und zog seine Brieftasche aus der hinteren Hosentasche; aus einem Seitenfach nahm er eine Visitenkarte. »Das ist die Firma, die dafür sorgt, dass der Parkplatz immer sauber und ordentlich bleibt.«

»Danke.« Daniele schob die Karte in seine Hosentasche. »Ich brauche außerdem eine Liste Ihrer Mitarbeiter, die am Freitag in der Cafébar gearbeitet haben.«

»Verstehe. Da muss ich erst auf dem Plan in meinem Laptop

nachsehen. Sie können mit Miremba anfangen. Sie steht gerade hinterm Tresen. Am Freitag hat sie eine Doppelschicht gemacht, weil sie für jemanden eingesprungen ist, der krank geworden war.«

»Miremba?« Daniele hatte den Namen noch nie gehört.

»Sie ist Italienerin«, sagte der Manager. »Und sogar am Endpunkt der Straßenbahnlinie geboren – Scandicci. Ihre Eltern sind Flüchtlinge, zwei von denen, die das Glück hatten, es herüberzuschaffen. Sie kommen aus Uganda.«

»Ein schöner Name«, sagte Daniele. »Ich würde gern gleich mit ihr sprechen.«

»Selbstverständlich.« Der Manager begann, zügig zurück zum Café zu gehen, den Blick nach unten gerichtet. »Ich bin immer dafür, die Dinge sofort zu erledigen. Im Moment ist wenig Betrieb.«

Daniele hielt mit dem Manager Schritt und bemerkte, wie dieser etwas vor sich hinmurmelte. Wahrscheinlich wollte er nur den Besuch der Carabinieri möglichst rasch hinter sich bringen. Vince lehnte am Tresen und unterhielt sich mit einer schwarzen jungen Frau, als Daniele hereinkam. Ihre Schultern bebten vor Lachen, während sie sich die langen, graziösen Finger vor den Mund hielt.

Vince richtete sich auf, als er Daniele mit dem Manager kommen sah. »Ich wusste nicht, wo du abgeblieben bist«, sagte er.

Daniele antwortete nicht, da er von den markanten Zügen der Frau, ihrer glänzenden dunklen Haut, ihren großen Augen, die jetzt besorgt schauten, ganz gefangen war. »Stimmt etwas nicht?«, fragte sie den Manager. Der Manager gab Daniele mit einem Blick zu verstehen, dass er ihm das Wort überließ. Zum Glück waren sie auf dieser Seite des Tresens allein.

Daniele stellte sich vor und sagte dann: »Ich möchte Ihnen nur ein paar Fragen stellen. Es dauert nicht lange.«

Mirembas Augen wanderten zum Gesicht des Managers hinüber.

»Ist gut«, sagte er. »Draußen.«

Sie schenkte Daniele ein strahlendes Lächeln. Offenbar war ihr die Auszeit willkommen. »Geben Sie mir zwei Minuten.«

Daniele verließ die Snackbar, gefolgt von Vince, der sich beschwerte: »Du hast gesagt, ich soll mir ein Glas Wasser holen, und dann warst du auf einmal verschwunden. Ich dachte, wir wären ein Team.«

»Sind wir auch. Wie war das Sandwich?« Daniele blieb am Ende des Fußwegs stehen; er war sich nicht sicher, aus welcher Richtung Miremba kommen würde.

»Gut, aber diese Miremba, hast du gesehen, was für eine Schönheit sie ist?«

»Ja.«

»Sie hat über unsere Polizistenwitze gelacht. Kennst du den von der Frau, die zu ihrer Freundin sagt: ›Mir wurde gestern mein Auto geklaut.‹ Darauf die Freundin: ›Und, warst du bei den Carabinieri?‹«

Daniele stimmte mit ein: »›Ja, aber sie haben gesagt, sie wären's nicht gewesen.‹ Sehr lustig, Vince. Jetzt hält sie uns für die letzten Idioten.«

»Nein, tu ich nicht«, sagte Miremba, die von hinten gekommen war. »Danke, dass Sie gewartet haben. Ich musste noch meine Zigaretten holen.« Sie überragte Daniele und Vince, als sie in ihrer TuttoBene-Uniform vor ihnen stand: hellbrauner, langärmeliger Pulli und dazu passende Hosen. Diese sonst so fade Farbe leuchtete förmlich auf ihrer dunklen Haut. Die Schürze hatte sie abgelegt. »Können wir ein Stückchen laufen? Der Manager mag es nicht, wenn die Kunden mich rauchen sehen.« Sie ging los, ohne eine Antwort abzuwarten.

Daniele holte sie mühelos ein. Vince zuckelte hinterher.

»Was wollten Sie mich fragen?«

Daniele wiederholte, was er dem Manager gesagt hatte.

Miremba blieb stehen und zündete sich eine Zigarette an. Sie inhalierte tief, dann wandte sie den Kopf von Daniele ab und stieß den Rauch langsam wieder aus. »In was für einem Auto wurde die Leiche gefunden?«

»In einem alten grünen Ford. Ich weiß nicht, welches Modell.«

»Mit lauter Beulen?«

Daniele horchte erregt auf. »Ja. Voller Beulen.«

Vince hatte sich zwischen sie gestellt; er ahnte, dass nun etwas Spannendes ans Licht kommen würde. Sein Kopf bewegte sich wie bei einem Tennismatch zwischen seinem Kollegen und der Schönen hin und her.

»So ein Ford parkte dort, wo ich mein Auto gern abstelle. Wir haben einen kostenfreien Parkausweis, darum können wir parken, wo wir wollen. Mein Wagen stand daneben. Der Ford hat mindestens vier Tage da gestanden. Gleich an meinem Blumenbeet. Es ist nicht wirklich meins, aber das ist meine Stelle. Wenn ich morgens um halb sieben aus dem Auto steige, werde ich gern von Gänseblümchen, Begonien und allem begrüßt, was da wächst. Da kriegt man gleich gute Laune.«

»Sie haben an dem Tag eine Doppelschicht gemacht.«

»Ja, stimmt. Ich melde mich immer freiwillig, wenn bei uns jemand absagt. Ich brauche das Geld. Ich will im Juni heiraten.«

»Herzlichen Glückwunsch«, sagte Vince. »Wer ist der Glückliche?«

Daniele ließ Miremba keine Zeit zum Antworten. »Als Sie am Freitag nach der Arbeit zu Ihrem Auto gingen, ist Ihnen an dem Ford irgendetwas aufgefallen, das anders war? Haben Sie zum Beispiel am Boden neben dem Wagen Blut bemerkt?«

»Der Parkplatz ist nachts gut beleuchtet, aber Blut habe ich keins gesehen. Es ist aber trotzdem etwas passiert.«

Vince schob sich noch dichter an die beiden heran, damit ihm ja kein Wort entging.

»Meine Schlüssel waren in der üblichen Unordnung meiner Handtasche verschwunden. Ich stellte sie auf den Kofferraum des Ford und fing an zu kramen. Da ging die Haube auf.«

»Sie haben hineingeschaut?«, fragte Daniele.

Vince starrte Miremba an. »Sie haben die Leiche gesehen.«

»Ich habe einen leeren Kofferraum und eine schmutzige

alte Decke gesehen. Vielleicht war das nicht Ihr Wagen. Falls doch, wurde der Mord nach halb neun an dem Abend begangen. Um die Zeit fahre ich nach Hause.« Sie drückte, was von ihrer Zigarette übrig war, mit den Fingern aus und schob die Kippe zurück in die Schachtel. »Ich sollte besser wieder an die Arbeit. Da vorn kommt schon der Manager und will mich holen.«

Der Manager wedelte mit einem Stück Papier. »Hier ist Ihre Liste, Brigadiere.«

Daniele hob eine Hand zum Zeichen, dass er gleich kommen würde. »Haben Sie die Heckklappe wieder geschlossen?«

Miremba zuckte mit den Schultern; ein reumütiger Blick lag in ihrem schönen Gesicht. »Ich habe einfach nicht daran gedacht. Ich schätze, ich hätte es tun sollen. Aber ich war einfach müde.«

»Danke, Miremba, und Glückwunsch zu Ihrer Hochzeit.« Daniele machte kehrt und ging auf den Manager zu, der auf halbem Weg Halt gemacht hatte. Die Liste der Mitarbeiter vom Freitag spielte jetzt keine Rolle mehr. Wenn Cesare nach halb neun auf dem Parkplatz ermordet worden war, wären sie alle schon nach Hause gegangen.

Daniele nahm den Umschlag und steckte ihn ein. »Vielen Dank.«

»Ich bin froh, behilflich sein zu können. Ich hoffe, Miremba war es auch.«

»Das war sie.«

»Wie schön. Sie ist meine beste Mitarbeiterin.«

Daniele war schon zu weit vorausgegangen, als dass er Vince noch hätte abhalten können, darum lief er Miremba hinterher, die wieder zu ihrem Arbeitsplatz zurückging. »Sagen Sie mir, bella, wer ist der Glückliche, den Sie heiraten? Ich sterbe vor Neid.«

Miremba schritt noch weiter aus. »Ein Carabiniere. Daher weiß ich auch, dass die meisten von euch nicht die letzten Idioten sind.«

Daniele hatte den kurzen Wortwechsel mitbekommen, sagte aber nichts, als Vince und er wieder im Alfa saßen. Schweigend fuhren sie zurück. Als sie das Revier betraten, tippte Vince Daniele am Ärmel.

Daniele blieb stehen. »Was ist, Vince?«

Vince schaute Daniele zerknirscht an. »Ich bin der letzte Idiot, stimmt's?«

»Manchmal.«

»Danke, Dani.« Vince ließ seinen Kaugummi knallen. »Das ist besser als immer.«

Nico schlenderte hinüber zu dem alten Olivenbaum, unter dem er gewöhnlich in einer Pause seines Tagesablaufs saß. Er griff sich den Stuhl, der dort lehnte, und nahm ihn mit in den Gemüsegarten. Angesichts dieses Traditionsbruchs richtete OneWag sich auf und begann seinem Herrchen zu folgen. Am geöffneten Gartentor machte er wieder Sitz und sah Nico flehend an. Der Gemüsegarten war für ihn tabu.

Nico klappte den Stuhl auf und stellte ihn hinter das lange Beet, das sich Broccoli und frisch gepflanzter Schwarzkohl teilten. Letzterer war ein in der Toskana beliebter Cousin des Grünkohls, aber es hatte eine Weile gebraucht, bis Nico sich an ihn gewöhnt hatte. Tilde hatte ihm beigebracht, wie man eine kräftige Suppe daraus machte, die man mit weißen Bohnen, mit Knoblauch eingeriebenen Croutons und einem kräftigen Schuss frisch gepressten Olivenöls verfeinerte.

Nico setzte sich, streckte seine Beine in einer Lücke zwischen zwei Broccoliköpfen aus und schloss die Augen. Frieden. Er wollte Frieden. Nicht mehr an die Leiche in Jimmys Kofferraum denken. Nelli nicht kränken. Keine Schuldgefühle gegenüber Rita mehr haben. Im Sommer war der einsame Olivenbaum mit seinem gesprenkelten Schatten sein Refugium gewesen. Heute musste Nico bei den Dingen sein, die dank seiner Pflege gewachsen waren. Die Pflanzen ernährten ihn, die Blumen entlang des Zauns bescherten ihm eine farbenprächtige Aussicht.

OneWag, des Wartens müde, winselte.

Nico machte ein Auge auf. Zwei bittende, verständnislose Augen starrten ihn an. Es war der Blick, mit dem ihn sein Köter bedachte, wenn er ihn nicht rechtzeitig fütterte. »Tut mir leid, Kumpel. Dieser Vormittag war auch für dich hart. Pass nur auf, wohin du die Pfoten setzt.« Nico schloss das eine Auge wieder und neigte seinen Kopf zur Seite, um ein wenig Sonne abzubekommen.

OneWag bellte einmal zufrieden, sprang über das Broccolibeet und ließ sich unter dem Stuhl nieder.

Einige Zeit später erwachte OneWag wieder. Mit einem Ohr hatte er das Geräusch heranrollender Autoreifen vernommen. Zögernd erhob er sich und trottete zum Gartentor hinaus.

»*Ehi*, OneWag.« Aldo Ferri zwängte sich schwerfällig aus seinem Wagen. Sein tonnendicker Bauch war nicht leichter geworden.

OneWags Schwanz fegte einmal durch die Luft. Sein Herrchen zu warnen war nicht nötig. Aldo war Nicos Vermieter und Freund.

»Wo ist Nico?« OneWag lief hinter das kleine Feldsteinhaus, wobei er sich mehrmals umsah, um sich zu vergewissern, dass Aldo ihm folgte.

Nico hatte Aldo gehört und ging durchs Tor, um ihn zu begrüßen.

»*Ehi*, Nico, du hast OneWag beigebracht, wie man Platzanweiser wird.« Aldo redete in einem stark akzentgefärbten Englisch mit den Hunderten von Touristen, die dafür zahlten, von einem erfolgreichen toskanischen Winzer fürstlich bewirtet zu werden. Er war stolz darauf, OneWags Namen fast korrekt aussprechen zu können.

»Ciao, Aldo. Er möchte nur nichts verpassen. Wenn du ihn schlafen siehst, achte mal darauf, wie das eine Ohr höher aufgerichtet ist als das andere. Ihm entgeht kein Wort.«

Aldo hob die Augenbrauen. »Kein Wort?«

Nico lachte. »Vielleicht traue ich ihm ein bisschen zu viel zu, aber er erkennt tatsächlich eine Menge Wörter. Die er nicht kennt, reimt er sich wahrscheinlich aus dem Tonfall zusammen. Er ist ein ziemlich schlaues Kerlchen. Ein großes Glück für mich, dass ich ihn gefunden habe.«

Aldo warf Nico wieder einen skeptischen Blick zu. »Ich würde sagen, umgekehrt wird ein Schuh draus.«

»Dann eben für ihn.«

OneWag setzte sich mit einem würdevollen Gesichtsausdruck neben das Tor. Er hatte es geschafft, sich zwischen dem Gemüse niederlassen zu dürfen. Ein zweites Mal wäre riskant und könnte möglicherweise in einer Demütigung vor Publikum enden.

»Ich wollte schon beim Weingut vorbeikommen«, sagte Nico. »Wann braucht ihr mich für die Olivenernte?«

»In zwei Wochen bist du herzlich bei uns willkommen.« Aldos Blick fiel auf den Klappstuhl zwischen einer Reihe Broccolistauden. »Was ist aus der Sinnsuche unter zweihundert Jahre alten Olivenbäumen geworden? Den hier hat wahrscheinlich mein Großvater gepflanzt.«

»Manchmal braucht man eine andere Perspektive.«

»Ja, ich hab's gehört. Du und Perillo habt ein neues Schlamassel am Hals.«

»Von diesem Schlamassel müssen Perillo und Daniele den Löwenanteil schultern. Ich stehe nur notfalls zur Verstärkung bereit.«

»Ich glaube dir kein Wort. Mit dir im Team hat der Täter doch keine Chance.«

»Deine Schmeichelei und deine Zuversicht tun mir gut.«

»Wohlverdient. Hol mir bitte einen Stuhl. Ich bin zu schwer, um den ganzen Tag zu stehen.«

Nico fragte sich, warum Aldo gekommen war. Die Miete war noch nicht fällig und auf dem Weingut herrschte um diese Zeit Hochbetrieb. »Kanntest du Cesare?«, fragte Nico, als er Aldo einen Stuhl hinstellte und seinen eigenen holte, sorgsam darauf bedacht, das Tor hinter sich zu schließen.

OneWag seufzte und streckte sich neben Nico aus.

»Er hat uns Drinks serviert. Er war ein netter Kerl, hatte immer ein offenes Ohr. Über die Jahre haben wir so manchen Drink bei ihm an der Bar genommen. Cinzia hält seinen Daiquiri für den besten aller Zeiten. Sie hat ihn jedes Mal nach dem Rezept gefragt.«

»Ich wusste gar nicht, dass ihr beide um die Häuser zieht.«

»Nur, wenn wir essen gehen. Cinzia schließt so einen Abend gern mit einem Barbesuch ab. Wir kennen alle Bars der Gegend, aber die vom Hotel Bella Vista hat sie eindeutig am liebsten.«

»Dort hat sie ja auch euren letzten Manager gefunden.«

Aldo rümpfte die Nase. »Richtig.« Der hatte sich als schlechte Wahl entpuppt.

»Weißt du irgendwas über Cesare, das uns helfen könnte?«

»Da redest du lieber mit Cinzia. Sie vermutet, dass ihm früher irgendetwas Schlimmes zugestoßen ist. Jedes Mal, wenn wir da waren, wollte sie unbedingt auf einem dieser harten Hocker ohne Rückenlehne sitzen, um sich mit ihm unterhalten zu können. Als sie einmal einen Daiquiri über den Durst getrunken hatte, fragte sie ihn: ›Was macht Sie so traurig?‹«

»Hat er geantwortet?«

»Er hat sich damit Zeit gelassen, hat sich erst um ein paar andere Gäste gekümmert und dann gesagt: ›Das Älterwerden.‹ Damit schob er allen weiteren Fragen einen Riegel vor, denn er hatte Cinzias wunden Punkt getroffen. Sie ist noch genauso schön wie an dem Tag, als ich sie kennenlernte, aber sie glaubt mir nicht.«

»Und du machst dir keine Sorgen ums Älterwerden?« Nico dachte an sein Gespräch mit Perillo am Sonntagmorgen.

»Warum sollte ich mir um irgendwas Sorgen machen, das ich sowieso nicht ändern kann?«, sagte Aldo. »Solange ich jeden Morgen noch drei oder vier Liegestützen schaffe und danach wieder hochkomme, ist alles in Ordnung.«

»So geht's mir mit dem Joggen, obwohl ich zugeben muss, dass es mir an manchen Morgen schwerfällt.«

»Die Sache mit Cesare tut mir leid, aber deswegen bin ich nicht hier. Du musst dich schon wieder mit einem Mordfall herumschlagen – wir machen uns Sorgen um dich. Bitte komm zu uns zum Abendessen, wann immer du Zeit hast. Du kannst das Menü bestimmen, und Cinzia kocht.«

»Danke. Ich esse alles gern, was sie kocht.« Als Aldos Frau erfuhr, dass Nelli aus dem Rennen war, hatte sie ihn jede Woche eingeladen. Er war nur ein paarmal hingegangen und hatte sich ansonsten mit seinen Verpflichtungen im Restaurant herausgeredet. Cinzia und Aldo waren inzwischen gute Freunde geworden, aber ihre Versuche, ihn aufmuntern, empfand er ein wenig lästig. Er war sich vorgekommen wie auf dem Präsentierteller. Dass sie sich wegen eines Mordfalls um ihn sorgten, war schon eher zu akzeptieren. »Ich muss erst Tilde fragen. Wahrscheinlich braucht sie mich nicht mehr so oft, jetzt, wo die Touristensaison fast vorbei ist.«

»Wem sagst du das. Die Reiseagenturen buchen für ihre Gruppen schon keine Abendessen mehr im Weingut, und das bedeutet keine Nebeneinkünfte bis zum nächsten Frühjahr.« Aldo nahm seine Liegestützen-Arme zur Hilfe, um sich aus dem Stuhl zu hieven. »Begleite mich zum Wagen.«

Sechzehn lange Schritte führten Aldo und Nico zur anderen Seite des Steinhauses. OneWag erwartete sie vor Aldos Auto.

Aldo öffnete die Tür zum Rücksitz. »Nimm dir sechs Flaschen meines 2018er Chianti. Ein Geschenk von uns, und spar dir die Dankesarien. Nicht nötig. Der Ferriello-Wein wird deine für die Aufklärung von Morden zuständigen Zellen wieder auf Trab bringen.«

»Dann sag ich's nur einmal. Danke.« Nico nahm sich die Flaschen aus dem Fond. »Ich sage Cinzia Bescheid wegen des Abendessens.«

Die Abendessenszeit im Sotto Il Fico war längst vorbei, als Nico Tilde gute Nacht sagte und nach OneWag pfiff. Der Hund, der auf der Kirchentreppe fest eingeschlafen war, sprang auf und rannte zu seinem Herrchen. Nico hob ihn hoch und roch Terpentin. »Du warst wieder in Nellis Atelier, stimmt's?« Nelli und OneWag waren ein Herz und eine Seele. Da jetzt Nelli nicht mehr zu ihnen nach Hause kam, lief der Hund zu ihr, so oft er konnte.

OneWag bellte.

»Natürlich warst du da.« Nico setzte ihn ab. OneWag bellte wieder und trottete den Hügel hinunter. Nellis Studio lag am unteren Ende.

Nico pfiff. »Falsche Richtung, Bürschchen.« Der Hund wusste ganz genau, dass das Auto neben der Kirche Sant'Agnese parkte. Trotzdem trabte OneWag stur weiter den Hügel hinab, man konnte ja nie wissen.

Nicos Handy klingelte. »Ciao, Perillo.« Er begann, zum Auto hinaufzugehen. »Wie läuft's?«

»Beim Fall oder bei mir?«

»Bei Ihnen.«

»Nicht gut. Ich dachte, mit Mord wäre jetzt für mich Schluss gewesen.«

»Bei mir war es eher eine Hoffnung, aber so ist es nun mal.«

»Helfen Sie uns?«

»Natürlich. Einer für alle, alle für einen.«

»Danke. Ich weiß das zu schätzen. Ich habe Daniele heute Nachmittag nach Villa Costanza geschickt.« Er berichtete Nico, was Miremba erzählt hatte. »Ich baue darauf, dass die Überwachungsvideos etwas hergeben. Morgen, spätestens Mittwoch sollte ich sie bekommen.«

»Selbst wenn Cesare nicht dort getötet wurde, werden die Filme wenigstens zeigen, wie ihn jemand in Jimmys Kofferraum gelegt hat. Die Information, dass der Kofferraum offen war und jeder ihn benutzen konnte, ist ein großes Plus für Jimmy.«

»Wenn wir die Videos haben, wissen wir mehr.«

Nico fiel es schwer, sich Jimmy als potentiellen Mörder vorzustellen. »Wer ist zuständiger Staatsanwalt? Hoffentlich nicht Della Langhe.«

Perillos Lachen erstickte in einem Hustenanfall. »Genau der. Er hat mir schon eine SMS geschickt; er vertraut voll darauf, dass ich den Fall schnell löse. Diesmal ohne Capitano Tarani. Dann fügte er noch hinzu, er sei dankbar, dass das Opfer kein hochangesehener Mann ist.«

»Aber hoffentlich hochangesehen bei seinen Freunden und Verwandten.« Nico öffnete die Tür seines Wagens und war froh, endlich sitzen zu dürfen. Er war seit fünf Uhr auf den Beinen und jetzt war es kurz nach Mitternacht.

»Bei einer Freundin ganz bestimmt – Laura Benati. Was Rinaldis einzigen Verwandten betrifft, seinen Neffen, bin ich mir nicht so sicher. Ihm schien der Tod seines Onkels nicht das Geringste auszumachen.«

»Vielleicht hat er sich mehr auf den erfreulicheren Aspekt des Ganzen konzentriert. Ich vermute, er wird der Erbe sein.« OneWag sprang auf Nicos Schoß und stupste ihn an dem Arm, mit dem er das Handy hielt. Es war seine Form des Protests, dass sie nicht zu Nelli gingen.

»Na, dann kann er sich freuen. Daniele und ich haben den ganzen Abend mit zwei Männern von der Spurensicherung in Cesares Haus verbracht. Es herrschte da eine ziemliche Unordnung, aber es sah nicht aus, als hätten Unbefugte es durchwühlt. Irgendwie erinnerte es mich an meine Junggesellenzeit. Einen Computer gab es nicht, aber wir haben jetzt Cesares Handy zurückbekommen. Daniele versucht, das Passwort zu knacken. Im Schlafzimmer fanden wir neben dem Bett ein handgeschriebenes Testament, das zusammengerollt in einer Vase steckte. Es trägt das Datum von vor vierzehn Jahren und ist ordnungsgemäß unterzeichnet und von zwei Zeugen bestätigt. Pietro kriegt das Haus und das Land. Zweieinhalb Hektar mit einem Weingut, aber nicht die heißbegehrte Ducati. Cesare wollte mit ihr begraben werden, wie die Wikinger mit ihren Pferden.«

»Ist das Grundstück viel wert?«

»Sie meinen, könnte es ein mögliches Mordmotiv sein? Das prüfen wir noch, aber Land, das nur zur landwirtschaftlichen Nutzung bestimmt ist, bringt weniger ein. Cesare hat vor zwei Jahren einen Testamentszusatz angefügt. Er hinterlässt sein

Geld, und ich zitiere, ›Laura Benati, die immer Liebe verdient hat‹.«

»Er hat sie geliebt«, sagte Nico. Nico hatte Rita jeden Tag gesagt, dass sie sei sein großes Glück sei, als ihre Krankheit ausgebrochen war. Warum hatte er so lange damit gewartet? Er empfand gegenüber Rita so viel Reue und Scham. »Eine hohe Summe?«

»Das harrt noch der Entdeckung, wie auch der, wer ihn ermordet hat.«

»Hören Sie, Perillo, Sie stehen im Park vor dem Revier und rauchen, und ich sitze im Wagen und möchte nach Hause. Machen Sie die Zigarette aus und gehen Sie ins Bett. Wir kümmern uns morgen um Cesares Tod, okay?«

»Daniele hat zwischen den Seiten eines Buches eine hochinteressante Entdeckung gemacht.«

Nico ließ den Motor an. »Was immer es war, erzählen Sie es mir morgen. Mein Tag ist um.«

»Meiner jetzt auch«, sagte Perillo. »Ich bin froh, dass Sie ins Chianti-Gebiet gezogen sind. Notte.«

»Danke. Ich auch. Notte.« Nico legte den Rückwärtsgang ein und lenkte den Wagen aus der Parklücke. OneWag legte eine Pfote auf Nicos Arm und winselte.

»Nichts da, Kumpel. Wir beide gehen jetzt schlafen.«

VIER

Sandro war damit beschäftigt, den kleinen Geschirrspüler auszuräumen, und schaute auf. »Sie hat wohl der Mord so früh aus den Federn gelockt, was? Ich habe erst vor fünf Minuten aufgemacht.«

»Könnte man sagen.« Nico, gefolgt von einem schläfrigen OneWag, ging zum Tresen. »Buongiorno.« Er hatte auf seinen Morgenlauf verzichtet, weil er nach Jimmy sehen wollte, bevor die Meute neugieriger Anwohner das Café stürmen würde. »Wie geht es ihm?«

»Er ist hinten und fängt gerade mit dem Backen an. Ich habe ihm ja gesagt, er soll zu Hause bleiben, ich würde das auch noch einen Tag länger ohne ihn schaffen.« Sandro hob den Kopf und blickte ihn aus hellwachen Augen an. »Aber hat er auf mich gehört? Natürlich nicht. Möchten Sie Ihren Americano gleich?«

»Falls Sie Zeit dafür haben.« Nico ging in den hinteren Bereich des Cafés und rief vor einer geschlossenen Tür: »Buongiorno, Jimmy. Ich bin froh, dass Sie wieder hier sind, und das nicht nur wegen Ihrer Backkünste.«

Die Tür ging auf und gab den Blick auf Jimmy frei, der in einer großen Schürze steckte. »Ciao, Nico. Ich bin auch froh.« Er klang nach verstopfter Nase und wirkte beunruhigt. »Bitte erklären Sie meinem Mann, wie wichtig es ist, dass mein Leben wieder in gewohnte Bahnen kommt. Das bedeutet, dass ich morgens um sechs Uhr hier bin, den Ofen anstelle, meine Cornetti aus der Gefriertruhe nehme, sie in Zucker wälze und backe.« Er schaute zu OneWag hinunter, der schon eifrig an seinen Schuhen leckte. »Ja, ich habe etwas Zucker verschüttet. Meine Hand zittert heute leicht, aber keine Sorge, Nico, ich lasse Ihre Cornetti nicht anbrennen.« Jimmy machte kehrt und die Tür ging zu.

Nico ging zum Tresen zurück. Sandro füllte gerade eine große Tasse mit heißem Wasser. OneWag blieb hinten vor der Tür stehen und suchte den Fußboden nach weiteren Zuckerkrümeln ab. »Perillo wird sich mit Jimmy über Cesare unterhalten wollen.«

»Ich weiß, darum wollte ich auch, dass Jimmy zu Hause bleibt, wenigstens heute. Er ist völlig durch den Wind. Er muss sich erst wieder sammeln und zu Kräften kommen, bevor Salvatore ihn mit Fragen bombardiert.« Sandro gab einen Espresso in die Tasse mit heißem Wasser, stellte sie auf einen Unterteller und setzte sie Nico vor. »Vorsicht, die Tasse ist heiß.«

»Danke.« Nico atmete den belebenden Duft des Espresso ein. Er war daheim nicht dazu gekommen, sich seinen Morgenkaffee zu machen. »Ich bin sicher, Perillo versteht, was für ein Schock das für Jimmy war.«

»Ich hoffe, Sie haben recht. Eine Leiche im eigenen Kofferraum zu finden ist schon schlimm genug. Die Leiche eines Menschen zu entdecken, den man hasst, das ist einfach entsetzlich.« Sandro schaute verstört, sobald die Worte heraus waren. Er wandte Nico rasch den Rücken zu und machte sich daran, die bereits blitzblanke Espressomaschine zu polieren.

Nico nahm seinen Americano und suchte sich einen Tisch, um Sandro in Ruhe zu lassen. OneWag, der sämtliche Zuckerkrümel aufgeleckt hatte, die Jimmys Schuhe verstreut hatten, kam angetrabt, um sich unter Nicos Tisch schlafen zu legen. Sandro hatte ein interessantes Detail fallenlassen, und in Nicos Kopf begannen Fragen zu rumoren. Warum hatte Jimmy Cesare gehasst? Hatte er ihn so sehr gehasst, dass er ihn töten wollte? Ihn töten und dann die Leiche in seinem Kofferraum liegenlassen? Das ergab keinen Sinn.

Nico trank seinen Kaffee in hastigen Schlucken und verbrannte sich die Zunge. Na prima, das geschah ihm ganz recht. Jimmy war einer von den Guten. Warum musste er immer wie ein verdammter Kriminalkommissar denken?

»Warum müssen die Leute sich immer ermorden lassen?«

Nico drehte sich erstaunt um und sah eine attraktive junge

Frau in einem grauen Rock, einer beigen Bluse und darüber einer Tweedjacke. »Wie konnten Sie meine Gedanken lesen?«

»Weil Sie sie laut ausgesprochen haben. Bitte verzeihen Sie. Angesichts der jüngsten Ereignisse konnte ich mir die Bemerkung nicht verkneifen.«

Nico erhob sich. »Buongiorno. Nico Doyle.« Er schüttelte die Hand, die sie ihm entgegenhielt.

»Laura Benati.«

»Mein Beileid zum Verlust Ihres Freundes.«

»Vielen Dank. Nelli hat mir erzählt, dass Sie ein guter Freund des Maresciallo sind und ihm schon früher bei der Lösung von Fällen behilflich waren.«

»Sie kennen Nelli?«

»Das scheint Sie zu überraschen.«

»Das stimmt, ich weiß aber nicht, warum.« Die unerwartete Erwähnung ihres Namens hatte ihn irgendwie peinlich berührt.

»Einige ihrer Landschaftsbilder von der Gegend hier hängen in unseren Gästezimmern. Ich hoffe, Sie bieten auch diesmal dem Maresciallo Ihre Unterstützung an. Ich bin sicher, er kann jede Hilfe gebrauchen. Cesare war ein guter Freund von mir. Und Jimmy ist es auch.« Laura lächelte. Sie war stolz, ihre an Perillo angedeuteten Zweifel ein wenig heruntergespielt zu haben.

Sandro kam hinter dem Tresen hervor, um sie zu begrüßen. Laura umarmte ihn und küsste ihn auf beide Wangen. »Wie geht's Jimmino?«

»Er schnieft und bäckt seine Cornetti.«

»*Ehi*, Jimmy«, rief jemand an der offenen Tür des Cafés. Sandro ließ die Schultern hängen. »Oh je, da sind sie schon.«

Nico und Laura schauten zum Eingang. Eine Gruppe Dorfbewohner strömte herein; sie warfen ängstliche, besorgte oder schlicht neugierige Blicke in die Runde.

Sandro schlüpfte wieder hinter den Tresen und verbarrikadierte sich hinter der Kasse. Geschickt wich Laura dem Ansturm aus und setzte sich neben Nico, um das Schauspiel zu verfolgen. Nico konnte einige der Leute erkennen: Luciana, die Floristin; Oreste, der Friseur, Gustavo mit den anderen drei Mitgliedern des Rentnerquartetts im Schlepptau; Gino, der Besitzer der Trattoria auf der großen Piazza. Mit ihnen brach eine Flut an Fragen und Kommentaren herein.

»Wo ist Jimmy?«

»Geht's Jimmy gut?«

»Ist wirklich wieder ein Mord geschehen?«

»Wer war der Tote?«

»Ein Barkeeper. Ich hab's gestern in den Lokalnachrichten gehört.«

»Jimmy steht doch nicht etwa unter Verdacht, oder?«

»Ich lege meine Hand für ihn ins Feuer.«

»Was sagt der Maresciallo dazu?«

»Vielleicht will Jimmy jetzt seinen Wagen loswerden? Wenn er mir einen guten Preis macht, kauf ich ihn.«

»Ob man ihn verhaftet?«

Sandro hob die Hand. »Signori. Signore. Buongiorno.« Er schenkte ihnen sein gewohntes gewinnendes Lächeln. »Der Service ist heute früh etwas langsamer, da ich allein bin. Jimmy ist hinten und bäckt für Sie. Also, was kann ich für Sie tun? Die Bestellungen bitte einzeln.«

Da es für Italiener ein Ding der Unmöglichkeit ist, eine wie auch immer geartete Warteschlange zu bilden, wusste Nico, dass sich niemand daran halten würde. Die Gruppe drängelte sich vor der Kasse; die Bestellungen erfolgten in einem großen Durcheinander, begleitet von weiteren Fragen und Mutmaßungen.

Nico stand auf und verließ leise das Café, gefolgt von OneWag. Laura ging mit ihm hinaus. Als sich auf der Piazza ihre Wege trennten, sagte Nico: »Ich möchte Ihnen nur versichern, Signorina Benati, dass der Maresciallo seine Arbeit sehr gut macht.«

»Ich hoffe, Sie haben recht, Signor Doyle.«

»Nico.«

»Laura. Ich gehe gleich zu ihm. Buongiorno, Nico.«

»Arrivederci.« Dieses »Auf Wiedersehen« meinte er wörtlich, denn er hatte vor, etwas mehr über ihren Freund und Barkeeper Cesare zu erfahren.

Während Laura zu ihrem Wagen lief, schaute Nico auf die Uhr. Er musste noch einige Zeit totschlagen, bevor Gogol auftauchen würde. OneWag schaute zu ihm hoch, als wollte er fragen: *Und jetzt?*

Ein strammer Spaziergang als Ersatz für die verpasste Joggingrunde würde ihm guttun. Nico strebte dem Zeitungskiosk zu. Gleich dahinter gab es eine Abzweigung zu einer ungepflasterten Straße, die sich durch mehrere Weingärten bergaufwärts schlängelte. Das wäre eine erfrischende Wanderung. Er hatte den Kiosk fast schon erreicht, als er Lucianas Stimme hörte.

»Warten Sie bitte, Nico!«

Er wandte sich um und sah, wie sie mit wehendem Kleid und einem vor Anstrengung geröteten Gesicht auf ihn zueilte.

Er ging ihr entgegen.

Sie blieb mit ausgebreiteten Armen stehen. »Sie Ärmster, Nico. Sie haben den Kofferraum aufgemacht und dann lag da der arme Cesare. Erstochen. Schrecklich. Ganz schrecklich. Mein Herz schlägt so heftig, dass es gleich aussetzt.«

Kaum stand Nico vor ihr, umarmte sie ihn noch stürmischer als sonst. Nico versuchte sich diesmal nicht steif zu machen. Luciana erlebte gerade einen Nervenzusammenbruch, etwas, das sie augenscheinlich aufblühen ließ.

»Sie müssen mit Enrico reden. Bitte.«

»Ich rede immer gern mit Ihrem Mann.« Dessen mit Prosciutto und Caciotta gefüllten Olivenbrote machten Nico glücklich. Auch OneWag war ein großer Fan.

»Er weiß etwas über den Mord«, sagte Luciana. »Seit wir gestern in den Abendnachrichten davon erfuhren, verhält er sich seltsam, sehr nervös. Normalerweise ist er so still, dass ich nicht einmal merke, dass er im Zimmer ist. Aber nach der Sendung hat er andauernd Gegenstände aufgehoben und wieder hingelegt und ständig zwischen den Programmen hin und her gezappt. Oder er stand auf, ging in die Küche und kam dann mit leeren Händen wieder herein. Ich habe ihn wiederholt gebeten, mir zu sagen, was er hat. Da schrie er mich an. Nico, der Mann hat mich noch nie im Leben angeschrien. Er ist geduldig wie ein Heiliger. Reden Sie mit ihm. Ihnen vertraut er.«

»Das werde ich, aber könnte es ihn nicht einfach nur mitgenommen haben, dass jemand ermordet wurde? Kannte er Cesare?«

»Er kennt Cesares Nachbarn, Mattia Gennari. Sie spielen zusammen im Verdi-Orchester.« Sie trat einen Schritt zurück und breitete die Arme weit auseinander. »Mattia ist ein dicker Kerl, rund wie ein Medizinball. Er sollte Tuba spielen anstatt Querflöte. Oh, aber seine Töne klingen himmlisch. Kommen Sie am Sonnabend nach Greve, zu ihrem letzten Konzert in dieser Saison?«

»Natürlich komme ich.« Letztes Jahr hatte er mit Nelli eine ganze Reihe dieser Konzerte besucht.

»Gut. Sprechen Sie mit Enrico. Er weiß irgendwas.«

»Dann sollte er mit Perillo sprechen.«

»Nie im Leben. Vor drei Jahren hat Salvatore ihm eine Geldstrafe aufgebrummt, nur weil er den Laden eine Stunde zu früh aufgemacht hat. Enrico hat ein großes Herz, aber er vergisst nie.«

»Nun, danke, dass Sie mir Bescheid gesagt haben.« Nico kehrte wieder um. »Ich bin nachher in der Salumeria, um die Bestellung für das Restaurant abzuholen.«

»Danke. Ich will meinen ruhigen Ehemann wiederhaben.«

»Danke, dass Sie so früh gekommen sind, Signorina Benati«, sagte Perillo, als sie wieder sein Büro betrat. Daniele hatte ihr die Fingerabdrücke abgenommen und sie war sich die Hände waschen gegangen. Sie nahmen beide Platz, Perillo hinter seinem Schreibtisch, Laura ihm gegenüber. Auch Daniele kam wieder herein und bezog Stellung vor dem Computer.

»Ich wäre auch mitten in der Nacht gekommen, wenn es helfen würde, Cesares Mörder zu finden.«

»Es wäre äußerst hilfreich, wenn Sie mir alles erzählten, was Sie über ihn wissen.«

»Cesare war ein gütiger, großzügiger Mann, aber sehr verschlossen. Wie ich Ihnen schon sagte, war er ein Einzelgänger. Für ihn gab es nur die Arbeit und sein Zuhause. Sollte er außer meiner Großmutter noch andere Freunde gehabt haben, so hat er sie nie erwähnt. Ich habe Cesare in Nonna Celestinas Haus kennengelernt. Ich muss sechs oder sieben gewesen sein.« Laura hatte noch das Bild vor Augen, wie er in Nonnas Sessel saß und einen Strang leuchtend roter Wolle zwischen den Händen gespannt hielt, während Nonna sie aufrollte. Als sie das nächste Mal ihren wöchentlichen Besuch bei Nonna Celestina machte, war Cesare im Garten und kickte mit einem Fußball. Groß und hager, mit einem breiten Lächeln in seinem langen Gesicht.

»Spielen wir?«, hatte er gefragt.

»Fußball ist was für Jungen.«

»Aber von Puppen kriegst du keine Kraft.«

Dürr wie sie war, hatte ihr die Vorstellung, stark zu werden, gut gefallen. Ihr wöchentliches Fußballspielen endete erst, als sie zum Studium nach Pisa ging.

Laura schaute auf und sah, dass Perillo sie aus unerwartet freundlichen Augen musterte. Verlegen rutschte sie auf ihrem Stuhl herum. »Entschuldigen Sie. Mich hat gerade die Vergangenheit eingeholt.«

»Die Vergangenheit ist aber wichtig. Die Ursache für viele Verbrechen liegt häufig in der Vergangenheit. Eine Erinnerung kann zu einer anderen führen, und plötzlich öffnet sich ein Fenster oder eine Tür.«

»Mir fiel nur wieder ein, wie wir immer Fußball spielten. Er war ein guter Freund meiner Großmutter. Sie gingen zusammen zur Schule, und nachdem sie geheiratet hatte, ist sie in ein Haus in seiner Straße gezogen.«

»Wohnt sie immer noch da?« Er würde Daniele mit seiner

Vertrauen einflößenden Art losschicken, um sämtliche Nachbarn Cesares unter die Lupe zu nehmen. Lauras Großmutter könnte eine gute Informationsquelle sein.

»Sie ist vor zehn Jahren gestorben, und Nonno zog zu uns nach Montagliari.«

»Nennen Sie mir bitte den Namen und die Anschrift Ihres Großvaters?«

Sie wollte nicht. »Es hat ihm nicht gefallen, dass Cesare so oft bei Nonna war. Er wird nur Schlechtes über ihn sagen.« Er würde auch Schlechtes über sie sagen.

»Auch Schlechtes kann manchmal hilfreich sein.«

Nein, ist es nie, dachte sie. Es widerstrebte ihr, dass Lügen über Cesare verbreitet wurden, den Menschen, der sie aufgehoben und wieder auf die Füße gehoben hatte.

Perillo beugte sich über den Schreibtisch zu ihr vor. »Signorina Benati, ich brauche jedes Fitzelchen an Information, das ich bekommen kann, ganz gleich, ob es wahr oder gelogen ist.«

Laura sackte in sich zusammen. Wie könnten Lügen je hilfreich sein? Sie verletzten doch nur. »Wenn Sie meinen, Maresciallo. Duccio Gualtieri.« Sie gab ihm die Adresse.

Perillo warf seinem Brigadiere einen Blick zu, um sicherzugehen, dass er die Angaben in den Computer eingegeben hatte. Wegen der neuen Tastatur, die Daniele unbedingt hatte haben wollen, konnte er das Tippgeräusch nicht mehr hören.

Daniele nickte und lächelte. Er liebte die neue Tastatur, besonders, weil sie den Maresciallo so irritierte. Dass sein Sonntag mit Stella unterbrochen worden war, versetzte ihn immer noch in eine aufmüpfige Stimmung.

Perillo wandte sich wieder Laura zu. »Was ist mit Ihren Eltern? Sie müssen Cesare gut gekannt haben, wenn sie Ihnen erlaubten, mit ihm zu spielen?«

»Das haben sie gar nicht. Sie haben viel zu hart gearbeitet, um sich um mich zu kümmern.« Ihre wenige Freizeit widmeten sie Gabi, ihrer perfekten Schwester. »Meine Mutter arbeitet im Coop von Greve an der Kasse. Mein Vater starb, als ich sieben war.«

»Verstehe. Kommen wir zur Gegenwart. Was können Sie mir über Cesares Verhältnis zu seinem Neffen sagen?«

»Dass es nicht gut war«, antwortete Laura. »Pietro tauchte vor etwa einem Monat im Hotel auf. Cesare bat mich, zehn Minuten die Bar zu übernehmen, und sie gingen zum Reden nach draußen. Als Cesare zurückkam, kochte er vor Wut. Ich fragte, ob ich irgendwie helfen könnte, und bot ihm an, die Bar den ganzen Abend zu bedienen, aber das lehnte er ab.« Sie entsann sich, wie seine Stimme gebebt hatte, als er sagte: »*Mir geht's gut.*« Es schmerzte sie, dass er ihr nie von sich und seinem Leben erzählte. Er wusste so viel von ihrem. Nach einiger Zeit hatte sie sich mit seiner Verschwiegenheit abgefunden, die sie dem großen Altersunterschied zuschrieb, der zwischen ihnen bestand.

»Hat er je seinen Nachbarn erwähnt, Mattia Gennari?«

»Nur vage, Anfang des Sommers.« Die Bar war geschlossen; Cesare hatte die Klimaanlage abgestellt und machte sauber. Sie erinnerte sich, wie warm es plötzlich war, als sie hereinkam, um Gute Nacht zu sagen.

Er hatte hinter dem Tresen hervorgeblickt. »Ehi, *Lalla, was machst du denn noch hier?*« Er benutzte den Spitznamen aus ihrer Kinderzeit nur, wenn sie allein waren.

»*Ich bleibe heute über Nacht. Ein paar Gäste wollen in aller Frühe auschecken, um ihren Rückflug nach Rom zu erwischen.*«

Ohne zu fragen, hatte er ihr einen Aperol gemixt, ihren Lieblingsdrink. »*Du arbeitest zu viel.*«

»*Du auch.*«

Dann hatte Cesare die Arme auf dem Tresen verschränkt und sie angelächelt, was selten geschah. »*Ich mach das, weil ich es liebe.*«

»*Das weiß ich. Was liebst du noch?*«

»*Ich liebe das Land, das Haus, das mein Vater mir hinterlassen hat. Es war ein Geschenk aus Liebe, von dem er hoffte, dass es mir helfen würde. Wie könnte ich so etwas aufgeben? Ich werde es niemals aufgeben.*«

»*Ein Geschenk aus Liebe hilft immer*«, hatte sie gesagt und an seine Gutherzigkeit gedacht, während sie sich zugleich fragte, welche Hilfe Cesare wohl benötigt hatte.

»Wissen Sie noch, was er gesagt hat?«, fragte Perillo, als Lauras Antwort auf sich warten ließ.

»Oh, Entschuldigung. Ja, ich erinnere mich tatsächlich. Cesare sagte, sein Nachbar würde nie verstehen, wie sehr er das Land liebte, das sein Vater ihm geschenkt hatte.«

»Signor Gennari versuchte, Cesare das Land abzukaufen.«

»Ach ja?« Das erklärte, warum Cesare nicht wollte, dass er zum Hotel kam. Warum hatte er ihr den Grund nicht genannt? »Das wusste ich nicht.« Sie kam sich dumm vor. Nicht für voll genommen. Sie hasste das.

»Von irgendwelchen Feindseligkeiten zwischen den beiden war nicht die Rede?«

»Er hat nie über seine Privatangelegenheiten gesprochen. Ich war überrascht, dass er Gennari mir gegenüber überhaupt erwähnte.« Aber es hatte sie auch gefreut. Laura schlug die Beine übereinander und warf einen verstohlenen Blick auf das Handy, das auf ihrem Schoß lag. Durch die Bewegung leuchtete das Display auf und die Uhrzeit wurde angezeigt. Sie wollte hinaus und Luft atmen, die frei von Tod war. »Maresciallo, ich muss zurück ins Hotel.«

»Ich verstehe, aber erlauben Sie mir bitte noch eine Frage. Hat es zwischen Cesare und einem Ihrer Gäste je Streit gegeben, irgendeinen Grund, der einen von ihnen veranlasst haben könnte, ihm Schaden zuzufügen?«

»Dottor Vittori ist der Einzige, von dem ich weiß, dass er Cesare nicht mochte. Er sagte mir ständig, ich solle ihn rauswerfen und einen jungen Barkeeper einstellen. Vittori ist ein schwieriger, überheblicher Typ, aber ich kann mir nicht vorstellen, dass er Cesare etwas antun würde.«

»Wissen Sie, woher diese Abneigung kam?«

»Vielleicht, weil Cesare sich nicht von seiner Anspruchshaltung beindrucken ließ.«

Perillo erhob sich. »Danke, Signorina Benati. Wenn Ihnen

noch irgendetwas einfällt, das Licht auf den Tod Ihres Freundes werfen könnte, lassen Sie es mich bitte wissen.«

»Bestimmt. Mir liegt genauso daran wie Ihnen, Cesares Mörder zu finden.«

Perillo schaute in ihr trauriges Gesicht und wollte ihr glauben.

»Arrivederci, Maresciallo.« Laura blickte zu Daniele hinüber, der im selben Moment aufgestanden war wie sie. »Arrivederci, Brigadiere Donato.«

»Arrivederla, Signorina.«

Der Ansturm im Café hatte sich etwas gelegt, als Nico von seinem Ausflug zurückkam, um mit Gogol zu frühstücken. Ein erschöpfter, hechelnder OneWag blieb draußen und schleckte Wasser aus einer Schale, die Sandro stets neben dem Eingang bereithielt. Nico ging zum Tresen vor, um sich sein Frühstück zu holen. Die Handvoll Einwohner, die hier ihren Espresso oder Cappuccino tranken, behielten Jimmy im Auge, der jetzt wieder auf seinem üblichen Posten vor der riesigen Espressomaschine stand und sie alle ignorierte.

Sandro nahm zwei Vollkornweizen-Cornetti aus der Vitrine und legte sie auf einen Teller. »Er hasst Mücken, aber er tötet sie nicht«, sagte Sandro und hielt ihm den Teller hin.

»Danke.« Nico nahm den Teller entgegen und nickte. Die Botschaft war klar. Jimmy mochte Cesare gehasst haben, aber umgebracht hatte er ihn nicht. Das wollte er gern glauben, selbst wenn ein verliebter Mann es behauptete, aber als Unschuldsbeweis würde Perillo so etwas nicht gelten lassen; Pech für Jimmy.

Nico ging zu Gogol hinüber, der am letzten Tisch am anderen Ende des Cafés neben der offenen Fenstertür saß. OneWag hatte seinen Durst gelöscht und sich zu Füßen des alten Mannes auf den kühlen Fliesen niedergelassen, um auszuruhen. Mit einem strahlenden Grinsen deutete Gogol auf das Schmalz-Salami-Crostini, das er Sergio, dem Metzger, abgeschwatzt hatte. »›*In der Kirche mit den Heiligen, im Wirtshaus mit den Zechern.*‹«

»Das kann nur aus der Hölle stammen.«

Gogol schloss anerkennend die Augen.

Nico biss in sein perfekt gebackenes Cornetto und kaute langsam und genüsslich. »Wie um alles in der Welt hast du gewusst, dass ich gestern einen toten Mann finden würde?«

»Gekommen war die ›Stunde, wo Tagwärme ganz verfliegt‹.«

»Es war helllichter Tag.«

»Verdunkelt der Tod dir nicht den Tag? Der Tod der Liebe? Du hast den Tag für eine verdunkelt, die ein Engel ist.«

»Ich möchte niemandem den Tag verdunkeln«, sagte Nico. Gogol war verstimmt, weil Nico und Nelli nicht mehr zusammen waren.

»›So wird von Feigheit deine Seel' erschüttert.‹«

»Vielleicht hast du recht, Gogol. Ich muss ein wenig an mir arbeiten, aber jetzt sag mir doch, woher wusstest du, dass ich einen toten Mann gefunden habe?«

»Er weiß es einfach«, rief Jimmy quer durch das Café. Der Mann hatte Ohren wie ein Luchs. »Das hab ich Ihnen doch erzählt. Gogol besitzt die Gabe der übersinnlichen Wahrnehmung.«

»Es war reiner Zufall, stimmt's?«, fragte Nico.

Gogol vergrub das Kinn in seinem hochgeschlagenen Mantelkragen und wich Nicos Blick aus.

»Du wusstest, dass Nelli sich Sorgen machen und ins Restaurant kommen würde. Du wolltest, dass ich sie sehe, oder? Dass ich sehe, wie sehr sie noch an mir hängt. Ja, ich habe es gesehen, und ich habe mich deswegen schrecklich gefühlt, war es das, was du wolltest?«

Der alte Mann zog seinen Mantel fest um seine gebrechliche Gestalt und stand auf. »›Mehr sag ich nicht, und mehr geb ich nicht Antwort.‹ Bis morgen, so ich lebe.«

»Du wirst leben.« OneWag folgte Gogol hinaus. Nico ging zur Kasse, um das Frühstück zu bezahlen.

Sandro schob ihm das Geld wieder zurück. »Ich sagte Ihnen doch, das Frühstück geht auf mich. Ein Gefallen für einen Gefallen.«

»Ich danke Ihnen beiden, obwohl ein Gefallen umsonst sein sollte. Bis morgen.« Nico verließ das Café just in dem Moment, als die erste Hälfte des Rentnerquartetts, Gustavo und Ettore, aus verschiedenen Richtungen ihrer Bank zustrebte.

Wie auf Bestellung, dachte er. »Buongiorno!«

»Was soll gut sein an diesem Tag?«, fragte Gustavo mürrisch, als er die Bank erreichte und sich vorsichtig auf ihr niederließ. Er hatte seinen Aufzug um einen leuchtend roten Schal ergänzt – es war kühl geworden. »Wieder ist hier in der Gegend ein Mann getötet worden. Welch Sodom und Gomorra.«

»Buongiorno, Nico«, sagte der stets besser gelaunte Ettore und steckte die Hände in die Tasche seines dicken handgestrickten Pullovers. »Hören Sie nicht auf Gustavo. Sein Magengeschwür ärgert ihn schon wieder.«

Gustavo drehte sich zu seinem Freund um und funkelte ihn an. »Kannst du dir eigentlich gar nichts richtig merken? Simone hat Magengeschwüre. Ich habe Sodbrennen und muss deswegen die ganze Nacht husten. Meine Frau ist drauf und dran, mich aus dem Haus zu schmeißen. *So* einen guten Tag haben wir heute.« Gustavo schaute zu Nico hoch, der vor ihm stand. »Wenn Sie gekommen sind, um mich nach Informationen auszuquetschen, die Sie dann an Salvatore weitergeben können, dann setzen Sie sich. Ich verrenke mir hier den Hals.«

»Ich habe nur eine Frage.« Nico nahm neben ihm Platz. »Kannten Sie Cesare?«

Gustavo hob eine dichte graue Braue. »Warum sollte ich? Er ist ja nicht aus Gravigna.«

»Er kam aus Panzano«, fiel Ettore ein. »Hier im Ort besuchen wir die Grundschule, aber das Realgymnasium in Greve. Cesare ging mit uns aufs Realgymnasium.«

»Was quasselst du da?«, fuhr Gustavo ihn an. »Nico hat mich gefragt, nicht dich.«

Ettore bedachte Gustavo mit einem Blick, der unendliche Geduld ausstrahlte. »Dann antworte ihm doch.«

Gustavo klemmte seine Hände unter die Achselhöhlen und

schenkte Nico seine volle Aufmerksamkeit. »Wir waren zusammen in der Fußballmannschaft der Schule; Tildes Vater war auch dabei. Ich war Torwart, Cesare offensiver Mittelfeldmann. Er wusste, wie er seine langen Beine einsetzen konnte. Mit seiner Spielstärke hat er sich Achtung verschafft, aber außerhalb des Fußballfelds hielten wir uns von ihm fern.«

»Warum?«, fragte Nico.

Gustavo zuckte mit den Schultern.

Ettore beugte sich vor, damit er Nico sehen konnte, der auf Gustavos anderer Seite saß, und warf ein: »Er war anders. Redete wenig. Gab sich nicht mit uns ab. Und es kursierten Gerüchte.«

Gustavo hielt Ettore eine mahnende Hand vors Gesicht. »Der Tod befreit von allen Sünden.«

Ettore sank zurück auf die Bank.

»Er wurde ermordet«, sagte Nico. »Das heißt, alles ist wichtig, was ihr über ihn wisst.«

»Aber Gerüchte sind wertlos«, verkündete Gustavo. »Nichts als stinkende Fürze.«

»Du solltest es ihm sagen«, beharrte Ettore. »Es könnte wichtig sein. Er hat seinen Abschluss nicht gemacht, wissen Sie.«

Gustavo schlang sich den Schal enger um den Hals, als wäre ein plötzlicher Wind aufgekommen. »Es gehörte ja nicht mehr dazu als eine Umarmung. Es gibt so viele verschiedene Arten der Umarmung. Aus Dankbarkeit, beim Abschied, aus geteilter Freude. Oder in Form einer unschuldigen Umarmung unter Freunden.«

»Jimmy und Sandro haben Glück, dass sie in diesen toleranteren Zeiten leben«, sagte Ettore.

Gustavo runzelte die Stirn und schloss seine Augen. »Du faselst Unsinn, mein Lieber. Da gab es nichts, was Toleranz verlangt hätte.«

»Aber es stimmt doch! Heutzutage dürfen sie heiraten!«

»Und was geht dich das an?«, fauchte Gustavo.

Ettore starrte Gustavo mit offenem Mund an. »Was meinst du damit, was mich das angeht? Überhaupt nichts. Ich habe lediglich bemerkt, dass sich die Zeiten geändert haben. Was sagst du nun?«

Nico stand auf, bevor der Streit zwischen den beiden weiter eskalierte. »Arrivederci, und vielen Dank.« Vielleicht war Cesare schwul gewesen. Falls ja, hatte das irgendeine Rolle bei seiner Ermordung gespielt? Enttäuschte Liebe und Eifersucht waren starke Motive, aber Cesare war ein alter Mann. Konnten leidenschaftliche Gefühle so spät im Leben noch so zerstörerisch sein? Nico musste an seine Unschlüssigkeit gegenüber Nelli denken. War es das Alter, was ihn so zaudern ließ?

Er überquerte die Piazza und pfiff nach OneWag. Es war Zeit, Enricos Salumeria einen Besuch abzustatten. Noch war es zu früh, um das Brot für das Restaurant abzuholen, aber nach dem, was Luciana über Enricos Reaktion auf den Mord erzählt hatte, fühlte er sich verpflichtet, der Sache nachzugehen. Nach ein paar Schritten auf der Salita della Chiesa, die hügelaufwärts verlaufende Straße, die am Fuß von Sant'Agnese endete, pfiff Nico ein weiteres Mal. Normalerweise genügte ein Pfiff, dass OneWag angerannt kam. Nico war auf der Höhe der ersten Nebenstraße angelangt, als er bemerkte, dass Nellis Tür zum Atelier offen stand. Damit wäre wohl das Geheimnis des verschwundenen Hundes gelöst. Nico hielt inne. Er sollte sich bei Nelli entschuldigen, aber er war noch nicht bereit für die seit langem fällige Aussprache, die er ihr schuldete. Auch sie wollte sich bestimmt einiges von der Seele reden. *Sei kein Arschloch. Geh einfach!*

Nico bog in die Seitenstraße ein, und als er vor ihrer offenen Tür stand, stach ihm wieder der vertraute Geruch von Ölfarben und Terpentin in die Nase. Er weckte Erinnerungen daran, wie es war, Nelli nach ihrem Tag im Atelier zu umarmen. Er hatte den Geruch genossen, bis ungleiche Erwartungen ihre Freundschaft erkalten ließen.

OneWag, der halb verborgen unter einer gefalteten Decke auf dem Steinfußboden lag, schaute gleichmütig zu seinem Herrchen auf und begrüßte ihn mit einem halbherzigen

Schwanzwedeln. Von Nelli, die hinter einer großen, auf einer Staffelei ruhenden Leinwand stand, war außer ihrer mit Farbe bekleckten Jeans und den ebenso bunt betupften Stiefeln nichts zu sehen.

»Ciao, Nelli.«

»Ciao. Du kannst Rocco nicht mitnehmen. Er sitzt mir gerade Modell.«

Nico betrat den kleinen Raum, der nur von einem einzigen Fenster, das sich hinter Nelli befand, Licht bekam. »Ich bin nicht wegen des Hundes hier. Es tut mir leid, dass ich gestern so kurz angebunden war. Eine Leiche in Jimmys Kofferraum zu finden hat mich einfach aus dem Gleis geworfen.«

Nelli guckte neben der Leinwand hervor. Ein weißer Farbstreifen kringelte sich auf ihrer Wange. »Ich weiß. Unhöflichkeit ist nicht deine Art. Nicht einmal jetzt. Ich weiß die Entschuldigung zu schätzen.« Sie lächelte ihn an.

Nico überkam das plötzliche Verlangen, diesen Farbkringel auf ihrer Wange zu küssen. »Vielleicht könnten wir bald einmal zu Abend essen?«

Nelli zog sich wieder hinter die Leinwand zurück. »Ja. Warum nicht?«

»Ich ruf dich an.«

»Hm-hm. Schließ bitte die Tür. Ich möchte nicht, dass Rocco gleich hinter dir hergeht. In einer halben Stunde gehört er wieder dir.«

Vielleicht hatte er das ja verdient, dachte Nico, aber es ärgerte ihn trotzdem, derart ungnädig entlassen zu werden. »OneWag weiß, wo er mich finden kann. Ciao.«

»Ciao.«

Nico ging hinaus. OneWag schaute ihn an, rührte sich aber nicht vom Fleck. *Undankbarer Köter. Soll Nelli ihn doch behalten.* Nico widerstand der Versuchung, die Tür zuzuknallen.

Enricos bunter Perlenvorhang teilte sich, als Alba mit einem halb eingewickelten Sandwich in der Hand aus dem Laden kam. »Ciao, Nico, bello.« Sie küsste ihn flüchtig und hielt ihm das Sandwich vor die Nase. »Mozzarella mit gehackten Oliven. Zum Niederknien. Tut mir leid, du kriegst nichts ab. Wir sehen uns Sotto Il Fico.« Das war ihr Versuch, einen Wortwitz zu machen: Wir sehen uns unter dem Feigenbaum – Sotto Il Fico war der Name des Restaurants, in dem sie beide arbeiteten.

Alba biss in ihr Sandwich, während sie mit gewohntem Hüftschwung die Salita della Chiesa hinaufstieg. Nico betrat die Salumeria durch den Perlenvorhang.

Enrico lachte ihn an. »Schön, Sie wiederzusehen, amico.«

Nico, den der freundliche Empfang wieder heiter stimmte, erwiderte das Lächeln. »Gleichfalls, Enrico. Alles gut?«

»Die Bäckerei hat Ihr Brot noch nicht geliefert.«

»Ich wollte nur vorbeischauen und Guten Tag sagen. Luciana hat mich an das letzte Konzert der Saison am Sonnabend erinnert. Ich freue mich darauf, Sie wieder Geige spielen zu hören. Geben Sie auch diesmal ein Solo?«

»Nein, nein, gelobt sei Santa Cecilia. Diesmal kann ich mich entspannen. Entschuldigen Sie.« Mit einem hakenförmigen Stock angelte sich Enrico einen am Deckenbalken hängenden Prosciutto. Er tätschelte die Schinkenkeule. »Ich muss mit diesem Schätzchen ein paar Bestellungen ausführen, auch eine vom Hotel Bella Vista. Der tote Mann, Cesare Rinaldi, war da Barkeeper.« Enrico zuckte mit den Schultern. »Eine traurige Sache, aber die Leute wollen nun mal essen.«

Mit einem langen dünnen Messer begann Enrico, die dicke Schweineschwarte mitsamt dem Fett abzuschneiden. »Am Sonnabend steht Mattia Gennaris Querflöte im Rampenlicht. Debussys ›Syrinx‹. Drei Minuten herzergreifende Musik, die große Konzentration verlangt. Es ist unser letztes Konzert. Wir haben hart dafür gearbeitet, dass es unser bestes wird, aber nach Rinaldis Tod ist Mattia jetzt völlig von der Rolle.« Er schüttelte den Kopf. »Wir hatten gestern Abend Probe. Er hatte sich überhaupt nicht im Griff. Er traf die Töne nicht und ich mache mir Sorgen. Bei unserem letzten Konzert darf nichts schiefgehen.«

»Ich weiß, dass Mattia und Cesare Nachbarn waren. Waren sie auch befreundet?«

Enrico ignorierte die Frage und wuchtete den Prosciutto auf die Schneidemaschine. Er hatte ausreichend Schwarte und Fett abgeschnitten, sodass man jetzt das rosa, von einer halben Zentimeter dicken weißen Fettschicht umrandete Fleisch erkennen konnte. Als Rita zum ersten Mal Prosciutto servierte, hatte Nico das ganze Fett entfernt, was für ein Sakrileg. *»Das ist, als hättest du ein Baby von der Brustwarze seiner Mutter getrennt.«*

Enrico hielt ihm eine Scheibe hin. »Die ist für Rocco. Wo ist er denn? Ich höre ihn gar nicht bellen und nach seinem Leckerbissen verlangen.«

»Er ist bei Nelli.«

»Kluger Hund.« Enrico legte die Scheibe wieder weg und hielt Nico eine andere hin. »Für Sie. Die hier ist die Beste.«

»Danke.« Nico schob sie sich mitsamt dem Fett in den Mund. »Göttlich, wie immer.«

»Zur Freundschaft zwischen Mattia und seinem jetzt ermordeten Nachbarn kann ich nur so viel sagen: Wären sie Freunde gewesen, würden die ›Syrinx‹-Töne im Gedenken an Cesare nur so von Mattias Flöte perlen. Und jetzt entschuldigen Sie mich bitte. Ich muss mich konzentrieren, damit die Scheiben perfekt werden. Bringen Sie Rocco mit, wenn Sie das Brot abholen. Ich hebe ihm ein paar Salami-Enden auf.«

»Sofern ich ihn losreißen kann. Ciao. Wegen des Brots komme ich um elf.«

Enrico nickte, während sein Arm an der Schneidemaschine hin- und herglitt.

Nico verließ den Laden und steuerte eine kurze Seitenstraße auf halber Höhe an, die zu einer Terrasse mit Bänken führte. Die Kinder, die diesen Ort gewöhnlich als Fußballplatz benutzten, waren in der Schule. Er hoffte, niemanden vorzufinden. Er hatte Informationen für Perillo. Wie erwartet war die Terrasse menschenleer. Nico suchte sich eine Bank, die der Brüstung am nächsten war, und schaute auf den Park hinunter, der das mittelalterliche Gravigna von seinem neuzeitlichen Teil trennte. Er liebte alles an diesem Dorf, das Alte wie das Neue. Und dessen Menschen. Er musste einfach nur gründlich darüber nachdenken, was er wollte und was Nelli wollte. Sie hatte als Erste einen Rückzieher gemacht. Er war erleichtert gewesen, er hatte befürchtet, dass die Beziehung zu eng werden würde. Zu verbindlich. Nach nicht einmal einer Woche spürte er die Kränkung, ein Gefühl, gegen das er ankämpfte. Eine Erklärung hatte sie ihm nicht gegeben, und er hatte auch nicht gefragt.

Nicos Handy klingelte. Er schaute aufs Display. Perillo. Beschämt stellte er fest, wie erleichtert er war, dass es nicht Nelli war, die anrief. »Hey, Perillo. Wie geht es Ihnen?«

»Nichts ist besser als ein Mord, um mein Selbstmitleid zu verscheuchen. Ich sitze mit Daniele im Auto, wir sind auf dem Weg nach Castellina. Wussten Sie, dass die Etrusker es gegründet haben? Dani hat's mir gerade erzählt. Er wird noch ein echter Gelehrter, dank Stella. Rot werden ist keine Schande, Dani, solange deine Augen auf die Straße gerichtet sind.«

Nico lehnte sich auf der Bank zurück. Er war froh, dass Stella und Daniele sich angefreundet hatten. Sie würde ihn ein bisschen Feuer unterm Hintern machen. »Warum nach Castellina?«

»Cesares Neffe ist meiner Aufforderung, sich auf dem Revier zu melden, nicht gefolgt. Er hat sich auch nicht bequemt, bei uns anzurufen. Und jetzt geht er nicht an sein Handy.«

»Sollte sich so ein Mann benehmen, der etwas auf dem Kerbholz hat, dann wäre er unglaublich blöd.« Ein Fußball kam über die Brüstung geflogen und schlug gegen Nicos Knie. Er schaute hinunter und erblickte Beppe.

Beppe, der Sohn des Kioskbesitzers, rief: »*Ehi*, Nico, schmeißen Sie ihn wieder her.«

»Einen Moment«, sagte Nico zu Perillo und stand auf. Er nahm den Ball und warf ihn Beppe zu, der ihn Volley annahm.

»Gut geworfen für einen alten Mann«, sagte Beppe. »Hören Sie, ich habe Informationen, mit denen sich der Mord vielleicht aufklären lässt, aber vorher muss mir der Maresciallo die Exklusivrechte an der Story geben. Und Sie müssen mir erzählen, wie sich das angefühlt hat, den Kofferraum aufzumachen. Das muss ja ekelhaft gewesen sein, der Gestank, und alles voller Blut. Meine Leser jiepern nach so was.« Nach dem letzten Mord hatte er einen Klatsch-Blog angefangen, den er für seriöse Berichterstattung hielt.

»Ich werd's dem Maresciallo bestellen.«

»Und, wie hat sich's denn nun angefühlt, Nico?«

Nico antwortete nicht, sondern griff wieder nach dem Handy und setzte sich. Unten im Park kickte Tino den Ball, der Sohn des Metzgers, der von Rechts wegen in der Schule hätte sein müssen. Beppe rannte dem Ball hinterher, verfehlte ihn aber.

»Das war doch Beppe, richtig?«, fragte Perillo.

»Richtig.«

»Nach allem, was mir Daniele über Beppes Blog erzählt, reimt sich Beppe die Wahrheit aus Vermutungen zusammen. Ich werde mit ihm plaudern, aber fürs Erste sind Gespräche mit anderen Leuten wichtiger. Zum einen mit Pietro. Er hat meiner Meinung nach als Einziger ein echtes Motiv. Jetzt, nach Cesares Tod, bekommt er das Land und kann es dem Nachbarn Gennari verkaufen. Ich weiß, dass dies auch ein Motiv für Gennari wäre. Es sind ja beide unangenehme Typen, da fällt es mir viel leichter, sie zu verdächtigen.«

»Das Grundstück zu bekommen ist ein gutes Motiv, vorausgesetzt, sie wussten beide, was im Testament steht. Ich habe mit Enrico gesprochen. Er spielt mit Gennari im Verdi-Orchester. Enrico hat Andeutungen gemacht, dass Gennari Cesare nicht leiden konnte, aber laut Enrico ist Gennari jetzt vollkommen fertig. Enrico macht sich Sorgen, dass Gennari beim Konzert am Sonnabend sein Solo vermasselt.«

»Der steht als Nächstes auf meiner Liste. Bisher hat Daniele das Passwort für Cesares Handy nicht herausgefunden.«

Nico konnte Daniele protestieren hören. »Das braucht einfach Zeit.« Und dann, wie Perillo seinen Brigadiere beschwichtigte: »Du kriegst es schon raus, Dani. Aber fahr nicht so schnell. Die Kurven hier sind mörderisch. Ich möchte ganz gerne am Leben bleiben.«

Nico schmunzelte. Perillo fuhr seinen eigenen Wagen, einen Panda, wie beim Grand Prix von Monaco. Der Weg hinauf nach Castellina machte scharfe, gnadenlose Kurven, aber der Blick zu beiden Seiten auf die Täler war atemberaubend – Bäume und Büsche in üppigem Grün, die zu Olivenhainen führten, dazu ein Flickenteppich aus Weinbergen, die sich jetzt gelb färbten. Nicos Gedanken schweiften kurz zu seinem ersten Ausflug mit Rita nach Castellina. Sie waren durch die schmalen Gassen gelaufen und hatten sich die vielen Verkaufsstände angesehen. Es war seine erste Begegnung mit einem italienischen Markttag gewesen. Er hatte Obst, Gemüse, Salami und Käse erwartet. All das wurde zwar auch angeboten, aber dann kamen die Stände mit Unterwäsche, Make-up, Nähgarn, Kochgeschirr, den bunten Kleidern, die an den Speichen der Sonnenschirme hingen und im Wind schaukelten. Rita hatte sich in eine billige braune Lederjacke verliebt. Er dachte damals, dass sie sich garantiert in ihre Einzelteile auflösen würde, sobald sie wieder in New York wären. Aber Rita wollte sie haben, und er hatte sie ihr gekauft. Die Jacke hatte sich nie aufgelöst, und nun war sie mit Rita in ihre Heimaterde zurückgekehrt. Ein bittersüßer Gedanke.

»*Ehi*, Nico. Sind Sie noch da?«

»Ja, ich bin dran.« Er musste sich wirklich Klarheit darüber verschaffen, ob er Nelli lieben und zugleich Rita in seinem Herzen bewahren konnte. »Wollten Sie mir nicht gestern Abend noch ein interessantes Informationshäppchen präsentieren? Etwas, das Daniele, abgesehen vom Testament, in Cesares Haus gefunden hat?«

»Ach, auf einmal will er es wissen.«

»Ich bin heute gut ausgeschlafen.«

»Ich wollte es schon ansprechen, denn es ist etwas, dem Sie ohne mich nachgehen müssen. Jedenfalls anfangs. Ihnen gegenüber wird er gesprächiger sein.«

»Wer?«

»Jimmy. Cesare hat zwischen zwei Buchseiten Jimmys Foto aufbewahrt. Offenbar war er in ihn verliebt.«

»Oder Jimmy war sein verschollener Sohn«, sagte Nico.

»Jetzt bewegen Sie sich in Beppe-Land, glaube ich. Bitte reden Sie mit Jimmy. Sprechen Sie ihn an, wenn Sandro nicht in der Nähe ist. Vielleicht hatten er und Cesare eine Affäre.«

Nico hörte, wie Daniele sagte: »Der Altersunterschied ist aber beträchtlich.« Damit hatte er recht. Jimmy war Anfang dreißig.

»Ich sehe, was sich machen lässt. Ciao. Viel Spaß in Castellina. Ich muss arbeiten.« Nach Perillos Ciao drückte er auf Beenden. Es war Zeit, das Brot abzuholen.

Als er zu Enrico hinunterlief, sah er OneWag vor dem Laden sitzen, in Erwartung dessen, was immer ihm Enrico zu geben gedachte. Nico warf einen Blick auf seine Armbanduhr. 11:05. Er schüttelte ehrfürchtig den Kopf. Dieser herrliche, sture Köter besaß eine untrügliche innere Uhr.

FÜNF

Pietro Rinaldis Haus in Castellina befand sich in einer Straße direkt hinter La Rocca, jener Festung, die im fünfzehnten Jahrhundert, einer Zeit fortdauernder Kriege zwischen Siena und Florenz, zur Verteidigung der Stadt errichtet worden war.

»Er ist nicht da«, sagte Daniele, nachdem er mindestens eine Minute den Klingelknopf gedrückt hatte. Er war frustriert und gereizt. In letzter Zeit hatte er etwas zugenommen, und nun kniff ihn seine Uniform. Die Fahrt hierher entpuppte sich immer mehr als reine Zeitverschwendung. Sie war wegen des Verkehrs ohnehin kein Vergnügen gewesen und Perillos ständige Kommentare über seinen Fahrstil hatten alles noch schlimmer gemacht. Der Maresciallo verlangte Daniele grundsätzlich viel Geduld ab, etwas, das er sonst gut im Griff zu haben glaubte. Aber heute war ihm seine Gabe, die Marotten des Maresciallo als Teil seines Jobs zu akzeptieren, offenbar abhandengekommen. Als sie die Hauptstraße entlanggelaufen waren, wo Daniele die Einheimischen nach dem Weg zu Pietros Haus fragte und gleichzeitig Textnachrichten auf Pietros Handy hinterließ, hatte sein Chef in zwei verschiedenen Bars hastig je einen Espresso gekippt und war dann in eine Salumeria gegangen, um ein halbes Kilo Caciotta di Piacenza zu erstehen. »Die Allerbeste«, hatte ihm der Maresciallo versichert, als er Daniele das Päckchen mit der Begründung überreichte, ein Maresciallo habe würdevoll aufzutreten. Anscheinend war es seinem Chef gleichgültig, welches Bild sein Brigadiere mit einem am Handgelenk baumelnden Päckchen Käse abgab.

»Klingel woanders«, sagte Perillo. »Irgendwer wird schon seinen Kopf aus dem Fenster strecken.«

Daniele schaute auf die vier Klingelschilder. Er drückte auf Righetti im dritten Stock. Die anderen beiden trugen ausländische Namen. Nach einer halben Minute rief von oben eine Frauenstimme: »Hier bin ich.« Daniele ließ den Klingelknopf los und spürte, wie ihn etwas am Kopf traf. Rasch sprang er zur Seite; dabei fiel ihm seine Mütze aus der Hand. Er schaute sich suchend auf dem Bürgersteig um, fand aber nichts, was die Attacke verursacht haben könnte. Perillo grinste und zeigte nach oben.

Ein leerer Korb hing an einem langen Seil herab. Am anderen Ende des Seils war eine weißhaarige Frau mit runden Wangen zu sehen. Sie machte ein entgeistertes Gesicht. »Herrje, ich habe einen Carabiniere getroffen!« Sie schüttelte den Kopf. »Da wird meine Nichte aber was zu lachen haben. Ich dachte, sie wäre das, mit meinen Einkäufen. Es tut mir wirklich leid. Hoffentlich habe ich Ihnen nicht wehgetan?«

Daniele errötete und lächelte ihr zu. Die Frau, die aus ihrem Fenster zu ihm herunterschaute, machte einen fröhlichen Eindruck. »Nein, Signora, aber ich bin froh, dass der Korb leer war.«

»Was kann ich für Sie tun?«

Perillo trat einen Schritt zurück, vermutlich, um die Frau besser sehen zu können, dachte Daniele. »Buongiorno, Signora. Verzeihen Sie die Störung. Wir suchen Pietro Rinaldi.«

»Ach ja, der arme Mann. Auf so schreckliche Weise hat er seinen Onkel verloren.« Sie schloss die Augen, und nach einem leichten Schaudern lehnte sie sich noch weiter zum Fenster hinaus. Daniele erspähte neben ihrem Ellbogen einen Blumentopf mit roten Alpenveilchen; er setzte sich seine Mütze wieder auf und verdrückte sich in den Türeingang.

»Er hat doch nicht etwa irgendwas damit zu tun?«, fragte die Frau.

Perillo schüttelte den Kopf. »Wir benötigen nur ein paar Informationen über seinen Onkel. Wissen Sie, wo er arbeitet?«

»Das freut mich zu hören. Pietro hat nicht gerade die besten Manieren, aber er ist immer bereit, einer alten Frau zu helfen, wenn er Zeit hat. Er streicht gerade eine Wohnung, die eine englische Lady vor kurzem am südlichen Ende der

Via delle Volte gekauft hat. Die Hausnummer weiß ich nicht, aber es ist gleich hinter dem Laden, wo sie diese weißen Kleidungsstücke verkaufen. Ihr Name steht an der Tür. Pennington.«

Perillo zog seine Mütze. »Vielen Dank für Ihre Hilfe. Buongiorno, Signora.«

»Erzählen Sie ihm bitte nicht, dass ich Ihnen geholfen habe, ihn zu finden. Er kann sehr launisch sein.«

»Es bleibt unser Geheimnis«, sagte Perillo im Gehen. Er hatte den Laden, der ausschließlich weiße Kleidung anbot, vorhin gesehen, als er auf der Hauptstraße die Caciotta gekauft hatte. »Mir nach, Dani. Ich glaube, ich weiß, wo es ist.«

Daniele zog vor der Frau im Fenster seine Mütze. Sie winkte zurück.

Ein paar Häuser die Straße hinauf hinter dem Kleiderladen trat ein Handwerker aus einer offenen Tür. Er trug eine aus Zeitungspapier gefaltete Kopfbedeckung und hielt in der Hand etwas, das wie eine Lunchbox aussah. Seine Sachen waren über und über mit weißer Farbe besprenkelt.

Perillo ging forsch auf ihn zu und Daniele folgte.

Der Arbeiter, um die sechzig Jahre alt, gebräuntes, verwittertes Gesicht, musterte Perillo und Daniele, die auf ihn zukamen, von oben bis unten. Es war offensichtlich, dass ihn ihr Anblick nicht erfreute. »Die Eigentümerin hat die Sache schon bereinigt. Alle haben eine gültige Arbeitserlaubnis. Wenn Sie die noch einmal überprüfen wollen, müssen Sie allerdings wiederkommen. Wir machen gerade Pause.« Er schloss die Tür des kleinen Steinhauses.

»Arbeitserlaubnisse interessieren mich nicht. Ich suche Pietro Rinaldi.«

»Ich bin nicht der Vorarbeiter. Nachnamen kenne ich keine. Wir haben hier zwei Pietros.«

»Ich meine den Pietro, der gerade seinen Onkel verloren hat.«

»Erst verloren, dann ermordet. Der macht gerne Mittag unter dem Gewölbe da.« Der Handwerker zeigte hinter sich auf einen steinernen Rundbogen. »Er ist ein guter Arbeiter. Solide, zuverlässig.«

Daniele fragte sich, ob der Mann mit dieser Bemerkung Pietro zu entlasten hoffte, falls dieser irgendwie in den Tod seines Onkels verstrickt sein sollte. Perillo ging mit großen Schritten auf den Steinbogen zu. Daniele bedankte sich bei dem Handwerker und folgte seinem Chef; dabei umklammerte er das Käsepaket, als handele es sich um unverzichtbares Beweismaterial.

Die entlang einer groben Steinmauer aus dem fünfzehnten Jahrhundert angelegte Straße lag unter einem Gewölbe im Dunkeln. Erst als sie das erste, in den Stein gehauene große Fenster erreichten, wurde es etwas heller. Daniele, den ein schöner Ausblick stets beglückte, blieb stehen, um den hier und dort von Olivenhainen und Weingärten durchbrochenen Teppich aus Bäumen zu betrachten, der sich unter dem Fenster erstreckte. *»Irgendwann hast du das mal über«*, hatte Perillo zu ihm gesagt, als er wieder einmal darauf gewartet hatte, dass Daniele endlich damit fertig werden würde, eine stimmungsvolle Szenerie zu bewundern. Daniele hatte den Kopf geschüttelt. Er würde sich nie an solch einer Schönheit sattsehen können. Und jetzt gab es auch noch Stella in Florenz, die ihm die Schönheit der Kunst nahebrachte. Das Panorama und der Gedanke an Stella stimmten ihn wieder heiter.

»Da ist er«, sagte Perillo.

Daniele drehte sich wieder um und sah Pietro, der hinter einer Reihe von leeren Restauranttischen neben einem weiteren Fenster lehnte und ein Sandwich aß. Daniele klemmte sich das Käsepaket unter den Arm und eilte Perillo hinterher.

»Ach, Sie sind's«, sagte Pietro mit finsterer Miene und vollem Mund, als Perillo und Daniele auf ihn zukamen. »Wollen Sie mir vielleicht mitteilen, dass Sie die Ducati gefunden haben?«

»Buon appetito, Signor Rinaldi.« Perillo bemühte sich sichtlich um einen freundlichen Ton, obwohl er diesem Menschen lieber einen gezielten Tritt ins Schienbein verpasst hätte. »Ich bin hier, weil Sie eigentlich um neun aufs Revier kommen sollten.«

Pietro schluckte. »Der Vorarbeiter hat mir nicht freigegeben. Wenn er den Fertigstellungstermin nicht einhält, muss er zahlen. Ich schätze mal, Sie haben das Motorrad noch nicht gefunden.«

Perillo wurde nicht gern daran erinnert. Aber die verdammte Ducati zu finden war wichtig. Sie würde Aufschluss darüber geben können, wo Cesare seinen Mörder getroffen, vielleicht sogar seinen Tod gefunden hatte. Er war überzeugt, dass der Täter sie nicht zusammen mit Cesares Leiche ins Auto hätte hieven können. Dino und die Carabinieri, die in den naheliegenden Ortschaften stationiert waren, suchten seit heute Morgen ein breites Areal zwischen Panzano und Villa Costanza ab. »Ein Anruf wäre nett gewesen, Signor Rinaldi, aber egal. Gleich vor der Altstadt hier ist ein Carabinieri-Revier, wo wir uns unterhalten, Ihnen die Fingerabdrücke und eine DNA-Probe abnehmen können.«

»Kommen Sie schon, Maresciallo. Nutzen Sie doch diese Gelegenheit.« Pietro breitete die Arme aus. »Reviere sind stickig. Hier habe ich frische Luft und eine schöne Aussicht. Geben Sie sich einen Ruck und stellen Sie mir Ihre Fragen hier, während ich mein Mittagsbrot esse. Den anderen Kram können wir auch später noch erledigen.«

Eigentlich keine schlechte Idee, dachte Perillo. Warum nicht seinen Hauptverdächtigen in Sicherheit wiegen, ihn vielleicht zu einer Unachtsamkeit verleiten? Er wandte sich an Daniele. »Brigadiere?«

Daniele hatte Stift und Notizbuch schon gezückt. Er legte das Päckchen auf dem Fenstersims ab, schob schnell seine Hand in die Hosentasche und zog sie wieder heraus. Das letzte Mal, als er stehend Protokoll führen musste, war es neben einer alten Schlossbrüstung gewesen. Diesmal würde er sich ein paar Notizen machen, aber gleichzeitig die Befragung mit seinem Handy aufnehmen. Er musste den Maresciallo endlich davon überzeugen, dass Tonaufnahmen viel genauer waren als seine Notizen. »Ich bin bereit, Maresciallo.«

Perillo nickte und wandte sich Pietro zu. »Wie war das Verhältnis zu Ihrem Onkel?«

»Ich konnte ihn nicht leiden, aber das heißt noch lange nicht, dass ich ihn umgebracht habe.« Pietro biss wieder von seinem Sandwich ab: eingelegte Auberginen zwischen zwei dicken Scheiben Landbrot.

Perillo sah ihn kauen und spürte, wie sein Magen vor Neid rumorte. »Warum konnten Sie ihn nicht leiden?«

Pietro schluckte den Bissen hinunter. »Er hat meinen Vater um alles betrogen. Meine Großeltern hatten zwei Söhne. Babbo war der ältere und auch derjenige, der sehr an Nonno hing, gut für ihn sorgte, als er alt wurde. Doch dann kommt der verlorene Sohn nach zehn Jahren aus Deutschland zurück. Während seiner Zeit da war er sich zu schade, mit Nonno Kontakt zu halten – kein einziges Wort, kein Anruf, nichts.« Unwillkürlich quetschte Pietros Hand das halb verzehrte Sandwich; er steigerte sich in ein wütendes Stakkato. »Und eines Tages taucht Zio Cesare plötzlich wieder auf und zieht bei Nonno ein. Ein Jahr später bleibt Nonnos Herz stehen.« Er drückte noch fester zu und einige Auberginenscheiben glitten zu Boden. »Und wer erbt alles? Mein beschissener Onkel.«

»Und Ihr Vater hat nichts bekommen?«

Eine Biene flog durchs Fenster herein und brummte um das restliche Sandwich in Pietros Hand. »Er bekam das wenige noch vorhandene Geld, aber wichtig war ihm ja das Land. Das war mal die Mitgift meiner Urgroßmutter, irgendwann Mitte des neunzehnten Jahrhunderts. Ich sagte Babbo, dass er es vor Gericht anfechten sollte, aber das lehnte er ab. Er behauptete, Nonno hätte es Cesare aus gutem Grund vermacht. Aber was für ein Grund hätte das denn sein können?« Pietro schaute auf die Biene, die jetzt seine Hand erforschte. Mit einem geschickten Schlag seiner anderen Hand klatschte er sie tot und schnipste sie weg.

»Hat sie nicht gestochen?«, stieß Daniele ungläubig hervor,

der sich an den entsetzlichen Schmerz an seinem Fuß erinnerte, als er einmal auf eine Biene getreten war.

Pietro beachtete ihn nicht. »Was für ein Grund?, habe ich ihn andauernd gefragt. Babbo wollte ihn mir nicht nennen, weil er sich das einfach ausgedacht hatte. Zwei Jahre später ist auch er gestorben.«

»Wir haben im Haus Ihres Onkels ein Testament gefunden«, sagte Perillo.

Über Pietros Gesicht breitete sich ein selbstgefälliger Ausdruck. »Ich kriege das Anwesen.«

»Hat er Ihnen das gesagt?«

»Wir haben uns vor ungefähr einem Monat gestritten. Ich ging zum Hotel, um ihm zu sagen, dass er das Land seinem Nachbar verkaufen soll. Ich war sicher, er würde es sonst der gierigen Laura vermachen.«

Damit hatte Perillo nicht gerechnet. Laura Benati hatte auf ihn den Eindruck einer sanften, großmütigen Frau gemacht. »Wie kommen Sie darauf, dass sie gierig ist?«

»Weil sie es ist. Dieses ganze Getue um ihren Barkeeper? Ich habe sie oft genug zusammen erlebt und gesehen, wie sie ihn umgarnt hat, wie sie ihm vorgaukeln wollte, wie viel er ihr bedeute, dass er ihr bester Freund sei. Alles Tünche, alles Theater, glauben Sie mir.«

»Sind Sie verheiratet?«, fragte Daniele unvermittelt. Der Maresciallo sah es nicht gern, dass er sich beim Verhör eines Verdächtigen einmischte, aber Daniele konnte nicht anders. An Signorina Benati war nichts Theater.

»Seit einem Jahr geschieden.« Pietro verschlang den letzten Bissen von seinem Sandwich und fragte mit vollem Mund: »Und was hat das mit Laura zu tun?«

»Ist nur fürs Protokoll«, sagte Perillo, der begriffen hatte, worauf Daniele hinauswollte. Vielleicht hatte Pietro grundsätzlich Wut auf alle Frauen. Daniele tat, als würde er die Information notieren. Perillo hätte wetten können, dass Daniele sich ein Grinsen verkniff.

Pietro knallte verärgert seine Lunchbox zu. »Ich weiß, sie

wirkt auf alle wie *la signorina perfetta*, aber es war doch klar, dass sie auf irgendwas aus war, genauso wie klar war, dass er sie liebte, dass sie wie eine Tochter für ihn war. Ich wollte nicht, dass er weiter auf dem Land meines Vaters wohnte, und schon gar nicht, dass sie es kriegt. Er wäre fast handgreiflich geworden, so sauer war er. Er brüllte, ich hätte keine Ahnung, er würde nie und nimmer verkaufen, nicht mal unter Folter. Ich ließ ihn einfach stehen. Etwa eine Woche später bekam ich von ihm einen Brief, in dem er mir mitteilte, dass nach seinem Tod das Land mir gehören wird.«

»Haben Sie zurückgeschrieben oder den Erhalt des Briefs in irgendeiner Form bestätigt?«, fragte Perillo.

»Wieso sollte ich? Das Land und das Haus hätten mir von dem Moment an gehören sollen, als der Arzt den Totenschein für meinen Vater ausstellte.« Pietro richtete sich auf. »Mehr habe ich nicht zu sagen.«

»Haben Sie den Brief?«

»Irgendwo bestimmt.«

»Ich würde ihn gern sehen.«

»Hat mein Onkel nicht ein Testament hinterlassen?«

»Ja, hat er.«

»Und ich bekomme das Land, das Haus und seine paar Weinstöcke?«

»Richtig.«

»Dann brauchen Sie den Brief ja nicht. Der ist privat.«

»Wie Sie wünschen, obwohl er beweisen würde, dass Sie schon vor dem Tod Ihres Onkels wussten, dass Sie das Land erben werden. Somit hätten Sie einen Grund weniger, ihn umzubringen.«

Pietros Gesicht verzerrte sich vor Wut. »Welchen Grund sollte ich denn noch gehabt haben?«

»Gier. Warum warten, bis Cesare gestorben ist, um Gennaris Kaufangebot zu kassieren? Ich kann mir vorstellen, dass Sie die Scheidung eine Stange Geld gekostet hat. Für den Moment noch eine letzte Frage: Haben Sie Ihren Onkel getötet, Signor Rinaldi?«

»Nein, und Sie können unseren Vorarbeiter fragen, wo ich letzte Woche zwischen acht Uhr morgens und sieben Uhr abends war, und zwar jeden Tag außer Sonntag. Und da war Cesare ja schon tot.«

Perillo stutzte. Der Tag und die Uhrzeit des Todes waren noch nicht veröffentlicht worden. »Wie kommen Sie darauf?«

»Wie ich gehört habe, hat er schon gerochen, als Sie ihn am Montagvormittag fanden.« Pietro setzte sich in Bewegung und begann, durch die Arkaden zurückzulaufen. »Bringen wir das mit den Fingerabdrücken hinter uns. Ich muss wieder an die Arbeit.«

Perillo war versucht, Pietro am Gehen zu hindern. Es schmeckte ihm nicht, dass sich sein Hauptverdächtiger ohne Erlaubnis frech auf den Weg machte. *Aber was soll's.* Er hatte im Augenblick keine weiteren Fragen. Außerdem war er hungrig.

Perillo beeilte sich, zu Pietro aufzuschließen. »Ich werde Sie wahrscheinlich noch einmal befragen müssen.«

Pietro grunzte nur.

Während Pietro die Fingerabdrücke abgenommen wurden, ging Perillo zurück zum Pennington-Haus, um sich Pietros Alibi vom Vorarbeiter bestätigen zu lassen. Er traf nur drei Arbeiter an, die auf einer Abdeckplane saßen und ihr Mittagessen verzehrten.

»Wissen Sie, um wie viel Uhr Pietro am Freitag zur Arbeit kam?«

»Auf die Minute genau«, sagte der eine mit vollem Mund. Ein anderer kaute und nickte zur Bestätigung. Der dritte schluckte, ließ die Metalldose mit seinem Mittagessen zuklappen und sagte: »Der pünktliche Pietro, so nennt ihn der Vorarbeiter.«

»Danke«, sagte Perillo und begab sich zurück zum Carabinieri-Revier.

Enzo stand hinter der kleinen Bar des Restaurants und trocknete Gläser ab, als Nico mit einer großen Tasche hereinkam, die Enricos frisch gebackene Brotlaibe enthielt. »Danke.« Enzo warf sich das Küchenhandtuch über die Schulter und hielt ihm die Hände entgegen. Bevor er ihm das Brot reichte, schnupperte Nico noch einmal. Der Duft der Laibe erinnerte ihn daran, wie er in ihrer Wohnung in der Bronx im Pyjama in der Küche saß und Zeitung las, während Ritas Brot im Ofen buk. »Rita hat sonntags immer einen großen runden Brotlaib gebacken.« Pane casareccio, so nannten es die Italiener. Brot nach Art des Hauses. Nico gab Enzo die Tasche. »Und ihr Brot enthielt Salz!«

Enzo nahm ihm die Tasche ab und ging zu einem Tisch am anderen Ende des Raums, wo er später das Brot in Scheiben schneiden würde, entsprechend der Anzahl der Gäste am Abend. »Sicher hat sie dir erzählt, warum unseres ungesalzen ist.«

»Hat sie. Irgendwann im Mittelalter hatte Pisa einen Hass auf Florenz, aus irgendeinem unerfindlichen Grund –«

»Aus einem sehr offensichtlichen Grund.« Enzo stapelte die Laibe auf einer Seite des Tisches. »Macht.«

»Okay, Macht, und weil Pisa den Salzhandel kontrollierte, verhinderte es, dass Florenz etwas davon abbekam.«

»Nein, Florenz hätte etwas davon bekommen, wenn es die hohe Salzsteuer gezahlt hätte. Die meisten Florentiner konnten sie sich aber nicht leisten, und die es konnten, waren zu stolz, sie zu zahlen.«

»Ihr liegt beide falsch«, ließ sich jetzt Elvira von ihrem Sessel im Nebenzimmer her vernehmen. Enzo schüttelte den Kopf. Er war es gewohnt, im Unrecht zu sein.

»Buongiorno, Elvira.« Nico ging in den anderen Raum. Enzos Mutter hob den Kopf in Erwartung eines Bussis auf die Wangen. Sie trug ihr grünes Dienstag-Kleid. Nico drückte ihr einen Kuss auf die runzligen Wangen und trat einen Schritt zurück.

Elvira tätschelte den Stapel gefalteter Servietten auf ihrem Schoß, als läge darin der Kern der Geschichte verborgen. »Die Gerichte der Toskana sind sehr gehaltvoll und werden am besten mit ungesalzenem Brot gegessen. Das ist der wahre Grund.« Sie drohte ihm mit dem Zeigefinger. »Du bist jetzt schon zu lange hier, um dir immer noch Salz auf dein Brot zu streuen. Ich hab dich schon mehrmals dabei erwischt.«

»Von alten Gewohnheiten kann man schwer loslassen.«

»Ich bin sicher, Rita ist es leid, nicht losgelassen zu werden.«

Nico biss die Zähne zusammen.

Elvira griff nach seiner Hand. »Ich bin eine alte Frau, die sich gern einmischt und nie den Mund halten kann. Ich hatte Rita lieb, und dich habe ich auch lieb. Sie ist nicht mehr da, und du bist hier. Am Leben zu sein ist ein Segen. Nutze das.«

»Ich versuch's ja, Elvira.«

»Und es wird dir gelingen.« Sie drückte ihm die Hand und ließ sie wieder los. Als Nico sich zum Gehen wandte, fügte Elvira hinzu: »Dein Kartoffelauflauf war ausgezeichnet, nur mit dem Salz hast du es etwas zu gut gemeint.«

»Ich sag's Tilde. Sie kann das ja jetzt entscheiden.«

»Vergib ihr, Nico«, sagte Tilde, als er zu ihr in die Küche kam. »Sie ist unmöglich, aber sie meint es gut.«

»Denkst du das auch, wenn sie fies zu dir ist?«

»Bei mir ist es was anderes. Ich habe ihr den Sohn weggenommen. Sie möchte, dass du glücklich wirst, und für sie, als Witwe, bedeutet Glück eben, nicht allein zu sein. Aber anscheinend stört dich das Alleinsein gar nicht so sehr.« Tilde hatte ihm deutlich zu verstehen gegeben, dass sie sich wünschte, er würde wieder mit Nelli zusammen sein. Genau wie Gogol und nun auch noch Elvira. Dass sie derart Druck machten, half überhaupt nicht; sie irritierten ihn nur.

Aber es ging ja nicht darum, dass Nico in seinem Alleinsein gestört wäre, dachte Tilde, *falls Nico es wirklich wollte.* Sie hatte Nico und Nelli zusammen gesehen und mitbekommen, was für ein wunderbares Gefühl die beiden verband. Wie kann man so etwas einfach wegwerfen? »Du bist ein erwachsener Mann. Du weißt selbst am besten, was dich glücklich macht.« Tilde wischte sich die Hände an ihrer langen Schürze ab. Sie hatte Endiviensalat gewaschen, den sie ganz kurz mit Roten

Beten anbraten wollte. »Kann ich mit neuen Rezepten rechnen? Das Kartoffelgericht hat sich gut verkauft. Und deins war perfekt gesalzen. Das, was Elvira zu salzig fand, war meins. Ich hab's etwas übertrieben mit dem Salz.«

»Im Moment ist mir noch nichts Neues eingefallen.« Nelli und der Mord hatten alle anderen Gedanken verdrängt.

»Eigentlich brauchen wir auch keine neuen Ideen, glaube ich. Die Hotels schließen Ende des Monats. Die Einheimischen werden weiter kommen, aber die mögen ihre traditionellen toskanischen Gerichte.«

»Bohnen, Bohnen und nochmal Bohnen.«

Tilde lachte. Nico war kein Freund von Bohnen. »Ich brauche dich im Moment gar nicht. Wahrscheinlich nicht mal zum Abendessen. Wir haben nur ein paar Reservierungen. Um die kann Alba sich kümmern.« Ihr wurde immer mehr bewusst, dass das Restaurant, sosehr es anfangs für Nico die Rettung gewesen war, sich nun in einen Zufluchtsort verwandelt hatte, in dem er sich vor der Welt versteckte. Jetzt, da der Winter nahte und Sotto Il Fico nur noch abends öffnete, würde Nico neben der Familie seiner verstorbenen Frau vielleicht noch jemand anderes in seinem Leben brauchen. »Natürlich kannst du bei uns Mittag essen, wenn du magst.«

»Heute nicht. Ich esse im Hotel Bella Vista zu Mittag.« Er wollte noch einmal Laura Benati treffen, aber vorher würde er mit dem Gemüsehändler in Panzano sprechen, bei dem Cesare vor seinem Verschwinden eingekauft hatte.

»Aha, du bist also heute kriminalistisch unterwegs.« Mordfälle zu lösen war eine weitere Krücke seines Daseins. »Gibt es schon irgendwelche Spuren? Ich weiß, du würdest es mir nie sagen, aber ich werde trotzdem immer fragen. Viel Spaß. Wie ich höre, soll das Restaurant gut sein. Es hat bei Tripadvisor vier von fünf Sternen.«

»Diese Bewertung habt ihr doch auch.«

»Stimmt, und wir arbeiten hart daran, sie mit deiner Hilfe zu behalten.« Tilde drückte Nico einmal kurz. »Ciao, und sei weise.«

»Weise wie Salomon.«

»Na, das möchte ich erst mal sehen«, sagte Tilde und schob ihn aus der Küche.

Im Hinausgehen verabschiedete sich Nico auch bei den anderen. Als er ins Freie trat, kam OneWag die Stufen der Kirche heruntergestürmt und begrüßte sein Herrchen, indem er sich ihm mit jenem gewissen Blick zu Füßen setzte, den Nico schon kannte und der so viel besagte wie, *Zeit für ein bisschen Spaß*.

Ins Hotelrestaurant konnte er ihn nicht mitnehmen, und er würde auch nicht erlauben, dass OneWag durch die Straßen von Panzano streifte, einen Ort, den der Hund nicht kannte und wo man ihn nicht kannte. Ihn im Auto zu lassen war ausgeschlossen. Er hatte das Lenkrad so stark zerknabbert, dass Nico es erneuern lassen musste. »Tut mir leid, Kumpel, aber ich bring dich nach Hause.«

OneWag machte sich platt und legte die Schnauze zwischen die Vorderpfoten, seine übliche *Ach, ich Ärmster!*-Haltung. Nico musste jedes Mal darüber lachen.

Enzo lachte auch. Er hatte den Gedankenaustausch zwischen den beiden von der Tür aus beobachtet. »Du kannst ihn mitnehmen, wenn du draußen isst.«

OneWag hielt den Kopf immer noch gesenkt, richtete aber die Ohren auf.

»Das Bella Vista hat eine Terrasse nach hinten raus. Nicht so toll wie unsere, aber nett.«

OneWag schaute zu seinem Herrchen hoch. Nico hielt dem Blick stand, dann nickte er langsam. Der Hund jaulte vor Freude, sprang auf und sauste den Berg hinunter zum Wagen.

In Panzano fand Nico eine Lücke auf dem Parkplatz unterhalb von Mac Dario, dem etwas zwangloseren Garten-Restaurant der drei legendären Einrichtungen des Dario Cecchini. Nico war überzeugt, dass Panzano es Cecchinis cleverem Marketing verdankte, ein Touristenmagnet geworden zu sein. Jeden Tag bot seine Metzgerei, die Antica Macelleria, Landbrotscheiben mit Salami oder Speck und dazu ein Glas Chianti. Die Touristen kamen in Scharen. Sergio, der Metzger in Gravigna, hatte sich diese Idee abgeguckt und versorgte Gogol auf gleiche Weise mit seinem Lieblingsfrühstück.

Nico griff nach der Leine auf dem Rücksitz. OneWag drehte sich um und kehrte ihm den Rücken zu. Als ehemaliger Straßenhund hasste er es, angeleint zu werden.

»Du kennst diese Stadt nicht. Entweder Leine oder nach Hause. Du hast die Wahl.«

Der Hund drehte sich ihm wieder zu, setzte sich auf und schaute, ob sich in Nicos Gesicht irgendwelche Anzeichen von Nachgiebigkeit fänden.

Nico starrte zurück und zählte heimlich bis zehn.

Er blieb hart. OneWag senkte langsam den Kopf.

Nico leinte ihn an. »Braver Junge.«

Sie liefen die Stufen hinab. Als sie an einer Cafébar vorbeikamen, trat eine junge Frau heraus, die eine Strohtasche voller Endiviensalat über der Schulter trug.

»Buongiorno, Signorina«, sagte Nico. »Können Sie mir sagen, wo ich den Gemüsehändler finde?«

Sie zeigte auf eine Straße direkt hinter der Piazza. »Nardos Geschäft ist nur ein paar Häuser die Straße hinauf. Es ist ein guter Laden. Nardo gefällt Ihnen sicher. Seine Produkte sind von guter Qualität und seine Preise anständig.«

»Vielen Dank.«

Die Frau erwiderte seinen Dank mit einem kurzen Lächeln, sagte »Buongiorno« und ging an ihm und dem Hund vorbei.

Nardos Laden war winzig und vollgestopft mit kleinen Holzkisten, in denen sorgfältig seine Waren ausgelegt waren. Nico band OneWag an einem Eisenring an der Außenmauer fest. Der Hund wandte ihm demonstrativ den Rücken zu.

»Buongiorno«, sagte Nico im Hereinkommen. Sein Blick fiel auf eine Kiste mit grünen Bohnen.

»Buongiorno«, sagte Nardo, der gerade der einzigen Kundin ihr Wechselgeld herausgab. Er war ein kleiner Mann mit schütterem grauem Haar und dem heiteren Gesicht eines Menschen, der seine Arbeit liebt. »Denken Sie daran, den Birnen noch ein, zwei Tage zu geben, aber nicht im Kühlschrank.«

Die ältere Frau lachte. »Signor Nardo, ich hab schon Birnen gegessen, als Sie noch im Mutterleib lagen. Ich weiß, wann eine Birne zum Essen reif ist, aber danke für Ihre Fürsorge. Buongiorno.« Sie warf Nico einen kurzen Blick zu und verließ das Geschäft.

Der Verkäufer richtete seine Aufmerksamkeit nun auf Nico. »Sehen Sie sich nach Belieben um, aber fassen Sie bitte nichts an.«

»Anschauen genügt mir. Ich hätte gern ein Pfund von diesen grünen Bohnen, bitte. Außerdem einen Broccoli, einen Blumenkohl und zwei große Zwiebeln. Oh, und geben Sie bitte drei oder vier Kartoffeln dazu.«

Nico wollte mit einer größeren Bestellung den Verkäufer offener für seine Fragen machen. Während Nardo das Gemüse zusammenstellte, sagte Nico: »Wie ich hörte, waren Sie der letzte Mann, der Cesare Rinaldi gesehen hat, bevor er verschwand.«

»Das stimmt. Eine traurige Sache, aber keine, die auf meinem Grabstein stehen soll.«

»Das sehe ich auch so. Ich bin der Mann, der ihn gefunden hat.«

»Das tut mir leid. Das war jetzt nicht respektlos gemeint«, sagte Nardo und begann, jedes Gemüse in eine eigene Papiertüte zu packen.

»Schon gut.«

Nardo ging offensichtlich davon aus, dass Nico eine Suppe kochen wollte, da er Suppengrün hinzufügte, was Italiener gli odori nennen – die Gerüche –, bestehend aus Petersilie, einem Lorbeerblatt, einer Karotte und einem Stengel Sellerie. »Kannten Sie ihn?«

»Nein. Ich bin mit dem Mann befreundet, in dessen Auto er gefunden wurde.«

Nardo schüttelte den Kopf. »Ich hoffe, es ist schon auf dem Schrottplatz.«

»Kam Cesare öfter hierher?«

»Hat immer sein Gemüse bei mir gekauft. Er sagte, von den Massen auf dem Sonntagsmarkt würde er Kopfschmerzen bekommen. Er war nicht gesprächig, hat kaum etwas gesagt, deshalb nehme ich mal an, er hatte gern seine Ruhe.«

»Ist Ihnen an dem Morgen irgendetwas aufgefallen, das anders war als sonst?«

»Jedenfalls nicht bei mir. Er hat seine Äpfel ausgesucht, bezahlt und ist wieder gegangen.«

Bevor Nico etwas entgegnen konnte, hörte er das *Ping* einer neuen SMS. Er griff in seine Tasche. Perillo hatte geschrieben: VERGESSEN SIE JIMMY NICHT, ICH ZÄHLE AUF SIE.

Nardo wog die Kartoffeln ab. »Dieses Geräusch auf Ihrem Telefon, was war das?«

»Jemand hat mir eine Textnachricht geschickt.«

»So ein Geräusch habe ich auch gehört, als Cesare an dem Morgen hier war. Das habe ich ganz vergessen. Cesare wollte gerade gehen und machte genau das, was auch Sie gerade mit dem Finger gemacht haben, und dann stürzte er hinaus. Kurz darauf sah ich, wie er auf seinem Motorrad vorbeisauste. Die Carabinieri müssten eigentlich wissen, was für eine Nachricht er erhalten hat. Wie ich hörte, haben sie sein Handy.«

»Zuerst muss man das Passwort finden. Das ist nicht immer einfach.«

»Meine Frau benutzt ihr Geburtsdatum, aber rückwärts. Ich lass die Finger von diesen Geräten.« Nardo legte die verschiedenen Päckchen in eine große Plastiktüte, addierte die Preise mit einem Bleistiftstummel und reichte Nico die Rechnung.

Nico zahlte. »Vielen Dank.«

»Arrivederci. Lassen Sie sich die Suppe schmecken.«

»Ganz bestimmt.« Nico nahm die schwere Tüte und ging aus dem Laden. OneWag schenkte ihm kein Schwanzwedeln zur Begrüßung.

Als Nico durch das hohe Eisentor auf den Hotelparkplatz fuhr, kam ihm ein grauer Mercedes entgegen, dessen Fahrerin jemandem zuwinkte. Der Wagen glitt an ihm vorbei und gab den Blick auf Laura frei, die dort stand und zurückwinkte. Sie sah in ihrem frühlingsgrünen Kleid wunderschön aus, und das lange blonde Haar fiel ihr locker auf die Schultern. Weil sie es heute offen trug, sah sie viel jünger aus. Nico kurbelte die Scheibe herunter. »Buongiorno, Laura.«

Sie lächelte, als sie ihn erkannte. »Buongiorno. Wie schön, Sie zu sehen. Wollten Sie mich sprechen?«

»Das würde ich sehr gern, aber eigentlich bin ich zum Mittagessen hier, falls es nicht noch zu früh ist.« Normalerweise wurde das Mittagessen nicht vor halb eins serviert. Jetzt war es gerade einmal zwölf. »Ich habe viel Gutes über Ihr Restaurant gehört. Ist Ihre Terrasse geöffnet? Ich habe meinen Hund dabei. Wenn ich ihn im Auto lasse, verwüstet er alles.«

»Ja, sie ist offen.« Sie fragte sich, ob der Maresciallo ihn wohl geschickt hatte, um sie mit neuen Fragen zu überrumpeln. Perillo hatte ihr am Telefon bereits mitgeteilt, dass sie Cesares Geld erben würde, einen erstaunlich hohen Betrag. Nun zählte sie wahrscheinlich zu den Verdächtigen. Dieser Mann hatte ein freundliches Gesicht, eines, das besagte: *Vertrau mir.* Aber nach dem Mord an Cesare würde sie niemandem mehr trauen.

»Suchen Sie sich einen Parkplatz. Es sind nur noch vier Gäste im Hotel. Wir schließen Ende des Monats. Ich begleite Sie auf die Terrasse.«

Nico parkte unter einer weinberankten Pergola. Sobald die Fahrertür aufging, sprang OneWag über Nicos Knie ins Freie. Ein schnelles Davontraben und eine vorsichtige Untersuchung von Lauras Schuhen folgten. Sie beugte sich hinunter und ließ ihn ihre Hand riechen, bevor sie ihm intensiv den Rücken kraulte.

»OneWags Methode, herauszufinden, ob er Freund oder Feind vor sich hat, ist, deren Schuhe zu beschnuppern«, sagte Nico. »Die meisten Leute machen sich nicht die Mühe, ihn zu begrüßen.«

»Er ist so süß. OneWag ist ein seltsamer Name«, sagte Laura, die dem Hund immer noch den Rücken kraulte und sich damit ziemlich beliebt bei ihm machte.

»Sie sprechen Englisch.« Sie hatte den Namen perfekt ausgesprochen.

Sie richtete sich auf. »Fremdsprachenkenntnisse sind im Hotelgewerbe ein Muss.«

»Natürlich. OneWag wedelt immer nur einmal mit dem Schwanz. Der Tierarzt sagt aber, dass mit seinem Schwanz alles in Ordnung ist.«

»Er hat vermutlich mal auf der Straße gelebt.«

»Ja. Ich habe ihn erst seit knapp über einem Jahr.«

»Dann hat er jedes Recht, misstrauisch und stolz zu sein. Ich zeige Ihnen die Terrasse.«

Die breite, halbkreisförmige Terrasse erstreckte sich über die ganze Länge des Hotels. Auf grauen Steinplatten standen zusammengeklappte weiße Sonnenschirme, daneben runde Metalltische und -stühle, auf denen Kissen lagen. Vom vorderen Teil der Terrasse überblickte man einen Weingarten mit jungen Rebstöcken; am anderen Ende wuchsen Eichenbäume.

»Wann wurden denn diese Weinstöcke gesetzt?«, fragte Nico, als er einen Tisch neben einem hohen, mit hellroten Dahlien bepflanzten Tontopf wählte. Überall entlang der Umgrenzung standen solche Kübel mit blühenden Blumen.

»Erst vor zwei Jahren. Vorher war da eine Rasenfläche, aber deren Pflege hatte das Hotel viel zu viel Geld gekostet. Nächstes Jahr bekommen wir die ersten Trauben.« Laura schloss kurz die Augen. »Es war Cesares Idee, sein Projekt.«

»Wer kümmert sich jetzt darum?«

»Ich werde jemanden einstellen. Setzen Sie sich. Ich sage dem Kellner Bescheid, dass Sie hier sind.«

»Möchten Sie nicht bleiben und einen Aperitivo mit mir nehmen?«

Ein Aperitivo würde mit Fragen einhergehen, die sie beantworten müsste. »Ich habe im Moment zu tun. Vielleicht nachher auf einen Kaffee.«

»Ja, bitte.« Nico nahm Platz und schaute hoch. Er sah, dass sie jetzt auf der Hut war. »Ich freue mich drauf.«

»Der Kellner bringt Ihnen die Speisekarte. Buon appetito.«

»Danke.«

Vorsichtig, wie OneWag war, wartete er erst, bis diese Frau mit den sympathisch riechenden Schuhen durch die breite Hoteltür gegangen war, bevor er losflitzte und das neue Terrain erkundete.

Zwei Minuten später kam ein Kellner zu ihm auf die Terrasse, der hastig noch den letzten Knopf seiner weißen Jacke schloss. Er war ein schlanker junger Mann mit einem schwarzen Lockenschopf, langer Nase und abstehenden Ohren. »Buongiorno, Signore.« Er reichte Nico eine handgeschriebene Speisekarte. Nico schlug sie auf, aber noch bevor er anfing zu lesen, sagte der Kellner: »Es steht nicht auf der Karte, aber der Küchenchef bietet heute Pappardelle mit Spinat in Zitronensauce an. Sie schmecken fantastisch.«

»Haben Sie schon gekostet?«

Der Mund des Kellners verzog sich zu einem breiten Grinsen und er bestätigte es mit einem begeisterten Kopfnicken.

»Danke. Dann nehme ich die.«

»Eine hervorragende Wahl, und zu trinken?«

Nico zögerte. Eigentlich sollte er seinem Vermieter die Treue halten und ein Glas Ferriello bestellen, aber er war auf etwas Neues aus. Neues Restaurant. Neue Leute. Zeit für eine Veränderung. »Ein Glas Castello dei Rampolla Chianti und stilles Wasser, bitte.«

Umgehend wurden der Wein, das Wasser und ein Körbchen mit einigen Scheiben Schiacciata gebracht. Nico kostete gerade den ersten Schluck Wein, als ein Mann vom Weg her, auf dem auch Nico gekommen war, die Terrasse betrat. Er war ein kurzgewachsener, sehr dicker Mann mit zerzaustem grauem Haar und einem wettergegerbten Gesicht; er trug Arbeitsschuhe, fleckige Jeans und einen zerknitterten Pulli. Als er Nico sah, hob er die Hand zum Gruß. »Ein toller Tag heute, was?«, rief er laut.

»Ein guter Tag, gewiss«, entgegnete Nico und fragte sich, ob der Mann vielleicht angetrunken war.

Der Mann wählte den Tisch, der Nico am nächsten war, und ließ sich auf einem Stuhl ihm gegenüber nieder. »Sie sind Amerikaner, hab ich recht?«

Nico nickte. Es ärgerte ihn, dass ihn sein Akzent immer noch verriet, aber er wusste auch, dass er ihn nie loswerden würde.

»Ich habe noch nie hier gegessen«, sagte der Mann. »Es ist mir zu teuer, aber ich habe gerade gute Nachrichten erhalten. An sich sollte ich mich freuen, aber es ist auch irgendwie unheimlich. Dass ich mal richtig an Geld rankomme, das ist mal was Neues. Wer weiß, was da alles passieren kann? Was haben Sie bestellt?«

Nico sagte es ihm und hoffte inständig, der Kellner würde ihm rasch seine Bestellung bringen. Beim Essen musste man nicht antworten.

»Ich nehme bistecca alla fiorentina. Wenn der Verkauf unter Dach und Fach ist, lasse ich mir bei Dario Cecchinis Officina della Bistecca das Allerbeste kommen. Er ist auf der ganzen Welt für sein Rindfleisch bekannt. Waren Sie mal da?«

Das Auftauchen des Kellners ersparte Nico eine Antwort. Nachdem er den heißen Teller mit den Pappardelle vor Nico abgesetzt hatte, ging der Kellner zum Tisch des Mannes und raunte ihm etwas zu. Nico, der sich auf den köstlichen Duft von gebräunter Butter und Parmigiano konzentrierte, hörte nur die Worte »Signorina Benati«.

Der Mann stand auf und folgte dem Kellner ins Haus. Wieder allein, versenkte sich Nico genüsslich in seine Pasta und erfreute sich der Stille.

Zwanzig Minuten später war das Weinglas geleert, das Wasserglas nur noch halb voll und der Pappardelle-Teller mit einem Stück öliger Schiacciata saubergewischt. Nico lehnte sich zufrieden zurück und versuchte, sich das Gericht für Tilde zu merken.

Der Kellner erschien wieder und räumte den leeren Teller ab. »Signorina Benati entschuldigt sich für die Störung. Möchten Sie die Dessertkarte sehen? Das geht aufs Haus.«

»Sehr freundlich, vielen Dank, aber das ist nicht nötig. Ich nehme nur noch einen Americano. Sie sind den Mann ja schnell losgeworden. Was haben Sie ihm denn gesagt?«

»Ich sagte ihm, er wisse doch, dass er hier nicht willkommen ist.«

»Warum denn nicht?«

»Weil er Cesares Nachbar war«, antwortete Laura, die mit OneWag auf dem Arm über die Terrasse auf ihn zukam, »und weil er mit seinem ewigen Drängeln und Drohen Cesares letzte Lebensmonate sehr schwer gemacht hat. Nun will er auf den Putz hauen, weil er sicher davon ausgeht, dass Pietro ihm Cesares Land verkaufen wird. Wenn er je wieder diese Hotelanlage betritt, rufe ich die Carabinieri. Ihr Hund hat versucht, in meinem Büro Geheimnisse auszuschnüffeln.« OneWag schien sich dort, wo er war, vollkommen wohl zu fühlen. »Ein Hund, der gut zu einem Detective passt.« Laura setzte OneWag auf dem Boden ab und nahm neben Nico Platz. Der Hund ließ sich zu Lauras Füßen nieder.

»Sie wissen also, dass Cesare sein Grundstück Pietro vererbt hat«, sagte Nico.

»Ja, und mir hat er sein Geld vermacht. Ich war davon komplett überrascht. Hoffentlich glauben Sie mir. Das Geld ist mir egal. Ich würde lieber Cesare wiederhaben.«

»Warum sollte ich Ihnen nicht glauben?«

»Wer erbt, ist doch in einem Mordfall sofort verdächtig, oder? Es ist ja ziemlich viel Geld.« Sie unterbrach sich, als der Kellner mit dem Kaffee kam.

Nico wartete, bis er wieder fort war, bevor er sagte: »Dass ein Mann, der achtunddreißig Jahre als Barkeeper gearbeitet hat, über ›ziemlich viel Geld‹ zum Verschenken verfügte, muss doch ebenfalls eine Überraschung gewesen sein.«

Laura wickelte das kleine Schokoladentäfelchen aus, das zu ihrem Espresso serviert worden war. »Geld hat er nur für sein

Motorrad ausgegeben. Der Brigadiere sagte mir, sie hätten es noch nicht gefunden.«

»Sie haben mit Brigadiere Donato gesprochen?«

»Ja. Wenige Minuten, bevor Sie kamen, rief mich Maresciallo Perillo an. Er unterrichtete mich über das Testament und darüber, wie viel Cesare auf seinem Konto hatte. Er fragte mich auch, ob ich Cesares Handy-Passwort kenne.«

Sie wollte nicht, dass sie den Code fanden. Was in diesem Handy gespeichert war, gehörte Cesare. Nur ihm. Sie hatte ihm nach seinem Verschwinden eine Menge Nachrichten geschickt, flehentliche, wütende. Sie waren für Cesares Ohren bestimmt gewesen und niemand anderen. »Ich habe keine Ahnung, wie sein Passwort lauten könnte.«

»Wir müssen aber wissen, welche SMS oder E-Mails Cesare erhalten hat. Der Mörder hat vielleicht mit ihm kommuniziert.«

»Ich glaube, damit wird nur wertvolle Zeit verschwendet. Cesares Mörder hätte sicher das Handy an sich genommen oder es zerstört, wenn auf ihm etwas wäre, das ihn belastet.«

»Da ist etwas dran, Laura, aber die Menschen haben oft gar keine Ahnung, was sie eventuell belasten könnte.«

»Dann sollte ich wohl den Experten glauben.« Laura trank ihren Kaffee aus und erhob sich. »Ich hoffe, das Essen hat Ihnen geschmeckt.«

»Das Essen war wunderbar, und Ihre Gesellschaft war es auch.«

»Vielen Dank.« Laura fand, dass er aufrichtig klang. »Wir haben jeden Tag bis zum Monatsende geöffnet. Im April nehmen wir den Betrieb wieder auf.«

»Wohin fahren Sie während dieser Zeit?«

»Ich habe mich noch nicht entschieden. Vielleicht nach Peru. Jetzt kann ich es mir leisten. Vielleicht nehme ich Nelli mit.«

Nicos Magen krampfte sich einen Moment zusammen. »Ich bin mir sicher, dass sie das ganz toll fände.«

»Wir werden sehen. Arrivederci.«

Erfreut über ihre Wortwahl zum Abschied sagte Nico: »Auch ich hoffe sehr, dass wir uns wiedersehen.«

»Zweifellos werden wir das«, antwortete sie. Zumindest, solange Cesares Mörder nicht gefunden war.

Nico und OneWag schauten ihr nach, als sie mit kerzengeradem Rücken fortging. Wie sich herausstellte, ging das Essen aufs Haus.

Laura sah einen Gast vor ihrem Büro stehen und setzte ihr Hotellächeln auf. »Mrs. Barron, brauchen Sie Hilfe mit Ihrem Gepäck?«, fragte sie auf Englisch. Die ältere Dame reiste heute ab, nachdem sie drei Monate im Hotel verbracht hatte. Sie war mit sechs großen Koffern eingetroffen. Nun fuhr sie mit acht wieder nach Hause – die beiden neuen waren mit Kleidung aus dem Luxus-Outlet in Leccio gefüllt.

Mrs. Barron wedelte mit ihrer kleinen, behandschuhten Hand. »Nein, nein, Ihr Portier kümmert sich um meine Koffer. Ich wollte mich nur vergewissern, dass Sie bereits meine Reservierung für nächstes Jahr notiert haben. Es war so ein herrlicher Aufenthalt.« Sie flötete förmlich. »Ich kann es gar nicht erwarten, wieder einen Chianti-Sommer zu erleben.«

»Keine Sorge, Mrs. Barron. Ihre Reservierung ist mit Tinte in mein Hauptbuch eingetragen.« Die Engländerin hatte die Herzen des Personals gewonnen, weil sie sich nie beschwerte.

Tränen traten in Mrs. Barrons Augen, als sie Lauras Arm berührte. Laura biss die Zähne zusammen; sie wusste, was jetzt kam.

»Es tut mir so leid, meine Liebe. Cesare war ein so guter Mann.«

Laura nickte.

»Dottor Vittori war einfach schrecklich zu ihm. Erst schikanierte er ihn mit seinem ständigen Fingerschnipsen, dann wurde er unglaublich wütend, als Cesare das Tablett fallenließ. Ein höchst rüpelhafter Mensch. Ich bin froh, dass er nicht wiederkommt.«

Laura hielt das für bloßes Wunschdenken von Mrs. Barron.

Dottor Vittori war schon Hotelgast gewesen, bevor Laura hier zu arbeiten begonnen hatte. »Natürlich, Sie waren ja an dem Abend da.« Mrs. Barron verbrachte ihre Abende in der Bar und hielt sich an einem Pimm's Cup fest. Sie war Cesares Lieblingskundin gewesen, erinnerte sich Laura. Mrs. Barron pflegte mit einem einzigen Drink still dazusitzen und immer großzügig Trinkgeld zu geben.

»Ja, ich war in der Bar und beobachtete die anderen Gäste; ich denke mir dabei immer Geschichten über sie aus. Das ist ein angenehmer Zeitvertreib, wenn man in einem fremden Land allein ist. Eines Tages schreibe ich die Geschichten vielleicht auf. Fürs Erste präge ich sie mir einfach ein.«

»Einer der Gäste, der an dem Abend auch anwesend war, erzählte mir, dass Dottor Vittori Cesare vorwarf, das Tablett absichtlich fallen gelassen zu haben«, sagte Laura. »Stimmt das?«

»Nein. Er geriet in Zorn und nannte ihn einen unfähigen ›Babbuino‹. Ich glaube, das heißt Pavian, oder? So etwas zu sagen ist abscheulich. Es war Dottor Vittoris Gast, der unseren lieben Barkeeper erschreckt hat.«

»Hat sein Gast etwas gesagt?«

»Kein Wort, aber als Cesare sich hinunterbeugte, um ihnen die Drinks zu servieren, schaute er Dottor Vittoris Gast an, und da veränderte sich sein Gesichtsausdruck komplett. Er war entweder überrascht oder erschrocken, und das Tablett fiel krachend zu Boden. Es war, als hätte er ein Gespenst gesehen. Ich bin in Sussex in einem Haus aufgewachsen, in dem es spukte. Das süße Dienstmädchen, das so gern in meinem Zimmer erschien, machte mir nichts aus. Ich war ein Einzelkind und sie leistete mir Gesellschaft. Ich sollte die Geschichten, die sie mir erzählte, wirklich mal aufschreiben. Nun, ich höre besser auf, so viel zu schwatzen. Ich habe einen Fahrer bestellt, der mich nach Florenz zum Flughafen bringt. Auf Wiedersehen, meine Liebe.« Mrs. Barron drückte Laura schnell einen unverhofften Kuss auf die Wange. »Ich hoffe, dass die Erinnerungen an Cesare stets einen Platz in Ihrem Herzen haben werden.«

»Danke.« Laura begleitete Mrs. Barron zum Ausgang. »Gute Reise. Ich freue mich darauf, Sie nächsten Sommer wiederzusehen.« Sie winkte dem losfahrenden Wagen hinterher. Eine Frau mit einer blühenden Fantasie, dachte Laura, aber sie hatte sie immerhin so neugierig gemacht, dass sie mehr über Dottor Vittoris Gast herausfinden wollte.

Nach dem Mittagessen im Hotel fuhren Nico und OneWag zum Weingut Ferriello. Kaum hatte Nico geparkt und die Autotür geöffnet, sprang der Hund hinaus und folgte seiner Nase zum Empfangszentrum am anderen Ende des Parkplatzes.

Arben, der albanische Manager des Weinguts, stand am Ende eines dicken, drei Meter langen Tisches. Am anderen Ende stand Cinzia, bereit, das schwere Möbel gemeinsam mit ihm anzuheben.

OneWag schaute zu Arben auf und bellte. »Heute werfen wir kein Bällchen, Rocco. Ich habe zu tun.«

Nico ging in den großen Raum mit der Balkendecke und sagte: »Komm, lass mich das machen«, und löste Cinzia ab. »Wohin damit?«

Cinzia schüttelte die Hände aus und streckte ihre Finger. »In die Reihe hinter die anderen.« Sie hatte schon zwei lange Tische in den vorderen Bereich des Raumes getragen. »Vielen Dank für das perfekte Timing. Diese Tische werden mit jedem Monat schwerer.«

»Noch ein festliches Abendessen mit Wein?«, fragte Nico, während er mit Arben den Tisch an seinen vorbestimmten Platz trug.

»Unser letztes in dieser Saison.«

»Gepriesen sei Mohammed«, sagte Arben und stellte zusammen mit Nico den Tisch ab.

Cinzia hob eine Augenbraue. »Du hast Mohammed nicht für die vielen Trinkgelder gepriesen, die du von unseren angeheiterten Besuchern bekommen hast.«

»Ich habe ihn im Stillen gepriesen.«

»Wie viele sind es diesmal?«, fragte Nico. Er erinnerte sich, wie er einmal beim Servieren des Abendessens für achtzig hungrige Touristen ausgeholfen hatte, die mit Bussen aus Florenz gekommen waren, um sich von Aldo mit Vorträgen über Wein und dessen Herstellung unterhalten zu lassen. Es war ein Knochenjob.

»Vierundzwanzig Deutsche, die aus Siena hochkommen.« Cinzia begann, Stühle heranzuschaffen.

Arben schüttelte Nico die Hand. »Wo warst du so lange? Rede dich nicht mit dem Mordfall raus. Du hast dich schon mehr als zwei Wochen nicht mehr hier blicken lassen.«

»Sogar länger.« Cinzia stellte sich auf die Zehenspitzen, um Nico den üblichen Kuss auf beide Wangen zu geben. Sie war eine kleine Frau, mit kurzem dunklem Haar und einer schlanken, wohlgeformten Figur; sie trug heute Jeans und ein burgunderrotes Ferriello-Sweatshirt.

»Wie schön, dein hübsches Gesicht zu sehen.« Nico erwiderte die Küsschen. Cinzia hatte den ganzen Sommer gebraucht, um sich von dem Schrecken zu erholen, den sie im Frühjahr erlebt hatte. Ihre Wangen waren nun wieder voll und ihre Augen glänzten.

Cinzia griff nach einem Stuhl. Arben nahm ihn ihr ab. Cinzia wandte sich Nico zu. »Und?«

»Ich habe mittags und abends Essen im Sotto Il Fico serviert, und ihr habt in kilometerlangen Reihen von Weinstöcken Reben gelesen.«

»Arbeit ist keine Entschuldigung. Traurigkeit würde ich akzeptieren. Hat Aldo es dir erzählt?«

»Dass ihr euch Sorgen um mich macht?«

Als spürte er, dass sich das Gespräch immer mehr in allzu persönlichen Gefilden bewegte, beschloss Arben, sich zurückzuziehen. »Ich hole den Wein«, sagte er und ging. OneWag flitzte hinter ihm her. Vielleicht tauchte ja doch noch irgendwo ein Ball auf.

»Ja, Aldo hat es mir gesagt«, erwiderte Nico. »Ich bin nicht traurig, ich bin nur mit meinen Gedanken beschäftigt. Ich komme sehr gern zum Abendessen zu euch, ich muss mich nur mit Tilde absprechen.«

Über Cinzias Gesicht breitete sich ein strahlendes Lächeln. »Ich bin froh, dass wir dich wieder füttern dürfen. Du hast mir gefehlt. Brauchst du gerade irgendetwas? Ich habe eine Flasche Extra Vergine vom letzten Jahr übrig, falls du nicht auf die neue Ernte warten möchtest.«

»Nein, ich warte.« Er hatte gelernt, dass Olivenöl im Jahr seiner Herstellung am besten war und man es im Dunkeln aufbewahren sollte. »Aldo hat mir erzählt, dass du Cesare gekannt hast.«

»Der arme Mann. Ich kannte ihn kaum, hätte ihn aber gern näher kennengelernt. Ich fand ihn faszinierend.«

»Warum?«

»Er wirkte auf mich wie jemand, der hinter einer verschlossenen Tür lebt. Cesare erinnerte mich an die Geschichte von den drei verschlossenen Türen, bei der sich hinter einer ein Tiger verbirgt.«

»Cesare war der Tiger?«

»Nein, ich würde sagen, der Kummer. Vielleicht auch die Wut. Und er wollte das alles nicht herauslassen.«

»Wieso glaubtest du das?«

Cinzia ging hinter den kleinen Tresen, um ein Küchenhandtuch zu holen. »Jedes Mal, wenn ich in seiner Bar war, hatte ich so ein Gefühl, dass irgendetwas in seinem Leben schiefgegangen war, etwas, das er hinter dieser verschlossenen Tür versteckte. Doch Aldo meint, mir wären nur die Drinks zu Kopf gestiegen.« Cinzia kam wieder hinter dem Tresen hervor und begann die Tische abzuwischen.

Vielleicht hatte Aldo recht, dachte Nico. Cinzia war eine Frau voller Energie, Lebenslust und Wissbegierde. Ein Mann, der ihr ein paar Drinks servierte, ohne ihre angeborene Neugier zu befriedigen, könnte ihre Fantasie beflügelt haben.

»Es war so ein Gefühl. Aber ein starkes.« Cinzia nahm sich den nächsten Tisch vor. »Für Aldo zählen nur Fakten, wie bei den meisten Männern.«

Als er noch bei der Mordkommission war, hatte Nico gelernt, auf Gefühle zu hören, die ihm sagten, dass irgendetwas faul war. Manchmal lockten sie ihn auf eine falsche Fährte. Häufig aber führten sie ihn zu den echten Fakten.

Draußen im Hof bellte OneWag, dann hörte man ein kurzes Bummern, wie wenn ein Gegenstand auf Stein traf.

Cinzia runzelte die Stirn. »Hoffentlich hältst du mich jetzt nicht für ein bisschen verrückt?«

»Nicht im Geringsten. Kann ich noch irgendwie helfen?«, fragte Nico.

OneWag bellte wieder. Und wieder stieß etwas auf Stein.

»Allerdings. Nimm deinen Hund mit nach Hause, damit Arben wieder an die Arbeit kann.«

»Dann gehen wir mal. Ich melde mich wegen des Abendessens.«

»Bitte tu das.« Cinzia hörte auf zu wischen und schaute auf. »Wenn du und Salvatore diesen Fall gelöst habt, lass mich bitte wissen, ob ich recht hatte.«

»Es kann sein, dass wir den Mörder, aber nicht den Schlüssel zur Tür finden.«

Cinzia machte sich wieder ans Wischen. »Armer, trauriger Cesare.«

Nico drückte ihr einen Kuss auf die Wange, ging hinaus und pfiff nach seinem Hund. OneWag trottete auf ihn zu, mit hocherhobenem Kopf und einem Tennisball im Maul. Arben war weit und breit nicht zu sehen.

Eine Stunde später schlummerte OneWag im Lehnstuhl seines Herrchens. Nico war draußen auf seinem Balkon, die Füße aufs Geländer gelehnt, Handy am Ohr. »Wo sind Sie?«

»Ich bin in Ivanas Küche und esse eine Birne«, antwortete Perillo. »Ich wollte Sie auch anrufen, sobald ich wieder nach unten gehe. Die Spurensicherung hat in Jimmys Wagen nichts Interessantes entdeckt und die Videos von Villa Costanza sind auch noch nicht eingetroffen.«

»Schade.«

»Ich habe Daniele gerade zu Lauras Großvater geschickt. Duccio Gualtieri und Cesare kannten sich in ihrer Jugend. Vielleicht kann er uns etwas Nützliches erzählen. Cesares Leben ist bisher ein ziemliches Rätsel.«

»Gute Idee. Wie ist das Treffen mit Pietro gelaufen?«

»Er war wie immer unverschämt. Nach einem Streit hatte Cesare ihm einen Brief geschrieben, in dem er ihm mitteilte, dass er ihm das Land vermachen würde. Pietro hatte die ganze Zeit darauf gedrängt, dass Cesare das Land seinem Nachbarn verkauft.«

»Er hat also nicht damit gerechnet, dass Cesare ihm das Land vererbt?«

»Er befürchtete, dass Laura es bekommen würde, und er konnte Cesare nicht verzeihen, dass er auf dem Land lebte, das ›von Rechts wegen‹ Pietros Vater hätte gehören müssen und somit, nach dessen Tod, ihm selbst. Ob Pietro nun aus dem Brief erfuhr, dass er das Land kriegen würde, oder aus dem Testament, das er und Laura fanden, als sie in Cesares Haus waren, spielt keine Rolle. Er wusste, er würde das Land bekommen, und beschloss vielleicht den Erhalt dessen, was ihm ohnehin hätte zustehen müssen, zu beschleunigen.«

»Ich frage mich, warum Cesares Vater das Land nicht seinem ältesten Sohn vermacht hat, oder wenigstens beiden zu gleichen Teilen.«

»Landwirtschaftliche Flächen werden niemals aufgeteilt. Sie aufzuteilen macht sie wertlos. Bei einem Gemüsegarten ist das etwas anderes. Wir sprechen später weiter. Ivana ist gerade reingekommen. Sie wissen ja –«

»Ja, ich weiß.« Gespräche über Mordfälle waren in Ivanas Haus verboten. »Treffen wir uns doch heute Abend. Tilde braucht mich nicht. Ich habe auch ein paar Neuigkeiten. Rufen Sie mich an. Ciao.« Er legte auf, bevor Perillo antworten konnte.

SECHS

Lauras Eltern wohnten am Ende einer bergauf führenden, stark ramponierten Straße. Daniele war froh, dass er die Befragung von Lauras Großvater allein übernehmen durfte, bereute aber inzwischen das schwere gemeinsame Mittagessen mit dem Maresciallo und Ivana. Er war mit seinem Motorrad gekommen und versuchte nun, all den Schlaglöchern auszuweichen, meist vergeblich. Es waren einfach zu viele.

Nachdem er zwanzig Minuten lang durchgerüttelt worden war, erreichte Daniele das zweistöckige Feldsteinhaus. »*Halten Sie Ausschau nach blauen Fensterläden*«, hatte Laura am Telefon gesagt, für den Fall, dass er sich verfuhr. Dass er ihrem Elternhaus einen Besuch abstatten wollte, schien sie nicht sehr zu begeistern. Daniele schaltete den Motor aus und schaute zu den Fensterläden hoch, die im Blau eines strahlenden Sommertages gestrichen waren. *Ein glückliches Heim*, dachte er. Er stieg vom Motorrad. An einer Seite des Hauses stand ein rechteckiger Schuppen, dessen Seitenwände mit dickem Plastik bedeckt waren. Daniele konnte hinter dem Plastikschutz grüne Umrisse ausmachen. Ein alter grauer Fiat Palio parkte gleich daneben. Auf der anderen Seite des Hauses erstreckte sich ein langer Gemüsegarten mit mehreren Reihen Kohl und Grünkohl; der restliche Boden war frisch geharkt, vermutlich zur Vorbereitung der Frühjahrsbepflanzung. Er schob das Motorrad über den gepflasterten schmalen Weg, der zum Haus führte, und lehnte es an den Gartenzaun; dann wischte er sich den Staub von dem kurzärmeligen blauen Hemd, das zu seiner Sommeruniform gehörte. Es war kalt. Er hätte die Jacke anziehen sollen.

Sein Handy brummte. Eine SMS von Stella.

HAT ER DICH BEIM AUFNEHMEN ERWISCHT?

Daniele schrieb zurück:

CIAO. ER GLAUBT, ICH HÄTTE ALLES MITGESCHRIEBEN. ICH HABE IHM GESAGT, ICH WÜRDE PIETROS BEFRAGUNG HEUTE ABEND ABTIPPEN. WIE GEHT ES DIR?

Daniele hätte zu gern ihre Stimme mit ihrem weichen toskanischen Tonfall gehört. Aber sie durfte ihr Handy nicht benutzen, wenn sie im Museum Dienst hatte. Immerhin hatte sie es irgendwie geschafft, ihm zu schreiben. Er verzehrte sich danach, ihr zu sagen, was sie ihm bedeutete, aber er behielt es für sich. Er hatte keine Ahnung, ob er für sie mehr war als nur ein guter Freund.

ICH LANGWEILE MICH. HEUTE NACHMITTAG WURDEN KEINE FÜHRUNGEN GEBUCHT. WANN WILLST DU ES IHM SAGEN?

BALD. WANN KOMMST DU NACH HAUSE?

SO BALD ICH KANN. WANN KOMMST DU NACH FLORENZ? WIR SIND MIT UNSEREM RUNDGANG DURCH DIE ACCADEMIA NOCH NICHT FERTIG.

WENN WIR DEN MÖRDER GEFUNDEN HABEN.

NA DANN BEEIL DICH. DU FEHLST MIR. CIAO. DIE SCHWEREN SCHRITTE DES DIREKTORS NAHEN.

Daniele las noch einmal die Worte *Du fehlst mir* und wurde rot. Als er von seinem Handy aufschaute, sah er eine Frau aus dem Gewächshaus kommen. Er steckte das Handy weg, ging ihr auf dem Asphaltweg entgegen und stellte sich vor.

»Carla Benati«, sagte Lauras Mutter. Sie war grauhaarig, hochgewachsen und stämmig und trug einen selbstgestrickten grünen Pullover über einem schlichten grauen Kleid. Ein großes goldenes Kruzifix hing um ihren Hals. Daniele hätte sie sofort erkannt. Ihr hübsches Gesicht war eine etwas ältere Version des Gesichts ihrer Tochter.

Signora Benati führte Daniele durch einen farblosen kurzen Flur. »Wir wissen nichts über Cesare Rinaldi. Mein Vater wartet hier drin. Es geht ihm nicht gut. Bitte haben Sie Geduld mit ihm.« Sie bog in ein Zimmer, in dem ein kleines Sofa und zwei Sessel standen, die ebenso himmelblau waren wie die Fensterläden.

Duccio Gualtieri schaute von seiner Zeitungslektüre auf, als Daniele eintrat. »Brigadiere, setzen Sie sich«, befahl er, bevor Daniele sich vorstellen konnte.

Signora Benati blieb neben der Tür stehen. »Ich bringe Kaffee.«

»Zwei Löffel Zucker«, rief Gualtieri, der sich wieder in seine Zeitung vertieft hatte.

Lauras Mutter warf ihrem Vater einen gestressten Blick zu. »Du hast Besuch. Ich bringe die Zuckerdose mit.«

»Zerbrich sie nicht.« Gualtieri senkte die Zeitung und musterte Daniele, als sähe er ihn erst jetzt. Daniele drückte die Schultern durch, richtete sich auf und starrte zurück. Gualtieri, der auf einem Lehnstuhl aus Holz am Fenster saß, bedachte ihn mit einem vernichtenden Blick. Er war ein knochiger Mann mit markanten Gesichtszügen und langen Beinen. Buschige graue Brauen saßen über seinen tiefliegenden Augen. In der einen Hand hatte er ein Zucken, so dass die Zeitung leicht zitterte. Er trug einen dicken grauen Pullover, Jeans und Arbeitsschuhe.

Ein herrischer Mensch, dachte Daniele. Er stellte sich vor und wies darauf hin, dass er das Gespräch aufzeichnen würde.

»Tun Sie, was Sie nicht lassen können«, knurrte Gualtieri, »aber Sie verschwenden nur das Band und meine Zeit.«

»Es tut mir leid, Signor Gualtieri, aber Sie kannten Cesare Rinaldo schon lange. Wir brauchen alle Informationen über ihn, die wir bekommen können. Sie sind zusammen zur Schule gegangen, haben zusammen Fußball gespielt. Können Sie mir irgendetwas über ihn erzählen, das Licht auf den Mord werfen würde?«

»Er war ein guter Fußballspieler, aber ansonsten hatte er kein Rückgrat. Seit der Mittelschule war er mit meiner Frau eng befreundet. Celestina meinte, er würde sie zum Kichern bringen, aber dazu gehörte auch nicht viel. Sie war eine einfältige Frau. Ich bin auf ihre Schönheit hereingefallen. Schönheit kann auch Männer einfältig machen. Achten Sie bei einer Frau auf ihren Verstand, junger Mann, nicht auf ihr Aussehen.

Gabriella besaß beides.« Gualtieri zeigte auf ein altes Bücherregal an der Wand. Statt Bücher enthielt es Reihen von gerahmten Fotos. »Na los, schauen Sie sie an. Sie werden Gabriella im Nu erkennen. Gabi bringt diesen Raum mit ihrer Schönheit, ihrer Intelligenz zum Leuchten. Hat sie immer getan. Wird sie immer tun.«

Daniele stand auf und ging zum Regal hinüber. Er entdeckte Laura als hübschen Teenager, der mit einem größeren, älteren Mädchen, das in der Tat wunderschön war, Händchen hielt. Von dem älteren Mädchen gab es viele Bilder, auf denen sie immer lächelte. Von Laura gab es kein einziges, auf dem sie allein zu sehen war. Ein Foto von Gabriella war sorgfältig abgeschnitten worden; ein schmales, halbmondartiges Schulterstück einer Bluse zeigte, dass auf dem Foto noch eine andere Frau gewesen war.

»Was machen Sie da?« Signora Benatis scharfer Ton erschreckte Daniele.

»Signore Gualtieri erzählte mir gerade von ...«

Der Blick, den Signora Benati ihrem Vater zuwarf, war nicht weniger scharf. Sie stellte ihr Kaffeetablett auf einem Beistelltisch ab. »Diese Fotografien gehen nur unsere Familie etwas an. Weder ist Cesare Rinaldi auf ihnen zu sehen, noch hat er irgendwas damit zu tun. Bitte setzen Sie sich wieder und trinken Sie Ihren Kaffee.«

Daniele warf rasch einen letzten verstohlenen Blick auf das abgeschnittene Foto und tat dann, wie ihm geheißen. Er sah zu, wie Lauras Mutter zwei Teelöffel Zucker in eine der Tassen gab und sie ihrem Vater ohne Untertasse hinstellte.

»Das genügt, Babbo«, sagte sie leise.

Was genügt?, fragte sich Daniele. *Der Kaffee? Oder jedes weitere Wort über die wunderschöne Gabriella?*

Lauras Mutter ging zurück zum Tisch und schaute Daniele an. »Zucker, Brigadiere?«

»Bitte einen Löffel, vielen Dank.«

»Ich hoffe, er ist nicht zu stark«, sagte sie und brachte ihm den Kaffee.

»Ich bin sicher, er ist perfekt.« Als sie ihm die Tasse reichte, fiel ihm auf, dass das goldene Kreuz auf ihrer Brust eine Gravur mit einem Datum trug: der 11. Januar 2011. Tag und Monat waren identisch mit dem Geburtstag seiner Mutter. *Ein seltsamer Zufall*, dachte Daniele, obwohl seine Mutter immer behauptete, Zufälle gäbe es nicht. »Vielen Dank, Signora.« Er nahm die zierliche Kaffeetasse mit ihrer winzigen Untertasse entgegen und balancierte sie auf seinem Schenkel. »Gibt es denn gar nichts, was Sie mir über Signor Rinaldi erzählen können?«, fragte er den alten Mann. »Wir wissen, dass er nach Deutschland ging und dort jahrelang gearbeitet hat. Wissen Sie, wohin er genau ging? Wo er arbeitete?«

Duccio Gualtieri grunzte, trank seinen Kaffee in einem Zug und hielt dann seiner Tochter die leere Tasse hin. »Das könnte überall gewesen sein. Turin, Mailand, die Schweiz. Für mich zählte nur, dass er weg war.«

»Aber er kam ja zurück, besuchte Ihr Haus. Er interessierte sich für Laura. Gibt es irgendetwas, das Sie mir über ihn erzählen können, nachdem er wieder hier war?«

Signora Benati nahm ihrem Vater die Tasse ab und fragte: »Was spielt das für eine Rolle? Cesare ist vor Ewigkeiten zurückgekehrt. Er wurde jetzt ermordet, nicht damals.«

Um der Wichtigkeit seiner Frage den notwendigen Nachdruck zu verschaffen, beugte Daniele sich vor. »Signora …« Die Kaffeetasse auf seinem Knie geriet ins Wanken. Er bekam sie schnell zu fassen, verfluchte aber seine Ungeschicklichkeit und das peinliche, heiße Erröten seiner Wangen. »Möglicherweise ist vor Jahrzehnten etwas passiert, das uns helfen könnte, seinen Mörder zu finden.«

»Ich werde Ihnen sagen, was passiert ist«, sagte Gualtieri. »Er hat seinen Bruder um dessen rechtmäßiges Erbe betrogen. Ich hätte Rinaldis Vater mehr Verstand zugetraut, aber Cesare kehrte zurück, woher auch immer, zog schnurstracks ins Haus seines Vaters und schlich sich tückisch in sein Herz. Wenn ihn irgendwer hätte umbringen sollen, dann sein Neffe.« Der alte Mann hob eine bebende Hand. »Cesare hat Leute um das betrogen, was ihnen rechtmäßig gehörte. Von mir aus kann sich Laura die Augen ausheulen. Der Mann hat bekommen, was er verdient.« Gualtieris Zittern griff auf seinen ganzen Körper über, er schüttelte sich förmlich, so dass die Zeitung zu Boden fiel.

Seine Tochter beugte sich über ihn und streichelte ihm die Schulter. »Schsch. Schsch, Babbo.«

Gualtieri schloss die Augen. Allmählich ließ das Zittern nach.

Signora Benati sah Daniele an. »Mein Vater ist müde. Keine weiteren Fragen. Er hat Ihnen alles gesagt, was er weiß. Kommen Sie.« Sie ging demonstrativ aus dem Zimmer. Daniele stellte die noch volle Tasse widerwillig auf dem Boden ab und folgte ihr.

An der Haustür entschuldigte er sich. »Es tut mir leid, dass ich ihn aufgeregt habe.«

»Brigadiere, Sie sind zu jung, um zu wissen, welch schwarze Löcher die Vergangenheit für einen Menschen bergen kann. Babbo musste im Lauf seines Lebens aus einigen herauskriechen. Sie hinterlassen Narben. Das Alter besorgt den Rest.«

Aus dem traurigen Ton ihrer Stimme meinte Daniele herauszuhören, dass auch sie mit ein paar schwarzen Löchern Bekanntschaft gemacht hatte.

»Laura hat nicht irgendetwas mit dem Mord zu tun, oder?«

Die plötzliche, leicht dahingeworfene Frage überraschte Daniele. Er sah sie an. In Signora Benatis Gesicht zeigte sich keinerlei Gefühlsregung. Hatte sie Angst um ihre Tochter? »Sie hat uns bei den Ermittlungen sehr unterstützt«, versicherte ihr Daniele. Als sie ihm die Haustür öffnete, sagte er: »Sie kannten Cesare doch auch. Was können Sie mir über ihn sagen?«

Lauras Mutter lehnte sich mit einem resignierten Lächeln an die offene Tür. »Sie lassen wohl nie locker.«

Daniele errötete. »Ich mache nur meinen Job.«

»Das tun wir alle. Zu Cesare sage ich Ihnen Folgendes: Als er zurückkam, machten Gerüchte die Runde, er sei schwul, aber meine Mutter meinte, die Leute wären nur neidisch, weil er gut aussah. Er war immer freundlich. Später war er wunderbar mit Laura. Ich brauchte mir nie Sorgen um sie zu machen, wenn sie bei ihm war. Ich glaube, er war ein guter Mann. Sein älterer Bruder war auch ein guter Mensch, aber er schrieb seinem Vater ständig vor, was er zu tun habe. Als Cesare wieder hier war, ließ er den alten Mann einfach machen. Ich glaube, deswegen hat Cesare auch das Anwesen geerbt. Es tut mir leid, dass jemand ihn so stark hasste, dass er ihn töten wollte. Arrivederci, Brigadiere.« Sie trat zurück und schickte sich an, die Tür zu schließen.

Daniele setzte einen Fuß auf die Schwelle. »Noch einen Moment bitte.« Sie hielt inne und Daniele fragte: »Wer ist Gabriella?«

Signora Benatis Hand wanderte an ihren Hals und berührte das Kreuz. »Jemand, den wir lieben«, sagte sie und machte ihm die Tür vor der Nase zu.

Daniele zog sein Handy hervor. »Sechzehn Uhr zweiunddreißig. Ende der Befragung.« Er schloss die App und ging zu seinem Motorrad; dabei sann er darüber nach, warum ein Tod bei Gualtieri Genugtuung und bei seiner Tochter und Enkelin Wehmütigkeit auslösen konnte.

Sandro vernahm ein Klackern auf dem gefliesten Boden und schaute hinter dem Tresen von seiner Zeitung auf. OneWag bestätigte mit einem Schwanzwedeln, dass er ihn erkannt hatte. »Zu spät für Leckerli, Rocco.«

Nico folgte seinem Hund und winkte zur Begrüßung. Das Café war leer. Er hatte gehofft, Sandro wäre zu beschäftigt, um ihm seine Aufmerksamkeit zu schenken.

»Schön, Sie zu sehen, Nico. Sonst statten Sie uns ja nachmittags selten einen Besuch ab.«

»Tilde braucht mich nicht mehr so oft, seit sich der Ort allmählich leert.« Dass er ohne Sandro mit Jimmy sprechen sollte, bereitete ihm Unbehagen. Er mochte und respektierte beide Männer in gleichem Maß. »Ist Jimmy da?« Nico näherte sich der Hintertür. »Ich muss ihn etwas fragen.«

Sandro faltete seine Zeitung zusammen und schob sie beiseite. Sein freundlicher Ausdruck wurde ernst. »Er hat hinten zu tun. In ein paar Minuten ist er wieder hier vorn. Kann ich Ihnen solange etwas anbieten?« Sandro ging mit großen Schritten zur Tür, bevor Nico ihm zuvorkommen konnte. »Salvatore hat Sie geschickt, stimmt's?«

»Ja, hat er. Er braucht eine Antwort auf etwas Bestimmtes und meinte, es wäre einfacher für Jimmy, wenn ich ihn frage.«

»Ich bin Jimmys Ehemann. Ich weiß alles, was es über ihn zu wissen gibt. Fragen Sie mich. Jimmy ist traumatisiert. Es muss jetzt wirklich nicht sein, dass Sie oder sonst jemand ihm Fragen über Cesare stellt. Was wollen Sie ihn fragen?«

»Es tut mir leid, Sandro. Es ist etwas, das nur Jimmy beantworten kann. Ich seh Sie morgen früh.« Nico wandte sich zum Gehen.

»Warten Sie. Sie wollen wahrscheinlich wissen, ob Jimmy und Cesare etwas miteinander hatten?«

Nico ging weiter. OneWag, der sah, dass sein Herrchen Richtung Tür strebte, schoss schon vor ihm hinaus.

»Setzen Sie sich, Nico«, bat Sandro. »Bitte. Ich erzähle Ihnen alles.«

Nico wählte einen Tisch in unmittelbarer Nähe und setzte sich. Sandro gesellte sich zu ihm; er wirkte aufgewühlt. »Neulich habe ich gesagt, dass Jimmy Cesare hasste. Das ist nicht wahr. Ich bin derjenige, der ihn hasste. Ich gebe das ganz ehrlich zu, denn ich schwöre bei meiner Mutter, dass ich ihn nicht umgebracht habe. Ich liebe Jimmy so sehr, das macht mich schrecklich besitzergreifend. Ich habe Cesare gehasst, weil er in Jimmy verliebt war.«

»Woher wussten Sie das?«

»Wenn Cesare hereinkam, suchten seine Augen sofort nach Jimmy und blieben die ganze Zeit auf ihm haften. Seine Gesichtszüge wurden ganz verklärt und er lächelte. Jimmy nickte ihm nur kurz zu und schaute dann weg. Diese Aufmerksamkeit war ihm peinlich.«

»Wann war das?«

»Es begann etwa ein Jahr, nachdem wir das Café gekauft hatten. Am Sonnabend nächster Woche feiern wir unseren zehnten Jahrestag als Inhaber. Ich hoffe, der Mord an Cesare ist bis dahin aufgeklärt. Wir wollen das ganze Dorf zu einer großen Party einladen. Die Menschen hier haben uns von Anfang an gut behandelt. Gleich nach der Eröffnung kamen die Leute sogar aus den umliegenden Dörfern, um sich die beiden Schwulen anzusehen, die den Laden übernommen hatten. Unter ihnen war auch Cesare, aber er kam eben immer wieder. Nach italienischem Gesetz durften wir damals noch nicht heiraten, und ich muss zu meiner Schande gestehen, dass ich über Jimmy wachte wie eine Löwenmutter. Keine Seitensprünge.«

Sandros Vehemenz überraschte Nico. Er hatte ihn immer für eher locker gehalten. Nico konnte sich nicht entsinnen, je selbst besitzergreifend oder eifersüchtig gewesen zu sein. Seine Liebe zu Rita war durch nichts zu erschüttern gewesen. Vielleicht hatten Sandros heftige Gefühle für Jimmy auch etwas damit zu tun, dass er um das Recht, ihn zu lieben, hatte kämpfen müssen. »Hat es Sie nicht etwas beruhigt, dass Cesare so viel älter war als Jimmy?«

»Ich weiß, dass ich mich lächerlich machte. Der Altersunterschied zwischen den beiden war enorm. Als Cesare zum ersten Mal hier auftauchte, war Jimmy zweiundzwanzig. Cesare muss um die siebzig gewesen sein. Ich kochte trotzdem vor Wut. Ich war misstrauisch, weil Jimmy Cesares Gegenwart peinlich war. Wann immer der Mann das Café betrat, erstarrte er und zog sich manchmal sogar ins Hinterzimmer zurück; dann musste ich mich um die Kundschaft kümmern. Jimmy wollte mir nicht sagen, warum, woraus ich schloss, dass zwischen ihnen etwas war, oder mal gewesen war. Nachdem diese Besuche zwei Monate lang angedauert hatten, erklärte ich Cesare, er sei hier nicht mehr willkommen.«

»Wie hat er reagiert?«

»Er sagte nur: ›Jimmy ist ein guter Mann. Behandeln Sie ihn

anständig.‹ Ich entgegnete, es gehe ihn nichts an, wie ich Jimmy behandele. Er verließ das Café und kam nie wieder.«

»Haben Sie es Jimmy erzählt?«

»Jimmy weiß nur, dass ich Cesare gebeten hatte zu gehen. Er fragte nicht, weshalb.«

Sandro stand auf, als Luciana hereinkam, um ihren Nachmittags-Snack einzunehmen. »Salve, Luciana, Ihr Sandwich mit Feigen und Prosciutto erwartet Sie schon. Ich bin gleich bei Ihnen.« Er beugte sich zu Nico vor und fragte leise: »Hat das Ihre Frage bezüglich der Beziehung beantwortet?«

Zumindest deine Version davon, beantwortete Nico die Frage im Stillen. »Ciao, Luciana. Ich wollte noch wegen der Blumen vorbeikommen.«

»Ich habe die vier Chrysanthemen für Sie zurückgelegt, von denen ich gestern gesprochen hatte. Bedienen Sie sich einfach. Die Tür steht auf. Rocco hält Wache. Ich habe ihm aufgetragen, niemanden reinzulassen. Zahlen können Sie das nächste Mal.«

»Danke.« Nico hob eine weggeworfene Rechnung auf, die unter dem Tisch lag, und schrieb auf die Rückseite seine Telefonnummer, E-Mail-Adresse und das Wort *Bitte*. Er stand auf und ging zur Hintertür. Sandro, der gerade Lucianas Sandwich holte, hatte ihm den Rücken zugekehrt.

Nico öffnete die Tür und steckte den Kopf ins Zimmer. Jimmy hielt sein Nachmittagsschläfchen auf der Chaiselongue. Nico warf den Zettel in Jimmys Richtung; er landete knapp zwei Meter vor ihm. Das störte Nico nicht, denn Jimmy hielt den kleinen Raum, wo er seine Cornetti herstellte und buk, makellos sauber. Sobald er die Augen öffnete, würde er den Zettel sehen.

Als Nico die Tür wieder schloss, schaute ihn Sandro streng an.

»Keine Sorge«, sagte Nico. »Ich habe ihn nicht geweckt. Bitte sagen Sie ihm, dass er mir morgen bitte zwei Vollkorn-Cornetti zurücklegen soll. Es kann sein, dass ich mich verspäte.« Er schämte sich seiner kleinen Notlüge, aber ein Mann war ermordet worden und sie benötigten Antworten, wenn sie je erfahren wollten, wer die Tat begangen hatte. Was Jimmy zu sagen hatte, stimmte möglicherweise mit Sandros Geschichte überein. Aber möglicherweise auch nicht.

OneWag wackelte glücklich mit dem Hinterteil, als er Nico kommen sah, bewegte sich aber nicht von der Stelle. Er hatte einen Auftrag zu erfüllen.

Nico versuchte, den Laden zu betreten. OneWag bellte warnend.

Nico schaute hinunter auf seinen Hund. »Du willst mich wohl verscheißern.«

OneWag stellte die Ohren auf, rührte sich aber nicht.

»Kumpel, du bist echt unmöglich.« Nico hob seinen Hund auf, setzte ihn einen Meter neben der Tür ab und betrat den Laden. Ordentlich eingewickelte rosa Chrysanthemen standen in einer Glasschale auf Lucianas Tresen. Bevor er sie einsammelte, rief er Perillo an.

»Gibt's was Neues?«, fragte Perillo.

»Ich habe versucht, mit Jimmy zu reden. Sandro hat mich daran gehindert. Ich würde mich gern heute Abend mit Ihnen und Daniele treffen, um die Informationen auszutauschen, die wir bisher haben. Ich bereite uns ein Abendessen, falls Sie sich von Ivanas Kochkünsten losreißen können.«

»Da wird sie sich freuen. Heute ist ihr Bingo-Abend in …« Lautes Brummen übertönte Perillos Worte.

»Was war das?«

»Ein Pflug. Cesares Nachbar lässt einen Teil seines eigenen Anwesens umgraben. Daniele kommt gerade von seinem Gespräch mit Lauras Großvater zurück, und ich hatte gehofft, Gennari zum Verhör mit aufs Revier zu bringen. Aber ein Arbeiter sagte mir, dass Gennari in Rom ist.«

»Ich habe ihn heute zur Mittagszeit in Lauras Hotel gesehen.«

»Na, inzwischen könnte er ja durchaus auf dem Weg nach Rom sein. Ich bin wieder schwach geworden, aber immerhin waren es heute nur zwei Zigaretten. Das ist ein Rekord.«

»Wenn Sie auf null sind, kriegen Sie eine Goldmedaille. Kommen Sie um acht mit Daniele.« Nico brach das Gespräch ab; in Gedanken war er schon damit beschäftigt, was er mit dem Gemüse, das er heute im Gemüseladen in Panzano gekauft hatte, kochen würde. Nico nahm die Blumen und ging hinaus. OneWag bezog wieder seinen Posten vor der Tür.

Nico merkte, wie stolz er auf seinen Hund war. OneWag nahm seine Rolle als Wachhund ernst. Natürlich war der Keks, den Luciana ihm mit Sicherheit geben würde, ein großer Ansporn, aber trotzdem, der Köter hatte den Mut besessen, sogar sein Herrchen am Betreten des Ladens hindern zu wollen. Nico verkniff sich, »Braver Junge!« zu sagen. Stattdessen sagte er: »Du weißt, wo du mich findest, Kumpel.«

Auf dem Friedhof entfernte Nico die Astern der letzten Woche und füllte die Vase mit frischem Wasser aus dem Brunnen an der Mauer. Er wickelte die Chrysanthemen aus und versuchte sie in der Alabastervase hübsch zu arrangieren. Darin war er noch nie gut gewesen, aber heute stellte er sich besonders ungeschickt an. Sandro mit seiner starken Leidenschaft hatte ihn aus der Bahn geworfen. Er betrachtete Ritas Bild und fragte sie stumm: »Habe ich dich genug geliebt?« Anfangs hatte sie ihn mit ihren heftigen Gefühlen für die Liebe, für das Leben überwältigt. Er hatte zurückhaltend reagiert, aus Angst vor jenen heftigen Gefühlen, die er bei seinem gewalttätigen Vater erlebt hatte. Mit der Zeit hatten er und Rita eine gute Balance gefunden, aber jetzt fragte er sich, ob er ihr Temperament gedämpft, sie dazu gebracht hatte, ihre Gefühle zu unterdrücken. Wenige Tage vor ihrem Tod hatte sie seine Hand ergriffen und gesagt: »Du warst ein guter Ehemann.« Jetzt fragte er sich, ob sie die Wahrheit gesagt hatte.

Nico küsste seine Finger und drückte sie an Ritas Foto. »Buonanotte, bella.« Als er sich zum Gehen wandte, wäre er fast auf OneWag getreten. Der Hund schaute zu ihm hoch, mit einem Blick, der so etwas wie eine Entschuldigung ausdrücken wollte. Nico nahm ihn auf den Arm und gemeinsam gingen sie zum Tor hinaus, ins Land der Lebenden.

Daniele, der als Erster bei Nico eintraf, ließ ein Päckchen vor OneWags Nase baumeln; er hoffte wohl, dass der Hund hochspringen und es sich schnappen würde. Der Hund betrachtete ihn mit geduldigen Augen.

»Das ist für dich«, sagte Daniele. Er trug zum Dinner graue Flanellhosen, ein zu seiner Augenfarbe passendes blaues Hemd und einen dunkelblauen Pullover mit V-Ausschnitt, der handgestrickt aussah. »Willst du es denn nicht haben, Rocco?«

Weder blinzelte der Hund, noch rührte er sich.

Nico, der vor der schmalen Arbeitsplatte neben der Küchenspüle stand, sah Danieles enttäuschten Gesichtsausdruck. »OneWag ist viel zu stolz, um ein Geschenk anzunehmen«, sagte Nico. »Als ich ihn damals fand, war er ein ausgemergelter Köter, aber er nahm kein Essen von mir an. Ich musste es stehenlassen und weggehen.«

»Als ich ihm das letzte Mal das ganze Päckchen hinwarf, wie Sie mir geraten hatten, sah das Zimmer hier aus wie in Venedig nach dem Karneval. Bestimmt haben Sie die ganze Nacht aufräumen müssen.«

»OneWag hatte seinen Spaß. Nach seinem Leben als Straßenhund gönne ich ihm den. Danke, dass Sie ihm ein Geschenk besorgt haben.«

»Eigentlich wollte ich ja Zitronenmousse mitbringen, aber ich hatte keine Zeit.« Daniele blieb weiter in der Mitte des Zimmers stehen, während das Geschenk immer noch an seiner Hand baumelte. OneWag streckte sich am Boden aus und legte den Kopf auf seine Pfoten.

Nico zeigte mit seinem Küchenmesser im Zimmer herum. »Verstecken Sie das Päckchen irgendwo und setzen Sie sich, wohin Sie wollen. Er findet es schon früh genug.«

Daniele drehte sich um und überlegte sich, wo er sich hinsetzen sollte. Sein Lieblingsplatz war der Balkon. Es war gut zu wissen, dass die Schwalben oder deren Nachwuchs jedes Frühjahr hierher zurückkehrten, um unter den Deckenbalken zu nisten. Mittlerweile waren sie fort und ein Wind war aufgekommen; es war zu kalt, um draußen zu essen. Er konnte sich an den Küchentisch setzen, der schon für das Abendessen gedeckt war, oder auf das kleine Sofa. Der einzige Sessel in Nicos Haus war so durchgesessen, dass er eindeutig dem Gastgeber vorbehalten war. Daniele schob sein Geschenk mit dem Fuß unter das Sofa und nahm darauf Platz.

OneWag hielt die Augen geschlossen und schaute nicht auf. Seine Nase würde das Päckchen finden.

Daniele schnüffelte vernehmlich. Es roch nach Rauch. »Nico, brennt da etwas an?«

»Ich grille unser Abendessen auf dem Balkon.« Nico wickelte die Würstchen aus, die er bei Falorni in Greve gekauft hatte, wo es nach Aussage der Connaisseurs die berühmten, besten Schweine- und Wildschweinprodukte der Toskana gab. »Kann ich Ihnen ein Glas Wein anbieten?«

»Danke, ich brauche nichts.«

Nico blickte Daniele an. Er wirkte nervös. »Wie geht es Ihnen?«

»Ich bin frustriert. Es gelingt mir einfach nicht, Cesares PIN zu knacken. Ich habe es mit seinem Geburtstag versucht, dem von Laura, dem seines Bruders und dem seines Vaters, plus dessen Todestag, dem Tag der Beerdigung, unzähligen anderen Kombinationen. Nichts. Wenn ich die Antwort bis morgen früh nicht habe, schickt der Maresciallo das Handy zu den IT-Leuten nach Florenz.«

»Geben Sie nicht auf, Dani. So gut wie die sind Sie schon lange.« Nico dachte im Stillen, dass er Danieles Fähigkeiten vielleicht überschätzte, aber der Brigadiere brannte so sehr darauf, vor Perillo gut dazustehen. »Gibt's was Neues über das Motorrad?«

»Bis jetzt nicht. Ich gehe davon aus, dass der Mörder mit seinem eigenen Auto zum Treffpunkt mit Cesare fuhr, wahrscheinlich waren sie in Villa Costanza verabredet. Er tötet Cesare, schmeißt die Leiche in Jimmys Kofferraum und lässt die Ducati auf dem Parkplatz stehen, wo jeder sich damit hätte davonmachen können. Sie zu behalten wäre gefährlich gewesen. Von den 1972er Ducati 750 GT gibt's nicht mehr viele. Er hätte schon ein SUV gebraucht, um damit wegzufahren.«

»Sie ist eine Menge wert. Derselbe Jahrgang und das gleiche Modell ist auf einer Versteigerung in den USA für fast dreißigtausend Dollar weggegangen.«

Daniele riss die Augen auf. »Wirklich? Glauben Sie, die Ducati könnte der Anlass für Cesares Ermordung gewesen sein?«

»Nein. Es wäre einfacher gewesen, sie zu stehlen.«

»Die Überwachungsvideos werden uns zeigen, ob Cesare in Villa Costanza getötet wurde.«

»Warum dauert es so lange, sie freizugeben?«

»So lange? Wir haben sie ja erst gestern Abend angefordert. Wäre Cesare irgendwo anders umgebracht worden, hätte der Mörder die Ducati bei der Leiche zurücklassen können. Jemand hat sie gefunden und ist damit abgehauen. Ich überprüfe gerade die einschlägigen Verkaufsportale im Netz, ob irgendwer versucht, eine alte Ducati zu verkaufen. Bisher ohne Erfolg.«

Nico lächelte, während er mit einer Gabel einige Löcher in die Würstchen stach; es freute ihn, wie selbstbewusst Daniele neuerdings die Initiative ergriff.

Daniele erblickte die vier Würstchen und spürte, wie sein Magen stumm rebellierte. Offenbar war Nico sein Gesichtsausdruck nicht entgangen. »Ich muss Ihren fleischfressenden Chef füttern. Sie kriegen Ofengemüse und gegrillten Scamorza.«

Daniele errötete erleichtert, zugleich erklang ein »Buonasera, amici miei«.

Perillos lautes Organ erreichte sie, bevor er selbst in der Tür auftauchte, mit einem Laib Bauernbrot und einem verschlossenen Einweckglas im Arm. Er trug seine Kaltwetter-Lieblingskluft: Jeans, einen orangeroten Pulli mit V-Ausschnitt über einem blauen Hemd und seine Wildlederjacke für alle Jahreszeiten. »Bitte entschuldigen Sie meine ungebührliche Verspätung, aber Ivana hat ein Antipasto gemacht, bei dem Sie ungesalzenes Brot schätzen lernen werden, caro Nico.«

Daniele war sofort aufgestanden, als er die Stimme seines Chefs hörte. OneWag wartete, bis Perillo weit genug ins Zimmer vorgedrungen war, bevor er sich erhob, um die Wildlederschuhe des Maresciallo zu beschnüffeln. Sie verströmten jedes Mal einen anderen Essensgeruch. Diesmal rochen sie nach Fisch.

»Ist der Herd vorgeheizt?«, fragte Perillo und lud das Brot auf einem der Teller ab, der auf dem Tisch stand. »Das Brot muss in Scheiben geschnitten und dann geröstet werden. Ivana hat eine Paste aus Butter, Anchovis und Kapern zubereitet, die auf das geröstete Brot kommt. Ein Bissen, und ihr zwei werdet euch alle zehn Finger danach ablecken.«

»Danke. Der Grill draußen ist fast so weit.« Nico wusste das Geschenk zu schätzen, aber es brachte seinen Zeitplan durcheinander. Er reichte Perillo das Brotmesser und ein Küchenbrett. »Ich muss nach unserem Essen schauen.«

Daniele nahm seinem Chef eilig Messer und Küchenbrett ab, bevor dieser Gelegenheit hatte, sie ihm von sich aus weiterzureichen.

Perillo nickte anerkennend. »Schneid die Scheiben nicht zu dünn.«

»Wein steht auf dem Tisch«, sagte Nico. »Bedienen Sie sich.« Er bückte sich, um nach dem Ofengemüse zu schauen. Es bräunte nach Plan. Er schloss die Ofentür und griff nach der Schürze mit der Aufschrift »Ferriello-Weine«, die er von Cinzia bekommen hatte, und warf sie Perillo zu. Er hatte sie nie getragen, da er jene, die er jetzt anhatte, bevorzugte, ein Geschenk von Rita mit dem Schriftzug I LOVE TUSCANY.

Perillo schaute ihn erstaunt an, als er die Schürze auffing.

»Maresciallo, Sie sind für das Toasten Ihres Brots verantwortlich.« Während Perillo auf die Schürze hinabschaute, zwinkerte Nico Daniele kurz zu. »Ihr Brigadiere muss auf das Gemüse aufpassen, während ich die Würstchen kurz in Wasser koche, damit sie etwas Fett verlieren, bevor sie auf den Grill kommen.«

Perillo streifte sich die Schürze über den Kopf und warf ergeben die Arme hoch. »Wie der Koch befiehlt.« Er war heute Abend guter Laune, obwohl er im Mordfall noch nicht allzu weit gekommen war. Er liebte die Kameraderie dieser Abende, diese reinen Männertreffen dreier Freunde, die ein gemeinsames Ziel verband. Perillo schnürte sich die Schürze über seinen deutlich gewölbten Bauch – ein Problem, für das nur er selbst eine Lösung finden konnte. »Sie haben Neuigkeiten, Nico.« Er goss sich aus einer Flasche Ferriello ein randvolles Glas ein. »Erzählen Sie.«

Nico trat auf den Balkon hinaus und sah nach den Kohlen. »Der Grill ist bereit.«

Perillo kam heraus und balancierte die von Daniele in perfekter Stärke geschnittenen Scheiben auf dem Küchenbrett. »Was hat Jimmy über Cesare gesagt?«

»Darüber reden wir nach Ivanas Antipasto.«

Ivanas Kreation bewirkte tatsächlich, dass sie sich alle zehn Finger leckten. Die drei saßen am Tisch und schmierten die Anchovis-Kapern-Butter auf eine geröstete Scheibe nach der anderen. Das Knirschen und Knuspern übertönte das Geräusch unter dem Sofa, das entstand, als Danieles Päckchen klammheimlich in kleine Fetzen gerissen wurde.

Als Nico in sein letztes Brot biss, behielt er die Mischung aus Butter, Anchovis und Kapern noch eine Weile im Mund, um sich den Geschmack einzuprägen, den er später selbst herstellen wollte.

Perillo war es nicht entgangen. »Schlucken Sie ruhig runter. Ivana hat Ihnen das Rezept aufgeschrieben.«

»Das nützt überhaupt nichts, wenn es so wie alle anderen italienischen Rezepte ist, die ich bisher in die Hände bekam. Eine Handvoll hier, eine Prise da. Ein Hauch von jenem. Ich brauche Maßeinheiten wie Cups, Esslöffel, Teelöffel, um mir irgendwie eine Vorstellung machen zu können. Rita behauptete immer, Kochen sei eine Frage der Intuition.«

Perillo plusterte sich auf. »Caro Nico. Seien Sie unbesorgt.«

Beim Anblick seines Chefs fühlte sich Daniele an eine dieser auf der Piazza San Marco stolzierenden Tauben erinnert, die man heutzutage nicht mehr füttern durfte.

»Meine Ivana hat das Gewicht der drei Zutaten aufgeschrieben. Natürlich in Gramm. Ich muss zugeben, dass ich ihr nicht erzählt habe, wie gut wir hier immer essen. Sie könnte sonst neidisch werden und nicht mehr zu ihren Bingo-Abenden gehen.« Er griff in seine Jeanstasche und zog einen zusammengefalteten Zettel hervor, den er Nico überreichte. »Bereiten Sie es für Tilde zu. Ihre Gäste werden nach mehr Wein verlangen, um ihren Durst zu löschen.« Perillo hob sein Glas und leerte den Rest.

»Bitte richten Sie Ivana meinen Dank aus«, sagte Nico und erhob ebenfalls sein Glas. OneWag kam unter dem Sofa hervor, um stolz seinen knallroten neuen Gummiball zu präsentieren.

Perillo ignorierte den Hund und fragte: »Sie wollten uns doch etwas erzählen?«

Nico füllte die beiden Weingläser wieder auf. »Ich berichte der Reihe nach. Ich habe das Gemüse, das wir heute essen, von Nardo gekauft, dem Gemüsehändler in Panzano. Er erinnerte sich an etwas: Cesare erhielt in dem Augenblick, als er den Laden verlassen wollte, eine SMS. Nardo meinte, dass sich sein Gesichtsausdruck deutlich veränderte, nachdem er die Nachricht gelesen hatte, und er dann in aller Eile mit seiner Ducati davonfuhr.« Er ging zum Balkon hinaus, um die Würstchen zu wenden und den aufgegangenen Scamorza auf die weniger heiße Seite des Grills zu legen.

Perillo schaute Daniele an. »Wir müssen dieses Handy knacken.«

Daniele stand auf. »Dann gehe ich jetzt zurück zum Revier und setze mich daran.«

Perillo schüttelte den Kopf. »Iss erst einmal. Gutes Essen setzt die Hirnzellen in Bewegung. Du hast noch die ganze Nacht Zeit für das Passwort. Nico will uns noch mehr berichten.«

Daniele war froh, sich wieder hinsetzen zu können. Gegrillter Scamorza und Ofengemüse, das entsprach seiner Vorstellung von einer perfekten Mahlzeit. OneWag ließ sein neues Spielzeug vor Danieles Füße fallen und wartete.

Nico kam wieder herein. »Noch fünf Minuten.« Er stellte den Herd aus, ließ das Gemüse aber auf dem Rost und setzte sich wieder. »Nach dem Gemüsehändler fuhr ich zum Mittagessen in Lauras Hotel.«

Daniele kickte den Ball unmerklich in Richtung Balkon. OneWag rannte hinterher.

Nico nahm einen Schluck Wein. »Cesares Nachbar tauchte auf und sagte, er würde bald über Geld verfügen und könne es sich leisten, im Bella Vista zu essen. Dazu kam es aber nicht, weil der Ober ihn auf Lauras Geheiß aufforderte, zu gehen. Ihr zufolge hat Gennari Cesare das Leben schwer gemacht, weil er ihn immer wieder bedrängte, ihm das Land zu verkaufen. Da er nicht lockerließ, frage ich mich, ob es bei dem Verkauf nicht um mehr als nur um den Bau eines größeren Hauses ging.«

»Es könnte auch jemand anderes dahinterstecken«, sagte Perillo, der den verführerischen Duft der Würstchen auf dem Grill schnupperte. »Jemand, der sowohl Gennaris als auch Cesares Land kaufen will.« Perillo tippte sich an die Nase. »Ich glaube, die Würstchen sind gut.«

Nico erhob sich. »Meine Nase sagt mir dasselbe. Dani, würden Sie …«

Daniele war schon aufgesprungen. »Natürlich, ich hole das Gemüse.«

»Danke.«

Perillo lehnte sich in seinem Stuhl zurück und nahm einen genüsslichen Schluck Wein. Er selbst würde beim Verzehr der Mahlzeit helfen.

Erst, nachdem er eine Schale Äpfel und Birnen mit einem Teller Gorgonzola Dolce serviert hatte, schilderte Nico seinen Freunden vom gescheiterten Versuch, mit Jimmy unter vier Augen zu sprechen; dann erzählte er Perillo und Daniele noch von seiner Unterhaltung mit Sandro.

Perillo fasste alle Birnen in der Schale einzeln an, bevor er sich für eine entschied. »Glauben Sie, was Sandro Ihnen gesagt hat?« Er tat sich reichlich Käse auf den Teller.

»Ich würde gern Jimmys Version der Geschichte hören.«

»Auf dem Foto, das wir gefunden haben«, sagte Daniele, der gerade einen Apfel mit Messer und Gabel schälte, »trug Jimmy Fußballsachen und -schuhe und sieht nicht älter aus als fünfzehn. Wie kam Cesare zu diesem Foto?« Er drehte bedächtig den Apfel, damit die Schale sich weiter kringelte, ohne abzubrechen. Diese Kunst hatte er als Kind gelernt, und er empfand dabei immer noch einen kindlichen Stolz. »Wer hat es ihm gegeben, oder hat er es vielleicht einmal selber geschossen, bei einem Fußballmatch von Jimmy?«

Nico viertelte eine saftige Williamsbirne und entfernte das Kerngehäuse. »Ich habe das Foto Sandro gegenüber nicht erwähnt.« Er sah zu, wie Danieles Apfelschalen-Armband auf den Teller fiel. Nelli schälte ihre Äpfel gern auf dieselbe Art. Sie fehlte ihm. »Haben Sie irgendetwas Interessantes bei Lauras Großvater herausfinden können?«

»Ja.« Daniele legte den Apfel hin. »Nonno Gualtieri hatte weder für Cesare noch für seine Frau viel übrig.« Er nannte sie hirnlos, und über Cesare sagte er, er hätte ein Talent gehabt, sich bei den Leuten Liebkind zu machen. Ich glaube, zwischen Lauras Großmutter und Cesare bestand mehr als nur Freundschaft.

»Eine Affäre?«, fragte Nico.

Daniele spürte, wie seine Wangen glühten. »Vielleicht nur unerwiderte Liebe.« So wie seine zu Stella.

»Ich dachte, wir gingen davon aus, dass Cesare schwul war.« Perillo schob sich eine Birnenscheibe in den Mund, auf der sich ein paar Schichten Gorgonzola türmten.

»Vielleicht kannte oder akzeptierte er anfangs seine sexuelle Neigung nicht«, sagte Nico.

Daniele fiel auf, dass Perillo nicht überzeugt zu sein schien. Um das Thema zu wechseln, sagte er: »Ich glaube, dass Laura eine ältere Schwester hatte, Gabriella.«

»Sie ist gestorben?«, fragte Perillo.

»Vielleicht. Gualtieri verwendete einmal die Vergangenheitsform, als er über sie sprach. Möglicherweise ist sie einfach fortgegangen. Es war unverkennbar, dass der Großvater sie sehr liebte. Laura hat er nicht einmal erwähnt. Signora Benati wurde ungehalten, als sie sah, dass ich mir die Familienfotos anschaute; genauso ungehalten war sie, dass ihr Vater Gabriella mir gegenüber erwähnt hat.«

OneWag ließ den Ball vor Danieles Füße fallen. Daniele war in seinen Bericht vertieft und bemerkte es nicht. »Als ich mich verabschiedete, fragte ich sie, wer Gabriella sei. Sie antwortete: ›Jemand, den wir liebten.‹ Das brachte mich auf den Gedanken, dass Gabriella vielleicht die Familie verlassen hat. Denn wenn sie gestorben wäre, hätte sie es doch gesagt?«

Perillo richtete sich in seinem Stuhl auf. »Ich nehme an, du hast das ganze Gespräch mit deinem zuverlässigen Handy aufgezeichnet?« Sein Tonfall war streng.

Daniele zog die Augenbrauen hoch und machte große Augen. Er erbleichte. »Maresciallo, ich –«

Perillo unterbrach ihn. »Natürlich hast du das. Wie hättest du sonst zur gleichen Zeit fragen, zuhören und schreiben können? Das hast du vollkommen richtig gemacht. Mein Misstrauen gegenüber modernen Geräten hat deine Arbeit weit mehr erschwert, als nötig gewesen wäre, und wer weiß, eines Tages gibt es vielleicht einen Gerichtshof, der die Gültigkeit deiner handschriftlichen Notizen anzweifelt.« Ihm war aufgefallen, wie Danieles Daumen eine Minute, bevor er Pietro Rinaldi verhörte, etwas in seiner Hosentasche angeklickt hatte. Danieles halbherziges Kuli-Gekritzel hatte seinen Verdacht bestätigt. Daniele hatte eine dieser vermaledeiten Aufnahmemaschinen mitlaufen lassen. Perillo war stolz, dass er seinen brodelnden Wutausbruch im Zaum gehalten hatte.

Nach mehreren Zigaretten, die er Nico gegenüber nicht erwähnen würde, war Perillo klar geworden, wie unglaublich egoistisch er gewesen war, als er Daniele zwang, jedes Wort in Lichtgeschwindigkeit mitzuschreiben. Sollte es eine Midlife-Crisis sein, die Perillo half, seine Fehler zu erkennen, dann war sie ihm willkommen – zumindest erst einmal, was diesen Fehler betraf.

Nico war nicht entgangen, wie überrascht und verlegen Daniele reagierte, und er sah, wie Perillos versonnene Miene einem zufriedenen Lächeln wich. »Wer möchte ein Glas Whiskey?«

Der eben noch ziemlich bleiche Daniele wurde nun rot vor Erleichterung. »Nein danke. Ich bin der Fahrer.« Außerdem brauchte er einen kühlen Kopf, wenn er das Handy-Passwort knacken wollte. Vielleicht brachte ihn Jimmy ja der Lösung näher. Er würde sein Geburtsdatum recherchieren.

Nico schenkte Perillo und sich ein. »Ich probiere morgen noch einmal, Jimmy zu erwischen.«

»Dani und ich werden mit dem schwer zu fassenden Gennari reden. Der Bauarbeiter sagte, er würde morgen Nachmittag wieder da sein.«

»Eine Sache hat mich neugierig gemacht«, fügte Perillo hinzu, nachdem der Whiskey seine Kehle erwärmt hatte. »Cesares Zeit in Deutschland. War er überhaupt in Deutschland? Wann ist er zurückgekommen?«

»Die EU wurde 1993 gegründet«, sagte Daniele. »Er hätte einen Pass beantragen müssen, um das Land zu verlassen. Wir haben in seinem Haus aber keinen gefunden.«

»Vielleicht ist er nie aus Italien weggegangen«, sagte Nico. »Wissen wir denn, wann er nach Panzano zurückkehrte?«

»Laut Pietro vor vierzig Jahren, ein Jahr, bevor sein Vater starb«, sagte Daniele. »Ist es wichtig?«

Nico zuckte mit den Schultern. »Vielleicht. Vielleicht auch nicht. Aber je mehr wir wissen, desto klarer wird das Bild.« Er dachte daran, wie Cesare auf Cinzia gewirkt hatte. Ein Mann mit einer geschlossenen Tür.

»Oder desto nebulöser.« Perillo setzte sein leeres Glas ab.

»Trotzdem.« Nico wandte sich Daniele zu und sagte: »Versuchen Sie bitte bei Gelegenheit herauszubekommen, ob Cesare einen Pass hatte.«

Perillo stand auf. »Danke, Nico. Das war wieder einmal ein schöner Abend. Wir würden ja aufräumen helfen, aber auf Dani wartet ein Passwort, das sich offenbaren soll, und er ist der Fahrer.«

Nico lachte. »Geht nach Hause, ihr zwei. Möge die Nacht Ihnen Erkenntnisse bescheren, Dani. OneWag und ich schaffen das alleine.«

OneWag, der jetzt mit dem roten Ball zwischen den Pfoten auf der Couch lag, hob den Kopf. Als Daniele an ihm vorbeigegangen war, stieß der Hund den Ball mit seiner Schnauze von der Couch. Was nutzte einem ein Ball, den niemand werfen wollte.

SIEBEN

Am Mittwochmorgen kam Perillo zwanzig Minuten früher als sonst ins Büro. Er trug ein Tablett mit einem Cappuccino und einer Brioche für seinen Brigadiere sowie einem Espresso für sich. Der arme Junge war bestimmt die ganze Nacht auf gewesen und hatte sich abgemüht, das verdammte Passwort zu knacken. Er blieb jäh stehen. »Daniele?«

Der Raum war leer.

»Vince!«, polterte Perillo. Das Tablett geriet in eine leichte Schräglage. »Dino!«

Sekunden später tauchte Vinces breiter Schädel im Türrahmen auf. Hastig würgte er den letzten Bissen seiner Ciambella hinunter. »Sie sind schon da, Maresciallo?«

»Nein, ich bin noch zu Hause im Bett. Wo ist Daniele?«

»Wahrscheinlich auch noch zu Hause im Bett. Sie sind früh dran.«

»Und du bist ziemlich vorlaut. Er wollte doch die Nacht durcharbeiten.«

Dinos schmächtige Gestalt schlüpfte an Vince vorbei ins Büro. »Buongiorno, Maresciallo. Daniele hat mir einen Zettel hingelegt und mich gebeten, ihn zu wecken, und zwar vor fünf Minuten, was ich auch getan habe. Erlauben Sie, dass ich Ihnen das Tablett abnehme.«

Perillo drückte das Tablett fest an die Brust und verkleckerte dabei ein paar Tropfen Cappuccinoschaum. »Brigadiere Donato soll unverzüglich hier erscheinen! Notfalls im Pyjama.«

Genau in diesem Augenblick drängelte sich Daniele, der noch eilig sein Uniformhemd in die Hose stopfte, an Vince und Dino vorbei. »Maresciallo, buongiorno! Bitte entschuldigen Sie. Ich hatte Sie so früh nicht erwartet.«

Perillo stellte das Tablett auf seinen Schreibtisch und fluchte still in sich hinein. Beim Aufstehen heute Morgen war er voller Schwung und Zuversicht gewesen. Daniele würde den Code gefunden haben. Damit bliebe den Greve-Carabinieri die Demütigung erspart, die hohen Tiere in Florenz um Hilfe bitten zu müssen. Jetzt sah er Danieles Gesicht an, dass er sich zu früh gefreut hatte.

Vince und Dino verkrümelten sich; offensichtlich hatten sie keine Lust, einen Wutausbruch des Maresciallo mitzuerleben.

Perillo setzte sich hinter seinen Schreibtisch und griff zur Espressotasse. »Na los, setz dich.« Er zeigte auf den Stuhl gegenüber. »Du siehst aus, als bräuchtest du mehr als einen Cappuccino und eine Brioche.«

»Danke, Maresciallo.« Daniele setzte sich und griff nach der Tasse. »Den verpassten Schlaf hole ich heute Nacht nach.« Er trank seinen Kaffee in drei großen Zügen und kratzte dann mit dem Löffel den Schaum aus der Tasse. Die Brioche würde er ganz langsam essen, um so lange wie möglich einen vollen Mund zu haben. Er wollte nicht sprechen.

»Ich sehe, du bist verstimmt, Dani. Und ich weiß deine enormen Anstrengungen bei der Suche nach dem Code zu schätzen. Aber ich hätte das Handy gleich nach Florenz schicken sollen.«

Daniele schluckte. »Und ich weiß Ihr in mich gesetztes Vertrauen zu schätzen.« Der Maresciallo machte sich Vorwürfe. Es war nicht fair, ihn länger auf die Folter zu spannen. »Das Handy kann hierbleiben.«

Perillo sah ihn erstaunt an und beugte sich zu ihm vor. »Willst du mir etwa sagen, du hast die PIN gefunden?«

»Genau.«

Perillo schlug sich vor lauter Überraschung leicht auf die Wange. »Gesú, Maria und wen auch immer du sonst noch anbetest, du bist genial! Wie hast du das geschafft?«

»Irgendwann mitten in der Nacht enthüllte mir Santa Monica, die Schutzheilige der Geduld, eine Kombination aus vier Zahlen, die ich noch nicht ausprobiert hatte. Ich habe sie eingetippt und das Handy gab seine Geheimnisse preis.«

Perillo lehnte sich in seinem Stuhl zurück und verschränkte die Arme, da ihn das Bedürfnis übermannte, sich zur Feier des Tages eine Zigarette anzustecken. »Brigadiere Donato, ich bin sehr stolz auf dich.« Er zückte sein eigenes Handy und gab ein paar Zahlen ein. »Unser Junge hat's geschafft, Ivana. Hab ich dir doch gleich gesagt. Koch bitte das beste vegetarische Mittagessen aus deinem Rezepteschatz. Ciao.« Er klickte auf Aus und sah jetzt, dass Daniele rot geworden war. »Glückwunsch. Jetzt erzähl mir, wer Cesare den Text geschickt hat, den er im Gemüseladen bekam?«

Das Blut, das Daniele ins Gesicht geschossen war, wich schnell wieder zurück. Er stand auf, ging zu seinem Schreibtisch im hinteren Teil des Raumes, schloss eine Schublade auf und entnahm ihr Cesares iPhone. Er tippte den Code ein, während er zu Perillo zurückging, fand die zuletzt eingetroffene SMS und reichte seinem Chef das Handy.

Perillo las die Nachricht; dann dauerte es einen Moment, bis sich ihm erschloss, welche Tragweite der Absendername hatte. »Das hätte ich nicht erwartet.«

»Ich weiß, Maresciallo.«

Perillo legte Cesares Handy wieder hin. »Nun gut, wir wissen jetzt, was wir zu tun haben.« Als er sich erhob und nach seiner Uniformjacke griff, klopfte es.

»Ja?«, bellte Perillo.

Die Tür ging auf und Vince schaute herein. »Ein Signor Mattia Gennari möchte Sie sprechen. Er sagt, Sie hätten ihn gestern gesucht, und nur jetzt habe er Zeit für ein Gespräch.«

Perillo sank erleichtert zurück auf seinen Stuhl; irgendwie war er dankbar für die Ablenkung. »Schick ihn rein.« Er wandte sich an Daniele. »Müssen wir ihm sagen, dass wir seine Aussage aufnehmen?«

»Ja, Maresciallo.«

»Bei Pietro hast du nichts gesagt.«

»Ich sagte es ihm, als wir ihm im Revier von Castellina die Fingerabdrücke abnahmen, und ich habe zusätzlich eine Aufnahme gemacht, in der er bestätigt, dass ich ihn darüber informiert habe. Sie hatten das Zimmer gerade verlassen.«

Perillo schwankte zwischen seiner Wut, übergangen worden zu sein, und der Bewunderung für Danieles eigenmächtiges Handeln. Vermutlich hatte Stella etwas mit Danis neugewonnener Courage zu tun. Leise sagte er: »Tu nie wieder etwas hinter meinem Rücken, Daniele.«

Daniele nickte, und wieder stieg ihm das Blut ins Gesicht. »Nie wieder.«

»Sag Dino, er soll dir das Tonbandgerät unseres Büros geben. Er nimmt damit seine Lieblingssendungen im Radio auf.«

Daniele starrte Perillo entgeistert an. Während der letzten zwei Jahre hatte er sich die Finger wundgetippt, obgleich die ganze Zeit irgendwo im Revier ein Bandgerät herumgestanden hatte?

Perillo erwiderte Danieles unverhohlen fassungslosen Blick mit einem reumütigen Achselzucken. »Ich erkenne auf dem Ding meine eigene Stimme nicht mehr, ich klinge da wie ein Kastrat.« Als Daniele ihn immer noch ungläubig ansah, schob er hinterher: »Ja, ich bin eitel.« Der plötzliche Ehrlichkeitsanfall tat ihm gut. Ivana wäre stolz auf ihn. Er besserte sich. »Es war nicht bloß meine Stimme. Das verdammte Ding hat ständig Bandsalat produziert. Geh vorsichtig damit um.«

Die Bürotür flog auf. Dino wurde zur Seite geschubst, noch bevor er den Besucher ankündigen konnte. »Hier bin ich, Maresciallo, frisch aus Rom zurückgekehrt«, sagte Gennari und durchmaß den Raum mit langen Schritten, als wäre er hier zuhause. In Wollhosen, dem grauen Rollkragenpulli und einem alten Tweedjackett wirkte er sauber gekleidet, und das vor kurzem so zerzauste graue Haar war glatt nach hinten gekämmt, so dass Cesares fülliger Nachbar ein ganz anderes Bild abgab als beim letzten Treffen mit Perillo.

Perillo stand auf. »Signor Gennari, ich freue mich, dass Sie gekommen sind. Ich würde Ihnen gern ein paar Fragen stellen.« Er nickte Daniele zu, der eilig das Zimmer verließ.

Gennari zuckte mit den Schultern. »Ich weiß nicht, was ich

Ihnen in Bezug auf Cesare Rinaldi noch sagen könnte. Ich rede nicht schlecht von den Toten.« Er zog den Stuhl vor Perillos Schreibtisch zurück und ließ sich schwer darauf fallen.

Perillo nahm sich einen Moment Zeit, bevor auch er sich setzte. Gennaris Dreistigkeit war interessant. Als er zuletzt mit ihm gesprochen hatte, war der Mann wütend und frustriert gewesen. Jetzt strahlte er vor Zufriedenheit.

»War Ihre Fahrt nach Rom erfolgreich?«

»Sehr, Maresciallo. Das wurde auch Zeit. Was möchten Sie sonst noch wissen? Meine Handwerker warten.«

Daniele kehrte mit einem klobigen Tonbandgerät zurück. Es sah aus wie ein Ding, mit dem schon Mussolinis Leute dessen endlose Reden aufgezeichnet haben könnten. Er stellte es auf seinem Schreibtisch ab. Wie Dino ihm versichert hatte, funktionierte der Apparat tadellos. Schon immer.

»Sind Sie bereit, Brigadiere Donato?«, fragte Perillo in seinem strengen Maresciallo-Tonfall.

Daniele drückte den Aufnahmeschalter und nannte den Tag, die Uhrzeit und die Namen der Anwesenden im Raum.

»Wo waren Sie am Freitagvormittag zwischen acht Uhr dreißig und zwölf?«

»Zu Hause, bei der Weintraubenernte per Hand.«

»Kann das irgendjemand bestätigen?«

»Ich lebe allein. Ich schätze, Cesare hätte es gekonnt, wenn er zu Hause gewesen wäre.«

»Sie sagen, Sie hätten Weintrauben gepflückt, trotzdem haben Sie drei Tage später Ihr Grundstück umgegraben.« Perillo bemühte sich um einen tiefen Bass. »Warum?«

»Aus den wenigen Rebstöcken, die mir gehörten, ließ sich nur schlechter Wein gewinnen. Umso mehr freue ich mich, Ihnen mitzuteilen, dass aus meinem Land jetzt ein großes, lukratives Weingut wird.«

»Sie besitzen nur zwei Hektar Land. Bedeutet diese Umwandlung, dass Sie die angrenzenden Hektar Land erwerben konnten, die Pietro Rinaldo gerade von seinem Onkel geerbt hat?«

»Ja, wir haben eine Vereinbarung unterschrieben. Er verkauft, sobald ihm das Land offiziell gehört. In zwei oder drei Wochen, vielleicht einem Monat, wenn die ganze Bürokratie erledigt ist.«

»Für wie viel will er das Land verkaufen?«

»Das weiß ich nicht«, sagte Gennari. »Ich bin nicht derjenige, der zahlt. Ich kann Ihnen nur sagen, dass mein Grundstück einen sehr guten Preis erzielen wird.«

»Verstehe, es ist also noch einen Dritter an diesem Geschäft beteiligt. Wer?«

»Ich fürchte, das darf ich nicht sagen. Der Käufer möchte so lange inkognito bleiben, bis Pietros Erbe bestätigt und der zweifache Verkauf abgeschlossen ist.«

Perillo drehte sich nach Daniele um. »Es klemmt doch nicht etwa wieder?« Er brauchte einen Moment, um seinen Zorn unter Kontrolle zu halten.

»Nein, Maresciallo. Das Band nimmt jedes Wort auf.« Er behielt es die ganze Zeit im Auge, während er vor sich hin kritzelte, um seine Finger zu beschäftigen. Er war es nicht gewöhnt, untätig zu sein, und es gefiel ihm nicht. Er kam sich überflüssig vor.

Perillo wandte sich wieder Mattia Gennari zu und bedachte ihn mit einem seiner strengen Blicke. »Signor Gennari, ich ermittle in einem Mord an einem Mann, den Sie seit vielen Jahren kannten. Sie haben ihn vielleicht nicht gemocht, und hätte ich ihn gekannt, hätte ich ihn vielleicht auch nicht gemocht, *aber*« – das Wort kam aus den tiefsten Tiefen seines Zwerchfells – »ich werde den Mann finden, der ihn getötet hat. Möglicherweise sind Sie ja dieser Mann.«

»Nein, Maresciallo. Ich habe ihn nicht getötet. Ich kann nicht mal den blöden Fuchs töten, der meine Trauben frisst.«

»Um hinter die Wahrheit zu kommen, muss ich jeden Menschen kennenlernen und vernehmen, der in irgendeiner Weise mit Cesare zu tun hatte, jetzt oder früher.«

Gennari wand sich auf seinem Stuhl. »Verstehen Sie doch. Ich würde riskieren, dass der Verkauf platzt. Cesare wusste nichts von dem Käufer. Cesare dachte, ich wollte sein Land haben, um ein größeres Haus bauen zu können. Dem Mann gehört doch schon ...« Gennari unterbrach sich.

»Was gehört ihm? Land, das an Ihres angrenzt? Hinter Ihrem Grundstück ist nur Wald. Das ist Naturschutzgebiet.«

»Nein. Er besitzt irgendwo ein Weingut. Wo, hat er nicht gesagt.«

Perillo spürte deutlich, dass Gennari log. »Den Namen, bitte.«

»Maresciallo, Sie ahnen ja nicht, wie lange ich schon darauf warte, genug Geld zu haben, um von hier wegzukommen und meine Heimat zu bereisen. Nach Rom konnte ich nur, weil man mir die Fahrt bezahlt hat.«

»Haben Sie dort die Verkaufspapiere unterzeichnet?«

»Ja. Aber ich habe geschworen, meinen Mund zu halten.«

»Wenn der Käufer die Sache geheim halten muss, könnte das bedeuten, dass es hier um etwas Illegales geht.«

»Nein. Das hat etwas mit seinen angeheirateten Verwandten zu tun. Die wollen irgendwie keine Konkurrenz.«

»Also eine Winzerfamilie.«

»Ich schätze, ja.«

»Ich brauche den Namen.«

Gennari holte tief Luft und stieß sie langsam wieder aus. Perillo sah zu, wie Gennaris Gesicht in sich zusammensackte, ganz wie sein Brustkorb. »Haben Sie keine Sorge, dass der Verkauf Ihres Landes nicht zustande kommt.« Er hielt inne. »Es sei denn, Sie oder Pietro oder der Käufer oder Sie alle drei haben Cesare Rinaldi getötet.«

Jetzt schien Gennaris ganzer Körper zu schrumpfen. »Dottor Eugenio Vittori.« Er war kaum zu hören.

»Ah, ja, den Namen kenne ich«, sagte Perillo. »Ich glaube, er ist Stammgast im Hotel Bella Vista.« Ein anmaßender, schwieriger Gast, hatte Laura gesagt. Perillo öffnete ein Notizheft, das auf seinem Schreibtisch lag, und schob es Gennari hin, dann gab er ihm seinen Kugelschreiber. »Tragen Sie seine Telefonnummer und Adresse hier ein.«

»Ich habe den Kaufvertrag nicht bei mir. Ich kenne nur seine Handynummer.«

»Dann schreiben Sie die auf.«

Jimmy schob das Blech mit gerollten Cornetti mit einer solchen Wucht in den Ofen, dass es schepperte.

»Jetzt hast du sie ruiniert«, sagte Sandro.

»Nein, habe ich nicht, und ich werde mit Nico reden.«

»Untersteh dich, ihm irgendwas zu erzählen.«

»Das werde ich wohl. Ich verstehe ja, dass du mich nur beschützen willst, und dafür liebe ich dich auch, aber Nico ist ein Freund.«

»Er ist ein ehemaliger Polizist, der jetzt mit Salvatore zusammenarbeitet. Sie werden dir diesen Mord anhängen.«

»Nicht, wenn ich es nicht war.«

»Du bist dermaßen naiv, Jimmy.«

»Aber genau deswegen liebst du mich ja, oder?« Jimmy beugte sich vor und gab Sandro einen Kuss. »Und ich liebe *dich*, weil du dir Sorgen machst. Jetzt lass mich in Ruhe arbeiten. Sag Nico, ich spreche mit ihm, sobald diese letzte Ladung Cornetti fertig ist.«

Sandro warf ergeben die Arme hoch und ging zurück an den Tresen. Zu Nico, der mit Gogol an ihrem üblichen Tisch neben der Fenstertür saß, sagte er aber nichts. Sandro bemerkte, dass die beiden ihr Frühstück beendet hatten. Auf Nicos Teller lagen nur noch ein paar Krümel, und Gogol warf unter dem Tisch OneWag den letzten Rest seines Crostino zu.

»Ist Jimmy immer noch beim Backen?« fragte Nico Sandro. *Oder kommt Jimmy erst heraus, wenn ich das Café verlassen habe?*, dachte er.

»Er meint, er hätte noch zu tun«, sagte Sandro, der jetzt für eine Dreiergruppe Radfahrer Espressi machte, »aber ich glaube eher, er will nur, dass ich hier vorn die ganze Arbeit mache.«

»Stimmt doch gar nicht! Warte, Gogol.« Jimmy kam aus dem

Hinterzimmer und eilte mit drei frischgebackenen Vollkorn-Cornetti zu ihnen. »Ich hoffe, du hast noch Platz für eins von denen hier.«

Gogol stand auf, nahm ein Cornetto und stopfte es in seine bereits gefüllte Manteltasche. Jimmy war fest davon überzeugt, dass Gogol übersinnliche Kräfte besaß, und er erhoffte sich von dem alten Mann einen Blick auf das, was kommen würde.

Gogol legte Jimmy die Hand auf die Schulter. »›O lass dein Wort die Hoffnung hier erheben.‹ ›So lass der Wahrheit nichts entziehn durch Lügen.‹«

Gut gebrüllt, dachte Nico. Er war gerade auf der Suche nach der Wahrheit.

Jimmy schaute zu Sandro hinüber, der während dieses kurzen Wortwechsels hingebungsvoll den Tresen gewischt hatte. »Hast du das gehört, Sandro?«

»Tu, was du nicht lassen kannst.« *Du machst ja doch, was du willst,* dachte Sandro.

Jimmy schüttelte Gogol die Hand. »Danke.«

Gogol nickte und Nico, Jimmy und OneWag sahen ihm hinterher, als er auf der Piazza davonschlurfte.

»Dieser Mann hat eine Kristallkugel im Kopf«, sagte Jimmy. »Er weiß einfach alles.«

Nico glaubte nicht an übersinnliche Wahrnehmung, aber er musste zugeben, dass Gogol Hinweise geschickt aufschnappte und genau erfasste, was um ihn herum geschah. Wahrscheinlich war es eine Begabung, die sich Gogol in seiner Kindheit als eine Art Schutzmechanismus aneignen musste.

»Jimmy, können wir kurz mal plaudern?«, fragte Nico.

»Begleiten Sie mich zum Auto. Ich muss eine neue Lieferung Vollkornmehl in Enricos Bäckerei abholen. Mein Wagen steht neben dem Coop.«

OneWag hatte den Namen Enrico aufgeschnappt und schoss schon über die Piazza.

Nico pfiff, um ihn zu bremsen. Der Hund blieb stehen und sah sich nach ihm um.

»Coop«, rief Nico.

OneWag machte Sitz. Auch Coop war ein Wort, das er kannte, aber der Supermarkt war für ihn nicht mit Leckerli verbunden.

»Salvatore hat Sie geschickt, um herauszufinden, warum Cesare ein altes Foto von mir hatte«, sagte Jimmy, als sie den kleinen, an die Altstadt grenzenden Park betraten. »Stimmt's?«

»Ja. Er meinte, es würde Ihnen leichter fallen, das Ganze mir zu erklären.«

»Da hat er recht. Setzen wir uns doch einen Moment hier ins Gras.« Jimmy setzte sich in den Schneidersitz. Nico setzte sich neben ihn. OneWag kam dazu und ließ sich zwischen beiden nieder.

»Cesare war ein freundlicher, fürsorglicher Mann.« Jimmy hielt den Blick auf das Dach des Coop gerichtet. »Sandro dachte, er wäre nur ins Café gekommen, weil er mich wollte. Das mag vielleicht so ausgesehen haben. Ich habe auch ein schlechtes Gewissen gegenüber Sandro, weil ich ihm nicht die Wahrheit gesagt habe. Aber Cesare wollte sich nur vergewissern, dass es mir gutgeht. Ich glaube, er hatte wirklich etwas für mich übrig, aber nicht so, wie Sandro dachte. Als Cesare aufkreuzte, hätte ich ihn am liebsten umarmt, mich zu ihm gesetzt, mit ihm darüber geredet, wie es uns seit damals ergangen war. Stattdessen habe ich mich wie ein absoluter Feigling im Hinterzimmer verkrochen.«

»Warum haben Sie das getan?«

»Zuerst war es mir nur peinlich. Aber dann hatte ich Angst vor Sandros Eifersucht.«

»Wäre es nicht einfacher gewesen, ihm schlicht die Wahrheit zu sagen?«

»Sandro ist sehr besitzergreifend und manchmal muss ich auch etwas für mich behalten. Mein Gespräch mit Cesare war privat und fand statt, bevor ich Sandro kennenlernte. Es ist allein meine Sache.«

»Was ist denn nun die Wahrheit?«

»Ich traf Cesare zum ersten Mal, als ich noch zur Oberschule ging.« Jimmy tastete nach OneWags Ohr und begann es zu kneten. »Er kam manchmal vorbei und schaute zu, wenn wir im Hof hinter der Schule Fußball spielten. Er gab uns gern Tipps. Wir hörten auf ihn, weil wir wussten, dass er früher ein guter Spieler war. Ein paar von den Jungs kicherten hämisch, wenn er wieder gegangen war; er würde ja nur kommen, sagten sie, um uns anzustarren und einen Ständer zu kriegen. Das Gerücht ging um, dass er schwul sei. Das lag wohl daran, dass er uns immer beim Fußball beobachtete und nie in Begleitung einer Frau kam. Mein Gott, ist das alles peinlich.«

Nico schwieg. In der Stille, die folgte, kletterte OneWag zwischen Jimmys gekreuzte Beine. Vielleicht würde weiteres Kneten folgen.

»Ich wünschte, ich könnte es Ihnen leichter machen«, sagte Nico schließlich.

Jimmy vergrub die Hände in OneWags weichem Fell. »Ich versuche mich zu erinnern, wie das damals war, als ich mir darüber klar werden wollte, was ich bin. Ich hatte so ein unbestimmtes Gefühl, schwul zu sein, wusste es aber nicht sicher, und das machte mir Angst. Ich wollte ja nicht schwul sein. Mein Vater hätte mich aus dem Haus geschmissen und nie wieder mit mir geredet. Ich beschloss, Cesare zu fragen, wann er sich darüber bewusst geworden war und wie er es herausgefunden hatte. War schwul sein wirklich so eine Sünde, wie alle sagten? Ich hatte nicht den Mut, ihn direkt anzusprechen. Nach vielem Hin und Her schrieb ich ihm einen Brief und legte mein Foto dazu, damit er wusste, wer ich war. Wahrscheinlich erhoffte ich mir, dass er mich suchen und auf mich zukommen würde.« Jimmy beugte sich vor und vergrub seine Nase in OneWags Fell.

»Dazu gehörte viel Mut.«

»Ich glaube, es war eher Verzweiflung. Ich war so verwirrt. Cesare schrieb sofort zurück und bat mich, ihn im Haus von Lauras Großmutter zu treffen. Er gab mir den Brief und das Foto zurück und hörte sich dann alle meine Ängste an. Er sagte mir, dass es keine Rolle spiele, ob ich Männer oder Frauen liebe. Es käme nur darauf an, dass ich an mich glaube und stolz auf das bin, was ich war. Und dann sagte er etwas so Schönes, dass ich heulen musste: Wann immer ich ihn brauchen würde, wäre er für mich da. Das hatte noch nie jemand zu mir gesagt. Nicht einmal meine Mutter. Er wartete, bis meine Tränen getrocknet waren, und stellte mich dann Lauras Großmutter vor. Ich erinnere mich an ihren Namen – Celestina. Sie gab mir Orangensaft und ein Stück Kuchen.«

Jimmy ließ OneWag los und richtete sich auf. Er sah Nico von der Seite an. »Während ich aß, hielten die beiden Händchen. Ich weiß noch, wie ich sie anschaute und spürte, wie glücklich sie waren. Ich wollte so sein wie sie. Glücklich. Dank Sandro bin ich es und ich frage mich heute, ob Cesare vielleicht gar nicht schwul war. Vielleicht haben er und Celestina sich geliebt.«

»Ja, vielleicht«, sagte Nico und erwiderte Jimmys Blick. Im Grunde war es unerheblich. Cesare, ob schwul oder hetero, hatte Jimmy verstanden und ihm geholfen. In diesem Moment wünschte sich Nico, er hätte einmal Gelegenheit gehabt, den Mann kennenzulernen. Nach dem, was ihm Jimmy gerade erzählt hatte, war ihm noch mehr daran gelegen, diesen Mord aufzuklären. Cesare hatte Gerechtigkeit verdient. »Sie sagten, er hätte Ihnen das Foto zurückgegeben. Ist dasjenige, das Daniele gefunden hatte, ein anderes?«

Jimmy schüttelte den Kopf. »Als ich aus dem Haus ging, habe ich es ihm in eine Tasche gesteckt, die er neben der Tür abgestellt hatte. Ich wollte, dass er sich an mich erinnert, weil auch ich mich immer an ihn erinnern würde. Ich schäme mich schrecklich, weil ich ihn damals, als er öfter ins Café kam, nie begrüßt habe. Ich hatte ihm aber eine Nachricht ins Hotel geschickt, nachdem er sich eines Tages nicht mehr blicken ließ. Ich erklärte ihm, dass Sandro so eifersüchtig ist, schrieb aber auch, dass ich glücklich mit ihm bin, was ja auch stimmte, bis Cesare plötzlich tot in meinem Wagen lag. Ich krieg das alles einfach nicht in meinen Kopf. Sie etwa?«

»Noch nicht.« Nico klopfte Jimmy unbeholfen auf den Rücken und dachte, welch grausame Ironie des Schicksals es war, dass Cesare tot in Jimmys Wagen lag, vielleicht sogar dort gestorben war. »Danke, dass Sie mir das alles erzählt haben.«

»Danke, dass Sie mir zugehört haben.« Jimmy stand auf. »Dass ich alles bei Ihnen ausplaudern konnte, gibt mir jetzt die Kraft, es Sandro zu erzählen.«

Gute Idee, dachte Nico und stand auf. Mit OneWag in der Mitte liefen die beiden zum Ende des Parks.

»Glauben Sie, es hat etwas zu bedeuten, dass Cesare schließlich in meinem Kofferraum gelandet ist?«, fragte Jimmy und schaute Nico mit einem Blick schüchterner Ratlosigkeit an, fast wie ein Jugendlicher.

Nico wusste, dass es durchaus unerklärliche Zusammenhänge gab, sagte aber: »Warum fragen Sie nicht Gogol?«

Jimmy strahlte. »Das mach ich. Danke. Bis morgen früh.«

»Wie immer.«

Die Kapelle von Montagliari war das letzte verbliebene Gebäude einer ehemaligen Festungsanlage der mächtigen Gherardini, einer Familie, die so berühmt war wie *Mona Lisa*. Daniele hatte diese Information zuvor auf seinem Handy recherchiert und gab nun eifrig weiter, was er alles über die verwickelte Chronik dieser Sippe erfahren hatte. Es lenkte ihn von Grübeleien über jene SMS ab, die er aufgedeckt hatte und die jetzt in seinem Kopf herumspukte. »In den Uffizi hängt eine Zeichnung da Vincis von dieser Kapelle«, sagte er und trat das Gaspedal ganz durch, denn es ging steil bergauf. Er würde Stella bitten, ihm die Zeichnung zu zeigen.

Vince und Dino, die hinten im Alfa saßen, entzogen sich Danieles Geschichtslektion, indem sie sich ihre AirBuds einstöpselten. Perillo lauschte nur der Melodie von Danieles Worten, die eine beruhigende Wirkung auf ihn ausübte. An diesem entscheidenden Punkt der Ermittlungen fehlte ihm Nico. Er konnte sich auf Nicos sicheren Instinkt verlassen. Vielleicht war er schon zu abhängig davon geworden. Als Gennari wieder weg war, hatte er sofort Nico angerufen. Der war aber nicht ans Handy gegangen und Perillo hatte auch keine Nachricht hinterlassen.

Nach einer langen Kurve konnte Perillo die kleine Barockkirche ausmachen, die etwa dreihundert Meter vor ihnen auftauchte. »Park hier«, befahl er. Er wollte, dass sie sich zu Fuß näherten.

Die gepflasterte Straße führte durch ein dicht mit Bäumen bestandenes Flurstück. Ein kalter Wind fegte durch die Eichen- und Kastanienbäume, rüttelte an deren Blättern und riss sie von den Zweigen.

Daniele fröstelte. Er trug nur ein Hemd. »Maresciallo, möchten Sie, dass wir das Feld absuchen?«

»Zuerst die Kapelle.« Beim Näherkommen sah Perillo, dass in den oberen Fenstern Gardinen hingen. Der Eingang war von einem weißen Tor versperrt. Er drehte sich zu Daniele um. »Hier wohnen Leute?«

»Es befindet sich in Privatbesitz. Hinten ist noch ein Kloster und ein Haus«, sagte Daniele.

»Kein besonders günstiger Ort, um einen Mann mitten am Vormittag zu erstechen.« Perillo ging resolut auf das verschlossene Tor zu. »Ist jemand zu Hause?«, rief er, als er davorstand. »Ich bin Maresciallo Perillo und das sind meine Männer. Ist jemand da?« Er rüttelte am Tor.

Stille. Perillo machte kehrt. »Versuchen wir's beim Haus.«

Ein Zuruf von Dino hinderte ihn am Gehen.

»Hier, Maresciallo!« Dino stand fünfzig Meter jenseits der Kirche neben einem Zypressenhain und schloss seinen Reißverschluss. »Ich glaube, da ist Blut im Gras.«

Perillo zog Plastiküberzüge auf seine Schuhe und rannte zu ihm, gefolgt von Daniele und Vince. Er schaute nach unten auf die Stelle, die Dino ihm zeigte. Eine fast geradlinige, dunkle kurze Spur verlief dort über dem Boden. Entlang der Spur sah er abgerissenes Gras und auch einige entwurzelte Grasbüschel. Ihm fiel ein, dass Cesares Leiche geschleift worden war. Er blickte zu Dino auf. »Hast du hier gestanden?«

»Nein, hinter dem Baum. Die Stelle ist unberührt.«

»Gut gemacht«, sagte Perillo und klopfte Dino kräftig auf die Schulter, der das Lob mit stolzgeschwellter Brust entgegennahm. Zum ersten Mal hatte er zu einer wichtigen Entdeckung beigetragen.

»Soll ich Florenz anrufen?« Daniele hatte schon sein Handy gezückt.

»Ja. Wir brauchen die Spurensicherung hier.«

Daniele entfernte sich ein Stück, um seinen Anruf zu tätigen, während Perillo Dino und Vince befahl, ihre Schuhe mit Überzügen zu versehen und Cesares Ducati zu suchen. »Ich geh zum Haus und frag mal nach, ob irgendjemand etwas gesehen oder gehört hat.«

Zu seiner Überraschung kam ihm am Tor Ida Crivelli entgegen, eine kleine, untersetzte Frau, rund wie ein Fass, mit einem Mopp kurzer, strohfarbener Haare. Sie trug ein geblümtes Hauskleid und darüber eine anders geblümte Kittelschürze, die ihr bis an die Füße reichte.

»Buongiorno, Ida. Sie hätte ich hier nicht erwartet.«

»Warum nicht, Maresciallo? Ich habe meine Stelle verloren und musste mir einen neuen Haushalt suchen.« Ida war Haushälterin eines anderen Mordopfers gewesen. »Ich habe Ihren Wagen und Ihre Männer erkannt, darum bin ich rausgekommen, um zu sehen, warum Sie hier sind.« Sie schaute mit zusammengekniffenen Augen zu Perillo hoch. »Was ist es diesmal?« Sie reichte ihm kaum bis ans Kinn.

»Wollen Sie mir nicht das Tor aufmachen?«

»Wozu? Die Besitzer kommen erst morgen wieder. Sie mögen's nicht, wenn Leute reingehen. Es gibt schon genug Touristen, die sie wegen der Kapelle belästigen. Wir können hier sprechen. Bei Ihrem Anblick ist mir sowieso gleich klar, dass es Ärger gibt. Diesmal weiß ich aber nichts über Ihren jüngsten Mordfall, falls Sie deswegen hier sind?«

»Ein bisschen mehr Vertrauen, Ida. Waren Sie am Freitagvormittag hier?« Perillo machte sich auf eine lange Antwort gefasst. Ida schilderte die Dinge gern auf ihre Art und ließ sich ungern unterbrechen.

»Natürlich war ich hier. Mittwoch und Freitag sind meine Putztage. Die schwänze ich nicht, nur weil die Besitzer aus dem Haus sind. An beiden Tagen kann mich Gemma, die auf dem Weingut von Querciabella arbeitet, in ihrem Wagen mitnehmen, und den Rest des Wegs gehe ich zu Fuß. Das hält mich fit. Gegen halb elf bin ich hier, manchmal um elf, aber ich mache meine fünf vollen Stunden und keine Minute weniger. Meistens sogar noch viele Minuten mehr. Warum fragen Sie?«

»Haben Sie an dem Freitagvormittag irgendetwas Außergewöhnliches gesehen?«

»Ich habe ein Auto gesehen, das neben der Kapelle parkte, aber das ist ja nichts Besonderes. Die Leute kommen andauernd hier angefahren. Die Kapelle hat einmal der Gherardini-Familie gehört. Sie sind zwar Neapolitaner, Maresciallo, aber Sie wissen hoffentlich trotzdem, wer die sind, oder? Die Gherardini stehen in allen Geschichtsbüchern.« Ida legte den Kopf in den Nacken und musterte ihn kritisch.

Perillo trat von einem Fuß auf den anderen. Ida verlangte Geduld, die er nicht besaß. »Ja, das ist mir bekannt. Was für ein Modell war es?«

»Oh, ich war zu weit weg, als dass ich das hätte erkennen können, aber ich kann ohnehin keinen Panda von einem Ford unterscheiden. Habe nie fahren gelernt. Alles, was ich über Autos weiß, habe ich aus der Fernsehwerbung. Es geht also um diesen Mord, was? Hätte ich mir denken können. Warum sonst wäre wohl ein Maresciallo der Carabinieri gekommen? Bestimmt nicht, um zu fragen, wie's mir geht. Glauben Sie, er wurde hier ermordet?«

»Ja. Das Auto. Groß? Sehr groß? Welche Farbe?«

»Oh Santa Rita, steh mir bei.« Ida bekreuzigte sich. »Groß. Schwarz ... oder vielleicht blau. Der Fahrer ...« Ida hob die Hand, als sie sah, dass Perillo etwas sagen wollte. »Ich weiß, was Sie fragen wollen. Wer immer es war, also diese Person trug Hosen. Dunkle Kleidung, mehr kann ich Ihnen nicht sagen. Es war alles so schlecht zu erkennen, man konnte unmöglich sagen, ob Mann oder Frau oder irgendwas dazwischen, was weiß denn ich. Also der Fahrer, na ja, zuerst habe ich ja das Auto bemerkt. Ich bin ein Stück näher hingelaufen. Dann sah ich ihn, oder sie, im Feld bei den Zypressen, als würde die Person etwas suchen. Dann rief mich Signora Giordani an, meine Montagsstelle. Sie wollte wissen, ob ich ...«

Perillo klammerte sich an das Tor und rüttelte mit aller Macht. »Ida, bitte! Ich habe nicht den ganzen Tag Zeit!«

Sie schlug ihm auf die Hand. »Hören Sie auf damit, Maresciallo. Sie machen es ja kaputt.«

Er ließ wieder los.

Sie schaute ihn mit wutrotem Gesicht an. »Ich hab auch nicht den ganzen Tag Zeit. Ich wollte Ihnen nur sagen, dass ich nicht mehr gesehen habe, was der Fahrer gemacht hat, als mich Signora Giordani angerufen hat, weil sie mir eine lange Einkaufsliste durchgab und ich versuchte, alles aufzuschreiben. Ich hörte aber, wie das Auto an mir vorbeifuhr. Mehr weiß ich nicht.«

»Danke, Ida. Bitte verzeihen Sie, dass ich die Beherrschung verloren habe.«

Ida nahm nickend die Entschuldigung an. »Wird jetzt hier alles auf den Kopf gestellt? Ich muss die Besitzer vorwarnen.«

»Ein Team von der Spurensicherung kommt aus Florenz. Sie werden so schnell arbeiten, wie sie können. Ich gebe Bescheid, dass sie Sie nicht stören sollen, es sei denn, es wäre unumgänglich.«

»Sagen Sie Ihrem hübschen Brigadiere, er soll mich wieder mal besuchen kommen. Daniele ist so ein netter junger Mann, so höflich. Ich mache ihm wieder eine Himbeer-Crostata. Die hat ihm letztes Mal sehr gut geschmeckt.«

Auf dem Weg zum Auto rief Perillo Nico an. Diesmal ging er ran.

Laura saß am Schreibtisch in ihrem Büro. Sie trug hellgraue Hosen und einen langärmeligen Wollpullover und blätterte in dem Heft, das sie über ihre Stammgäste führte. Penibel vermerkte sie darin Namen, Telefonnummern, bevorzugte Zimmer, Drinks und Speisen und Sonderwünsche. Sie notierte auch gern schrullige Eigenheiten, auf die sie und ihr Personal vielleicht zu achten hatten. So bestand zum Beispiel Mrs. Barron darauf, Kissenbezüge aus dünnem, zartem Material, gesäumt mit Englischer Spitze, mitzubringen, die ihrer Mutter gehört hatten und per Hand gewaschen werden mussten. Heute interessierte sich Laura aber nicht für Schrullen. Sie suchte eine Telefonnummer.

Ihr Handy klingelte. Sie schaute auf die Nummer und beschloss, später zurückzurufen. Sie würde erst ihren eigenen Anruf erledigen. Sie hatte die Nummer gefunden und wählte sie mit dem Hoteltelefon an; sie wollte nicht, dass dieser Mann ihre Handynummer erfuhr.

»In welcher Angelegenheit möchten Sie Dottor Vittori sprechen?«, fragte seine Büroassistentin in ihrem wie üblich hochnäsigen Ton.

Laura rutschte unruhig auf ihrem Stuhl herum. Man merkte ihr immer an, wenn sie log. »Wir haben einen Gürtel in dem Zimmer gefunden, das Dottor Vittoris Gast Donnerstag Nacht belegt hat. Ich hätte gern seine Adresse, um ihm den Gürtel zukommen zu lassen.«

»Haben Sie ihn denn nicht registriert?«

»Wir wussten nicht, dass er über Nacht bleibt.« *Wenigstens das entspricht der Wahrheit,* dachte Laura. »Dottor Vittori hat sich am nächsten Morgen entschuldigt und das Zimmer bezahlt. Ich fürchte, ich weiß nicht einmal, wie er heißt.«

»Dottor Vittori ist außerordentlich beschäftigt. Ich erkundige mich für Sie und melde mich dann mit Namen, Anschrift und Telefonnummer bei Ihnen zurück. Buongiorno.«

Laura hörte, wie aufgelegt wurde, und entspannte sich. Wer immer dieser Mann war, er musste Cesare gekannt haben, vorausgesetzt, Mrs. Barron hatte nicht wieder eine ihrer Geschichten erfunden. Eine unerwartete Begegnung mit einem alten Bekannten würde erklären, warum Cesare sein Tablett mit den Drinks fallen ließ; das wäre viel plausibler als eine

Reaktion auf irgendetwas, das Dottor Vittori gesagt haben könnte. Cesare war Vittoris unverschämte Art gewohnt.

Ihr Handy klingelte erneut. Diesmal nahm Laura das Gespräch an. »Ja, natürlich ... Nein, ich habe jetzt Zeit. Die Gäste sind alle abgereist ... Natürlich, ich möchte ja helfen. In einer halben Stunde bin ich da.«

Laura wartete. In zwanzig Minuten würde sie losfahren. Der Maresciallo schien ein Mann zu sein, der Wert auf Pünktlichkeit legte. Zweiundzwanzig Minuten später hörte sie das Telefon am Ende der Halle läuten. Sie rannte zurück in ihr Büro.

»Ja, am Apparat.«

»Einen Moment bitte«, sagte Vittoris Sekretärin.

Verdammt, fluchte Laura im Stillen. Vittori könnte möglicherweise ihre List durchschauen. Nach einem Moment, der viel zu lange gedauert hatte, wurde Sie mit den Worten begrüßt: »Buongiorno, Laura, ich hoffe, Sie sind so schön und voller Tatkraft wie immer, obwohl Sie Ihren Barkeeper verloren haben. Ich schlage vor, Sie ersetzen ihn durch einen gutaussehenden, sympathischen jungen Mann. Der Umsatz an der Bar wird schon allein wegen Ihrer weiblichen Gäste rasant in die Höhe schießen.«

Laura spürte, wie sie sich innerlich schüttelte. »Dottor Vittori, wie schön, Sie zu hören. Ich hatte gehofft, den Namen und die Adresse Ihres Gastes zu erfahren, ohne Sie stören zu müssen.«

»Sie stören überhaupt nicht. Ich hatte einen hektischen Vormittag und finde Ihre Stimme immer ungemein wohltuend.« Seine Stimme hingegen weckte in ihr den Wunsch, sich die Ohren zu waschen. »Warum schicken Sie den Gürtel nicht einfach an mein Büro; meine Assistentin wird dafür sorgen, dass er ihn bekommt.«

Versucht Vittori, die Identität des Mannes zu schützen?, fragte sich Laura. »Das ist wirklich äußerst freundlich, aber ich hatte gehofft, ihn direkt zu erreichen, weil ich ihn gern fragen wollte, ob er nicht einige Urlaubstage in unserem Hotel verbringen mag. Am Freitagmorgen, als er darauf wartete, sich von Ihnen zu verabschieden, sagte er noch zu mir, wie sehr er es bedaure, nur so kurz bei uns gewesen zu sein.« In Wirklichkeit hatte er sich nur darüber beklagt, dass er auf Vittori warten musste.

»Eine hervorragende Idee. Signor Reni und ich werden Partner in einem interessanten neuen Projekt sein. Ihn nächsten Sommer in der Nähe zu haben, wäre da sehr hilfreich. Er ist ein paar Tage im Hotel Lungarno in Florenz abgestiegen. Meine Sekretärin gibt Ihnen seine Privatanschrift in Genua und seine Handynummer. Er hat mir gegenüber erwähnt, wie attraktiv er Sie findet, es sollte daher ein Leichtes sein, ihn zu einem Aufenthalt zu motivieren. Arrividerla, Laura.«

Er legte auf, bevor sie sich bedanken konnte. Sekunden später gab ihr seine Sekretärin die gewünschten Informationen.

»Buongiorno, Maresciallo. Ich bin so schnell ich konnte gekommen. Ich habe den Namen des Mannes, mit dem Sie vielleicht sprechen sollten. Er war mit Dottor Vittori zusammen, als Cesare das Tablett mit den Drinks fallen ließ.«

Weder antwortete Perillo, noch stand er auf. »Bitte setzen Sie sich, Signorina Benati.« Er deutete auf den Stuhl vor seinem Schreibtisch.

Laura stutzte kurz angesichts dieser ungewohnt brüsken Aufforderung und warf dann dem jungen Brigadiere, der hinten im Büro saß, zur Begrüßung ein Lächeln zu. »Sie haben Neuigkeiten?« Sie setzte sich und verspürte einen leichten Hoffnungsschimmer.

Perillo warf Daniele einen Blick zu.

Mit nervösen Fingern stellte Daniele das Tonbandgerät an. Er hatte nur zwei Stunden geschlafen und wollte seine Ansage nicht vermasseln. »Das Gespräch zwischen Maresciallo Perillo und Signorina Benati wird um zehn Uhr fünfzehn am siebzehnten Oktober 2018 aufgezeichnet – Brigadiere Daniele Donato ist ebenfalls anwesend.«

Gut, dachte Laura, der Maresciallo arbeitet effizient. Sie beugte sich vor und merkte, wie noch mehr Hoffnung keimte. »Sie haben also tatsächlich Neuigkeiten.«

»So ist es. Brigadiere Donato ist es gelungen, die PIN in Cesare Rinaldis Handy zu entschlüsseln.«

Lauras Hände verkrampften sich zu Fäusten. Sie hatten also alles gelesen, was sie ihm getextet hatte, als er nicht antwortete. Inständiges Flehen vermischt mit zunehmend ungehaltenen Worten. WO BIST DU? DAS KANNST DU MIR NICHT ANTUN. ICH ERLEBE DIESEN ALPTRAUM ZUM ZWEITEN MAL, DAS WEISST DU. CESARE, BITTE. RUF MICH AN. KOMM NACH HAUSE.

Laura schämte sich für das, was diese beiden Männer entdeckt hatten. Jetzt wussten sie, wie hilfsbedürftig sie war, etwas, das sie immer und unbedingt vor aller Welt geheim zu halten versucht hatte – außer vor Cesare. Sie rief sich Nonna Celestinas Leitspruch in Erinnerung und richtete sich in ihrem Stuhl gerade auf: durchgedrückter Rücken, gewappnetes Herz. »Haben Sie etwas erfahren, das uns weiterhilft?«

Perillo legte ihr Cesares Handy in die offene Hand. »Bitte lesen Sie die SMS, die Cesare am Freitagmorgen um neun Uhr zwölf erhalten hat.« Daniele hatte vorsorglich ein Foto von der Nachricht gemacht.

Laura las: ICH BRAUCHE DEINE HILFE. KANNST DU ZUR KAPELLE IN MONTAGLIARI KOMMEN? ICH WARTE DRAUSSEN AUF DICH. BITTE BEEIL DICH.

Ein Schmerz durchfuhr ihre Brust, stechend wie ein Peitschenhieb. Es waren fast haargenau ihre Worte an jenem Tag vor fast neun Jahren. *»Ich brauche deine Hilfe. Bitte, Gabi, komm mich holen.«*

Laura schaute zum Maresciallo auf, wie um sich einzuschärfen, wo sie sich gerade befand. Er erwiderte ihren Blick mit einem gleichmütigen Gesichtsausdruck. Das ist jetzt, ermahnte sie sich. Jetzt, das ist eine Textnachricht auf Cesares Handy, nicht auf Gabis. Laura blinzelte, als wollte sie damit die Erinnerung verscheuchen, und las die SMS noch einmal. Sie blickte auf den Namen über dem Text.

Laura.

Sie sah wieder Perillo an. »Ich verstehe nicht.« Sein Gesicht glich einer steinernen Maske. Sie schaute zum Brigadiere hinüber. Er begegnete ihrem Blick mit Freundlichkeit. Und Vertrauen, wie sie hoffte.

»Was immer Sie sagen, wird aufgenommen«, mahnte er sie.

Warum? »Ich habe das nicht geschrieben.«

»Die Nachricht stammt von Ihrem Handy«, sagte Perillo.

»Nein, das ist nicht wahr.« Sie griff in ihre Jackentasche und nahm ihr Handy heraus. »Schauen Sie selbst. Dann sehen Sie, dass ich diese SMS nie verschickt habe.«

Perillo nahm ihr das Handy ab und scrollte durch die versendeten Nachrichten. Er beugte sich über den Schreibtisch und zeigte ihr das Display. »Hier ist sie, Signorina Benati. Laura. Zugestellt. Neun Uhr zwölf.«

Laura bohrte die Fingernägel in ihre Handflächen. Ihr Herz begann gegen ihren Brustkorb zu schlagen wie ein eingesperrtes Tier. »Ich habe das nicht geschrieben. Cesare war mein bester Freund!« Sie versuchte, nicht zu schreien. »Er war mein *einziger* Freund. Er war meine Stütze.« Er hatte ihre Schuldgefühle vertrieben, hatte sie geheilt. »Niemals, niemals hätte ich ihm wehtun können.«

Perillo wollte ihr gern glauben. »In dem Fall muss jemand anders Ihr Handy benutzt haben. Haben Sie es immer bei sich?«

Laura öffnete die Fäuste. »Ich versuche es, aber manchmal lasse ich es auch auf meinem Schreibtisch liegen oder in meiner Jackentasche stecken.«

»Wo waren Sie am Freitagmorgen um neun Uhr zwölf, und was haben Sie da gemacht?«

Laura versuchte nachzudenken, aber ihr Herz schlug immer noch heftig und ihr Mund war wie ausgedörrt. Wo war sie am Freitagmorgen gewesen, wo ihr Handy? Sie wusste, dass sie auf etwas gewartet hatte. Auf jemanden. Dass sie verärgert gewesen war. Warum verärgert? Warum erinnerte sie sich nicht? Sie schloss einen Moment die Augen.

Seit sie hereingekommen war, hatte Daniele Laura beobachtet, und es gelang ihm einfach nicht, in ihr eine Verdächtige sehen. Ihr anfängliches Lächeln war verschwunden, ihr Selbstvertrauen erschüttert. Sie wirkte verloren, nicht verängstigt.

»Waren Sie im Hotel?«, fragte er jetzt, obgleich er wusste, dass er damit Perillos Unmut provozierte. Aber Laura brauchte einen Stupser.

Sie schüttelte kurz den Kopf. »Natürlich, im Hotel. Während der Saison schlafe ich oft dort.« Zu Hause bei ihrer Mutter zu wohnen war nicht mehr möglich, nachdem ihr Großvater dort eingezogen war. Er hatte ihr nie verziehen. In den Wintermonaten zog sie zu Nadia. Sie hielt inne und zwang ihren Verstand, die Oberhand über ihre Gefühle zu gewinnen. »Ich bin sehr früh aufgestanden.« Der Morgen präsentierte sich ihr jetzt wieder so klar wie der Himmel jenes Tages. »Dottor Vittori sollte um neun abgeholt und nach Rom zurückgefahren werden, und er hatte sich das Frühstück um sieben auf sein Zimmer bestellt. Nachdem sich Vittori am Vorabend über Cesare beschwert hatte, wollte ich sicherstellen, dass alles reibungslos ablief. Um neun übernahm ich die Rezeption, damit Nadia, meine Assistentin, frühstücken gehen konnte. Kurz darauf kam Vittoris Gast vom Vorabend herein. Er wollte sich von seinem Gastgeber verabschieden.« Lauras Miene hellte sich auf. »Sirio Reni, so heißt er. Er könnte wichtig sein. Mrs. Barron – sie ist eine Stammkundin von uns – war am Donnerstagabend in der Bar. Sie ist überzeugt, dass Reni der Grund war, weshalb Cesare das Tablett fallen ließ. Ich habe seine Telefonnummer und Adresse. Ich glaube, Sie sollten mit ihm reden.«

Ist das eine Ablenkungstaktik?, fragte sich Perillo. »Falls das nötig wird, tue ich das, aber wir haben hier immer noch eine SMS, die einer Erklärung bedarf.«

Laura starrte Perillo mit weit aufgerissenen Augen an. »Ich war das nicht. Ich habe sie nicht geschrieben.« Perillos Gesicht wurde zu dem ihres wütenden Großvaters. *»Ich war das nicht, Nonno«*, hatte sie gefleht. *»Ich habe sie nicht getötet.«* Sie hatte ihrer Schwester bloß wieder eine ihrer betrunkenen Textnachrichten geschickt.

Perillo sah, welch tiefe Emotionen in ihrem Dementi mitschwangen. Falls sie log, machte sie ihre Sache gut. »Hatten Sie Ihr Handy am Empfangstresen dabei?«

»Was?«

»Hätten Sie gern ein Glas Wasser?«, fragte Daniele. Perillo funkelte ihn böse an. Daniele und seine Gutmütigkeit konnten manchmal ziemlich lästig sein. Meistens dann, wenn Perillo nicht gerade zimperlich war.

»Danke, ich brauche nichts«, sagte Laura. *Halte dich an die Gegenwart*, hätte Cesare ihr gesagt. Wann immer die Erinnerung an jene Nacht wiederkehrte und sie überwältigte, hatte er sie gemahnt: *Du lebst im Hier. Du lebst im Jetzt.* »Es tut mir leid. Das war gerade ein ziemlicher Schock für mich.« Sie richtete ihren Blick wieder auf Perillo. »Sie hatten mich etwas gefragt?«

»Ich hatte Sie gefragt, ob Sie Ihr Handy am Empfang dabeihatten.«

»Ich kann mich zwar nicht erinnern, Anrufe gemacht oder bekommen zu haben, aber ich glaube, schon.«

»Sie behaupten, diese SMS nicht geschrieben zu haben. Aber wer immer Ihr Handy benutzt hat, hätte Ihren Zugangscode kennen müssen.«

»Ich habe nie einen eingerichtet.« Laura zog ihr Handy aus der Hosentasche und hielt es ihm hin. »Sehen Sie selbst.«

Perillo nahm es und klickte es an. Ihr Hauptmenü erschien. »Hat irgendjemand Sie angesprochen, als Sie an der Rezeption standen?«

»Irgendwann tauchte endlich Dottor Vittori auf, um seine Rechnung zu begleichen. Sein Gast war schon fort, aber er hatte ihm eine Nachricht geschrieben, die ich Dottor Vittori gab.«

»Kam noch wer vorbei?«

»Nadia kam zurück. Da war es schon zehn.«

»Erinnern Sie sich, wann Sie das Handy an dem Tag zum ersten Mal benutzt haben?«

»Ich habe zur Mittagszeit meine Mutter vom Büro aus angerufen.« Sie rief sie jeden Tag an. »Ich weiß nicht mehr, ob ich in meine Jackentasche griff oder ob das Handy auf meinem Schreibtisch lag. Es ist eine automatische Handbewegung. Es tut mir leid. Ich bin sicher gehackt worden. Heutzutage wird man ja ständig gehackt.«

Daniele räusperte sich. »Ihr Handy hat ein sehr starkes Antivirenprogramm, aber installieren Sie bitte eine PIN, Signorina Benati. Und eine Fingerabdruckerkennung.«

»Was spielt das jetzt noch für eine Rolle?«

»Brigadiere Donato hat ganz recht«, sagte Perillo, der sich im Geiste eine Notiz machte, in seinem Handy eine Fingerabdruckerkennung einzurichten. »Sie dürfen jetzt gehen, Signorina Benati, aber haben Sie bitte Verständnis dafür, dass die von Ihrem Handy verschickte SMS an Cesare Rinaldi Sie zu einer Verdächtigen in seinem Mordfall macht. Die Tatsache, dass er Ihnen eine große Summe Geldes hinterlassen hat, ergibt ein sehr gutes Motiv.«

Lauras Herz begann erneut heftig zu schlagen, dieses Mal vor Wut. Sie sprang von ihrem Stuhl auf. »Ich hatte keine Ahnung, dass er das tun würde. Ich wusste nicht einmal, dass er Geld hatte!« Es war ihr egal, wie laut sie wurde. Sie war es leid, immer beschuldigt zu werden. »Sie sind nicht ganz bei Trost, wenn Sie glauben, ich hätte meinen besten Freund umgebracht. Sie sind ja völlig verrückt.«

Eine interessante Reaktion, dachte Perillo und sagte: »Diese Vernehmung ist beendet«, wobei er vergaß, mit seiner tiefen Stimme zu sprechen. Er blickte auf die Uhr. »Elf Uhr vier.«

Daniele schaltete das Tonbandgerät aus und ging zu Laura hinüber. Ihr Ausbruch hatte ihn erschreckt. Einen Maresciallo der Carabinieri zu beleidigen, könnte ihr noch mehr Ärger machen. »Signorina Benati, bitte beruhigen Sie sich.«

Perillo stimmte mit ein. »Ja, Signorina. Bitte. Sie mögen mich vielleicht für verrückt halten, aber es ist nun mal meine Aufgabe, Ihnen mitzuteilen, wo wir bei unseren Ermittlungen gerade stehen. Sie sind übrigens nicht die einzige verdächtige

Person. Jemand hat vielleicht Ihr Handy benutzt, um Sie zu belasten, oder einfach, um Cesare zur Montagliari-Kapelle zu locken. Brigadiere Donato wird Sie hinausgeleiten. Wir sprechen uns wieder.«

Laura verschränkte die Arme und bestätigte Perillos Worte mit einem Nicken. Er hatte gute Gründe, sie zu verdächtigen. Wie dumm von ihr, die Beherrschung zu verlieren. Perillo war nicht ihr Großvater und Cesare nicht Gabi.

ACHT

Perillo betrat mit Nico und OneWag das beliebte Restaurant Da Angela in Lucarelli. Daniele war vor der Tür geblieben, um einen Anruf entgegenzunehmen. Als sie hereinkamen, schaute eine sympathische Frau Anfang vierzig von ihrem Buch mit den Tischreservierungen auf.

»Ciao, bella«, sagte Perillo. »Ich hoffe, Sie haben noch Platz für drei hungrige Männer und einen Hund.«

Angela riss erstaunt ihre grauen Augen auf. »Na, wen haben wir denn da? Es ist so lange her, ich kann mich nicht erinnern.«

»Buonasera, Angela«, sagte Nico. Hier, vor etwas über einem Jahr, bei einem tollen Rindfleischgericht mit frischem Pfeffer und einem erlesenen Brunello di Montalcino, hatte seine Zusammenarbeit mit Perillo begonnen. Während sie gemeinsam versuchten, Gravignas ersten Mordfall zu lösen, waren sie Freunde geworden.

Angela schenkte ihm ein Lächeln. »Benvenutu, Nico. *Sie* sind willkommen.«

Perillo versuchte, zerknirscht auszusehen. »Sie haben recht, Angela. Es ist wirklich lange her. Schuld ist nur die viele Arbeit.«

»Nein, schuld ist Ivana. Ich wünschte, sie würde für mich kochen, anstatt ihren undankbaren Mann zu füttern.« Sie bückte sich und streichelte OneWag. »An dich erinnere ich mich. Du hast gute Manieren.«

»Ich hätte reservieren sollen.« Perillo setzte eine betretene Miene auf. »Aber Sie wissen ja, wie es ist.«

»Wenn ich nicht wüsste, wie es ist, könnte ich den Laden dichtmachen.«

»Wir hätten gern eine abgelegene Ecke, um Berufliches zu besprechen.«

»Schon klar, Sie haben wieder einen Mordfall am Hals. Diesmal müssen Sie Ihren Wein aber selber bezahlen.«

Angela nahm drei Speisekarten zur Hand. »Wo ist denn der dritte hungrige Mann?«

Wie auf Stichwort kam Daniele herein, mit einem von Stellas Worten, oder dem Wind, geröteten Gesicht. »Hier bin ich.«

»Gut. Heute weht ein scharfer Wind; es ist zu kalt, um draußen zu sitzen. Ich gebe Ihnen einen Tisch im ersten Stock.« Angela warf Perillo einen vielsagenden Blick zu. »Da können Sie nach Herzenslust Ihre schmutzigen Geheimnisse austauschen.«

Nico nahm OneWag auf den Arm und sie folgten Angela hinauf.

Der kleine Raum im oberen Stockwerk war anheimelnd – der Fußboden hellbraun gefliest, die schräge Ziegeldecke von dicken Holzbalken durchkreuzt, und an den Wänden sah man Weingüter auf alten Schwarzweißfotos. In einem kleinen, mit grünen Majolikakacheln umrahmten Kamin stapelten sich Holzscheite und warteten darauf, verfeuert zu werden.

Perillo nahm an einem Ende des Tisches Platz und bestellte einen Liter roten Hauswein, dazu zwei Flaschen stilles Wasser. Nico und Daniele setzten sich ihm gegenüber. Nachdem Angela wieder nach unten gegangen war, um die Getränke zu besorgen, wies Perillo auf die Spezialitäten der Speisekarte hin, während OneWags Nase den unbekannten Fußboden bis in den letzten Winkel absuchte.

Es dauerte nicht lange, bis Angela mit dem Wein und den beiden Wasserflaschen zurückkam. »Ich habe noch eine weitere Flasche unseres roten Hausweins mitgebracht, für alle Fälle. Keine Sorge, ich rechne nach Verbrauch ab. Wissen Sie schon, was Sie essen wollen?«

Alle drei bestellten Pici all'Aglione und Auberginen-Involtini.

»Meine bitte mit Ricotta gefüllt«, beeilte sich Daniele zu sagen, dem von Stellas Worten – *»Du fehlst mir«* – noch ganz schwummrig war.

Perillo entging nicht, wie glücklich Daniele aussah. »Was ist los, Dani? Ist es das Essen, das Angela uns gleich serviert, oder kommt Stella dieses Wochenende nach Hause?«

Danieles leicht gerötete Wangen färbten sich jetzt tiefrot. »Sie möchte am Samstag das letzte Konzert des Verdi-Orchesters besuchen.«

»Sehr gut. Vielleicht wünscht sich Stella ja einen Begleiter. Nichts verschönt Musik mehr als eine angenehme Gesellschaft. Leider werden auch wir beim Konzert anwesend sein, aber dienstlich; wir müssen dafür sorgen, dass alles reibungslos abläuft.«

Danieles Augenlider flackerten unruhig.

»Fangen wir doch mit unserem Informationsaustausch an«, sagte Nico.

»Hier wird nichts ausgetauscht, bevor wir nicht mit einem Glas guten Wein unseren Verstand in Schwung gebracht haben«, sagte Perillo, da sich Angela, die den Kamin anzündete, noch im Zimmer aufhielt. Er öffnete den Reißverschluss seiner Wildlederjacke und lehnte sich schwer in seinem Stuhl zurück, dessen altes Holz knarzte. »Um auf das Konzert zurückzukommen: Musik, wie Wein, belebt die grauen Zellen, und ein wenig Zerstreuung genauso. Ich denke, es würde nichts dagegensprechen, meinem so kompetenten Brigadiere nach dem Konzert ein paar Stunden freizugeben.«

Daniele schluckte. »Vielen Dank, Marcsciallo.«

»Salvatore, Dani.« Perillo hob sein Glas und nahm einen Schluck. »Wenn wir unter Freunden sind, heiße ich Salvatore. So nennt mich Angela auch.«

»Die wenigen Male, wenn Sie hier aufkreuzen«, sagte Angela und ging zur Treppe. »Das Essen kommt, wenn es fertig ist. Wenn Sie noch irgendetwas brauchen, läuten Sie mit der Kuhglocke, die auf dem Kaminsims steht.«

Perillo warf ihr eine Kusshand zu und hob das Glas in ihre Richtung. »Sie sind die Beste.«

»Weiß ich doch«, ließ sie sich noch im Hinuntergehen vernehmen.

Als ihre Schritte verhallt waren, stieß Perillo mit Nico und Daniele an. »Gerechtigkeit für Cesare.«

Nico nahm hastig einen Schluck. »Ich finde, wir sollten anfangen.«

Anders als er ließ sich Perillo den Wein auf der Zunge zergehen. »D'accord. Zuerst der Autopsiebericht. Er kam herein, als wir ins Revier zurückkehrten. Vier Stichwunden von einem Messer mit einer glatten, sechzehn Zentimeter langen Klinge, einem Saufänger, wie man ihn bei der Wildschweinjagd verwendet. Ein Stich ins Herz, zwei darunter in die Brust und der vierte in den Magen. Jedes Mal ein sauberer, tiefer Stoß. Gianconi schreibt, der Täter müsse eine sehr kräftige oder aber eine ungemein wütende Person gewesen sein. Die Rückseite von Cesares Kleidung war verschmutzt und wies Grasflecken auf, was vermuten lässt, dass die Leiche über den Boden geschleift wurde. Dazu passt das zertretene und blutige Grasstück. Der arme Mann wurde wahrscheinlich komplett überrumpelt. Es gibt an ihm keine einzige Spur, die darauf hinweisen könnte, dass er sich gewehrt hat.«

Dieses Mal nahm Nico einen tiefen Schluck. Er hatte sich in New York unzählige Autopsieberichte angehört. Nach wie vor verkrampfte sich dabei sein Magen. Er setzte das Glas wieder ab. »Wissen Sie schon, ob am Tatort irgendetwas Interessantes gefunden wurde?«

Perillo schüttelte verbittert den Kopf. »Schön wär's. Weder Reifenspuren noch Schuhabdrücke. Die Männer haben den üblichen Unrat eingesammelt, den man am Straßenrand findet. Sie werden alles akribisch durchsuchen, aber es wird ein paar Tage dauern. Was haben Sie von Jimmy erfahren?«

Nico schilderte sein Gespräch mit Jimmy.

»Glauben Sie ihm?«, fragte Perillo.

»Ja«, sagte Nico. »Ich denke, Sie können ihn von der Liste Ihrer Verdächtigen streichen.«

»Aber was ist damit, dass Sandro so eifersüchtig auf den alten Mann war?«, fragte Daniele und fügte hinzu: »Wenn er annahm, dass Jimmy und Cesare ein Verhältnis hatten, könnte er Cesare getötet und ihn aus Rache in Jimmys Kofferraum gelegt haben.«

Perillo beobachtete, wie sich die Flammen in die Holzscheite fraßen, und antwortete nicht. Er hob sein Glas in das Licht des Feuers, das die rote Farbe des Weins zum Leuchten brachte. Er wollte keinen weiteren Verdächtigen in Betracht ziehen müssen. Er wollte diesen Fall abschließen. Vielleicht machte er tatsächlich gerade eine Midlife-Crisis durch. Oder vielleicht hatte er einfach keine Lust mehr, sich mit Grausamkeit, Eifersucht, Habgier und Hass herumschlagen zu müssen. Mit allem, was einen Menschen dazu brachte, einen anderen zu töten.

»Sandro hätte gewusst, wo Jimmy seinen Wagen parkte, als er seine Mutter in Florenz besuchte«, fügte Daniele hinzu.

»Das stimmt«, sagte Nico, »aber warum sollte er Cesare jetzt noch töten wollen? Nachdem Sandro ihn rausgeworfen hatte, ließ Cesare sich ja nicht mehr im Café blicken, und das ist jetzt Jahre her.«

»Vielleicht haben sich Jimmy und Cesare weiterhin getroffen«, wand Daniele ein.

Perillo leerte sein Glas. Vielleicht war ja Della Langhe sein Problem. Der Stellvertretende Staatsanwalt hatte ihn im Verlauf dieser Ermittlungen noch gar nicht getriezt. Ihm fehlte die Wut, die dieser arrogante Kerl in ihm auslöste – eine Wut, die ihn anspornte, sein Bestes zu geben, dem Arschloch zu beweisen, dass er falschlag. Der Gedanke stimmte ihn heiter. Genau, das war es doch. Es hatte nichts mit dem Älterwerden oder irgendeiner Midlife-Crisis zu tun.

»Selbst wenn Sandro Cesare umbringen wollte«, sagte Nico, »weiß ich nicht, wie er es hätte anstellen sollen. Letzten Freitag arbeitete Sandro ganz allein im Café.«

»Um wie viel Uhr waren Sie an dem Morgen da?«, fragte Perillo.

»Zwischen halb acht und halb neun, so ungefähr.«

Die SMS wurde erst um zwölf nach *neun verschickt*, dachte Perillo. Ausreichend Zeit, um ins Hotel zu gehen und Lauras

Handy zu benutzen. Wenn, wenn, wenn. Perillo seufzte laut. *Wenn* Laura unschuldig war. »Es ist unwahrscheinlich, dass Sandro als Verdächtiger in Frage kommt, aber ich rede trotzdem mit ihm.«

Nico zeigte mit seinem halb geleerten Glas zu Perillo. »Jetzt sind Sie dran. Was hat Sie zum Tatort geführt?«

Perillo erzählte es ihm.

»Laura?«, sagte Nico verdutzt. »Das fällt mir schwer zu glauben.« Sie hatte auf ihn den Eindruck einer sanften, zurückhaltenden Frau gemacht.

Daniele mischte sich ein. »Sie war genauso geschockt wie Sie. Jemand anderes muss ihr Handy genommen haben.«

»Gut möglich«, sagte Nico.

Daniele nickte zustimmend.

»Wie haben Sie Cesares PIN geknackt?«

Daniele ließ den Kopf hängen. »Ich wünschte, es wäre mir nicht gelungen.«

Nico konnte es ihm nachfühlen. »Wie lautet sie?«

»Eins, eins, eins, eins.«

Perillo hob die Augenbrauen. »Wie bist du denn darauf gekommen?«

»Signora Benati trägt ein Kreuz, auf dem der elfte Januar 2011 steht.«

»Und was hat das Datum mit Cesare zu tun?«

»Nichts, soweit ich weiß, Maresciallo. Mir fielen schon die Augen zu und das Datum schlich sich einfach in meine Gedanken. Nachdem ich die 201 von der Jahreszahl abgezogen hatte, funktionierte es. Wie ich Ihnen erzählte, hat, oder hatte, Laura Benati eine ältere Schwester, Gabriella. Ihr Großvater hat mir die ganze Zeit erzählt, wie klug und wie schön sie war. Von ihr standen viele Fotos im Bücherregal und von Laura nur ganz wenige. Er hat sie nicht einmal erwähnt. Ich glaube, für ihn existierte nur Gabriella.«

Perillo zog eine ungeöffnete Schachtel Zigaretten aus der Tasche und musterte sie sehnsüchtig. »Laura hat während unserer Gespräche kein Wort über ihre Schwester verloren.«

»Ich glaube, Gabriella ist tot«, sagte Daniele.

»Konzentrieren wir uns auf das Wichtige«, sagte Perillo. »Es sieht jetzt ganz so aus, als wäre Laura unsere Täterin.«

Nico war Danieles entsetzter Blick nicht entgangen. Er schaute zu OneWag hinüber, der am Treppenabsatz stand. »Ich glaube, mein Hund möchte uns sagen, dass unsere Pici kommen. Verschieben wir unsere Diskussion darüber, wer Cesare getötet haben könnte, auf später.«

»Ja, bitte«, sagte Daniele eifrig.

Perillo steckte sich seine Serviette in den Hemdkragen. »Sehr richtig. Beim Reden verliert Essen seinen Geschmack.«

OneWag wich zur Seite, als am Treppenabsatz eine Frau erschien, die alt genug war, um Angelas Mutter zu sein. Sie trug ein großes Tablett mit vier Tellern, auf drei türmten sich die Pici all'Aglione und auf einem großen die Auberginen-Involtini. Daniele sprang auf und erbot sich, es ihr abzunehmen.

Sie umklammerte das Tablett noch fester und drehte sich weg von ihm. »Entschuldigung«, stammelte Daniele, dessen Wangen die Farbe der Picisoße angenommen hatten.

»Bitte sehr, Maresciallo«, sagte die Frau. »Ich habe die Pici heute früh selber zubereitet. Die Soße ist von Angela. Diese Pici sind auf jeden Fall nicht aus dem Supermarkt.«

Perillo neigte ehrerbietig den Kopf. »Grazie, Betta. Ihre Hände können zaubern.«

Betta setzte das Tablett am anderen Ende des Tisches ab und verteilte die Teller. Vor Perillo stellte sie eine kleine Schale mit einer Reibe aus Edelstahl und einem dicken Stück Pecorino. »Falls Sie noch mehr brauchen.«

Nico betrachtete den Berg aus dicker, glänzender Pasta, eine toskanische Spezialität. In seinem ersten Jahr in Gravigna hatte er sich von den Pici all'Aglione ferngehalten, da er annahm, Aglione – toskanischer Knoblauch – bedeute, dass die Tomatensoße in Knoblauch ersaufen würde. Nelli hatte ihn überredet, sie zu kosten. Aglione war ein anderer, nicht ganz so beißender Knoblauch, der im Val di Chiana oberhalb von

Siena angebaut wurde. Serviert mit einer leichten Tomatensoße und viel geriebenem Pecorino hatte ihn das Gericht überzeugt.

»Buon appetito, Signori«, sagte Betta und forderte sie mit einer leichten Handbewegung zum Essen auf.

»Grazie«, antworteten alle drei.

Perillo stieß seine Gabel in die Pici und fing an, sie um die Gabel zu wickeln.

»Essen Sie, Dani«, machte Nico ihm leise Mut, nachdem er selbst ein paar Happen der aromatischen Pasta probiert hatte. »Es schmeckt köstlich.«

Dani klaubte sich einige lange Pastastücke heraus und begann langsam zu kauen. Als sich die intensive Geschmackskombination in seinem Mund ausbreitete, machte er vor Entzücken runde Augen. Vielleicht könnte er ja Stella nach dem Konzert hierher einladen. »Ist das Essen teuer?«, fragte er, obwohl er wusste, dass Stella darauf bestehen würde, »alla romana« zu zahlen, also jeder für sich.

Perillo wischte sich den Mund mit der Serviette ab und trank einen Schluck Wein. »Falls du mit dem Gedanken spielst, Stella die Freuden dieser Speisen zu bieten, nur zu. Gönn dir mal etwas. Du hast es dir verdient.«

Daniele schenkte seinem Chef ein mit Tomatensoße verziertes Lächeln.

Als alle aufgegessen hatten, goss Nico Perillo und sich Wein nach. Danieles Glas war noch voll.

»Sie sieht nicht so aus, als wäre sie stark genug, eine Leiche in einen Kofferraum zu hieven«, sagte Daniele, dem sehr daran lag, das Thema wieder aufzugreifen, das sie hierhergeführt hatte.

»Laut Autopsiebericht war Cesare eins neunzig groß«, sagte Perillo, »wog aber nur achtundsechzig Kilo.«

»Er war also klapperdürr. Was sagt Laura zu alldem?«

»Wir haben sie heute früh mit der SMS-Nachricht konfrontiert. Sie streitet natürlich ab, sie geschrieben zu haben.«

»Ich glaube ihr«, sagte Daniele, der seinen nicht ganz geleerten Teller auf den Boden stellte. »Jemand anderes hat ihr Handy benutzt.«

Perillo lächelte Daniele an. »Immer so ritterlich, mein gutgläubiger Brigadiere. Du hast mir eine Menge über Empathie beigebracht, aber das Beweismaterial müssen wir nun mal unvoreingenommen betrachten.«

»Ich glaube ihr«, wiederholte Daniele. »Ich habe sie beobachtet, als sie die SMS las. Auf ihrem Gesicht spiegelte sich Überraschung. Dann Schmerz und Verletzung. Wenn sie diesen Text geschickt hätte, wäre da nicht vor allem Angst gewesen?« Später schlug ihr Schmerz in große Wut um. Der Maresciallo hatte diese Reaktion als Eingeständnis ihrer Schuld aufgefasst. Daniele aber glaubte, dass sie nur gegen ihren Schmerz ankämpfte. »Sie hat kein Motiv.«

»Cesare hatte vierzigtausend Euro auf dem Konto«, sagte Perillo zu Nico. »Das bekommt alles sie. Wenn das kein Motiv ist. Ich habe mich bei der Hotelbesitzerin über Lauras Gehalt erkundigt. Sie verdient zweitausend Euro im Monat, aber die Hälfte davon lässt sie direkt an ihre Mutter überweisen.«

Daniele stemmte mit Nachdruck die Ellenbogen auf den Tisch. »Das beweist nur, dass sie ein guter Mensch ist. Wenn sie Cesare getötet hat, warum hat sie dann den Text nicht gelöscht?«

»Vielleicht wurde sie von ihren Gefühlen überwältigt«, mutmaßte Perillo. »Reue. Furcht. Sie hatte gerade jemanden getötet, der sie liebte.«

»Wer hatte noch alles Zugriff auf ihr Handy?«, fragte Nico.

»Es hätte jemand im Hotel sein müssen. Nadia, ihre Assistentin, hat mir am Telefon bestätigt, dass Laura am Freitagmorgen von neun bis zehn am Empfang war. Ich wollte mich heute Nachmittag mit ihr treffen, aber sie musste für Laura einspringen, die sich angeblich nicht wohl fühlt. Dann ist da noch Dottor Eugenio Vittori, ein Stammgast im Hotel. Er hat seine Rechnung gezahlt, als Laura noch hinter dem Empfangsschalter stand.«

»Das ist interessant«, sagte Nico. »Da hätten wir noch jemanden mit einem Motiv. Mit Cesares Tod bekommt er das Land, das er haben wollte.«

»Daniele hat sich über ihn schlaugemacht. Vittori hat weder in Medizin noch in Philosophie einen Doktortitel. Den hat er sich nur zugelegt, um seine Kunden, deren Geld er investiert, zu beeindrucken. Anscheinend braucht man keinen akademischen Grad, um zu wissen, wie man Finanzgeschäfte macht.«

»Wie erfolgreich ist er denn?«

»Das lässt sich schwer herauskriegen, weil er ein Privatunternehmen führt«, sagte Daniele, »aber immerhin gelang es ihm, Vittori Investments über mehr als zwanzig Jahre am Laufen zu halten.«

Perillo drehte die kalte Zigarette zwischen den Fingern und kämpfte gegen die Versuchung, sie anzuzünden. »Er lebt in Rom und hatte heute Nachmittag keine Zeit, mit mir zu reden. Seine Sekretärin hat für morgen um Viertel nach elf einen Telefontermin vereinbart. Offenbar ist er ein sehr beschäftigter Mann.«

»Dann ist da noch Vittoris Gast, Sirio Reni«, sagte Daniele, der froh war, einen weiteren potentiellen Verdächtigen ins Spiel bringen zu können. »Er hielt sich am Freitagmorgen in der Nähe der Rezeption auf und wartete auf seinen Gastgeber, von dem er sich verabschieden wollte. Signorina Benati glaubt, dass er Cesare gekannt haben könnte, und sie hat uns seine Handynummer gegeben. Ich habe eine Nachricht hinterlassen.«

Perillo schloss die Augen und dachte einen Moment nach. »Ich glaube, die schöne Laura versucht, die Suppe mit zusätzlichen Gewürzen anzureichern, damit wir nicht aufhören, darin zu rühren. Dass Reni Cesare gekannt haben könnte, wissen wir lediglich von einer englischen Lady, die jeden Abend an der Bar sitzt und, laut Lauras Assistentin, gern Geschichten erfindet.«

»Es lohnt sich aber, der Sache nachzugehen«, sagte Nico,

»obgleich nicht jeder darauf erpicht ist, in eine Mordermittlung verwickelt zu werden.«

»Natürlich. Natürlich.« Perillo dachte gerade, dass nach der Pasta und den Involtini jetzt etwas Süßes vonnöten wäre, der Verdauung wegen.

»Wir beschaffen uns Renis Adresse«, sagte Daniele, »und tauchen dann vor seiner Tür auf.«

Perillo gluckste. »Ich wette, du hoffst, dass er in Florenz wohnt, damit du es mit einem kleinen Besuch bei Stella verbinden kannst.«

Daniele hob sein bisher unberührtes Weinglas und versuchte, sein Gesicht dahinter zu verstecken. Der Maresciallo war ein guter Mann, aber er wusste einfach nicht, wann es zu viel des Guten war.

»Hören Sie auf, Perillo«, sagte Nico.

Perillo senkte den Kopf. »Sie haben recht, Nico.« Als er wieder aufschaute, sah er Danieles verlegenes Gesicht hinter dem Weinglas. »Wahrscheinlich bin ich nur neidisch auf die Jugend, die Verliebtheit, die Aufregung, dieses Gefühl, dass jede Körperzelle vor Leben vibriert.«

Daniele, dem das Thema peinlich war, lief rot an. »So alt sind Sie doch gar nicht, Maresciallo.«

Perillo strahlte. »Doch, bin ich, aber danke trotzdem. Bald fünfzig. Ich werde dich nicht mehr aufziehen. Verzeih mir, Dani.«

Daniele stellte sein Glas ab und schaute die beiden Männer an, die vor ihm saßen. »Da gibt es nichts zu entschuldigen.«

»Ich finde, jetzt ist eine Nachspeise fällig«, sagte Perillo und stand auf. »Ich geh mal runter und erspare Betta das Treppensteigen. Und wonach verlangen eure beide Mägen? Angela macht eine Panna cotta auf einem Bett aus geschmolzener dunkler Schokolade, da jubelt ihr Halleluja. Die bestelle ich jedenfalls für mich.«

Daniele schoss aus seinem Stuhl, weil er Stella zurückrufen wollte. »Ich gehe schon.«

»Nein.« Perillo legte ihm die Hand auf die Schulter und drückte ihn sanft nieder. »Nico?«

»Nichts für mich«, sagte Nico. »Mein Magen möchte bis morgen früh Ruhe haben.«

»Dani, was soll ich dir holen?«

Daniele verbarg seine Enttäuschung hinter einem Achselzucken. »Die pochierte Birne mit Erdbeerkonfitüre, bitte.«

Perillo stöhnte und lachte. »Um deinen Spleen mit der gesunden Ernährung beneide ich dich aber nicht. Komm, Rocco, schauen wir mal, ob wir einen Cantuccino zum Knabbern für dich finden.«

OneWag sprang auf und stieß dabei den blankgeleckten Pici-Teller an, der unter den Tisch rutschte. Er rannte Perillo hinterher.

»Danke, Nico«, sagte Daniele, sobald sich Perillos knarrende Schritte auf der Treppe entfernt hatten.

»Gern geschehen. Ich hoffe, er bleibt bei seinem Wort.«

»Das ist egal. Wenn jemand, der so stolz ist wie er, um Verzeihung bittet, genügt mir das.«

»Für einen jungen Mann sind Sie sehr weise.«

»Bin ich nicht. Ich finde es sehr verwirrend, verliebt zu sein.«

»Ist es ja auch. Ich kann Ihnen da keinen Rat geben«, sagte Nico. »Ich habe dasselbe Problem.«

»Wirklich?«, fragte Daniele ungläubig.

Nico nickte.

Beide starrten ins Kaminfeuer.

Nachdem er die Nachspeisen bei Angela bestellt hatte, reservierte Perillo einen Tisch für zwei Personen am Sonnabend. »Geben Sie ihm einen ordentlichen Rabatt; ich zahle die Differenz.«

Angela notierte es in ihrem Buch. »Sie sind ja immer für eine Überraschung gut. Dass aber auch ein sentimentales Herz dazugehört, hätte ich nicht gedacht.«

»Cara Angela, wann waren Sie das letzte Mal verliebt?«

Angela lachte. »Wer weiß denn so was noch?«

Nico langte über den Tisch und drückte Danieles Arm. Er mochte diesen jungen Mann, fühlte sich ihm verbunden. »Und was Ihre Gefühle anbelangt – haben Sie keine Angst davor.«

»Keine Angst wovor?«, fragte Perillo, der mit OneWag auf dem Treppenabsatz erschien.

Daniele stand schnell auf und ging ihm entgegen. »Lassen Sie mich machen«, sagte er und nahm seinem Chef das Tablett mit den Nachspeisen ab.

»Danke, Dani. Ich habe einen Teller Cantuccini für Rocco und Sie, Nico, mitgebracht. Und drei Gläser Vin Santo, eine Aufmerksamkeit des Hauses.« Perillo setzte sich, als Daniele das Tablett auf den Tisch stellte und die Teller verteilte. »Also, Angst wovor?«

Daniele warf Nico einen verzweifelten Blick zu.

»Angst, dass wir den Fall nicht lösen«, sagte Nico.

Perillo schaute zu seinem Brigadiere hoch. »Hab Vertrauen, Dani. Es dauert vielleicht seine Zeit, aber wir lösen ihn.«

»Dabei fällt mir ein«, sagte Nico, »haben Sie schon mit Beppe gesprochen?«

»Wenn er mir was zu sagen hat, soll er aufs Revier kommen. Ich laufe ihm nicht nach. Wahrscheinlich will er sich nur wichtig machen.«

»Vielleicht, aber wir sollten trotzdem hören, was er zu sagen hat«, sagte Nico. »Mir wollte er es nicht erzählen. Beppe besteht darauf, mit dem Oberboss zu sprechen.«

»Um mir meine Zeit zu stehlen. Hab verstanden, Nico. Wir setzen Beppe auf die Liste der Leute, mit denen wir uns unterhalten müssen.«

»Ich denke, Sie sollten auch noch einmal mit der Hotelbesitzerin sprechen«, fügte Nico hinzu. »Sie hat Cesare und Laura eingestellt und weiß vielleicht mehr über die beiden als wir.«

Perillo schaute Nico erstaunt an. »Wieso immer ich? Sie gehören auch zu meinem Ermittlungsteam.«

»Könnte ich nicht mit ihr reden?«, bot sich Daniele an. Die Besitzerin lebte in Florenz.

»Nein, Dani, tut mir leid. Aber dieses grimmige Porträt, das von ihr in der Lobby hängt, lässt mich vermuten, dass Signora Lucchetti eine schwierige Person ist.« Sie hatte zwar am Telefon absolut freundlich geklungen, aber Perillo wollte, dass Nico sie aufsuchte. »Nico verfügt über jahrelange Erfahrung, Personen dazu zu bringen, ihre intimsten Geheimnisse auszuplaudern, auch die anderer Leute.« Perillo griff zum Löffel und begann die Panna cotta zu verzehren. »Lassen wir den Mord einen Moment beiseite und genießen unser Dessert. Es wird uns süße Träume bescheren.«

Nico schaute auf sein Gläschen Vin Santo. *Süße Träume und Sodbrennen.*

Nicht Sodbrennen war schuld, dass Nico sich drei Stunden später im Bett hin und her wälzte. Jedes Mal, wenn er kurz davor war, einzunicken, meldeten sich die Gedanken an Nelli und rumorten in seinem Kopf. Da es zu spät für einen Anruf war, als er nach Hause kam, hatte er eine SMS entworfen.

ICH VERMISSE DICH, NELLI, JEDEN TAG, ABER – an der Stelle hatte er gestockt. Aber was dann? *Ich kann dir nicht genug geben. Du hast mehr verdient. Wenn ich mich auf meine Liebe zu dir einlasse, habe ich dann aufgehört, Rita zu lieben? Und wenn ich dich liebe, verliere ich dann auch dich?*

Was er ihr schließlich schickte, war eine Einladung zu einem Abendessen am Freitag ... aber das änderte nichts an seiner Schlaflosigkeit.

Perillo fand Ivana im Bett vor. Sie sah gerade ihre Lieblingssendung *Montalbano*, die sie inzwischen aufnehmen konnte – dank Daniele, der ihr gezeigt hatte, wie man es machte. Perillo beugte sich zu ihr hinunter und küsste sie auf den Kopf, um ihr nicht die Sicht auf den Fernseher zu nehmen. »Ciao, cara.«

»Mmm«, erwiderte sie. Auf dem Bildschirm stieg gerade Luca Zingaretti alias Montalbano aus dem Wasser; glitzernde Tropfen perlten auf der Brust seines braungebrannten Körpers und das gewohnte selbstgefällige Grinsen leuchtete in seinem Gesicht.

Perillo konnte den Mann nicht ausstehen. »Er ist ein bisschen in die Breite gegangen, findest du nicht?«, sagte er, während er sein Hemd aufknöpfte.

Ivana wandte ihm den Kopf zu und musterte einmal kurz und kritisch die Brust ihres Mannes im Unterhemd. »Genau wie du.« Auf dem Bildschirm lief der Abspann. Sie griff zur Fernbedienung und stellte das Gerät aus. »Was hat euch Angela serviert?«

»Feurige Muscheln«, sagte er und zog den Bauch ein, »danach Makkaroni-Timballo mit Erbsen und Wurst. Zur Nachspeise gab es Babá.«

Sie lachte. Er hatte gerade seine neapolitanischen Lieblingsgerichte aufgezählt, die sie für ihn kochte. Angela hätte nicht die leiseste Ahnung, wie man sie zubereitet. Sie sah, wie er jetzt ins Bad ging. Als er sie einmal gefragt hatte, warum sie sich Krimis anschaute, wenn er nicht zu Hause war, hatte sie gesagt: »Montalbano ist sexy.« Es war aber nicht der wahre Grund. Die Sendung gab ihr die Illusion, bei Salvatore zu sein, auch wenn er nicht daheim war. »Salva, mach nicht ewig dadrin.«

Mit der Zahnbürste in der Hand betrachtete Perillo Ivana durch den Badezimmerspiegel. Sie hatte die Bettdecke auf seiner Seite des Bettes gelüftet. Er schob sich die Zahnbürste in den Mund und begann heftig zu putzen.

Daniele hatte seinen Nachtschlaf verschoben. Nachdem er seinem Chef Gute Nacht gesagt hatte, war er heimlich ins Büro zurückgegangen. Jetzt saß er im Dunkeln an seinem Schreibtisch. Er hatte keine Angst vor seinen Gefühlen. Er wusste einfach nur nicht, wie er mit ihnen umgehen sollte. Sie für sich behalten? Stella sagen, was er für sie empfand? Versuchen, sie zu küssen? Er hatte sie schon tausendmal küssen wollen, aber sie saßen immer irgendwo in einem Café, oder sie liefen durch die Straßen von Florenz oder Gravigna. Nie waren sie allein. Am Telefon hatte sie gesagt, er würde ihr fehlen. Aber wie?

Als Freund? Oder in der Weise, wie sie ihm fehlte – so sehr, dass er einen dumpfen Schmerz in der Brust verspürte, der ihm manchmal den Atem nahm?

»Ach, scheiße«, sagte Daniele laut und stellte den Computer an. Während er darauf wartete, dass er hochfuhr, textete er an Stella:

ICH WEISS, ICH HABE SCHON GEANTWORTET, DASS DU MIR AUCH FEHLST, ABER ICH WOLLTE ES DIR NOCH EINMAL SAGEN. ICH KANN ES KAUM ERWARTEN, DICH AM SAMSTAG ZU SEHEN.

Es war spät, fast Mitternacht. Sie schlief bestimmt schon, aber er wartete ein paar Minuten, ob sie vielleicht zurückschrieb. Als keine Antwort kam, wandte Daniele sich dem Computer zu. Er wollte herausfinden, ob die Polizeidirektion in Florenz Cesare Rinaldi einen Pass ausgestellt hatte, doch seine Gedanken waren immer noch bei Stella. Er rief wieder ihre Facebook-Seite auf. Ihr lächelndes Gesicht war verschwunden; jetzt sah man dort das abgezehrte Antlitz von Donatellos Maria Magdalena. War Stella traurig? Stimmte etwas nicht? Er schrieb ihr eine neue SMS. WARUM HAST DU DEIN FOTO GEGEN DAS ABBILD DER MARIA MAGDALENA AUSGETAUSCHT? IST ETWAS PASSIERT?

Er vermisste ihren Anblick, das Lächeln, das ihn anwehte wie ein warmer Windhauch. Beim Gedanken daran fiel ihm das Foto ein, das er in Signora Benatis Haus gesehen hatte. Er klickte auf das Fenster der Suchmaschine und tippte Gabriella Benati ein. Sie hatte immer noch ihr Facebook-Konto und schaute ihn aus großen blauen Augen und mit einem strahlenden Lächeln an. Es war eine Großaufnahme des Fotos, das er in Signor Benatis Haus im Regal gesehen hatte. Niemand hatte sich die Mühe gemacht, das Bild zu löschen, vielleicht hatte es auch niemand gewollt. Daniele betrachtete es eingehend; er versuchte zu erkennen, was für ein Mensch sie gewesen war. Ihre Gesichtszüge, ihre Schönheit waren ausgeprägter als die von Laura. Dazu das dichte, wellige blonde Haar, das ihr auf die Schultern fiel; sie schien vor Leben zu sprühen. Laura war ein nur schwacher Abglanz ihrer Schwester.

Unter dem Bild stand eine Reihe von Kommentaren. Der erste stammte von Laura. *Bella Gabi, du wirst mir ewig fehlen.*

Daniele schloss Facebook wieder und ging auf die Wochenzeitung *Chianti Sette*. Er tippte Gabriellas Namen, gab das Datum 11. Januar 2011 ein und fand einen Artikel über sie in der Ausgabe der darauffolgenden Woche. Die Schlagzeile lautete: TRAGÖDIE AUF DER 222 AM STADTRAND VON CASTELLINA.

Die zweiundzwanzigjährige Gabriella Benati aus Greve, die gerade die l'Università di Firenze absolviert hatte, kam auf der 222 zu Tode, als sie die Kontrolle über ihren Wagen verlor und in eine Ulme raste. Die Carabinieri von Castellina erhielten um zwei Uhr morgens den Anruf eines Mannes, der meldete, ein Auto sei in einer Kurve kurz vor der Stadtgrenze von Castellina gegen einen Baum gerast. Er hielt an, um zu helfen, aber die Frau war schon tot. Er weigerte sich, seinen Namen zu nennen; er habe nur seine Pflicht getan, sagte er.

Der Verfasser des Artikels empörte sich sodann über die fehlende Ausschilderung, um Autofahrer vor gefährlichen Kurven zu warnen. Daniele hörte auf zu lesen. Er war sich nicht sicher, warum er wissen wollte, was mit Gabriella geschehen war. Vielleicht, um nicht andauernd an Stella denken zu müssen. Oder vielleicht versuchte er nur mehr über Laura zu erfahren, die jetzt Perillos Hauptverdächtige im Mordfall Cesare Rinaldi geworden war.

Daniele klickte den Artikel weg und ging auf die URL des Reviers, was er eigentlich als Erstes hätte tun sollen. Dann schickte er allen italienischen Polizeidirektionen eine Anfrage, ob jemals ein Pass für Cesare Rinaldi ausgestellt worden sei. Cesares Geburtsdatum, Geburtsort und Adresse fügte er hinzu. Mit schweren Augenlidern drückte er auf »senden«.

NEUN

Am nächsten Morgen, einem kalten Donnerstag, löffelte Perillo gerade eine Zabaglione in sich hinein, um sich zu stärken, als er eine SMS von Laura erhielt: Dottor Vittori sei letzte Nacht überraschend im Hotel eingetroffen.

Währenddessen saß Daniele in seinem Zimmer und las die SMS von Stella.

NICHTS IST PASSIERT. ICH KONNTE EINFACH MEIN GESICHT NICHT MEHR SEHEN UND SIE FINDE ICH WUNDERSCHÖN.

Grinsend schrieb Daniele zurück: DANN IST SCHÖNHEIT WOHL GESCHMACKSSACHE. ICH BIN FROH, DASS ALLES IN ORDNUNG IST. DU FEHLST MIR.

Eine dreiviertel Stunde später tauchten Perillo und Daniele in ihren dunkelblauen Uniformen mit den roten Streifen an den Hosen im Hotel Bella Vista auf. Laura kam ihnen auf dem Hotelparkplatz entgegen.

»Buongiorno, Maresciallo.« Mit einem Kopfnicken begrüßte sie auch Daniele. Sie trug ein graues Stricktop und Hosen in einem dunkleren Grau. Über die Schulter hatte sie eine beige Wolljacke geschlungen und ihr Haar war im Nacken zu einem festen Knoten zusammengebunden.

»Ich hoffe, es geht Ihnen wieder besser, Signorina Benati«, sagte Perillo, dem ihr erschöpftes Aussehen auffiel.

Daniele hingegen, der von der Sache mit Gabriella wusste, sah Traurigkeit in ihrem Gesicht.

»Warum sollte es mir heute besser gehen, Maresciallo?« Lauras blaue Augen blitzten stahlhart. »Stehe ich nicht mehr unter Verdacht?«

»Ich kann mir vorstellen, wie schwer das für Sie ist«, sagte Perillo, »aber ich versichere Ihnen, es gibt noch weitere Verdächtige.«

»Das höre ich gern. Wann geben Sie Cesares Leiche frei? Ihm steht eine ordentliche Bestattung zu.«

»Ich werde den Gerichtsmediziner fragen.«

Daniele trat einen Schritt näher heran. »Möchten Sie nicht lieber warten, bis wir das Motorrad gefunden haben? Er wollte doch zusammen mit ihm beerdigt werden.«

»Vielleicht wird es ja nie gefunden.«

»Das ist richtig«, sagte Daniele, »aber das Gegenteil auch. Bitte geben Sie uns noch ein paar Tage Zeit.«

Daniele hatte seinen Beruf verfehlt, fand Perillo, den es ausnahmsweise mal nicht störte, dass Daniele sich in die Unterhaltung eingemischt hatte. Er hätte Priester werden sollen. »Dottor Vittori traf unvorhergesehen bei Ihnen ein, nicht wahr? Oder hatten Sie ihn erwartet?«

»Nein. Er rief mich vom Auto aus an, als ich gerade beim Abendessen war, und sagte, er habe hier etwas Geschäftliches zu erledigen, und ob ich ihm sein übliches Zimmer herrichten lassen könne.«

»Hat Sie das überrascht?«

»Oh, ja. Ich habe ihn immer für einen überlegten, strukturierten Mann gehalten, der alles im Voraus plant. Was immer ihn hierherführte, es muss etwas außerordentlich Wichtiges sein. Er sitzt gerade am Pool und arbeitet. Ich bringe Sie zu ihm.«

Perillo folgte ihrem Blick auf eine Reihe geschlossener Sonnenschirme. »Danke. Wir finden schon den Weg.«

Perillo bemerkte, mit welch besorgtem Blick sein Brigadiere der sich entfernenden Laura hinterhersah. Der junge Mann tat ihm leid. Als sie zum Poolbereich kamen, sagte er: »Ich weiß, du willst, dass sie nicht schuldig ist, Dani, aber du darfst Schönheit nicht mit Tugend verwechseln.«

»Es fällt schwer, es nicht zu tun«, antwortete Daniele. In Wirklichkeit hatte er darüber gegrübelt, was für eine Narbe der Tod der wunderschönen Gabriella bei ihrer jüngeren Schwester hinterlassen hatte. »Soll ich das Gespräch aufnehmen?«

»Ja, ich sag's ihm.«

Dottor Vittori saß an einem weißen Metalltisch und tippte eifrig auf der Tastatur seines Laptops. Als Perillo und Daniele näher kamen, hob er eine Hand. »Bin gleich bei Ihnen.« Er war ein kleiner Mann Ende sechzig, mit vollem, schwarzem, stellenweise grauem Haar, einer Adlernase und dünnen, fest zusammengepressten Lippen. Seine Augen waren hinter einer Piloten-Sonnenbrille verborgen. Perillo musterte Vittoris geschmackvolle Kleidung. Ein weicher, waldgrüner Pulli, der nur aus Kaschmir sein konnte, graue Flannellhosen, schwarze Gucci-Slipper, die mehr als sechshundert Euro gekostet haben mussten. Ein Mann, der seinen Erfolg gerne zur Schau stellte, ein Mann, der offensichtlich erwartete, dass man ihm Respekt entgegenbrachte.

Daniele war beeindruckt, wie schnell der Mann tippen konnte, aber dann schaute er hinüber zum Gemüse- und Blumengarten des Hotels hinter dem Swimmingpool. Er ließ den Blick über die bewaldeten Hügel schweifen, die sich bis hin zur fernen Hotel- und Hofanlage Vigna Maggio erstreckten. Er war in Venedig geboren und aufgewachsen; die Weite der toskanischen Landschaft schlug ihn immer wieder in den Bann.

Perillo stieß ihn sanft in die Seite, um ihn daran zu erinnern, dass sie dienstlich hier waren. Daniele entschuldigte sich mit einem kleinen Lächeln und zog sein Handy aus der Jackentasche.

Vittori hörte auf zu tippen und klappte seinen Laptop zu. Ohne aufzuschauen, wies er auf die Stühle in seiner Nähe. »Bitte, Signori, machen Sie es sich bequem. Ich bin ganz Ohr.«

Perillo drückte das Kreuz durch. »Maresciallo Salvatore Perillo, Dottore. Das hier ist Brigadiere Daniele Donato. Wir möchten Ihnen einige Fragen über …«

»Natürlich«, unterbrach ihn Vittori und lehnte sich in seinem Stuhl zurück. »Dank Laura bin ich bestens darüber informiert, wer Sie sind und was Sie wollen. Ich sollte mich bedanken, dass Sie sich die Mühe machten, mich hier aufzusuchen, obgleich Sie zugeben müssen, dass diese Umgebung wesentlich angenehmer ist als ein ödes Carabinieri-Büro. Bitte setzen Sie sich.«

Perillo wählte einen Stuhl auf der anderen Seite des Tisches, Vittori direkt gegenüber. »Carabinieri-Büros sind Ihnen demnach vertraut?«

»Keineswegs, aber ich kann mir nicht vorstellen, dass sie so etwas wie Charme haben. Ein weiterer Pluspunkt ist Laura, eine fähige Frau und zugleich ein hübscher Anblick. Ich habe oft versucht, sie für meine Firma abzuwerben, aber sie behauptet, sie könne diese Gegend nie verlassen. Vermutlich ist ein junger Mann im Spiel. Ich sage Ihnen das, falls Sie sie verdächtigen, etwas mit dem Tod ihres Barkeepers zu tun zu haben.«

Als würde deine Meinung eine Rolle spielen, dachte Perillo. Wie kam Vittori überhaupt darauf, dass Laura unter Verdacht stehen könnte? Es war kaum vorstellbar, dass Laura einem Hotelgast, noch dazu einem, den sie nicht leiden konnte, etwas erzählt hatte. »Ich hoffe, Sie haben nichts dagegen, dass Brigadiere Donato unser Gespräch aufnimmt.«

Vittori winkte gelassen ab und sagte: »Ganz und gar nicht. Ich gebe häufig Interviews und bin es gewohnt, dass man meine Worte aufzeichnet. Außerdem habe ich nichts zu verbergen. Schießen Sie los.«

Daniele nahm sein Handy, tippte auf Sprachaufzeichnung und nickte seinem Chef zu.

Perillo nannte den Zeitpunkt und die Namen der Anwesenden, dann fragte er: »Sie beabsichtigen, die Grundstücke von Signor Gennari und Cesare Rinaldi zu kaufen, ist das richtig?«

Vittoris Augen verengten sich merklich. »Also wissen Sie es schon. Ich schätze, Gennari hat es Ihnen erzählt.«

»Es gehört zu meinem Job, so etwas zu wissen«, antwortete Perillo. »Wollten Sie den Erwerb geheim halten?«

»Maresciallo, meine Arbeit besteht darin, für meine Kunden einen Haufen Geld zu verdienen. Was ich sonst noch tue, geht niemanden etwas an. Ich möchte den Eindruck vermeiden, ich würde meine Schaffenskraft nicht einzig und allein darauf richten, deren Portfolio zu vergrößern.« Vittori schlug die Beine übereinander.

Was für ein unerträglicher Typ, dachte Perillo. Er richtete sich auf. »Wir Carabinieri geben in der Regel keine Informationen über unsere Ermittlungen weiter.«

»Na schön. Ich erwerbe in der Tat Mattia Gennaris und Pietro Rinaldis Anwesen. Gennari und ich haben in Rom, wo ich lebe und auch arbeite, eine Vereinbarung unterschrieben. Da Rinaldi sein Grundstück eben erst geerbt hat, muss ich noch abwarten, bis es offiziell in seinen Besitz übergeht. Die Mühlen der Bürokratie mahlen in diesem Land bekanntlich langsam.«

»Sind Sie zu irgendeinem Zeitpunkt direkt mit Cesare in Kontakt getreten, um ihm mitzuteilen, dass Sie sein Land kaufen wollen?«

Vittori bedachte Perillo mit einem süffisanten Lächeln. »Das wäre ja äußerst töricht gewesen. Nachdem ich viele Jahre immer wieder in diese Gegend gekommen war, wurde mir klar, dass Cesare im Gegensatz zu Gennari kein Idiot ist. Er wusste, wer ich bin, und er hätte den Preis um das Zehnfache erhöht. Ich habe nur mit Gennari verhandelt. Ich bot ihm an, ihm sein Land für eine hübsche Summe abzukaufen, aber nur unter der Voraussetzung, dass er in der Lage wäre, auch Cesares Land zu erwerben, das ich bezahlen würde. Leider lehnte Cesare ab, selbst als ich Gennari sagte, er solle den Preis verdreifachen.«

»Ihnen lag also sehr daran, dieses spezielle Land zu erwerben. Darf ich fragen, warum?«

»Ich verbringe seit vielen Jahren einen Sommermonat in diesem Hotel. Es gefällt mir. Ich habe mich gut eingelebt und fühle mich hier wohl. Warum sollte ich mir anderswo Land suchen? Ich bin ein verwöhnter Mann. Ich bin es gewohnt, zu bekommen, was ich will, und nehme es mir.«

»Wie praktisch, dass Cesare starb.«

Vittori runzelte die schmalen Augenbrauen. »Ich hoffe, Sie unterstellen mir nicht, irgendetwas damit zu tun zu haben.«

»Sein Tod kam drei Menschen sehr gelegen. Ihnen, Gennari und Pietro Rinaldi.«

»Ich bin ein knallharter Geschäftsmann und habe auch schon mal gedacht, wie willkommen mir der Tod dieser oder jener Person wäre. Aber in diesem Fall erfülle ich mir lediglich den Wunsch, dieses Land zu kaufen und ein kleines, erfolgreiches Weingut daraus zu machen. Ich brauche etwas, das mich von meinen Finanzgeschäften ablenkt. ViniVittori werde ich es nennen. Ich habe sogar schon eine Idee für das Logo.« Er zog die Serviette unter seinem Wasserglas hervor und zeichnete mit seinem Stift zwei *Vs*, eins in das andere, wobei sich das *I* in beiden Worten in den zwei *Vs* befand. Er zeigte die Serviette erst Perillo und dann Daniele. »Wie finden Sie das?«

Von der Borniertheit des Mannes angewidert, nickte Perillo nur kurz.

»Sehr raffiniert«, sagte Daniele.

Ein feistes Lächeln breitete sich über Vittoris Gesicht. »Ganz meine Meinung. Ich glaube, ich werde mit ViniVittori eine Menge Spaß haben.«

»Zweifellos.« Perillo bemühte sich mannhaft, nicht mit den Zähnen zu knirschen. »In der Nacht, bevor Cesare verschwand, saßen Sie mit einem Freund in der Bar.«

»So ist es. Aus irgendeinem Grund ließ Cesare das Tablett fallen, sodass unsere Drinks sich über mich ergossen. Ich geriet in Rage und habe mich später bei Laura beschwert.«

»Es handelte sich also nicht um Cesares Reaktion auf etwas, das Ihr Freund, Sirio Reni, getan hatte?«

»Was soll er denn getan haben, das gerechtfertigt hätte, mich von oben bis unten vollzusauen? Reni tat es mit einem Lachen ab. Er ist ein gutmütiger Kerl. Er kommt morgen her, dann können Sie ihn selber fragen.«

»Ganz bestimmt. Vielleicht hatte Cesare ja herausgefunden, dass Sie derjenige sind, der sein Land kaufen wollte.«

»Ja, an diese Möglichkeit habe ich auch schon gedacht, aber das ist ja nun egal.« Er steckte die Serviette in seine Tasche und blickte auf seine goldene Armbanduhr. »Signori, ich muss los.« Er stand auf.

Daniele sprang auf, stellte aber die Aufnahme nicht ab. Der Maresciallo war sitzengeblieben.

»Noch ein paar kleine Fragen, Dottor Vittori«, sagte Perillo. »Haben Sie am Freitagmorgen, als Sie auscheckten, zufällig Signorina Benatis Handy auf dem Empfangstresen gesehen?«

»Ja. Ich habe meine Kreditkarte herausgesucht und dabei mein Handy auf den Tresen gelegt, neben ihrs. Als sie mir die Kreditkarte zurückgab, habe ich mir versehentlich ihr Handy gegriffen statt meines.«

»Hat sie Ihnen gesagt, dass es ihr gehört?«

Vittori verstaute seinen Laptop in einem Lederetui. »Das musste sie gar nicht. Ihre Handyhülle ist knallrosa.«

»Haben Sie es benutzt?«

»Natürlich nicht. Ich wusste ja gleich, dass ich das falsche Handy genommen hatte. Ihrs ist auch kleiner. Ich habe es zurückgelegt. Addio, Signori. Ich glaube nicht, dass wir uns wiedersehen.«

»Ich ziehe Arrivederci vor«, sagte Perillo. »Man weiß ja nie.«

Vittori warf Perillo einen finsteren Blick zu, bevor er sich davonmachte.

»Halten Sie ihn für verdächtig?«, fragte Daniele hoffnungsvoll.

Perillo schaute Vittori hinterher. »Ich würde ihn liebend gern ganz oben auf die Liste der Verdächtigen setzen. Er hatte die Gelegenheit. Er war am Freitagmorgen in Lauras Nähe und hätte die SMS leicht verschicken können, aber ist der Wunsch, aus Cesares Grundstück ein kleines Weingut zu machen, schon ein ausreichendes Mordmotiv?«

Laura hatte kein Motiv, dachte Daniele, *trotzdem steht sie ganz oben auf der Liste.* »Ich halte ihn für einen Mann, der sein Ziel mit allen Mitteln verfolgt und sich durch nichts davon abbringen lässt.«

»Das stimmt, Dani, aber eigentlich hat er auch genügend Geld, um sich woanders im Chianti Land zu kaufen.«

»Er kommt seit Jahren ins Hotel. Vielleicht fühlt er sich hier zu Hause.«

»Ein ›vielleicht‹ ist noch keine Tatsache, Daniele. Schauen wir mal, was wir noch alles herausfinden.«

Als sie den Poolbereich verließen, hörten sie jemanden rufen: »Da sind Sie ja, Maresciallo!« Beppe tauchte hinter einem Schuppen auf. »Ich bin gerade am Hotel vorbeigeradelt und sah Ihren Carabinieri-Alfa.« Er trug ein schwarzes Radfahrer-Outfit, kurze, knappe Hosen, ein hautenges T-Shirt mit dem in roter Farbe eingestickten Logo BEPPEINFO. »Ich hatte eigentlich Ihren Anruf erwartet.«

Perillo blieb stehen und blickte angestrengt auf seine Uhr; ein überdeutlicher Hinweis, wie wertvoll seine Zeit war.

»Hat Ihnen Nico nicht gesagt, dass ich eine Info für Sie habe?«

»Hat er, aber ich hatte erwartet, dass du aufs Revier kommst.«

Beppe zeigte mit dem Finger hinter sich. »Steht Dottor Vittori unter Verdacht?« Er lachte. »Das wäre eine super Schlagzeile für BeppeInfo. ›MULTIMILLIONÄR TÖTET BARKEEPER, WEIL ER IHM SEINE PRADAHOSEN VERSAUTE!‹«

Perillo schaute ihn verdutzt an.

»Klar habe ich von der Sache Wind bekommen, ich weiß, dass Cesare das Tablett fallen gelassen hat. Nadia hat mir am Freitag davon erzählt.«

»Woher kennst du Dottor Vittori?«, fragte Perillo.

»Ich kenne ihn, seit ich dem Hotel in der Touristensaison die Zeitungen liefere. Eins kann ich Ihnen sagen: Er gibt nie Trinkgeld. Also was nun, steht er unter Verdacht?«

»Nein.« Perillo schaute wieder auf seine Uhr. »Du hattest mir doch etwas zu sagen?«

»Nur unter der Bedingung, dass ich der Erste bin, der erfährt, dass Sie jemanden verhaftet haben.«

Perillo setzte sich in Bewegung. Daniele folgte.

»Kommen Sie schon, Maresciallo, haben Sie ein Herz«, rief Beppe. »Ich muss einen Blog zusammenbasteln. Daniele, bitte überzeugen Sie ihn, dass er mir einen Deal anbietet. Was ich gesehen habe, ist wichtig.«

Daniele schloss zu Perillo auf und flüsterte: »Das Motorrad.«

»Ah, ja«, sagte Perillo und warf seinem schlauen Brigadiere ein Lächeln zu. Er drehte sich um. »Es gibt etwas, wobei du mir helfen kannst, Beppe. Von Cesares Motorrad, einer 1972er Ducati, fehlt jede Spur. Vielleicht könntest du deine Leser bitten, uns bei der Suche zu unterstützen.«

Beppe klatschte in die Hände. »Eine Schatzsuche! Die werden begeistert sein. Bieten Sie eine Belohnung?«

»Gewiss doch, ein offizielles Dankeschön der Greve-Carabinieri. Und wenn die Information, mit der du jetzt endlich herausrückst, uns hilft, Cesares Mörder zu finden, werde ich dafür sorgen, dass das in jedem Bericht steht, den wir an die Medien schicken.«

Beppe machte eine Siegerfaust. »Mamma! Fantastisch. Das bringt mir Tausende von neuen Followern.«

»Und nun deine Information?«

Beppe brauchte einen Moment, um Luft zu holen. Aufregungen schnürten ihm immer den Brustkorb ein. Er schaute den Maresciallo und den Brigadiere an. Ihre Augen ruhten auf ihm. Als er wieder atmen konnte, richtete er sich zu seiner vollen Größe auf. Er würde den Moment genüsslich auskosten.

»Ich hatte am Freitag die Zeitungen geliefert, wie an jedem Morgen. Die internationale Ausgabe der *New York Times*, *La Nazione* und, weil es Freitag war, *Chianti Sette*. Nur ein paar Ausgaben, weil die meisten Gäste schon abgereist waren. Ich legte wie immer die Zeitungen auf den großen Tisch in der Eingangshalle und ging dann runter in die Küche, um mir eine Tasse Kaffee zu holen. Da hörte ich, wie Nadia dem Küchenchef von Cesares Zwischenfall mit dem Tablett erzählte. Ich blieb ein paar Minuten unten, weil ich merkte, dass ich bald pinkeln musste. Kaffee schlägt bei mir sofort durch. Als ich von der Toilette kam, sah ich Pietro hinter einer Säule. Ich sagte, ›Ciao, was machen Sie denn hier? Suchen Sie Cesare?‹. Aber er gab keinen Mucks; er ist weggehuscht, weg wie eine Maus, die eine Katze gesehen hat.«

»Hast du sonst noch jemanden gesehen?«, fragte Perillo.

»Nein. Ich bin gleich danach gegangen. Was ich gesehen habe, war doch wichtig, oder? Was hat Pietro von Cesare gewollt? Sie haben sich nicht vertragen. Das weiß jeder. Ich vertrage mich mit meinem Onkel auch nicht. Er meint, mein Blog wäre reine Zeitverschwendung. Wenn wir die Ducati finden, kann er sich seine Meinung in den Arsch schieben. Wie wichtig war jetzt meine Info?«

Perillo ging rasch zum Hotelausgang. Beppe hielt Schritt. »Du hast uns eine Information geliefert, die wir noch nicht hatten. Danke. Wie wichtig sie ist, wird sich noch herausstellen. Vergiss nicht, die Sache mit der Ducati bekannt zu machen. Wer immer sie findet, darf sie weder bewegen noch berühren, sondern muss es dem nächsten Carabinieri-Revier melden. Du hast unsere Telefonnummer. Veröffentliche sie in deinem Blog. Ich erteile dir hier eine wichtige Aufgabe. Deinen Lesern muss klar sein, dass sie diese Vorgaben befolgen müssen. Das Motorrad ist Beweismittel in einem Mordfall.«

»Mach ich, Maresciallo. Vielen Dank für Ihr Vertrauen.«

»Arrivederci, Beppe. Sei nicht so streng mit deinem Onkel. Er meint es bestimmt nur gut mit dir.«

Beppe stieg auf sein Fahrrad und trat in die Pedale.

Daniele schaute ihm hinterher. »Glauben Sie, dass Beppe uns die Wahrheit sagt? Er scheint ja förmlich um Aufmerksamkeit zu betteln.«

»Doch, ich glaube ihm. Auf BeppeInfo wird er sicher alles aufbauschen, um sich aufzuspielen. Aber nach allem, was ich über ihn gehört habe, ist er ein guter, einfacher Junge. Dass er in einem Mordfall jemanden belastet? Nein. So oder so reden wir morgen mit Pietro, dann wissen wir mehr. Ich weiß, du machst dir Sorgen um die Ducati. Na, vielleicht war es doch nicht so schlau, Beppe damit zu betrauen.«

Andererseits war Daniele stolz, dass er daran gedacht hatte.

»Wenn sie noch irgendwo da draußen ist, haben wir jetzt zusätzlich dreißig Leute, die nach ihr suchen. Und sobald seine Follower die Nachricht weiterverbreiten, werden es noch viel mehr sein.«

»Dieses Motorrad ist eine Menge Geld wert. Wer immer es findet, wird es sich unter den Nagel reißen.«

»Ich glaube, er wird eher versuchen, es zu verkaufen. Und dann erwische ich ihn.«

»Heilige Maria, spielt sich denn heute alles im Internet ab?«

»Mehr oder weniger.«

Perillo und Daniele stiegen gerade in ihren Alfa, als eine Frau vom Hoteleingang her rief: »Maresciallo, warten Sie!«

Perillo drehte sich um. Die Frau kam hastig auf ihn zu. »Buongiorno, ich bin Nadia, Lauras Assistentin. Sie wollten mich sprechen. Jetzt hätte ich Zeit.«

»Ah, ja, richtig.« Die Assistentin war eine attraktive Frau, wesentlich älter als Laura, was ihn überraschte. Er schätzte sie auf Mitte vierzig. Es war bestimmt nicht leicht, sich von einer Person Anordnungen geben zu lassen, die so viel jünger und noch dazu eine Frau war wie sie.

»Am Morgen, als Cesare Rinaldi verschwand, haben Sie zwischen neun und zehn Pause gemacht. Laura übernahm den Empfang. Ist das richtig?«

»Ja. Ich bin nach unten in die Küche gegangen, um zu frühstücken.«

»Wissen Sie, wohin Laura ging, nachdem Sie um zehn wieder übernommen hatten?«

»Sie sagte, sie bräuchte frische Luft und wollte einen Spaziergang machen. Sie wirkte etwas verstört.«

»Wann haben Sie sie wiedergesehen?«

»Als sie mich um halb zwei ablöste, damit ich zum Mittagessen gehen konnte.«

»Ein sehr langer Spaziergang.«

»Oh, nein, sie war schon viel früher wieder da. Sie war in ihrem Büro, als ich sie gegen zwölf wegen einer Rechnung anrief.«

»Haben Sie sie hereinkommen sehen?«

»Nein. Es gibt einen Hintereingang bei der Terrasse.«

»Haben Sie sie auf ihrem Handy angerufen?«

»Nein, über das Hoteltelefon.«

»Mögen Sie Ihre Chefin?«

»Sie ist eine sehr gute Managerin. Ich arbeite seit zwei Jahren hier. Manchmal ist sie launisch, manchmal auch unnötig schroff, aber mir ist klar, dass es nichts mit mir zu tun hat. Ja, ich arbeite gern mit ihr zusammen. Das Beste daran ist, ich muss mir keine Sorgen machen, dass sie nicht jedes Mal, wenn ich an ihr vorbeigehe, meinen Hintern angrabscht.«

»Danke«, sagte Perillo. »Keine weiteren Fragen für den Augenblick.«

»Da ich die Frühschicht habe, hatte ich nie Gelegenheit, Cesare richtig kennenzulernen. Er war ein netter Mann, und ich hoffe, Sie sorgen dafür, dass ihm Gerechtigkeit widerfährt.«

»Das hoffen wir auch«, sagte Perillo und stieg ins Auto.

Daniele saß schon bei laufendem Motor am Steuer; ihm gefiel ganz und gar nicht, was er soeben gehört hatte. Dass Laura einen Spaziergang gemacht hatte, war eine ziemlich schlechte Nachricht. »Maresciallo, vielleicht hat Nadia ja Pietro gesehen?«

»Ach, genau!« Perillo lehnte sich aus dem Fenster. Nadia war schon wieder zum Hotel losgegangen. »Entschuldigen Sie, Signorina Nadia, nur noch eine Frage.«

Nadia machte kehrt und blieb mit der geduldigen Miene einer Frau, die es gewohnt ist, mit den Marotten ihrer Mitmenschen klarzukommen, einen Meter vor dem Auto stehen. »Ja, Maresciallo.«

»Kennen Sie Cesares Neffen?«

»Ja, ich kenne Pietro. Er hing öfter im Hotel herum, wahrscheinlich, weil er mit Cesare sprechen wollte.«

»Hing er auch am letzten Freitagvormittag hier herum?«

»Ich habe ihn auf der Terrasse gesehen, als ich frühstücken ging. Ich fragte ihn, ob er irgendetwas wünsche. Er schüttelte den Kopf und ging weg. Gibt es sonst noch etwas?«

»Nein, vielen Dank.« Perillo lehnte sich zurück und schnallte sich an. »Gut mitgedacht, Dani«, sagte er, obgleich es ihn ärgerte, dass ihm nicht selbst eingefallen war, nach Pietro zu fragen. Als er hörte, dass Laura einen Spaziergang gemacht hatte, hätte er sich fast die Hände gerieben, denn es bestärkte ihn in seiner Meinung, die Mörderin gefunden zu haben.

Daniele fuhr den Alfa zum Hotelparkplatz hinaus. »Dass sie spazieren ging, muss nicht gleich bedeuten, dass sie ihn getötet hat«, sagte er.

»Zwei Stunden, damit hatte sie ausreichend Zeit, zur Kapelle nach Montagliari zu fahren, Cesare umzubringen und wieder zurückzukommen.«

Perillo sah, wie Danieles grimmiges Schweigen signalisierte: *Da bin ich ganz anderer Meinung!* Schnelles Handeln war geboten.

»Halt, Daniele! Wir müssen Lauras Wagen der Spurensicherung übergeben. Gut möglich, dass sie Nadia fragt, was sie uns alles erzählt hat.«

Daniele legte den Rückwärtsgang ein und fuhr wieder in die Parklücke, die sie eben verlassen hatten. »Maresciallo, bitte erlauben Sie, dass ich es ihr sage.«

Perillo erkannte, wie besorgt Daniele war. »Wenn du unbedingt willst.« Danieles einfühlsame Art würde den Schlag etwas abfedern.

»Danke, Maresciallo.«

Perillo dachte an Lauras Wutanfall in seinem Büro. Er verspürte eine Erleichterung, auf die er nicht stolz war.

Nadias Augen waren rotgerändert, als sie Daniele ins Büro der Hoteldirektorin führte. Laura schaute von ihrem Hauptbuch auf, in dem sie gerade die Eintragungen machte, auf denen Signora Lucchetti bestand. »Danke, Nadia. Mach dir keine Sorgen. Ich komme schon klar.« Sie wartete, bis ihre Assistentin aus dem Zimmer gegangen war, bevor sie sagte: »Womit kann ich Ihnen noch dienen, Brigadiere? Etwa mit einem Geständnis?«

Daniele drückte die Schultern durch und versuchte, sich seine Aufgewühltheit nicht anmerken zu lassen.

Laura erkannte sofort, dass der Brigadiere nervös war. Er wollte offensichtlich nicht hier sein – genauso wenig, wie sie ihn hier haben wollte. »Das war ein Scherz.« Sie lächelte. »Ich fürchte, ich habe kein besonderes Talent für Humor.«

»Verstehe, Signorina«, sagte Daniele.

Sarkasmus ist hier völlig unangebracht, ermahnte sich Laura. Der würde sie vor gar nichts schützen und erst recht nicht vor einer Mordanklage. Sie legte ihren Stift zur Seite, lehnte sich in ihrem Stuhl zurück und nahm wieder jene Rolle der Geschäftsführerin an, die ihr stets gute Dienste geleistet hatte. »Wie kann ich Ihnen helfen?«

»Die Spurensicherung in Florenz muss sich Ihr Auto ansehen.«

»Weil ich einen Spaziergang gemacht habe?«

»Ja, Signorina. Vielleicht sind Sie ja schon vor zwölf zurückgekommen? Hat jemand gesehen, dass Sie früher wieder hier waren? Das würde Ihnen helfen. Es ist alles eine Frage des Zeitpunkts.«

»Ach ja?«

»Es tut mir leid, Signorina Laura. Wir bringen Ihnen den Wagen so schnell es geht wieder zurück. Es tut mir aufrichtig leid.«

Lauras Finger wühlten in einem Haufen von Schlüsseln in einer Zinnschale. »Sie sind sehr liebenswürdig, aber es muss Ihnen nicht leidtun. Sie machen nur Ihren Job.« Sie zog ihre Autoschlüssel hervor.

Daniele zögerte. Dass sie so gefasst war, wunderte ihn. Er hatte einen neuen Wutanfall erwartet.

»Sie gehören Ihnen, Brigadiere. Ich begleite Sie zum Auto.« Daniele nahm die Schlüssel und folgte ihr durch den Hintereingang des Hotels.

Auf dem Parkplatz blieb Laura neben einem Renault stehen, einem grauen, wie Daniele erleichtert feststellte. Der Wagen, der an der Montigliari-Kapelle gesichtet wurde, war schwarz *oder blau* gewesen.

»Bitten Sie die Leute, ihn schonend zu behandeln«, sagte Laura. »Er ist zwölf Jahre alt.« Schon im Gehen fügte sie hinzu: »Er gehörte einmal einem Menschen, den ich liebte.«

»Ihrer Schwester?«

Laura wirbelte herum. »Woher wissen Sie, dass ich eine Schwester hatte?«

»Ich habe ihr Foto im Haus Ihrer Mutter gesehen. Sie waren sich sehr ähnlich.«

»Nein, sie war die Schönheit in der Familie, wie Ihnen das sicherlich auch mein Großvater mehr als einmal erzählt hat. Die Schönheit, und der Verstand. Sie sagten ›waren‹. Sie wissen, dass sie tot ist.«

»Ich habe es vermutet. Es tut mir leid. Es muss sehr schmerzlich für Sie gewesen sein.«

»Haben Sie Geschwister?«

»Ich bin ein Einzelkind.«

»Dann hatten Sie Glück.« Sie bemerkte, wie Daniele mit einem deutlich fragenden Blick auf ihr Auto starrte. »In der Nacht, als sie starb, fuhr sie den Wagen unserer Mutter.« Laura drehte sich um und ging zurück zum Hotel.

Nico lief vom Bahnhof Santa Maria Novella zur Piazza della Repubblica und erfreute sich des kühlen, sonnigen Vormittags. Er war mit Signora Lucchetti verabredet, der Besitzerin des Hotels Bella Vista, die ihn zu seiner Überraschung zum Lunch eingeladen hatte. Nico war früh aus Gravigna aufgebrochen und hatte sich beim Frühstück mit Gogol entschuldigt, dass er eher gehen müsse. Der hatte nur gebrummt, Notwendigkeit sei kein Vergnügen. Der Besuch bei der Signora war in der Tat eine Notwendigkeit, aber dass er die halbe Stunde Pause, die das Museo dell'Opera del Duomo seinen Fremdenführern zugestand, mit Stella teilen durfte, das würde ein reines Vergnügen sein.

Er erspähte Gilli, das Café, das Stella gewählt hatte, und setzte sich draußen an einen Tisch mit Blick auf die Piazza. Er war zum ersten Mal wieder in Florenz, seit er in die Toskana gezogen war. Ein paarmal war er mit Rita hier gewesen, wenn sie Tilde und Enzo in Gravigna besuchten. Die mittelalterliche Stadt mit ihren berühmten Piazze und den engen, dunklen Gassen war brechend voll mit Touristen; er hatte sich in der unerträglichen Hitze durch die Massen zwängen müssen. Rita hatte ihm freudestrahlend und voller Stolz die Schönheit der italienischen Kunst in den Museen und Kirchen gezeigt. Er erinnerte sich, wie willkommen ihm ein Kirchenbesuch gewesen war. Endlich ein kühler, ruhiger Ort, wo man sich hinsetzen kann, hatte er gesagt. Sie hatte ihn seufzend einen Ignoranten genannt. Was damals, als sie sich kennenlernten, auch stimmte. Ihr verdankte er, dass er am Ende nicht mehr ganz so unbedarft war.

Zwei Arme schlangen sich um seinen Hals. »Ciao, Zio Nico. Endlich hast du es mal geschafft zu kommen.« Sie küsste ihn auf beide Wangen und nahm neben ihm Platz. »Wo ist OneWag?« Ihr Englisch war so gut, dass sie seinen Namen richtig aussprach.

»Ich habe ihn bei Nelli gelassen.«

Stella nahm ihre Sonnenbrille ab und schaute Nico prüfend an. »OneWag liebt Nelli.«

Nico ignorierte die Anspielung und drückte ihr die Hand, glücklich, sie zu sehen, vor allem wegen ihres strahlenden Aussehens. Mit Ausnahme ihrer grünen Augen war sie eine jüngere Ausgabe von Tilde, mit dem gleichen blassen, ovalen Gesicht und dem dichten kastanienbraunen Haar. Sie hatte es wachsen lassen und heute zu einem ordentlichen Pferdeschwanz zusammengebunden. Die Traurigkeit, die sie während des letzten Jahres umgeben hatte, verschwand allmählich. »Du siehst großartig aus.« Sie trug einen hellgrünen Pulli mit U-Boot-Ausschnitt, der ihre Augenfarbe akzentuierte, und um den Hals einen dunkelblauen Seidenschal; beige Hosen mit Bündchen ergänzten das Ensemble. »Und elegant.«

»Du brauchst wohl eine Brille, und außerdem solltest du dich was schämen, dass einzig und allein ein Mord dich hierherführt.«

»Meine Augen sind noch vollkommen in Ordnung, und Mord ist mein Geschäft.«

Stella rümpfte die Nase. »Das klingt wie der Titel eines bescheuerten alten Spielfilms.«

»Da habe ich es wahrscheinlich auch her. Aber es macht mir einfach Spaß, Perillo bei seinen Ermittlungen zu helfen. Es gibt mir das Gefühl, etwas Sinnvolles zu tun. Wie du vielleicht noch weißt, warst du diejenige, die nicht wollte, dass ich dich hier besuche. Irgendwann habe ich aufgehört zu fragen.«

»Das war damals. Jetzt darfst du jeden Tag kommen und mich zum Mittagessen einladen.«

Während Stella sprach, verdunkelte ein grauhaariger Kellner die Sonne. »Was darf ich Ihnen bringen?«, fragte er Stella.

»Einen Aprikosensaft, zwei Tramezzini mit Thunfisch und Artischocken und später einen caffè macchiato.«

»Ich nehme einen Americano«, sagte Nico.

Der Kellner nickte und ging ihnen wieder aus dem Licht.

»Ich hoffe, es macht nichts, dass ich so viel bestellt habe«, sagte Stella. »Ich habe nachher keine Zeit zum Mittagessen. Die Bar Gilli ist zwar teuer, aber wenigstens ist es schön ruhig hier. Der Platz rund ums Duomo ist ein einziger Zoo. Wann kommst du mal zu mir ins Museum? Dann könntest du dir auch die restaurierten Originalportale des Baptisteriums ansehen.«

»Irgendwann. Du siehst glücklich aus, Stella.«

»Es wird langsam wieder. Der Job hat unheimlich geholfen. Ich liebe es, den Leuten die Augen für die Kunst zu öffnen. Dani ist mein Lieblingsschüler. Er kannte nur, was er in Venedig gesehen hat – Veronese, Tizian, Bellini, Tintoretto, alles wunderbare Maler, aber jetzt bestaunt er auch Raffael, Michelangelo, Leonardo. Ich hör mal hier auf. Rita hat dich sicher herumgeführt und dir alle unsere Schätze gezeigt, oder?«

»Und ob. Ich musste mir hinterher ein neues Paar Turnschuhe kaufen.«

Die Sonne verdunkelte sich erneut, als der Kellner ihre Bestellung auf den runden Metalltisch stellte. Die Rechnung steckte bereits unter Nicos Kaffeetasse.

»Danke«, sagte Stella und biss in ihr Tramezzino, ein dreieckiges Weißbrot-Sandwich ohne Rinde. Im Lauf der Zeit hatte Nico entdeckt, dass es sehr viel besser schmeckte, als es aussah.

»Daniele ist ein anständiger junger Mann«, sagte Nico. »Ich mag ihn sehr.«

Stella strich sich eine Locke aus der Stirn, die sich dorthin verirrt hatte. »Manchmal ein sehr junger Mann.«

»Ja«, gab Nico zu, nachdem er einen Schluck Kaffee getrunken hatte.

»Aber gerade das ist das Schöne an ihm. Er hat eine ganz reine Seele. Dani ist schüchtern, zurückhaltend und zugleich sehr zugewandt und sensibel.«

Wie gern ich das höre, dachte Nico.

Stella hatte ihr erstes Tramezzino verzehrt und schaute Nico an. »Findest du nicht auch?«

»Unbedingt. Ich glaube, du verleihst ihm Mut. Er zeichnet jetzt sogar Perillos Verhöre auf.«

Stella lachte und bedeckte ihren Mund mit der Hand. »Ich weiß.« Sie nahm einen Schluck Aprikosensaft. »Dani ist schuld, dass ich täglich an die drei davon trinke. Ich denke viel an ihn. Unsere Treffen fehlen mir. Es ist wunderbar, wenn ein Mann dir zuhört, dich schätzt und nicht ständig versucht, jemanden aus dir zu machen, der du nicht bist.«

»So sollte ein guter Freund ja auch sein«, sagte Nico. Ganz ahnungslos hatte Stella gerade Nelli beschrieben.

»Zuweilen frage ich mich, ob er mir nicht viel mehr bedeutet.« Stella nahm sich das zweite Tramezzino vor. »Ich weiß nicht. Ich habe keine Ahnung, welche Gefühle er für mich hat. Er hat noch kein einziges Mal versucht, Händchen zu halten, geschweige denn, mich zu küssen.«

»Auch er ist ein gebranntes Kind.«

»Ja, die hinreißende Rosalba. Er hat mir alles über sie erzählt. Eine widerliche Zicke. Manchmal denke ich, dass sie mir den

Weg zu ihm verbaut hat. Sie hat ihn zerstört. Er ist so verletzlich.«

»Er ist schon lange über sie hinweg.«

»Das sagt er jedenfalls. Ich habe nur Angst, wieder einen Fehler zu machen und uns beiden wehzutun.« Stella wischte sich mit einer kleinen Serviette die Hände sauber. »Wie steht's mit dir, Zio Nico? Bist du glücklich?« Sie verschränkte die Arme und stützte sich auf ihre Knie. »Mamma hat mir erzählt, dass du und Nelli nicht mehr zusammen sind.«

Nico spürte, wie Stellas große grüne Augen ihn durchbohrten. »Nelli hat einen Mann verdient, der sie ohne Wenn und Aber liebt. Das kann ich nicht.«

»Warum nicht?«

Der Kellner kam mit Stellas caffè macchiato, so dass sich Nico einen Moment für seine Antwort Zeit nehmen konnte.

Stella trank ihren Kaffee, den Blick immer noch auf Nico gerichtet.

Nico seufzte. »Ich habe das Gefühl, Rita gegenüber untreu, zu alt für die Liebe zu sein, und ich weiß nicht, welche Gefühle mich sonst noch bewegen. Ich habe mich ans Singledasein gewöhnt. Das Leben ist dann nicht so kompliziert.«

Stella rückte näher an ihn heran und küsste Nico auf die Wange. Er roch den Kaffee. »Lieber Zio, du bist, wie ihr Amis sagt, voller Bullshit.« Sie schaute ihn an. »Verzeihst du mir das, was ich gerade gesagt habe?«

Nico lächelte. »Natürlich. Inwiefern bin ich voller Bullshit?«

»Das weißt du doch ganz genau: Es sind gerade die Komplikationen, die das Leben lebenswert machen. Du hast nur Angst. Ich auch. Vielleicht sollten wir die Angst einfach überwinden und das Leben kompliziert machen.«

»Und was hältst du von folgendem amerikanischen Spruch, Stella bella: Leichter gesagt als getan?«

Stella legte den Kopf in den Nacken und lachte.

Dieses Lachen klang so glücklich, etwas, das er lange nicht mehr von einer Frau gehört hatte. Es fehlte ihm.

Dann stand Stella auf und zupfte ihren Schal zurecht. »Es tut mir leid, Zio Nico.«

Er erhob sich; gern hätte er noch länger mit ihr über die Komplikationen des Lebens gesprochen, und über die der Liebe.

»Ich muss wieder zur Arbeit.« Sie umarmten sich und gaben sich Küsschen auf die Wangen. »Danke für das Mittagessen. Nächstes Mal im Duomo-Museum.« Sie setzte ihre Sonnenbrille auf und machte sich auf den Weg. Im Gehen rief sie ihm noch zu: »Donatellos *Büßende Magdalena* ist wirklich atemberaubend. Ciao.«

Er winkte ihr zu. Vielleicht nächstes Mal. Mit Nelli.

Signora Lucchetti wohnte an einer großen Piazza neben der Kirche Santo Spirito. Für ihre Verabredung um eins war Nico noch etwas früh dran, darum schlenderte er auf dem Platz umher und betrachtete die Auslagen der Stände, die handgefertigte Ledertaschen, Keramik, alten Schmuck, kleine Antiquitäten, Möbel aus zweiter Hand und farbenfrohe Vintage-Kleider feilboten. Vielleicht fand er hier etwas für Tilde. Einige Händler waren schon dabei, ihre Ware wieder einzupacken. Als er am Ende kehrtmachte und den Weg wieder zurückging, fiel ihm ein Tisch mit Keramik ins Auge. Die Verkäuferin, eine junge Schwarze, lächelte ihn an, als er stehenblieb und ihr Angebot betrachtete. »Die sind gerade erst gestern aus dem Brennofen gekommen. Das Geschäft lief gut heute Vormittag. Ich habe nur noch ein paar Stücke übrig. Nächste Woche ist wieder mehr da.«

Er erwiderte ihr Lächeln. »Ich wohne nicht hier.« Sein Blick fiel auf einen großen grauen Becher mit schmalen blauen Längsstreifen. »Da passt eine Menge Bier rein«, sagte die Frau.

Nico schwebte eine andere Verwendung dafür vor; er kaufte ihn. Am Blumenstand suchte er einen kleinen Topf mit Astern aus, mit dem er sich bei seiner Gastgeberin für das Mittagessen bedanken wollte.

»Wie reizend von Ihnen«, sagte Signora Lucchetti, die auf ihrem mit Brokat bezogenen Sessel in der Mitte eines großen Raumes saß, umgeben von Bücherregalen und einer riesigen Sammlung alter Majolika-Keramiken. Nico hatte unten auf dem Markt Majolika-Scherben gesehen, die zum Verkauf angeboten wurden. Die kleine, elegante, perfekt frisierte Frau hatte eine erstaunlich durchdringende Stimme für eine über Achtzigjährige. »Ich hatte für die Beantwortung von ein paar Fragen über den armen Cesare doch keine Blumen erwartet.«

»Und ich hatte keinen Lunch dafür erwartet, dass ich sie stellen darf«, sagte Nico laut, da er vermutete, sie sei schwerhörig.

In Signora Lucchettis wasserblauen Augen lag ein Lächeln, als sie nach ihrer zweireihigen Perlenkette tastete, die sie über einem perlgrauen Pulli trug, in der Farbe ihrer Haare. Sie trug einen Rock in einem dunkleren Grau, dazu passende graue Stützstrümpfe und schwarze Oxfordschuhe.

Eine Frau aus einer anderen Epoche, dachte Nico, der verlegen mitten im Zimmer stand und nicht wusste, ob er ihr den Topf mit den Astern überreichen oder ihn auf einem der vielen im Raum verteilten Tischchen abstellen sollte. Den verpackten Becher hatte er in der Eingangshalle gelassen.

»Es ist mir ein Vergnügen, meine Mahlzeit mit einem Mann zu teilen«, sagte Signora Lucchetti. »Oder offengestanden überhaupt mit einem guten Menschen. Ab und zu kann ich eine meiner Freundinnen überreden, sich an meinen Tisch zu setzen, aber sie bevorzugen, wie auch ich, die Bequemlichkeiten ihres eigenen Heims. Das macht das Alter mit uns.« Sie wandte sich abrupt der Frau in einer Dienstmädchenuniform zu, die Nico hereingeführt hatte und jetzt neben der großen Flügeltür zur Halle stand. »Adele! Bring die Blumen in die Küche. Sie brauchen bestimmt Wasser.«

Nico ging Adele entgegen und übergab ihr den Topf.

Signora Lucchetti winkte ihn heran. »Kommen Sie bitte her und setzen Sie sich zu mir. Das Summen meines Hörgeräts ist mir unerträglich, darum müssen Sie bitte laut und deutlich sprechen. Auf dem Sofa sind Sie in meiner Nähe und haben zugleich einen guten Blick auf die Kirche.«

Nico ging über den breiten Perserteppich zu einem blassblauen Sofa mit Seidenbezug und setzte sich an dessen Ende.

Signora Lucchetti nickte zustimmend und betrachtete die zweigeteilte Aussicht durch die beiden hohen Fenster. »Ich empfinde die Schlichtheit der Fassade als tröstlich. Als junges Mädchen habe ich es unendlich bedauert, nicht hübsch zu sein. Meine Mutter bemühte sich, mich mit Engelszungen zu überzeugen, dass nur meine inneren Werte zählten. Als Beispiel hielt sie mir die Kirche vor. Außen schlicht, aber im Inneren birgt sie die Schönheit Gottes.« Sie faltete ihre Hände auf dem Schoß. »Ich denke, wir sollten die traurige Angelegenheit um Cesares Tod vor dem Mittagessen erledigen. Sie als Amerikaner hätten wahrscheinlich gern einen Drink? Ich habe Whiskey da. Ich nehme immer einen kleinen Schluck vor dem Zubettgehen. Nach meiner Erfahrung fördert das den Schlaf.«

»Nein, vielen Dank, Signora.«

»Maresciallo Perillo hat mir beteuert, dass Sie ihm dank Ihrer Kompetenz und Erfahrung eine unschätzbare Hilfe sind. Er bat mich, mit ihnen so offen zu reden wie mit ihm. Das tu ich gern, obwohl ich mir nicht vorstellen kann, dass ich irgendetwas beizusteuern hätte, das Ihnen weiterhelfen könnte.« Sie lehnte sich zurück, hob das Kinn und schaute Nico an.

Nico beugte sich zu ihr vor: »Wie kam es dazu, dass Sie Cesare als Barkeeper einstellten?«

»Der Barkeeper, der für meinen Vater, Gott sei seiner Seele gnädig, gearbeitet hat, sagte, als ich das Hotel übernahm, er wolle sich nicht von einer Frau herumkommandieren lassen, besonders nicht von einer resoluten um die vierzig. Na, wenigstens wartete er bis zum Ende der Saison, bevor er ging. Wahrscheinlich hatte Cesare Wind davon bekommen; er spazierte eines Tages herein und bewarb sich um die Stelle. Er behauptete, in Deutschland als Barkeeper gearbeitet zu haben. Vielleicht stimmte das. Mir war es egal. Ich hatte mir schon ein gutes Buch über Barkeeping besorgt, für den Fall, dass ich hätte einspringen müssen. Ich drückte Cesare das Buch in die Hand und stellte ihn ein. Wissen Sie, er sah damals sehr gut aus. Ich habe immer gutaussehendes Personal angeheuert. Das hebt die Stimmung in einem Hotel, genau wie es schöne Blumen tun.«

»Haben Sie irgendetwas über sein Privatleben erfahren?«

»Er hing sehr an dem Grundstück, das sein Vater ihm vermacht hatte, und kümmerte sich um das Weingut, das sein Vater angelegt hatte. Jeden Tag noch vor der Arbeit machte er sich dort zu schaffen. Es war ein kleines Gut, das gerade mal genügend Wein für den Hausgebrauch abwarf. Ich bekam von ihm jedes Jahr ein paar Flaschen. Der Wein war nichts Besonderes, das muss man leider sagen, aber er war stolz darauf. ›Vino locale‹ nannte er ihn, ohne sich die Mühe zu machen, ihn mit einem Etikett zu versehen. Es war merkwürdig, dass sein Vater ihm das Land vermachte, da er ja der jüngere Sohn war. Ich muss wohl mal eine Bemerkung darüber gemacht haben, ich weiß nicht mehr genau, was ich sagte, aber an seine Antwort erinnere ich mich sehr genau: ›*Mein Vater hatte einen Sohn, der seinen Weg im Leben noch nicht gefunden hatte.*‹ Es gab Gerüchte, dass er schwul wäre, und vielleicht glaubte sein Vater das auch und missbilligte es. Andererseits war Cesare viele Jahre fort gewesen. Vielleicht hatte ihm der Vater das Land vererbt, damit er wieder in der Heimat verwurzelt wäre.«

»Hatte er Freunde?«

»Ich weiß von keinen. Er war introvertiert und trotzdem bei den Gästen sehr beliebt. Er besaß die Gabe, Verständnis aufzubringen. Es gab Gäste, die nächtelang auf ihrem Barhocker festsaßen und sich bei Cesare ihren Kummer von der Seele redeten. Er erzählte ihnen gern, dass er hinter dieser Bar stand, seit er achtzehn war, was natürlich Unsinn ist. Ich glaube, er wollte einfach, dass es so gewesen wäre. Seine Jahre in Deutschland waren bestimmt nicht leicht gewesen. Ich habe ihn einmal gefragt, ob er schwul sei. ›*Spielt das eine Rolle?*‹, hatte er entgegnet.« Signora Lucchetti blickte nachdenklich zu der mit Fresken verzierten Zimmerdecke hoch.

Nico wartete einen Moment, bevor er fragte: »Was haben Sie ihm geantwortet?«

Sie senkte den Blick wieder auf Nico. »Ich habe geantwortet: ›*Es spielt eine Rolle, weil ich dich liebe.*‹ So war es auch. Er dankte mir und sagte, er fühle sich geschmeichelt, aber er liebe immer noch jemand anderen. Ich weiß nicht, ob es eine Frau oder ein Mann war oder ob er es nur sagte, um jede Hoffnung, die ich vielleicht hegte, im Keim zu ersticken.«

Nico wusste nicht, was er sagen sollte.

Ein glockenhelles Lachen der Signora Lucchetti brach das Schweigen. »Da sitze ich hier, in Gegenwart eines Fremden, und gebe all meine Geheimnisse preis wie ein Backfisch. Ich sollte mich schämen, aber ich tu es nicht. Eines der Privilegien meines Alters ist ja, dass man sich nicht mehr darum schert, was die Leute von einem denken. Ich habe jetzt großen Appetit und Sie sind vermutlich auch schon am Verhungern. Haben Sie weitere Fragen, oder darf ich Adele sagen, dass sie die Tortellini in die Brühe werfen kann?«

»Sie haben Laura Benati eingestellt und ihr zwei Jahre später die Geschäftsführung übertragen. Offensichtlich halten Sie viel von ihr. Was können Sie mir über ihr Verhältnis zu Cesare sagen?«

Signora Lucchetti griff auf einem Beistelltisch nach einer silbernen Glocke und klingelte. »Ich antworte Ihnen, wenn wir die Suppe essen. Ich habe Hunger.«

Adele tauchte in der Tür auf. »Ja, Signora?«

»Wirf!«, befahl Signora Lucchetti. Adele verschwand wieder und Signora Lucchetti hielt Nico die Hand hin. Nachdem er ihr aufgeholfen hatte, hakte sie sich bei ihm ein. »Da lang«, sagte sie und zeigte auf eine weitere Tür am anderen Ende des Raums.

Mit ihrer Antwort auf Nicos Frage wartete sie dann doch nicht bis zur Suppe. Während sie sich mit langsamen, kleinen Schritten zum Esszimmer begaben, sagte sie: »Cesare kannte

Laura, seit sie ein Kind war. Er schlug mir vor, sie einzustellen. Ich glaube, er wollte ihr helfen. Sie erzählte mir, dass es ihr schwer zu schaffen mache, sich mit dem Verlust ihrer Schwester abzufinden, die ein paar Monate zuvor ums Leben gekommen war. Sie wollte sich in die Arbeit stürzen. Ich war mir nicht sicher, ob sie die emotionale Kraft besaß, sich der stressigen Arbeit und den vielen Nörgeleien der Gäste zu stellen, aber Cesare beteuerte mir, sie sei die richtige Frau für den Job. Und er hatte recht. Ich habe immer gedacht, dass sie einander so nahestanden, weil jeder die Verletzungen des anderen wahrnahm.«

Als sie den ovalen Esstisch erreichten, löste sie sich von Nicos Arm. »Danke. Ich bin durchaus in der Lage, allein zu gehen, aber sich bei einem Mann unterzuhaken ist vergnüglicher.«

Nico rückte ihr den Stuhl am Kopf des Tisches vor. Nachdem er sich vergewissert hatte, dass sie saß, nahm er zu ihrer Rechten Platz. Er kam sich vor wie zwischen den Kulissen eines Historienfilms. Die Wände in diesem Raum waren mit goldenen Seidengobelins und Landschaftsgemälden in schweren vergoldeten Rahmen behangen. Über den Tisch war eine weiße Decke mit Stickereien gebreitet – eine Spezialität florentinisches Kunsthandwerks –, darauf standen eine weiße Schale mit einer weißen Orchidee, Teller mit Blumenmuster, glänzendes Silberbesteck und Wein- und Wasserbecher aus geätztem Glas, einer weiteren toskanischen Kunst. Die Wassergläser waren bereits gefüllt. Eine zierliche Karaffe enthielt Rotwein. Er hoffte, dass seine Tischmanieren Signora Lucchettis Ansprüchen genügten.

Kurz darauf kam Adele mit einer heißen Suppenterrine herein. Mit ihrer freien Hand servierte sie erst Signora Lucchetti, dann Nico zwei Kellen der Brühe mit Tortellini.

Signora Lucchetti wies auf eine kleine Silberschale, die vor ihr stand. »Bitte nehmen Sie sich Parmesan. Ich mag sie lieber ohne. Und schenken Sie sich bitte Wein ein. Ich nehme nur ein Glas zum Abendessen.«

»Danke.« Nico bediente sich und fragte: »Und Sie haben es nicht bereut, Laura angestellt zu haben?«

»Nie. Ich kann mich an meinem wunderschönen Heim erfreuen und muss mir keine Sorgen um das Hotel machen. Natürlich habe ich ihr das Hotelhandwerk beigebracht, aber da hat sie auch Cesare viel zu verdanken. Sie haben einander vertraut. Vertrauen ist das A und O jeder Beziehung. Finden Sie nicht auch?« Sie hielt inne und nahm einen Löffel von ihrer Suppe.

»Ja.« Nico folgte ihrem Beispiel.

Nachdem sie sich zweimal den Mund mit ihrer Spitzenserviette abgetupft hatte, fragte sie: »Hat man die Ducati gefunden?«

»Noch nicht. Wir suchen sie noch.«

»Wie schade.« Sie unterbrach sich, um wieder einen Löffel zu Mund zu führen. »Sie war ein geliebtes Besitzstück meines Gatten. Nach seinem Tod stand sie jahrelang im Keller herum. Ich weiß gar nicht mehr genau, warum ich sie nicht weggegeben habe. So sehr hatte ich gar nicht an Iacopo gehangen. Ein paar Freunde meines Mannes fragten mich sogar, ob sie mir die Ducati abkaufen könnten.« Sie schaute zu Nico hoch und ihre Wangen kräuselten sich zu einem Lächeln. »Ich bin so froh, sie letztlich behalten zu haben. Ich habe sie Cesare geschenkt, kurz bevor ich Laura kennenlernte. Er lebte schon seit einigen Wochen wie unter einer schwarzen Wolke. Er hatte kein Auto; irgendwas war damit passiert, ich weiß nicht mehr genau, was. Cesare die Ducati zu schenken und Laura einzustellen waren die besten Entscheidungen meines Lebens. Bitte suchen Sie weiter nach der Ducati. Er wäre am Boden zerstört, wenn er wüsste, dass sie unauffindbar ist.«

Nico hatte sich schon gefragt, wie Cesare sich ein so teures Motorrad hatte leisten können. »Wir bemühen uns.«

»Er hat diese Ducati so geliebt, dass er mit ihr begraben werden wollte. Gibt es denn schon einen Beerdigungstermin?«

»Nein. Seine Leiche ist noch nicht freigegeben.« Nico wollte gerade eine nächste Frage stellen, als er unter dem Tisch einen Summton hörte.

Sofort erschien Adele und räumte ihre leeren Suppenteller und Löffel ab.

Nico wartete, bis sie wieder fort war, dann fragte er: »Hat er je über die Jahre seiner Abwesenheit gesprochen? Hat er erwähnt, wo er gewesen ist?«

»Er sagte lediglich, er habe als Barkeeper in Deutschland gearbeitet, und das war, als ich das Einstellungsgespräch mit ihm führte. Ich habe ihn dann noch ein paarmal gefragt, aber es war klar, dass er über diese Jahre nicht sprechen wollte. Ich nahm an, er schämte sich, seine Familie so lange im Stich gelassen zu haben.« Sie lehnte sich in ihrem Sessel zurück und holte tief Atem. »Ich habe schon lange nicht mehr so viel geredet. Ich hoffe, Sie sind mit Ihren Fragen am Ende.«

»Ja. Vielen Dank, dass Sie sie beantwortet haben.«

»Sehr gern.« Sie richtete sich wieder auf. »Konzentrieren wir uns nun auf das gute Essen, das Adele uns bringt: Kalbsscallopine in Zitronen- und Kapernsauce mit in Butter geschwenkten Bohnen. Darum hatte ich gebeten. Aber die Nachspeise wird eine Überraschung für uns beide sein.«

Nico kam nachmittags um halb fünf nach Gravigna zurück, parkte den Wagen und winkte Sandro und Jimmy zu, als er am Café vorbeiging. Während er die Piazza überquerte, machte das Rentnerquartett gestikulierend auf sich aufmerksam. Nico hatte es eilig, in Nellis Studio zu kommen, vorgeblich nur, um OneWag abzuholen.

»Gibt's was Neues?«, rief Gustavo. Er trug zum Schutz vor der plötzlichen Kälte einen zerknautschten Filzhut und einen Mantel.

»Noch nicht.« Nico lief weiter.

»Sie ist nicht da«, ließ sich eine andere Stimme vernehmen.

Nico blieb wie angewurzelt stehen und drehte sich zu den vier Männern um. Ettore, fest eingemummelt in zwei Pullover und eine Strickmütze, erwiderte seinen Blick mit einem zufriedenen Grinsen. Es gefiel ihm, Bescheid zu wissen.

»Wer ist nicht da? Tilde?«

Ettore zeigte mit dem Finger auf den Friedhof. »Sie hat den Hund mitgenommen.«

Also Nelli. Was machte sie da? Ihre Eltern waren in Panzano begraben.

Sobald Nico am Tor ankam, rannte OneWag unter fröhlichem Kläffen auf ihn zu. Nico hob ihn auf. Der Hund roch nach Terpentin. Nelli stand vor Ritas Grab. Sie trug ihre übliche Malerkluft; ein großes rotes Tuch bedeckte ihre Schultern. Als sie Nico sah, ging sie ihm langsam auf dem Kiesweg zwischen den Gräbern entgegen. Sollte er sie fragen, was sie hier tat, würde sie es ihm sagen, selbst wenn er sie für albern hielt. »Ciao, Nico, wie war dein Besuch bei Stella?«

»Schön.« Er fuhr mit der Hand durch OneWags Fell. »Wie war dein Tag?«

Sie stand jetzt vor ihm und schaute zu ihm auf. Ihr langer grauer Zopf baumelte über ihrer Schulter, ihr Gesicht war ernst und leuchtend zugleich. Nico verspürte den Wunsch, sie in die Arme zu schließen. Stattdessen wurde OneWag geknuddelt.

»Mein Tag war sehr produktiv, ich habe das Porträt deines wunderbaren Hundes fertiggestellt. Ich bin stolz darauf. Ich glaube, es ist mir gelungen, seine Hundeseele einzufangen.«

OneWag wand sich und Nico setzte ihn ab. Er ließ sich zwischen den beiden nieder und schaute auf, um zu sehen, wie es jetzt weiterging. »Ich kaufe es unbesehen«, sagte Nico.

»Das geht nicht. Es kommt in meine nächste Ausstellung, und es ist unverkäuflich.«

War sie ihm böse? »Hast du meine SMS bekommen, wegen des Abendessens morgen?«

»Habe ich. Danke. Ich würde zum Essen lieber ausgehen.«

Verdammt! Er hatte auf mehr Privatsphäre gehofft, auf die Gelegenheit, endlich den dichten Nebel, der zwischen ihnen hing, zu vertreiben und über ihre unterschiedlichen Erwartungen zu sprechen. Sie wollte offenbar nicht, dass sich dieser Nebel lichtete. Sie war es, die sich nicht mehr mit ihm treffen wollte, die gesagt hatte, ihre Beziehung sei zu verstörend für sie. Als er sie bat, das genauer zu erklären, hatte sie erwidert, sie sei es leid, weiter über sie beide nachdenken zu müssen.

»Sotto Il Fico wäre herrlich«, sagte Nelli. »Ich liebe das Essen dort, und Tilde hat mir erzählt, dass sie deine Hilfe jetzt nicht mehr benötigt; wir können also draußen sitzen und die Lichter der Nacht genießen. Wenn es kalt ist, ziehen wir uns eben dicker an.«

»War das Tildes Idee?«

»Nein, ganz allein meine. Ich glaube, wir sollten uns lieber auf neutralem Gebiet zum Essen treffen.« Sein Haus würde zu viele Erinnerungen an die Zeiten wecken, als sie gegenseitig ihre nackten Körper erkundet hatten. Das würde nur ihren Vorsatz schwächen, ihm zu widerstehen. Sex würde gar nichts klären.

Nico streichelte ihr die Wange. »Wenn du das willst, okay, obwohl ich mir nicht sicher bin, dass Tildes Restaurant neutrales Gebiet ist. Sie hat mir mächtig zugesetzt.«

Nelli entzog sich seiner Berührung. »Es ist ein Ort, an dem wir uns beide willkommen fühlen.«

»Also dann um acht?«

»Perfekt.«

Nico streifte mit seiner freien Hand die kleine Tüte vom Arm und hielt sie ihr hin. »Ich dachte, es würde dir vielleicht gefallen. Ich habe es auf dem Markt an der Piazza del Carmine gefunden.«

Nelli wickelte das Geschenk schnell aus und wendete den großen Becher zwischen den Händen. »Er ist wunderschön. Vielen Dank.«

»Ich dachte, du könntest ihn für deine Pinsel nehmen.«

Nelli beugte sich vor und küsste ihn auf die Wange. »Sotto Il Fico, morgen um acht. Ciao.« Sie bückte sich, kraulte OneWag einmal am Kopf und verließ den Friedhof.

Nico ging zu Ritas Grab hinüber. Ein kleiner Topf mit rosa Dahlien stand neben seiner Vase mit den unbeholfen arrangierten Chrysanthemen. »Nelli ist eine gute Frau«, sagte er im Stillen zu Rita. »Ich mag sie sehr.«

OneWag wedelte zustimmend einmal mit dem Schwanz.

ZEHN

Gogol richtete seinen fragenden Blick auf Nico, der gerade einen Schluck von seinem Americano nahm. Sie saßen an ihrem gewohnten Tisch an der halb geöffneten Terrassentür des Cafés. Der Himmel draußen war grau und ein kalter Wind wirbelte Blätter über die Piazza.

Nico setzte seine Tasse ab und erwiderte Gogols Blick. »Na los, ich höre.« Sandro und Jimmy standen beide hinter dem Tresen und kümmerten sich um die Stammgäste des frühen Morgens.

»›Nicht der Verachtung bin ich mir bewusst, nur des Leids für euch Geplagte.‹ ›In Weibes Sinn der Liebe Glut verzehre, nährt Druck sie nicht und Äugeln früh und spat.‹«

Diesmal verstand Nico die Anspielungen auf Anhieb. Verzweifelt stöhnte er auf. »Immer gibst du mir die Schuld.« Er beugte sich über den Tisch und sagte es so leise, dass niemand anders es hören konnte: »Ich bin ja nicht der Einzige, der nicht der Liebe Glut nährt. Welches Zitat des illustren Poeten hast du denn für Nelli parat?«

Gogol kicherte. »›Tu auf den Sinn und halte drin beschlossen, was ich dir kund will tun.‹« Er biss von seinem Speck-Crostino ab, kaute gemächlich und ließ Nico warten.

»Während du dir etwas zauberhaft Schmeichelhaftes für sie ausdenkst, lass mich etwas zu meiner Verteidigung sagen. Ich habe deine Freundin gestern Abend gesehen. Ich habe ihr ein Geschenk aus Florenz mitgebracht. Wir gehen heute Abend essen. Das sollte dich fürs Erste zufriedenstellen.«

Gogol ließ den Rest seines Crostinos auf den Boden fallen, wo OneWag schon darauf wartete. »Zu der glanzerhellten Dame sagte ich: ›Hier heißt es allen Argwohns dich entschlagen.‹«

»Danke. Schön gesagt.«

Gogol schaute Nico vielsagend an.

Nico lachte, mit einem Mal war ihm wohler. »Ich weiß, das gilt auch für mich.«

»*Ehi!*« rief ein Mann vom Tresen her. »Ciao, Salvatore.«

Nico schaute zum Eingang hinüber. Perillo, in Jeans und Lederjacke mit geschlossenem Reißverschluss, betrat das Café. Er winkte dem Mann am Tresen zu, der ihn gegrüßt hatte, gab bei Jimmy eine stumme Bestellung auf, indem er zwei Finger hob, und schlenderte zu Nicos und Gogols Tisch hinüber. »Buongiorno, Signor Gogol. Ich hoffe, es geht Ihnen gut heute Morgen.«

»Fürs Erste.«

OneWag unter dem Tisch schnüffelte an Perillos Schuhen. Tabak. Kein Essen.

»Ciao, Perillo«, sagte Nico. »Was führt Sie her?«

Perillo zog sich einen Stuhl heran und nahm Platz. »Ein ausstehender Bericht über Signora Lucchetti.«

»Ich dachte, es könnte bis heute Morgen warten.« Gestern Abend hatte er an andere Dinge gedacht.

»War das Mittagessen gut?«

»Sehr, es wurde sogar mit einem Dessert gekrönt, von dem ich noch nicht einmal gehört hatte.«

Sandro brachte Perillos doppelten Espresso. »Was könnte das für ein Dessert gewesen sein?«

»Eine Kugel Kastanienpüree mit Schlagsahne.«

Sandro stellte Perillo den Kaffee hin. »Das ist ein Mont Blanc. Monte Bianco ist der höchste Berg der Alpen.«

»Das Dessert war erstaunlich luftig und leicht, ein reiner Genuss.«

»Ich mag keine Kastanien«, erklärte Gogol und hüllte sich tiefer in seinen Mantel. »Sie kündigen dunklere Tage und bittere Kälte an.«

»Das stimmt zwar«, sagte Perillo, »aber geröstet schmecken sie gut.« Er blickte zu Sandro auf. »Wir müssen uns unterhalten. Kommen Sie heute oder morgen aufs Revier.«

»Nein.« Sandro setzte sich Perillo gegenüber. »Ich habe Ihnen nichts zu sagen, Salvatore.« Er faltete die Hände auf dem Tisch. »Letzten Freitag war Jimmy immer noch in Florenz und ich stand daher den ganzen Tag hier im Café, von morgens um sechs bis abends um neun, als wir schlossen.« Seine Augen blieben auf Perillos gerichtet. »Wenn Sie mir nicht glauben, fragen Sie alle meine Stammkunden, zu denen auch Nico gehört. Ich mag ein besitzergreifender, eifersüchtiger Mistkerl sein, aber ein Mörder bin ich nicht. Kann ich Ihnen einen Grappa für den doppelten Espresso anbieten, der schon kalt wird?«

»Ist das gerade ein Bestechungsversuch an einem Polizeibeamten?«, fragte Perillo, der so tat, als sei er beleidigt. In Wirklichkeit bewunderte er Sandros Chuzpe.

»Ich biete lediglich einem Mann, der seit vielen Jahren ein guter Kunde ist, einen Grappa aufs Haus an.«

»Danke, Sandro«, sagte Perillo, nachdem er seine Espressotasse in drei Zügen geleert hatte. »Ich komme ein andermal auf Ihr Angebot zurück.«

»Wann immer Sie wollen.« Sandro stand auf und begab sich erhobenen Hauptes zurück hinter seinen Tresen.

Perillo wandte sich wieder Nico zu. »Ich streiche Sandro erstmal von der Liste. Hatte Signora Lucchetti außer einem guten Mittagessen noch irgendetwas Interessantes aufzutischen?«

»Sprechen wir später darüber.« Das Café begann sich zu füllen.

»Gute Idee. Ich habe auch Neuigkeiten.«

Gogol drehte sich langsam um und sah Perillo ins Gesicht. »›Auf einen Ort allein den Sinn nicht richte.‹«

Perillo fühlte sich kritisiert und entgegnete stirnrunzelnd den Blick des alten Mannes: »Woher wollen Sie wissen, wohin mein Sinn sich richtet?«

Der Anflug eines Lächelns blitzte in Gogols Gesicht auf, ohne dass zu erkennen war, wie sehr es ihm gefiel, seine Mitmenschen zu überraschen. »Es ist für jeden ein guter Rat.«

»Das allerdings.« *Besonders für einen Polizeibeamten*, dachte Perillo, obwohl sein Wunsch, die Ermittlungen abzuschließen, die Sache erschwerte. Er erhob sich. »Auf mich wartet ein weiterer Ausflug nach Castellina. Arrivederci, bis zum nächsten Mal.«

Nico begriff, dass Castellina einen Besuch bei Pietro bedeutete. »Dann eine erfolgreiche Fahrt.«

An der Tür hielt sich Perillo die Hand ans Ohr.

Nico nickte.

Gogol langte über die Tischplatte und tätschelte Nicos Hand. »›Nun ist die Zeit, dem dunklen Walde zu entkommen.‹«

Nico tätschelte zurück. »Das sehe ich genauso.« Er stand auf und griff nach seiner Brieftasche. Perillo war gegangen, ohne zu zahlen. »Bis morgen.«

Gogol erhob sich langsam und antwortete mit seinem üblichen Spruch:

»Bis morgen, so ich lebe.«

»Du wirst leben.«

Nico saß in seinem unbequemen Fiat 500, den er hinter dem Café geparkt hatte, und griff zum Handy. OneWag machte sich unerlaubterweise auf dem Beifahrersitz breit.

»Ciao, bitte stellen Sie mich laut, damit Daniele erfährt, was für ein Pfennigfuchser sein Chef ist.«

»Getan«, sagte Perillo, »aber ich habe Brigadiere Donato verboten zuzuhören. Sollte er sich dem Befehl widersetzen, darf er künftig keine Tonbandmitschnitte mehr machen.«

»Sie schulden mir inzwischen acht doppelte Espressi.«

»Ich zahle, wenn die zehn voll sind.«

»Wer's glaubt! Also, zu meinem Bericht über Signora Lucchetti. Es war Cesare, der darauf bestand, dass sie Laura einstellte, obwohl sie Bedenken hatte, inwieweit Laura der Aufgabe gewachsen wäre. Ihrer Ansicht nach standen die beiden sich so nahe, weil jeder die Verletzungen des anderen erkannte.«

»Laura hatte eine Schwester verloren«, sagte Perillo. »Was waren Cesares Wunden, hat sie das gesagt?«

»Der Verlust einer Liebe, glaube ich. Es beunruhigte sie, dass wir die Ducati noch nicht gefunden haben. Die gehörte früher ihrem Mann. Signora Lucchetti hat sie Cesare geschenkt, als irgendwas mit seinem Auto passiert war.«

Perillo stieß einen Pfiff aus. »Ein äußerst großzügiges Geschenk.«

»Sie war in ihn verliebt. Sie bittet uns dringend, die Ducati zu finden, damit er mit ihr beerdigt werden kann. Wann wird seine Leiche freigegeben?«

»Die haben sich noch nicht gerührt. Hat sie sonst noch was gesagt?«

»Das war's, mehr oder weniger«, sagte Nico. »Was gibt's Neues über Pietro?«

Perillo überließ es Daniele, Nico zu informieren.

»Pietro war also an dem Morgen im Hotel.« Nico drehte sich zur Seite, um seine Beine aus dem Wagen zu strecken. »Das ist interessant. Ich bin froh, dass Beppe den Weg zu Ihnen gefunden hat.« Er bemühte sich, nicht vorwurfsvoll zu klingen. Perillo war in letzter Zeit entweder nachlässig oder schlicht faul geworden. Langsam vermisste Nico die Autorität, die ihm einst seine Dienstmarke als Detective verliehen hatte.

Perillo war Nicos Unterton nicht entgangen. »Ich weiß. Ich hätte auf Sie hören und Beppe sofort anrufen sollen. Abgesehen von allem anderen hätte uns das eine weitere Fahrt nach Castellina erspart.«

»Lektion gelernt, wie ich bei meinem ersten Job fast täglich zu hören bekam«, antwortete Nico.

»Was war das für ein Job?«, fragte Daniele.

»Da war ich fünfzehn und musste während der Sommerferien die Regale in einem Supermarkt einräumen. Ständig habe ich alles falsch einsortiert. Mein Chef erwischte mich jedes Mal, zeigte mir den richtigen Platz und sagte: ›Lektion gelernt.‹«

»Das ist ein Spruch, den ich mir merken werde«, sagte Daniele.

»Hochinteressant, Nico, aber ich kann Ihnen etwas erzählen, das sogar noch interessanter ist. Als Lauras Assistentin nach ihrer Pause an den Empfangstresen zurückkehrte, verließ Laura das Hotel. Zwei Stunden vergingen, bevor sie am Hoteltelefon einen Anruf von Nadia entgegennahm.«

»Damit hätte sie genügend Zeit gehabt, Cesare zu treffen und ihn zu töten, aber nicht, seine Leiche in Jimmys Kofferraum zu entsorgen.«

»Jemand von der Spurensicherung kommt vorbei, um ihr Auto abzuholen. Es ist zwar grau und nicht schwarz oder blau, trotzdem sollten wir es besser überprüfen. Einer meiner Männer hat die Autoschlüssel und passt auf, dass niemand zu nah an den Wagen rangeht.«

»Gut«, sagte Nico. »Berichten Sie mir dann, was Pietro gesagt hat.« Er beendete das Gespräch, verstaute seine Beine im Auto und ließ den Motor an. Anstatt aufzuspringen und vor Glück zu tänzeln, dass sie sich endlich zu neuen Abenteuern aufmachten, stellte OneWag sich schlafend.

Es entging Nico nicht. »Na, los, Kumpel, auf geht's.« Er hielt sich schon lange nicht mehr für verrückt, weil er sich mit dem Hund unterhielt. Er musste zum Coop, um für das Abendessen mit Nelli im Sotto Il Fico einzukaufen. Solange sich seine Gedanken ums Essen drehten, wusste er, dass er sich keine Sorgen darum machen musste, was er ihr sagen wollte.

OneWag durfte ausnahmsweise auf dem Beifahrersitz bleiben.

Als sie in Castellina ankamen, versagte sich Perillo seine Espressipausen und den berühmten Käseladen; stattdessen steuerte er schnurstracks die Via delle Volte an. Die Haustür des Pennington-Hauses war zu.

»Hol ihn bitte raus«, sagte Perillo. »Ich will kein Publikum.« In Wahrheit wollte er nicht über einen Boden mit Sägespänen, rostigen Nägeln und Brettern laufen, die nur darauf lauerten, ihm ein Bein zu stellen. »Sei vorsichtig.«

»Bin ich«, sagte Daniele und fragte sich, wie er reagieren würde, sollte Pietro ihm gegenüber handgreiflich werden. Zurückzuschlagen war nie seine Stärke gewesen. Er klopfte an, aber niemand antwortete.

»Pfeif auf die guten Manieren, Daniele, geh einfach rein.«

Daniele tat, wie ihm geheißen. Ein durchdringender Geruch von Farbe schlug ihm entgegen. Der kleine Flur war leer, der Kachelboden makellos, jede der drei Wände in mattem Weiß gestrichen. Er wollte gerade rufen: »Ist jemand da?«, als er oben ein Hämmern hörte. Er ging bis ans Ende, bog um eine Ecke und stieß auf eine Betontreppe.

»Hallo?«

»Hau ab!«, rief eine Männerstimme. »Das ist eine Baustelle. Privatbesitz.«

»Brigadiere Donato von den Carabinieri in Greve«, rief Daniele zurück und stieg die Stufen hinauf. Auf halber Höhe hielt er inne. Ein riesiger Kerl stand oben am Treppenabsatz.

»Bleiben Sie, wo Sie sind«, sagte der Mann, jetzt etwas freundlicher. »Wir verlegen gerade Bodenfliesen. Ich bin hier der Bauleiter. Was kann ich für Sie tun?«

»Ich suche Pietro Rinaldi.«

Jemand lachte. Der Bauleiter schüttelte den Kopf. »Wenn Sie ihn finden, lassen Sie es mich wissen. Er hat sich seit zwei Tagen nicht mehr blicken lassen.«

Daniele stieß einen langen Seufzer aus. Das fehlte ihm gerade noch. In seinem letzten Fall war ein Verdächtiger, den er verhaften sollte, ebenfalls verschwunden. Der Maresciallo würde einen Wutanfall bekommen, ihm vielleicht sogar unterstellen, dass er ihm Unglück brächte. Wie er gehört hatte, waren Leute aus dem Süden oft abergläubisch.

Er stieg vier weitere Stufen hoch. Der Bauleiter starrte zu ihm hinunter und rührte sich nicht vom Fleck, aber Daniele war weit genug oben, um durch die Eisenstreben des Treppengeländers den Fußboden zu sehen. Drei Männer knieten dort – der eine verteilte Estrichmörtel mit einem Zahnspachtel, zwei andere verlegten Terracottafliesen im Schuppenmuster. »Weiß jemand, wohin Rinaldi gegangen sein könnte?«, fragte er etwas hoffnungsvoller.

Zwei Männer schüttelten den Kopf. Der Mörtel-Mann richtete sich grinsend auf. »Er wollte ein Vermögen machen. Das hat er jedenfalls neulich Abend gesagt.«

Mit dem Vermögen muss er den Verkauf seines Grundstücks gemeint haben, dachte Daniele. »Hat er auch gesagt, wohin er wollte?«

»Hätte er vielleicht noch getan, aber ich habe ihn damit aufgezogen. Seit seine Frau sich von ihm hat scheiden lassen, denkt er nur noch ans Geld. Wir hatten alle die Nase voll von seinem ewigen Selbstmitleid.«

Der Bauleiter drehte sich zu dem Mann um. »Hör auf zu quatschen, Mario. Der Mörtel bleibt nicht den ganzen Tag feucht.« Dann wandte er sich wieder Daniele zu. »Brigadiere, wenn Sie noch mehr Fragen haben, stellen Sie die nach der Arbeit. Wir machen um vier Schluss.«

Daniele kramte in seiner hinteren Hosentasche nach seinem bewährten Notizbuch und einem Stift. »Ich brauche bitte von allen die Vor- und Zunamen sowie Adresse und Telefonnummer.«

Leise fluchend entsprach der Bauleiter diesem Wunsch.

Daniele schrieb sorgfältig alles auf. »Danke«, sagte er, ging wieder nach unten und machte sich auf das gefasst, was jetzt garantiert kommen würde.

Als er wieder hinaus ins Sonnenlicht trat, bedeutete er Perillo mit einem Kopfschütteln, dass er keinen Erfolg gehabt hatte, und zwang sich, die Tirade von Flüchen zu überhören, die sich nun aus des Maresciallos Mund ergoss.

Tilde kam in die Restaurantküche herein, wo Nico gerade dabei war, heiße Polenta auf ein spezielles Backblech zu gießen. »Was wird das?«

»Gebratene Polenta mit sautierten Steinpilzen, Knoblauch und Petersilie. Meine neue Kreation für die heutige Abendkarte. Enzo meinte, du hättest nichts dagegen.« Er nahm einen Spatel, der an der Wand hing, und verteilte den Teig gleichmäßig auf dem Blech.

»Vielleicht hat Nelli ja Lust auf etwas anderes auf der Karte.«

Nico schaute hoch, den Spatel in der Hand. »Oh. Du weißt Bescheid.«

»Sie hat mich angerufen und gesagt, sie freut sich darauf, draußen zu essen, auch wenn es kühl sein sollte.« Tilde lehnte sich gegen die Spüle und lächelte Nico an. »Dann musst du sie eben wärmen.«

Nico runzelte die Stirn.

»Ich habe die Zucchini-Lasagne gemacht; ich weiß, dass sie die gern isst.«

»Nun, Nelli kann essen, wozu sie Lust hat, aber ich weiß, dass sie sowohl Steinpilze als auch gebratene Polenta mag. Ich habe beide Sachen einfach kombiniert. Ich komme nachher etwas früher, um die kalte Polenta zu schneiden.«

»Und überlässt es mir, sie zu braten.«

Nico gab Tilde ein Küsschen auf die Wange. »Das ist für Nelli. Für andere Gäste habe ich ausreichend Sauce gemacht.«

»Na, wir werden ja sehen, was sie lieber essen will. Deins oder meins.« Sie hob den Zeigefinger. »Verrat ihr nicht, dass das Polenta-Gericht von dir ist.«

»Versprochen.« Nicos Handy klingelte. Er schaute aufs Display. »Daniele«, sagte er erstaunt und ging aus der Küche. Normalerweise war es Perillo, der gerne das Gespräch an sich riss. Nachdem er draußen auf der Terrasse war, fragte er: »Ciao. Hat jetzt der Boss die Berichterstattung Ihnen übertragen?«

»Nein. Ich dachte nur, Sie würden es vielleicht wissen wollen.« Daniele zögerte. Eigeninitiative kam beim Maresciallo nicht immer gut an.

»Natürlich möchte ich es wissen, Dani. Was hat denn Pietro gesagt?«

»Nichts. Er ist die letzten beiden Tage nicht zur Arbeit erschienen und geht auch nicht an sein Handy.«

»Au, scheiße. Wo ist Perillo?«

»Wahrscheinlich raucht er und kippt mit Grappa abgelöschte Espressi. Was jetzt aber nicht respektlos klingen sollte.«

»Ich bin sicher, Sie liegen mit Ihrer Vermutung hundertprozentig richtig. Haben Sie überprüft, ob Pietro zu Hause ist, ob er blaumacht oder krank ist?«

»Ich bin auf eigene Faust bei ihm vorbeigefahren, weil ich mir sehr gewünscht hätte, ihn anzutreffen. Er hat nicht aufgemacht. Dann habe ich mit der Signora gesprochen, die uns beim letzten Mal gesagt hat, wo wir ihn finden können. Am Mittwochabend hat sie die Blumen auf ihrem Fensterbrett gegossen und gehört, wie die Haustür laut ins Schloss fiel. Als sie hinunterschaute, sah sie, wie Pietro mit einem Rucksack davonging. Ich habe auch an weitere Türen geklopft, für den Fall, dass noch jemand anders etwas gesehen hat, aber niemand machte auf. Außer dieser Frau gehen in dem Gebäude alle arbeiten. Sie meinte, nochmal wiederzukommen, um die Leute zu befragen, wäre reine Zeitverschwendung. Pietro ist ein neuer Mieter und im Haus nicht gerade beliebt. Er beschwert sich ständig über alles Mögliche. Sie hat mir die Telefonnummer seiner Exfrau gegeben, die jetzt in San Casciano lebt. Soll ich sie anrufen?«

»Das kann nicht schaden, aber ich würde erst warten, bis Perillo sich wieder beruhigt hat. Gehen Sie ihn suchen; er soll Ihnen diesen Aprikosensaft spendieren, den Sie so gern trinken. Sie haben auch Stella süchtig danach gemacht.«

»Wirklich?«

»Das hat sie gesagt.« Nico hörte ein kurzes, fröhliches Lachen. »Sorgen Sie dafür, dass Perillo einen Durchsuchungsbefehl für Pietros Wohnung bekommt. Dann finden wir eventuell Hinweise, wohin er gegangen sein könnte. Dass Pietro das Weite suchte, macht ihn nicht gleich zu unserem Mörder. Anstatt vor etwas wegzurennen, läuft er ja vielleicht auf etwas zu. Er könnte in Cesares Haus sein, das ihm jetzt endlich gehört.«

»Nein, es ist ja noch versiegelt.«

»Natürlich. Danke, Dani, dass Sie mir Bescheid gegeben haben. Gehen Sie zu Ihrem Chef, bevor er sich mit seinen Zigaretten umbringt.« Nico legte auf und ging zurück in die Küche.

Tilde leckte gerade einen Löffel ab. »Ich habe gerade deine Porcini-Sauce auf Salz geprüft.«

»Ach, tatsächlich. Braucht sie noch drei Körnchen, oder gar fünf?«

Tilde lachte und legte den Löffel in den Ausguss. »Bravo. Sie ist perfekt.«

»Salzmäßig oder geschmacksmäßig?«

»Beides.«

»Danke. Mir ging es auch um Perfektion.«

»Aber Nelli zieht vielleicht trotzdem meine Zucchini-Lasagne vor.«

»Ich wette zwanzig Euro dagegen.«

»Topp. Jetzt geh nach Hause und bitte Rocco, dich für heute Abend in einen schönen Prinzen zu verwandeln.«

»Er hat keinen Zauberstab.«

»Dann kauf ihm einen und lass mich meine Arbeit machen. Es kommen schon die ersten Leute.«

»Ich kann auch bleiben, wenn du mich brauchst.«

»Du hast schon genug Unordnung gemacht. Ciao, Nico. Und handle klug heute Abend, okay?«

»Ich werd's versuchen.«

Draußen auf der Straße pfiff Nico nach OneWag. Er wusste, dass Klugheit nicht so einfach zu bekommen war, aber vielleicht war er ja endlich bereit, auf etwas Gutes zuzulaufen ... anstatt davor wegzurennen.

Daniele legte gerade den Hörer des Festnetz-Telefons auf, als Perillo nach dem Mittagessen wieder hinunter ins Büro kam. »Maresciallo, die ...«

Perillo hob die Hand. »Wenn es eine schlechte Nachricht ist, dann kann sie noch zehn Minuten warten. Mein Magen muss erst einmal Ivanas hervorragendes Mittagessen verarbeiten, von dem ich dir nur das einzige Detail mitteile, das dich interessiert – Bratkartoffeln mit Knoblauch und Rosmarin. Ja, ich habe mich wieder abgeregt. Die restaurative Kraft, die von gutem Essen und angenehmer Gesellschaft ausgeht, schlägt Koffein und Grappa um Längen. Wie ich dir ansehe, bist du erleichtert. Hast du Cesares Haus überprüft?«

»Habe ich. Er war nicht da, Maresciallo.«

»Salvatore, Dani. Salvatore. Wir sind ein Team, und wir werden Signor Pietro finden, wo immer er sich versteckt hält. Wir haben die Suche nach ihm in Gang gesetzt. Wir besitzen einen Durchsuchungsbefehl für seine Wohnung, weil du ihn glücklicherweise sofort beantragt hast. Der Schlosser hat Pietros Wohnungstür öffnen können. War das eben Dino am Telefon? Hat er ein Foto von Pietro gefunden?«

»Das war die Firma, die die Überwachungsvideos für Villa Costanza betreibt. Die Videos werden uns irgendwann heute Nachmittag geliefert.«

»Na endlich.« Perillo nahm seine Wildlederjacke von der Stuhllehne. »Komm, Dani, ab in unser Café. Ich lade ein.« Bevor er hinausging, warf Perillo noch einen Blick ins hintere Büro. Vince sprang von seinem Stuhl auf und schlang hastig den Rest seines Mittagessens hinunter. »Maresciallo.«

»Sag mir Bescheid, wenn Dino anruft.« Perillo zog sich die Jacke über. »Solltest du aufgegessen haben, bring ich dir einen Espresso mit.«

Vince grinste. »Verbindlichsten Dank. Drei Zucker, bitte.«

»Ich weiß. Ich weiß.«

Draußen erwartete sie ein typischer Herbsttag; die Sonne schien und ein leichter Wind brachte kühle Luft. Perillo zog eine Zigarette hervor. Als er sie anzündete, spürte er, wie Daniele vor Missbilligung erstarrte. »Ich versuch's ja, Dani, aber es ist schwer.«

»Ist es bestimmt. Das Einzige, was ich mir je abzugewöhnen versucht habe, war Schokolade zur Fastenzeit. Ich habe mich hundeelend gefühlt.«

»Aber nur vierzig Tage. Haben die gesagt, wie viele Videos wir kriegen?«

»Sechsunddreißig.«

»Scheiße! Dann haben die uns Vierundzwanzig-Stunden-Aufzeichnungen geschickt.«

Daniele folgte Perillo ins Café. »Nein, Maresciallo …«

»Maresciallo, wie üblich?«, fragte der Barista.

»Ja, und du, Dani? Aprikosensaft?«

»Einen heißen Kakao. Es ist frisch.« Er trug nur ein Hemd.

»Wir nehmen sie draußen.« Zu Perillos großem Bedauern war das Rauchen im Innenbereich nicht mehr gestattet. Er ging wieder hinaus.

Daniele ging mit. »Die Firma schickt …«

»Halt sie zurück. Ich möchte nur die Videos von sechs Uhr abends bis sechs Uhr morgens haben.«

»Genau die schicken sie ja.« Daniele trat zur Seite, um dem Rauch auszuweichen, den Perillo auspustete. »Der Parkplatz wird von sechs Kameras überwacht und jedes Video läuft zwei Stunden. Das bedeutet, dass wir uns sechsunddreißig Videos ansehen müssen.«

»Herrje! Das dauert Stunden.«

»Vielleicht hat ja der Mörder die Leiche schon sehr früh in Jimmys Wagen gelegt.«

Perillo betrachtete seine halb gerauchte Zigarette und drückte sie in einem Aschenbecher auf einem nahen Kaffeetisch aus. »Du siehst immer das Positive, Dani. Ich wünschte, ich könnte dasselbe von mir behaupten.«

»Sie könnten es versuchen, Ma …«

Ein Blick von Perillo ließ ihn innehalten. »Sie könnten es ja mal versuchen, Salvatore. Ich wette, das ist viel leichter, als mit dem Rauchen aufzuhören.«

»Für manche schon. Trinken wir aus.« Der junge Barkeeper hatte ihnen den Espresso und den Kakao auf einen Nebentisch gestellt. »Vittoris Gast, Sirio Reni, erwartet uns. Für so ein Treffen müssen wir unsere Uniformen anziehen.«

Sirio Reni wartete in einer kleinen Lounge gleich neben der großen Eingangshalle des Hotels. Als Perillo und Daniele eintraten, erhob er sich. Reni sah aus wie eine jüngere Ausgabe von Vittori. Eine ähnlich teure Kleidung, das Haar nach hinten gegelt, gebräuntes Gesicht. Reni streckte ihnen die Hand entgegen.

Perillo schüttelte sie und stellte sich und Daniele vor. Auf dem Weg hierher hatte Daniele ihn darüber informiert, was er alles über Reni und sein Unternehmen EOLO in Erfahrung gebracht hatte. »Danke, dass Sie sich die Zeit nehmen, uns ein paar Fragen zu beantworten.«

»Ja, selbstverständlich«, sagte Reni und lächelte verbindlich. Er setzte sich wieder in seinen Ledersessel. Perillo ließ sich ihm gegenüber in einem anderen Sessel nieder. »Brigadiere Donato wird unser Gespräch aufzeichnen. Ich hoffe, Sie haben nichts dagegen.«

»Keineswegs. Ich nehme mich ständig auf. Die EOLO GmbH ist jung und noch klein. Ich reise in ganz Europa herum und halte überall Vorträge für potentielle Investoren.«

»Sie sind im Windenergie-Geschäft.«

»Ja, natürlich. Der Name sagt alles. Eolo, Gott des Windes. Ich verkaufe Turbinen, die in China hergestellt werden. Die Konkurrenz ist groß, aber meine sind billiger und genauso gut. Italien zum Beispiel muss viel mehr Windanlagen errichten, damit wir all die Probleme, die wir hier mit Elektrizität haben, lösen können.«

»Ganz meine Meinung«, sagte Perillo. »Meine Frau kann nicht mal den Geschirrspüler und die Waschmaschine gleichzeitig anstellen. Selbst wenn man nur einen Föhn benutzt, riskiert man, dass die Sicherung durchknallt.«

»Genau das meine ich«, sagte Reni und schlug die Beine übereinander. Wieder lächelte er. »Hätten Sie vielleicht Interesse zu investieren? Ich nehme auch kleinere Beträge an.«

Perillo lachte. »Bei meinem Gehalt wäre das etwas schwierig. Sie waren letzten Donnerstagabend Gast von Dottor Vittori, richtig?«

»Richtig.«

»Sie sind befreundet?«

»Wir sind Geschäftsfreunde.«

»Sie wollten ihn dafür gewinnen, in Ihre Firma zu investieren?«

»Inwieweit ist das relevant für die Ermittlungen zu dem Tod dieses armen Mannes?«

»Ich verschaffe mir gern ein umfassendes Bild aller Beteiligten. Sie müssen die Frage nicht beantworten, aber Dottor Vittori erwähnte, dass Sie eventuell Geschäftsbeziehungen aufnehmen würden.«

»Warum fragen Sie dann noch?«

»Eine Antwort ist immer aufschlussreich.«

Reni wechselte die Beinstellung. »Dann haben Sie sicher erkannt, dass ich ungeduldig bin. Würden Sie bitte zur Sache kommen?«

Perillo richtete sich auf, die Hände auf die Schenkel gedrückt. Reni wirkte nervös. »Gern. Nach dem Abendessen saßen Sie und Ihr Gastgeber in der Hotelbar. Der Barkeeper, der verstorbene Cesare Rinaldi, servierte Ihnen Ihre Drinks, als er plötzlich das Tablett fallen ließ und die Getränke über Sie beide verschüttete, wenn ich das alles richtig verstanden habe.«

»Hauptsächlich über Dottor Vittori, der völlig außer sich geriet. Ich war offengestanden überrascht, wie sehr er den armen Barkeeper beschimpfte. Schließlich war es nur Wodka. Eine klare Flüssigkeit.«

»Verschüttete der Mann die Drinks als Reaktion auf etwas, das Dottor Vittori gesagt hat?«

»Nein, das war meine Schuld. Ich hatte mein Bein ausgestreckt und Cesare ist darüber gestolpert. Vittori fing sofort an zu fluchen, darum erwähnte ich nicht, dass ich den Zwischenfall verursacht hatte. Es hätte nur ein schlechtes Licht auf Vittori geworfen, was wiederum nicht gut für mich gewesen wäre.«

Und scheiß auf Cesare, dachte Perillo. »Verstehe.«

»Wirklich? Das bezweifle ich. Als Carabiniere haben Sie die Macht der Armee hinter sich. Sie können eine Karriereleiter erklimmen, vom Brigadiere zum Maresciallo zum Capitano und so weiter. Ganz gleich, wie weit Sie es gebracht haben, Sie bleiben immer Teil eines wohl geordneten Systems.«

Daniele bemerkte leise: »Mord kennt keine Ordnung.«

Reni schaute Daniele an, als hätte er dessen Anwesenheit vergessen. »Aber Sie finden den Täter und stellen die Ordnung wieder her. Sie kämpfen nicht für sich, Sie müssen sich nicht anstrengen, um über die Runden zu kommen, Sie müssen nicht ständig irgendwelche Hyänen abschütteln, während Sie versuchen, etwas aufzubauen, auf das Sie stolz sein können.«

»Ihnen scheint es aber gelungen zu sein«, sagte Perillo, erstaunt über Renis plötzlichen Ausbruch.

»Ja, das will ich meinen, aber es hat mich viele Jahre und enorm viel Arbeit gekostet.«

»Dann kann ich nur gratulieren«, sagte Perillo. »Es freut mich zu hören, dass Erfolg keine Altersbegrenzung kennt. Um auf den letzten Donnerstag zurückzukommen, das Hotel hat Sie nicht als Übernachtungsgast geführt. Warum sind Sie geblieben?«

»Dottor Vittori und ich haben bis tief in die Nacht geredet. Mir war irgendwann unwohl. Wahrscheinlich zu viel Wodka. Er wollte nicht, dass ich noch nach Florenz zurückfahre. Der Empfang war nicht mehr besetzt, darum nahm er einen Schlüssel, den er da schon tagelang hatte hängen sehen, und gab ihn mir. Am nächsten Morgen entschuldigte ich mich bei der Hoteldirektorin und bezahlte das Zimmer. Ich habe gewartet, um mich von Vittori zu verabschieden, aber er kam nicht herunter und ich hatte Termine in Florenz. War sonst noch was?«

»Nur meine Neugier, die Sie vielleicht stillen können. Ist Ihnen in der Zeit, die Sie an der Rezeption verbrachten, ein herumliegendes iPhone aufgefallen, das sich jeder hätte greifen können?«

»Nicht jeder. Zumindest nicht anfangs. Als ich zum Empfang kam, bat die Geschäftsführerin ihre Assistentin, noch kurz am Empfang zu bleiben, weil sie ihr Handy verlegt hatte. Sie ging los und kam ein paar Minuten später damit zurück. Die Assistentin verließ den Empfang. Ich beglich meine Rechnung und wartete etwa eine Viertelstunde auf Dottor Vittori.

Als ich dann ging, fiel mir auf, dass sie ihr Handy auf dem Tresen abgelegt hatte. Wurde es gestohlen?«

Statt zu antworten, fragte Perillo: »Wie lange werden Sie hierbleiben?«

»So lange, wie Dottor Vittori mich braucht.«

Perillo stand auf. »Vielen Dank für Ihre Zeit. Sie haben uns sehr geholfen. Ich hoffe, dass Ihre Windräder dafür sorgen, dass meine Frau unbesorgt ihr Haar föhnen kann.«

Reni setzte ein breites Lächeln auf. »Ganz bestimmt. Wenn einer von Ihnen im Lotto gewinnt, denken Sie an die EOLO GmbH. Es ist eine ausgezeichnete Investition.«

»Ah, da sind Sie ja.« Dottor Vittori stand im Türbogen des Zimmers. »Buonasera, Maresciallo.«

»Buonasera.«

»Darf ich Ihnen Signor Reni entführen? Sie haben ihn lange genug in Beschlag genommen.«

»Genauso lange wie erforderlich, aber ich hätte auch noch eine kurze Frage an Sie.«

»Bitte sehr. Ich habe vor Signor Reni keine Geheimnisse.«

»Haben Sie am Freitagmorgen Pietro Rinaldi im Hotel gesehen?«

»Leider ja. Er verstellte mir den Weg, als ich aus dem Frühstücksraum kam. Er wollte einen Vorschuss. Ich habe das abgelehnt. Kommen Sie, Sirio, wir reden in der Bar. Da ist es schön leer.«

»Vielen Dank Ihnen beiden, dass Sie sich die Zeit genommen haben«, sagte Perillo, der zusah, wie Reni aufstand und Vittori folgte. »Arrivederci.« Eine Antwort blieb aus.

»Laura hat uns nicht erzählt, dass sie ihr Handy verlegt hatte«, sagte Perillo, als sie zum Parkplatz gingen.

»Somit hatte Pietro Gelegenheit gehabt, Cesare eine SMS von ihrem Handy zu schicken«, erwiderte Daniele.

Aber somit hatte Laura auch Zeit, die SMS zu schicken, dachte Perillo. »Vielleicht, aber wir haben jetzt zwei Zeugen, die bestätigen, dass Lauras Handy auf dem Tresen offen herumlag. Sie hätten sich beide des Handys bedienen und die SMS schicken können, während sie sich um andere Gäste kümmerte. Offensichtlich geht Laura sehr fahrlässig mit ihrem Handy um.«

Daniele stimmte mit einem dankbaren Nicken zu und schloss den Alfa auf. »Finden Sie nicht, dass Renis Ausbruch äußerst merkwürdig war?«

»Mich hat es anfangs auch verwundert.« Perillo öffnete die Beifahrertür und setzte sich in den Wagen. Er wartete, bis auch Daniele eingestiegen war. »Aber es muss ziemlich demütigend sein, im Alter von über sechzig Jahren andere Leute zu bitten, einem seine Idee abzukaufen.«

»Ich verstehe ja, dass Reni verbittert ist, weil er meint, er hätte etwas Besseres verdient«, sagte Daniele. »Er wollte nicht so lange warten und so hart schuften müssen, um es endlich zu etwas zu bringen. Doch warum erzählt er uns das alles? Was hat das ausgelöst?«

»Die Schwierigkeit seines Jobs. Die Gefahr des Versagens. Er muss immer noch einen Mann wie Vittori überzeugen, der viel erfolgreicher ist, als er es jemals sein wird. Er muss weiterhin Eindruck schinden, vielleicht auch seine Erfolgsbilanz schönfärben, zeigen, wie vertrauenswürdig er ist, Klamotten tragen, die er sich wahrscheinlich nicht leisten kann, sich gewählt ausdrücken, um zu beweisen, dass er genauso kultiviert ist wie Leute, die in Vittoris Liga spielen. Kein Wunder, dass er glaubt, der Job eines Carabiniere sei ein Kinderspiel dagegen.«

Daniele fuhr hinaus auf die Hauptstraße. »Sie kennen sich gut aus im Verkauf.« Er bog links ab, zurück nach Greve. »War Ihr Vater Geschäftsmann?«

»Nein, aber mir sind schon ein paar begegnet.« Sein Vater war nichts als ein Samen, dem seine Mutter erlaubt hatte, sich in ihr einzunisten. Perillo war auf den Straßen von Pozzuoli aufgewachsen, und als er Reni reden hörte, verstand er dessen Bedürfnis, zu beeindrucken, etwas darzustellen. Reni mochte ein noch so großer Dampfplauderer sein, aber Perillo wusste, dass der Mann nicht mit einem goldenen Löffel im Mund geboren wurde. »Und Ihr Vater?«

»Papà stellte Masken her. Er starb an einem Herzinfarkt, als ich zwölf war.« Daniele bog wieder links ab.

»Was zum Teufel ist mit Dino los?«, bellte Perillo plötzlich, der wütend war, dass Daniele einen Vater gehabt und ihn doch so früh verloren hatte. Es war einfach verdammt unfair gegenüber Dani. *Ich dagegen konnte nichts vermissen, was nie da gewesen ist.* »Warum hat er nicht angerufen?«

»Er hat eine SMS geschickt, während Reni gerade redete. Ich hielt es für falsch zu unterbrechen.«

»Und warum zum Kuckuck hast du mir nicht gleich Bescheid gesagt, als wir rausgingen?«

»Stimmt, das hätte ich tun sollen. Bitte entschuldigen Sie.«

Perillo machte eine wegwerfende Handbewegung. »Ach, hör auf dich zu entschuldigen. Der Mann hat mir einfach schlechte Laune gemacht.« Er hatte schon lange nicht mehr an seine Kindheit gedacht. »Ich brauche jetzt verdammt noch mal eine Zigarette.« Er zog eine aus der Packung und steckte sie sich in den Mund. »Hat Dino nun ein Foto?«

»Dino hat keine Fotos gefunden.«

»Scheiße! Und wie sollen wir ihn ohne Foto finden?«

»Ich habe Dino die Adresse von Pietros Exfrau in San Casciano gegeben, für alle Fälle. Sie besaß noch eins, das sie vergessen hatte zu zerreißen. Vince hat es schon rausgeschickt. Eine Kopie wartet auf Ihrem Schreibtisch.«

»Du denkst an alles, Daniele. Danke.« Er schob die Zigarette in die Packung zurück. »Fahr uns heim.«

ELF

Ein nervöser Nico betrat um zehn vor acht das Sotto Il Fico. Der Raum vorn war leer. Er blieb hinter dem breiten Geschirrschrank stehen, in dem sich Teller und Tassen stapelten; dort saß Elvira in ihrem Sessel. Nico beugte sich zu ihr hinunter und gab ihr einen Kuss auf die Wange. »Buonasera.«

Sie blickte von ihrem neuen Handy auf, einem Geburtstagsgeschenk ihres Sohnes. »Na, schau mal an. Mit Cordjackett und Flanellhosen. Ich wusste gar nicht, dass du auch anständige Kleidung besitzt. Zur Abwechslung siehst du aus wie ein Gentleman. Und sogar wie ein hübscher. Wäre ich zwanzig Jahre jünger, würde ich versuchen, dich mir zu angeln.«

»Und es würde dir gelingen.«

»Sowieso.«

»Meine Sachen sollen mich vor allem warm halten. Wir wollen draußen essen.«

»Verstehe.« Elviras Ton ließ vermuten, dass sie ihm kein Wort glaubte. »Ich habe deine Steinpilz-Sauce schon gekostet. Wenn dein Aussehen heute nicht überzeugt, die Sauce tut es auf jeden Fall. Mein Mann wusste nicht mal, wie man ein Ei kocht.«

»Und dein Sohn ist auch nicht viel besser«, sagte Enzo, der Nico im Vorbeigehen auf den Rücken klopfte. »Schönes Jackett. Falls du was brauchst, um dir Mut anzutrinken, die Bar ist offen.«

Ungehalten breitete Nico die Arme aus. »Ihr tut alle so, als wäre ich noch in der Highschool. Ich esse mit einer Freundin zu Abend, mehr nicht. Okay?«

»Wer's glaubt«, schnaubte Elvira.

Enzo lachte. »Total okay.«

Nico ging in die Küche, wo Tilde gerade ihre Zucchini-Lasagne in große Rechtecke schnitt. »Ciao, Tilde.«

Sie drehte sich mit dem Messer in der Hand nach ihm um und starrte ihn aus weit aufgerissenen Augen an.

»Bitte keinen Kommentar.«

»Ist gut.« Stattdessen pfiff sie anerkennend. »Wo ist Nelli?«

»Wir treffen uns hier. Und falls dir jetzt danach ist, mir dieses Messer in mein kaltes Herz zu rammen, es war ihre Idee.«

»Ich weiß.« Tilde senkte das Messer und kicherte. »Recht hat sie. Wahrscheinlich besteht sie auch darauf, die Rechnung zu teilen.«

»Das kommt nicht in Frage. Außerdem dachte ich, du wärst auf meiner Seite.«

»Immer.« Sie warf ihm einen Kuss zu und begann wieder die Lasagne zu schneiden.

»Erwartest du heute Abend viele Gäste auf der Terrasse?« Ihm missfiel die Möglichkeit, dass andere mithörten, was sie sich zu sagen hatten.

»Vorhin haben schon ein paar Touristen dort gegessen. Zurzeit sind vier Tische reserviert, eurer eingeschlossen. Es kommen alles wetterfeste Einheimische. Keine Sorge, ihr sitzt weit genug von denen weg.«

»Danke. Die Polenta?«

»Ist gebraten und wird im Ofen warm gehalten.«

»Gut. Dann gehe ich jetzt raus und warte auf Nelli.«

»Bring sie her, damit ich sie mal drücken kann.«

Nico hörte ein Bellen, als er das Restaurant verließ. Er schaute die Straße hinunter und sah, wie Nelli den Berg heraufkam. OneWag spielte sich als ziemliche Nervensäge auf, indem er ihr ständig vor die Füße sprang.

Nelli blieb stehen und blickte den Hund an. OneWag machte Sitz und schaute zu ihr auf. »Hör auf damit, Rocco. Ich kann dich nicht hochnehmen. Deine Pfoten sind dreckig.«

»Hey.« Nico winkte und ging ihr entgegen.

Nelli lächelte ihn an. »Ciao, Nico.«

»Buonasera.« Er küsste ihr die Wangen. »Du siehst hinreißend aus.« Sie trug einen langen weißen Pulli mit U-Boot-Ausschnitt über schwarzen Leggings und Stiefeletten. Sie hatte sich ein schwarzweißes Tuch aus Wolle über die Schultern geworfen und irgendetwas mit ihren blauen Augen gemacht, das diese hervorhob.

Sie gingen weiter. »Du siehst auch hinreißend aus.«

»Hinreißend?«

»Nicht männlich genug für dich? Hätte dir attraktiv besser gefallen?«

Nico hob schicksalergeben die Hände. »Hey, Nelli? Gib mir ’ne Chance.«

»Entschuldige. Dabei habe ich mir auf dem Weg hierher geschworen, nicht bissig zu sein. Ich bin etwas nervös; ich komme mir vor, als müsste ich heute Abend eine Prüfung bestehen.«

»Mir geht’s absolut genauso.«

»Gut. Dann lass uns zusammen üben.«

OneWag folgte ihnen ins Restaurant. Wenn sein Herrchen arbeitete, zog er es meist vor, alles zu erkunden, was im Ort vor sich ging. Heute jedoch riet ihm sein Instinkt, sich in der Nähe zu halten. Vielleicht würde er noch gebraucht.

Auf dem Weg zu Terrasse begrüßte Nelli Enzo mit Wangenküsschen, dann Elvira, die ihr die Speisekarte des Abends gab, ihr Tuch bewunderte und zu ihr sagte: *»Lauf dir nicht die Schuhe durch.«*

Nelli lachte. »Das habe ich nicht vor.«

»Was meint sie damit?«, fragte Nico.

»Das ist so eine toskanische Redensart. Ciao, Alba.«

Alba, die wie immer mit einem Riesenstapel Teller aus der Küche kam, zwinkerte ihr zu.

Nelli machte sich nichts aus den Frotzeleien. Die Familie des Sotto Il Fico stand ja hinter ihr und drückte ihr die Daumen. Auch Rocco trug seinen Teil dazu bei, indem er immer bereit war, sich knuddeln zu lassen, wenn sie die Wärme seines Fells brauchte. Dank der allgemeinen Unterstützung würde es ihr leichter fallen, Nico ihre Gefühle zu offenbaren. Er tat ihr sogar ein bisschen leid. Er hätte es sicher vorgezogen, auf neutralem Territorium über ihre Beziehung zu sprechen.

Sie lächelte. »Ich sage nur noch Tilde Guten Tag und dann sind wir allein.«

Bevor er antworten konnte, kam Tilde mit offenen Armen aus der Küche.

Nico stand mit OneWag verlegen im Türeingang und sah ihre freudestrahlenden Gesichter, als sie sich umarmten und küssten, als hätten sie sich ewig nicht gesehen. Im Sommer, als er und Nelli noch zusammen waren, kam Nelli oft am späten Abend vorbei, wenn die meisten Gäste gegangen waren. Sie saß dann bei einem Glas Rotwein und schaute zu, während er und Alba die Tische abräumten. Damals hatte er verstohlene Blicke auf ihr Gesicht geworfen, das von einer Kerze im Glas beleuchtet wurde, und gespürt, wie ihm das Blut durch die Adern schoss, wenn er nur daran dachte, dass sie die Nacht zusammen verbringen würden.

»Was soll ich bestellen?«, fragte Nelli Tilde.

»Zuerst einmal eine Flasche Wein.« Tilde sah Nico spöttisch an. »Das Essen könnt ihr selber auswählen. Nico, Tisch zwölf. Du kennst ja den Weg.«

Der Himmel war noch nicht gänzlich schwarz, aber die Sterne zeigten sich schon, wenn auch der Mond hier noch nicht zu sehen war. Auf den Hügeln hinter der Terrasse blinkten überall die Lichter der Häuser. Die Luft war kühl und still; nur gedämpftes Lachen und Wortgemurmel der anderen Gäste drang zu ihnen. Als Nelli sich an den Tisch setzte, klingelte Nicos Handy. Ärgerlich zog Nico es aus der Tasche. »Das ist Perillo. Ich geh nicht ran.«

»Doch, bitte antworte. Sonst grübelst du den ganzen Abend, was er von dir wollte.«

Sie hatte recht. Nico setzte sich und drückte auf »Annehmen«. OneWag legte sich unter den Tisch.

»Wir haben sechsunddreißig Videos von Villa Costanza bekommen, die wir uns ansehen müssen«, sagte Perillo. »Wir brauchen Ihre Hilfe.«

»Ich bin gleich morgen früh bei Ihnen.«

»Wir brauchen Sie jetzt.«

»Tut mir leid. Heute Abend kann ich nicht.«

»Alles in Ordnung bei Ihnen?«

»Ja. Bis morgen.« Nico beendete das Gespräch.

Nelli schaute von der Speisekarte auf. »Ich weiß es zu schätzen, dass du nicht gleich losgerannt bist.«

»Es war nicht wichtig.«

»Verstehe.« Sie verbarg ihr Gesicht hinter der Karte.

Scheiße. Was war bloß mit ihm los? »Entschuldige, Nelli, so habe ich das nicht gemeint.«

Nelli senkte die Speisekarte, damit er ihr in die Augen sehen konnte. »Wie meintest du es dann?«

»Dass du wichtiger bist.«

Nelli legte die Karte hin. »Manchmal bist du sehr liebenswert, und manchmal ...«

»Ein Idiot.«

»Ein Esel. Die toskanische Redensart, nach der du vorhin gefragt hast, lautet vollständig: ›Zwischen dem, was man sagt, und dem, was man tut, läuft man eine Menge Schuhsohlen durch.‹ Meine Schuhsohlen sind schon durchgelaufen und ich werde auch nicht auf ein Glas Wein warten, das mir Mut macht, das, was ich sagen möchte, hinter mich zu bringen.« Sie lehnte sich zu ihm vor und senkte die Stimme. »Ich habe mich in dich verliebt, und du dich nicht in mich. Wenn wir zusammen waren, war immer nur ein Teil von dir im Zimmer. Wir haben wunderbar miteinander geschlafen, ja, aber fünf Minuten später warst du nicht mehr da. Ich meine jetzt nicht diese sprichwörtliche, unmittelbare Melancholie der Zigarette danach. Du warst einfach nicht mehr bei mir, auch nicht später. Ich hatte das Gefühl, für dich nur ein Körper zu sein.«

»Nein, Nelli, nie.«

»Aber was dann? Normalerweise suchen sich Männer, wenn sie wieder allein sind, nur zu gerne eine neue Partnerin. Warum nicht auch du? Hält Rita dein Herz immer noch so fest gefangen, dass dort für keine andere Platz ist? Hast du das Gefühl, untreu zu sein? Oder bin ich einfach nicht die richtige Frau für dich, außer im Bett?«

Tausend Worte überschlugen sich in Nicos Kopf. Nellis Direktheit hatte ihn allzu schnell in die Ecke gedrängt; er kam sich vor wie in einem Bombenhagel. Er brauchte einen Moment des Schweigens, einen Leerraum, in dem er die Worte zu Sätzen ordnen könnte, die seine Gefühle erklärten. »Ich brauche etwas Wein«, sagte er und winkte Alba heran.

»Und ich eine ganze Flasche«, sagte Nelli. Sie lehnte sich in ihrem Stuhl zurück und versteckte ihr Kinn in der Wärme ihres Tuchs. Sie hätte mit ihrer Rede warten sollen, bis der Wein sie beide etwas milder gestimmt hätte. »Was wollen wir bestellen? Du kennst ja sicherlich die Karte.«

»Die Zucchini-Lasagne ist immer toll.« Nico wollte Tilde gegenüber fair sein.

»Ich weiß, sie schmeckt wunderbar, aber mich lacht da etwas Neues an – die gebratene Polenta mit Steinpilz-Sauce.«

Nico spürte einen Anflug von Stolz. Wie ein kleines Kind sehnte er sich nach ihrem Lob, als würde sie ihm, wenn sie sein Gericht mochte, verzeihen, dass er ein Esel war. »Lass uns doch beides bestellen und dann teilen«, schlug er sicherheitshalber vor.

»Gute Idee.«

Alba kam an ihren Tisch. »Ihr wart schon länger nicht mehr hier, was?« Sie warf Nico einen Blick zu, den er ignorierte. »Zur Feier des Tages geht der Wein aufs Haus.«

»Nein«, sagte Nico. »Ich bezahle.«

»Nichts zu machen. Was wollt ihr bestellen?«

Nico sagte es ihr.

»Beides eine gute Wahl«, sagte Alba. »Endlich gönnt ihr euch mal die schönen Dinge des Lebens.« Sie nickte Nelli zu und schwenkte die Hüften ans andere Ende der Terrasse.

»Ich mag ihre freche Art«, sagte Nelli.

»Aber manchmal, wie gerade eben, geht sie etwas zu weit.«

Nelli lachte. »Klar, dass du das denkst.«

Nico griff nach Nellis Hand. »Ich war nie besonders begabt, wenn es darum ging, meine Gefühle auszudrücken. Ich hielt es immer für das Sicherste, sie für mich zu behalten.«

»Aber du wusstest, was du empfindest?«

»Meistens schon.«

»Dann musst du doch deine Gefühle auch manchmal ausgelebt haben.«

»Ja, wenn ich mich geborgen fühlte, wenn ich mir meiner Gefühle sicher war, und wie sie aufgenommen würden.«

Alba brachte eine Flasche 2016er Panzanello. »Enzo meint, dieser Wein würde euch besser gefallen als der 2018er Antinori, den ihr bestellt habt.« Nico wusste, dass Widerstand zwecklos war. Er fühlte sich von allen Seiten umzingelt. Alba entkorkte die Flasche und gab Nelli den Korken zum Riechen. Nelli arbeitete halbtags auf dem Weingut GrappoloBello und kannte sich mit Weinen wesentlich besser aus als Nico.

»Schön«, sagte Nelli, nachdem sie geschnuppert hatte. Sie hielt ihr Weinglas hin. Alba füllte ihre beiden Gläser. Sie stießen an, ohne etwas zu sagen, und tranken einen Schluck.

Nico setzte sein Glas ab. »Ich habe den Raum verlassen, wie du es nennst, weil ich Angst hatte. Ich dachte andauernd, dass wir keine Kinder mehr sind. Was wir einander antun, wiegt schwerer. Wunden heilen langsamer. Irgendwann habe ich mich hingesetzt und all die Gründe aufgelistet, die mir Angst machen. So bin ich auch damals in New York vorgegangen, wenn ich versuchte, einen Fall zu lösen. Das half mir, meine Gedanken zu ordnen.« Er trank wieder etwas Wein. »Ich habe die Treue zu Rita an erster Stelle gesetzt, obwohl sie ganz unten hätte stehen müssen. Ein paar Tage vor ihrem Tod hat sie zu mir gesagt: ›Bleib nicht zu lange allein. Triff eine gute Wahl, und freu dich an ihr.‹« Er nahm wieder einen Schluck.

»Nummer zwei auf der Liste war: ›Ich weiß nicht, was sie will.‹ Drei: ›Was ist, wenn ich aussteigen will? Oder sie? Warum können wir nicht einfach weitermachen wie bisher?‹«

»Und darauf hast du dich schließlich eingelassen.«

Er leerte sein Glas. »Es schien mir einfacher zu sein.«

»Ich werde dir sagen, was ich will und was ich nicht will. Ich möchte dich weder heiraten noch mit dir zusammenleben. Was ich aber will, ist, dass du mich mit offenen Armen liebst.

Denk drüber nach, und sag mir dann, wie du dich entschieden hast. Okay?« Nelli beugte sich ins Kerzenlicht vor und lächelte.

Als Nico in ihr leuchtendes Gesicht sah, spürte er, wie die Schranke, die er zwischen ihnen errichtet hatte, sich öffnete und verschwand. Er erwiderte ihr Lächeln und setzte zum Sprechen an –

Nelli legte ihm einen Finger auf den Mund. »Sag's mir nicht jetzt, wenn wir unter den Sternen sitzen und du ein volles Glas Panzanello intus hast. Schlaf ein paar Nächte drüber.«

»Du bist wirklich weise«, sagte Nico dankbar. Er musste tatsächlich erst einmal darüber nachdenken.

OneWag legte seinen Kopf auf die Vorderpfoten und erlaubte sich, einzuschlafen.

Genau im richtigen Augenblick brachte Alba jetzt ihre beiden Gerichte mit zwei zusätzlichen Tellern. »Buon appetito.«

»Danke«, sagte Nelli und griff zur Gabel. Nachdem das, was ihr auf dem Herzen lag, nun ausgesprochen war, wollte sie den Abend genießen. »Das sieht köstlich aus.«

Nico sah zu, wie Nelli sich auf die gebackene Polenta mit der Sauce aus Steinpilzen und Tomaten stürzte.

Mit Hilfe von Dino und Vince hatte Perillo seinen Fernseher und DVD-Spieler nach unten getragen, denn das Revier verfügte über keinen eigenen. Vince schloss die Geräte an. Ivana, die einerseits froh war, dass die Videos nicht in ihrer Wohnung angeschaut werden würden, aber auch nicht wollte, dass die Männer auf ihr Abendessen verzichten mussten, hatte eine riesige Schüssel mit Penne herangeschafft, dazu Teller, Besteck und Stoffservietten.

Während Perillo, Dino und Vince zugriffen, verfolgte Daniele die ersten paar Minuten der Videos ab 20:10, um zunächst zu sehen, welche der sechs Kameras den Teil des Parkplatzes aufgenommen hatte, auf dem Jimmys Wagen stand.

»Wisst ihr, was ich denke?«, sagte Dino und fuchtelte mit seiner Gabel in der Luft herum. Keiner der Männer antwortete. »Meine Frau muss unbedingt bei Signora Perillo in die Lehre gehen. Diese Penne mit gebratenen Zucchini sind himmlisch.«

»Da kann meine Frau gleich mitgehen«, sagte Vince mit vollem Mund. Perillo aß schweigend weiter.

»Gefunden«, sagte Daniele. »Auf dem fünften Video. Das Auto ist ganz am unteren Rand des Videos zu erkennen. Die Motorhaube ist allerdings abgeschnitten.«

»Wir brauchen ja nur den Kofferraum«, sagte Perillo und reichte Daniele einen Teller mit Penne.

Im Sotto Il Fico waren bis auf Nelli und Nico alle Gäste gegangen. Der Mond, der in vier Tagen voll sein würde, war jetzt am Himmel sichtbar und schenkte ihnen etwas mehr Licht. Alba räumte die Teller ab. »Noch ein Dessert?«

»Deine Cantuccini mit einem Glas Vino Santo, bitte«, sagte Nelli und brach damit das angespannte Schweigen zwischen ihnen. Alba schaute fragend zu Nico; er schüttelte den Kopf. Er überlegte die ganze Zeit hin und her, wie er Nelli bitten könnte, mit ihm nach Hause zu kommen, ohne wie ein Lüstling dazustehen, der nur ihren Körper wollte. Er wollte mit ihr schlafen, ja, aber er wollte sie auch zusammengerollt im Schlaf neben sich sehen, von jenem herzerfrischenden Lächeln begrüßt werden, wenn sie ihre Augen aufschlug und sah, dass er sie anschaute. Könnte er ihr das sagen? Nein, sie wollte, dass er sich Zeit ließ und über alles nachdachte, was sie ihm gesagt hatte.

»Laura hat mir erzählt, dass sie dich kennt«, sagte Nico, um das, was in seinem Kopf rumorte, einen Moment beiseitezulassen. »Sie wird dich vielleicht fragen, ob du mit ihr nach Peru fahren willst.«

»Das klingt toll. Ich mag sie sehr. Dieser Job hat ihr unheimlich gutgetan, hat ihr wieder Selbstvertrauen verliehen.«

»Ich weiß, dass ihre Schwester gestorben ist.«

»Ja, vor neun Jahren. Gabi hat mit mir bei GrappoloBello gearbeitet und wir wurden trotz des Altersunterschieds gute

Freundinnen. Über sie habe ich auch Laura kennengelernt. Ich habe versucht, weiter für sie da zu sein, nachdem Gabi gestorben war. Laura war vor Trauer und Schuldgefühlen völlig am Boden zerstört.«

»Warum vor Schuldgefühlen?«

Nelli wartete, bis Alba mit einem Teller und zwei Gläsern Vin Santo auftauchte. »Bitte sehr, Cantuccini d'Alba. Tilde hat auch ein bisschen was beigesteuert, aber es ist mein Rezept. Wir gehen am fünfzehnten November damit in Produktion.«

Nelli klatschte in die Hände. »Bravo. Ich werde eure beste Kundin sein.«

»Ich verlasse mich drauf. Auf dich und alle Touristen in Italien, und, warum nicht, auch in Amerika.« Alba legte Nico die Rechnung vor und schlenderte davon.

Nico bemerkte, wie Nelli auf die zusammengefaltete Rechnung blickte. »Sollen wir gehen? Es ist spät geworden.«

Jetzt oder nie, dachte Nico. *Frag sie. Möchtest du mit mir nach Hause kommen?* Stattdessen sagte er: »Tilde sagte, wir können bleiben, so lange wir wollen. Ich habe die Schlüssel.«

»Oh, gut.«

Sie ist erleichtert, dachte Nico. »Erzähl mir mehr von Laura.«

»Sie war früher ein bisschen wild und Gabi hat sich immer Sorgen um sie gemacht. Laura war oft zu betrunken, um Auto zu fahren; dann rief sie Gabi an, um sich von ihr abholen zu lassen. Fast an jedem Wochenende war das so. Gabi fuhr immer los, ganz gleich, wie spät es war. Sie verstand, dass Laura nur die Aufmerksamkeit ihrer Familie haben wollte. Laura war und ist sehr attraktiv und genauso intelligent wie Gabi, aber sie besaß damals überhaupt kein Selbstvertrauen. Gabi bekam immer die ganze Liebe ab, nicht nur von ihrer Familie, sondern von jedem, den sie traf. Gabi war umwerfend schön, intelligent, großzügig. Sie war die beste Verkäuferin des Weinguts und trotzdem war niemand auf sie eifersüchtig.«

»Nicht einmal Laura?«

Nelli schüttelte den Kopf. »Sie muss doch einen gewissen Groll empfunden haben.« Nico war jetzt aufrichtig neugierig. Nelli beschrieb eine Laura, die ganz anders war als die starke Frau, die er kennengelernt hatte. »Vielleicht hat sie ja auch deshalb immer ihre Schwester eingespannt, ihr aus der Patsche zu helfen.«

»Könnte sein. In der Nacht, als Gabi die Kontrolle über ihren Wagen verlor, war sie nach San Casciano unterwegs, um Laura aus einer Bar abzuholen.«

»Wie furchtbar, so etwas verkraften zu müssen.«

»Ich habe versucht, Laura zu erklären, dass es nicht ihre Schuld war. Ich bin sicher, dass jemand Gabi von der Straße gedrängt hat.«

»Wie kommst du darauf?«

»Die lange Schramme auf der Fahrerseite. Ich hatte das Auto am Vortag gesehen, und da war noch keine Schramme. Ich habe auch die Carabinieri in San Casciano darauf hingewiesen. Sie sagten, es sei in der Tat nicht auszuschließen, dass jemand Gabi von der Seite angefahren hatte, sie deshalb ausgeschert ist und die Kontrolle über ihren Wagen verloren hat, aber sie wollten es nicht zweifelsfrei bestätigen. Welche Reifenspuren auch immer das andere Auto hinterlassen hatte, sie waren unter den vielen anderen Reifenspuren verschwunden. Es ist eine sehr befahrene Straße.«

»Wer hat den Unfall gemeldet?«

»Ein Mann rief an. Er sagte, die Fahrerin sei schon tot. Seinen Namen wollte nicht er nennen. Ich finde das verdächtig.«

»Hat Laura auch geglaubt, dass Gabi von der Fahrbahn abgedrängt wurde?«

»Nein. Ich denke, sie wollte sogar, dass es ihre Schuld war. Denn dies bestätigte die schlechte Meinung, die ihre Familie von ihr hatte. Das habe ich auch zu ihrer Mutter gesagt. Ich weiß nicht, ob sie sich überhaupt die Mühe gemacht hatte, es dem Großvater zu sagen. Ich glaube fast, sie wollten, dass Laura an Gabis Tod schuld war, als Strafe für all den Ärger, den sie ihnen bereitet hatte.«

»Den üblichen Ärger?«

»Ja, wenn du mit ›üblich‹ Drogen, Sex und Alkohol meinst.«

»Lieber negative Aufmerksamkeit als gar keine.«

»Ich sagte Lauras Mutter auch, dass ein bisschen Liebe für Laura sicherlich hilfreich gewesen wäre. Die Familie gehe mich nichts an, hatte sie geantwortet und mich aufgefordert zu gehen.«

»*Ehi*, Nelli«, rief Tilde, die mit einer Plastiktüte auf sie zukam. OneWag sah die Tüte und huschte unter dem Tisch hervor. Tilde hatte ihre Schürze und das Kopftuch abgenommen, sodass ihr das Haar über die Schultern fiel. Sie gab Nico die Tüte. »Für Rocco.« OneWag wedelte anerkennend mit dem Schwanz.

Tilde fragte Nelli: »Wie war das Essen?«

»Es war perfekt«, sagte Nelli.

»Welches Gericht hat dir besser geschmeckt?«

»Ich glaube, ich werde immer beide bestellen, und das bedeutet, dass ich immer in Begleitung kommen muss.«

»Eine kluge Antwort. Nico, du kannst morgen zahlen. Ich gehe nach Hause, und wenn ich morgen früh wiederkomme, möchte ich kein einziges Cantuccino auf dem Teller da sehen, und ebenso wenig euch drei noch vorfinden. Buonanotte.«

»Buonanotte«, sagten Nico und Nelli gleichzeitig und bissen beide in ein Cantuccino. Auch OneWag bekam eins ab.

»Hast du ein sauberes Taschentuch?«, fragte Nelli.

»Immer.« Er entnahm es seiner hinteren Hosentasche und gab es ihr. »Die erste Lektion in der vierten Klasse hieß: Ein junger Mann muss ein Taschentuch in seiner Hosentasche haben, eine Dame eins in ihrer Handtasche.«

»Sowas haben Nonnen gesagt?« Sie breitete das Taschentuch auf ihrem Schoß aus und schüttete die Cantuccini darauf.

»Wer sonst?« Er sah zu, wie sie das Taschentuch verknotete. »Um diesen Teller leerzuessen, hätten wir die ganze Nacht hierbleiben müssen. Du willst mir jetzt sicher sagen, dass es Zeit ist, nach Hause zu gehen.«

Nelli schaute hoch. »Zu dir nach Hause, hoffe ich, aber nicht heute.«

Um seine Enttäuschung zu kaschieren, nahm er seinen treulosen Hund auf den Arm. »Wir begleiten dich heim.«

»Nein, ich gehe allein.« Sie küsste ihn auf beide Wangen und gab ihm das Taschentuch-Bündel. »Aber danke für einen wunderbaren Abend. Sehe ich dich beim Konzert?«

»Wir werden da sein.« Als Nelli den Hügel hinunterlief, war OneWag nicht der Einzige, der sich danach sehnte, ihr hinterherzugehen.

Die vier Carabinieri saßen dicht beieinander, als das Video vorspulte. Menschen und Autos tauchten auf und verschwanden wieder, und Vince nannte stolz die Automarken. Niemand näherte sich Jimmys offenem Kofferraum. Im Video von zweiundzwanzig Uhr und Mitternacht standen nur noch fünf Wagen auf dem Parkplatz, Jimmys Auto mitgezählt. Dann erschienen keine Autos mehr, weil die Straßenbahn um 0:30 Betriebsschluss hatte. Das Video zwischen null Uhr bis zwei Uhr morgens rauschte vorbei, ohne dass sich darauf irgendetwas rührte.

Als Perillo und Daniele das Video zwischen zwei und vier Uhr morgens in Angriff nahmen, schnarchte Dino leise und Vince wischte die Pastaschüssel mit einem dicken Brotkanten aus.

Ein schwarzes Auto erschien weit entfernt von der Stelle, wo Jimmys Wagen parkte. Daniele hielt das Video an, spulte zurück und drückte auf Start. Der Wagen tauchte wieder auf und wurde langsamer, als er an den parkenden Autos vorbeifuhr.

»Das ist ein Toyota Highlander«, meldete sich Vince. »Sehr beliebt.« Dann fuhr der Wagen aus dem Bild und war drei Minuten lang nicht zu sehen, bis er auf der linken Bildschirmseite wieder auftauchte. Als er an Jimmys Wagen vorbeifuhr, hielt er ruckartig an.

»Das ist er«, sagte Perillo triumphierend.

»Ich kann das Nummernschild nicht erkennen«, sagte Daniele. »Der Kamerawinkel ist zu schief dafür.«

»Was?«, fragte Dino, der jäh erwacht war. Vince hörte auf zu essen und rückte seinen Stuhl näher an den Bildschirm.

»Darum kümmern wir uns nachher«, flüsterte Perillo, dem die Spannung dieses Moments die Kehle zuschnürte.

Die vier sahen schweigend zu, wie das Auto eine Wende machte, bis es mit dem Fond an Jimmys offenen Kofferraum stieß. Eine Person, die Hosen trug, stieg aus dem Wagen und lief zu Jimmys Kofferraum. Das Geschlecht ließ sich unmöglich feststellen. Die Person trug einen langen Mantel, der den ganzen Körper verhüllte, dazu offenbar Gummistiefel. Sie hielt sich die ganze Zeit geduckt; außerdem verdeckte ein Hut mit breiter Krempe das Gesicht. Die Person öffnete den Kofferraum des Toyota, hob ihn nur halb an und drückte dann Jimmys Kofferraumdeckel leicht nach unten.

»Wer immer das ist, er ist clever«, sagte Vince und schob sich einen Kaugummi in den Mund. Perillo starrte gebannt auf den Bildschirm. Vince kaute lautlos. »Er weiß, dass er gefilmt wird.«

Da beide Kofferraumhauben gesenkt waren, konnten sie kaum erkennen, wie Cesares Leiche von einem Wagen in den anderen gelegt wurde. Wer immer es war, er handelte rasch und fuhr dann in rasendem Tempo davon.

Daniele spulte das Video wieder zurück und spielte es vom ersten Auftauchen des Wagens wieder ab, dann hielt er an der Stelle an, wo der Kamerawinkel den Blick auf das Kennzeichen freigab. Es war stark verdreckt; man konnte nur den letzten Buchstaben lesen: *V.*

Daniele stoppte das Video und wandte sich seinem Chef zu. Anstatt vorzuschlagen, was jetzt zu tun sei, was dem Maresciallo bestimmt nicht schmecken würde, fragte er: »Soll ich mich mal erkundigen, wer in der Gegend einen schwarzen Toyota Highlander fährt?«

»Ja, und überprüf auch die Mietwagenfirmen, ob einer gestohlen wurde.« Perillo stand auf und räkelte sich. Er hatte seit über drei Stunden hier gesessen, aber sie fühlten sich an wie zwölf. Er war müde. »Wir besprechen morgen früh, was wir gesehen haben. Schlaft gut. Wir brauchen morgen einen klaren Kopf.«

Er blieb in der Tür stehen und drehte sich noch einmal zu seinen Männern um. »Danke. Und Vince, wenn du vor mir verheimlichen willst, dass du in meiner Gegenwart Kaugummi kaust, was mich, wie jeder auf diesem Revier weiß, ungemein nervt, dann kau wenigstens mit geschlossenem Mund. Buonanotte.«

»Buonanotte, Maresciallo«, erschallte es dreifach.

ZWÖLF

Am Samstagmorgen frühstückte Nico nur kurz mit Gogol und fuhr dann zum Carabinieri-Revier in Greve. Die Tür zu Perillos Büro stand weit auf. Ivana hatte die schmutzigen Teller der letzten Nacht weggeräumt, als alle noch schliefen. Dino und Vance hatten die von Daniele hinübergeschleppten Stapel Videos in ihrem gemeinsamen Büro verstaut. Zu Ivanas Enttäuschung standen der Fernseher und der DVD-Spieler immer noch auf dem Schreibtisch, davor zwei Stühle der vergangenen Nacht. Nun würde sie die Frühnachrichten auf RAI 3 verpassen.

»Ah, da sind Sie ja, Detective Doyle.« Perillo breitete die Arme aus. »Wie schön, dass Sie uns mit Ihrer Anwesenheit beehren.«

»Wie versprochen. Ciao, Daniele.«

Daniele winkte ihm zu. »Wo ist Rocco?«

»Er folgt einem Geruch, der ihn in Vinces Zimmer lockt.«

»Vince gibt grundsätzlich nichts ab.« Perillo begrüßte Nico mit einem Klaps auf den Rücken. »Danke, dass Sie gekommen sind. Ich vergesse immer, dass Sie ja gar nicht auf unserer Gehaltsliste stehen. Wir sind auf Ihre Meinung gespannt.« Er rückte für Nico einen dritten Stuhl vor den Fernseher.

Daniele setzte sich auf seinen eigenen Stuhl. »Allein wegen Ivanas Essen hätten sie kommen sollen.«

Nico nahm neben ihm Platz. »Ich habe auch nicht schlecht gespeist.«

Perillo setzte sich auf die andere Seite von Daniele. »Mit la bella Nelli, habe ich recht?«

Ohne auf Perillos Bemerkung einzugehen, sagte Nico zu Daniele: »Na, dann los.«

Nach dem ersten Durchgang bat Nico um eine Wiederholung. Perillo nutzte die Gelegenheit, um vor die Tür zu gehen und eine Zigarette zu rauchen, die erste seit gestern.

»Was meinen Sie?«, fragte er, als er mit einem Pfefferminzbonbon im Mund wieder hereinkam. »Mann oder Frau?«

»Jedenfalls eine Person, er oder sie, die ihre Körpergröße kaschieren will.«

»Natürlich«, sagte Daniele erleichtert. »Darum macht er, beziehungsweise sie, sich krumm. Es ist ein hochgewachsener Mensch. Laura ist nicht groß, also kann sie's nicht sein.«

Es sei denn, sie möchte größer erscheinen, als sie ist, dachte Nico.

»Es ist Pietro«, sagte Perillo im Brustton der Überzeugung. »Er ist ein großer Kerl. Er hatte sowohl ein Motiv als auch die Gelegenheit. Ein Jagdmesser kann man sich leicht beschaffen, falls man nicht schon eins besitzt. Und er zog los, um ein Vermögen zu machen, was nichts anderes heißt, als dass er sich vor einer Gefängnisstrafe drücken will.«

»In dem Haus, wo Pietro gearbeitet hat«, fügte Daniele hinzu, »habe ich eine Rolle dieser dicken Plastikplane gesehen, in die Cesare eingewickelt war.«

Nico verschränkte die Hände im Nacken und lehnte sich zurück, um nachzudenken.

»Niemand im Kreis der fraglichen Personen besitzt einen schwarzen Toyota Highlander, und niemand hat im Chianti so einen gemietet. Wir haben die Suche auf Autoverleiher und Carabinieri-Reviere in der ganzen Toskana ausgeweitet und gebeten, ihre als gestohlen gemeldeten Wagen zu überprüfen.« Perillo setzte sich wieder hin, nachdem der Minzbonbon gelutscht und die Zigarettenfahne verflogen war. »Nichts. Der Mann auf dem Video ist Pietro, da bin ich mir sicher.«

Nico machte wieder die Augen auf. »Aber wenn es wirklich Pietro war, warum fährt er dann verdammt noch mal mit einem Toten, den er schon zehn Stunden vorher umgebracht hat, nach Villa Costanza? Okay, Ida, die Haushälterin, hat unmittelbar, nachdem Cesare ermordet wurde, den Wagen von weitem gesehen. Das erklärt, warum der Mörder die Leiche nicht dort gelassen hat. Warum hat er sich nicht eine andere Stelle gesucht? Wir haben Wälder und Schluchten, Sommerhäuser, die jetzt leerstehen.«

»Vielleicht hat ja Pietro die Nerven verloren, als Ida ihn sah«, warf Daniele ein. »Er hatte Angst, noch einmal gesehen zu werden, und wartete, bis es dunkel wurde.«

»Trotzdem, warum ausgerechnet Villa Costanza? Ein Parkplatz mit Videoüberwachung ist nicht gerade ein idealer Ort, um eine Leiche loszuwerden.«

»Vielleicht wusste er, dass Jimmys Auto ein kaputtes Kofferraumschloss hatte und dort stand«, sagte Daniele. »Sicher hätte es ihm gefallen, den Verdacht auf jemand anderen zu lenken.«

Nico schloss abermals die Augen. »Laut Jimmy war Sandro der Einzige, der das überhaupt wusste.« Er hatte eine furchtbare Nacht hinter sich und die vielen Ungereimtheiten in diesem Fall machten ihm Kopfschmerzen. »Gogol und ich waren am Freitagmorgen bis um neun bei Sandro, das heißt, er hätte innerhalb von zwei Minuten nach Greve fahren, sich Lauras Handy schnappen und Cesare die SMS schicken müssen.«

»Schon verstanden«, sagte Perillo, dem Nicos scharfer Ton nicht entgangen war. »Für einen Moment schien es mir plausibel.«

»Vielleicht war der Mord gar nicht geplant«, sagte Daniele.

»Natürlich war er das«, sagte Perillo. »Er hatte ja schon die Plastikplane dabei.«

»Wir wissen nicht, ob er sie bereithielt, oder ob er sie sich hinterher besorgt hat«, sagte Nico. »Gibt's was Neues über Lauras Auto?« Unter anderem hatte ihn in den schlaflosen Stunden der letzten Nacht Nellis feste Überzeugung beschäftigt, Gabis Auto sei seitlich geschrammt worden. Daraufhin war ihm wieder etwas eingefallen, das Signora Lucchetti zu ihm gesagt hatte.

»Leider noch nicht«, sagte Daniele. »Sie zeigt aber großes Verständnis.«

Perillo blickte ihn böse an. »Es sind doch erst zwei Tage, Dani.«

»Ich weiß, aber sie hat kein einziges Mal angerufen, um zu fragen, wie lange es noch dauert. Sie weiß, dass der Wagen sauber ist, aber sie braucht ihn doch bestimmt.«

Nico richtete sich auf. »Meiner Meinung nach ist Folgendes

passiert, allerdings habe ich dafür keinerlei konkrete Beweise. Nennen wir es ein Bauchgefühl: Ich glaube, dass unser Täter oder unsere Täterin«, sagte er und erhob sich, »keine Zeit hatte, sich der Leiche zu entledigen, nachdem Ida ihn oder sie entdeckt hatte, weil er oder sie sich erst um etwas anderes kümmern musste.«

»Pietro musste wieder zur Arbeit«, sagte Perillo. »Seine Arbeitskollegen sagten zwar, dass er an dem Morgen pünktlich erschienen ist, aber offengestanden habe ich mir das nicht vom Vorarbeiter bestätigen lassen.«

»Auch Laura musste wieder zur Arbeit«, sagte Nico. »Was ist mit Mattia Gennari?«

»Er behauptet, zu Hause gewesen zu sein«, sagte Daniele. »Das kann zwar niemand bezeugen, aber ich dachte, wir wären uns einig, dass Pietro Cesare getötet hat?«

Perillo warf die Arme hoch. »Natürlich war er's, Nico. Er ist abgehauen.«

»Jeden Tag hauen Hunderte ab«, sagte Nico. »Was nicht heißt, dass sie einen Mord gegangen haben. Ein Vermögen zu machen könnte auch heißen, dass er aufbrach, sein Glück zu suchen, dass er in Sanremo ins Spielcasino ging oder ein neues Leben anfangen wollte, so wie ich, als ich hier ankam.« Eine weitere Möglichkeit behielt er für sich. »Wurde Pietro inzwischen irgendwo gesehen?«

»Bisher sind sieben Meldungen bei der Polizei und bei anderen Carabinieri-Revieren eingegangen, allerdings keine aus unserer Gegend. Man geht allen Hinweisen nach, bisher ohne Erfolg. Meiner Erfahrung nach dürfen wir nicht allzu viel erwarten. Manche Anrufer meinen es nur gut, andere sind Spinner, und viel zu viele machen sich einfach gerne einen Spaß mit uns.«

»Wir brauchen nur einen einzigen Hinweis, der uns zu Pietro führt«, sagte Nico. »Es spricht Etliches dafür, dass Pietro Rinaldi unser Mörder ist, aber wir sollten andere Möglichkeiten nicht ausschließen. Daniele, haben Sie eigentlich herausfinden können, ob Cesare einen Pass besaß?«

»Pässe wurden früher nur von den Polizeidirektionen ausgestellt. Ich habe allen eine Anfrage geschickt. Bisher haben nur siebzehn geantwortet, und zwar mit Nein. Es wird wohl noch eine Zeit dauern, bis sich alle gemeldet haben.«

»Wie viele Polizeihauptquartiere gibt es denn?«

»Hundertdrei.«

Nico verzog das Gesicht. »Das tut mir leid, Dani, ich hatte keine Ahnung, dass es so viele sind.«

»War ja keine Arbeit. Ich habe eine Massenmail verschickt.«

»Ein Glück. Danke. Sagen Sie mir Bescheid, wenn Sie von den restlichen etwas hören.«

»Warum ist es wichtig, ob Cesare einen Pass hatte?«, fragte Perillo.

»Mich interessieren die Jahre, in denen er fort war. Es kann ja sein, dass er Abstand zu seiner Familie gewinnen wollte, aber warum hat er Signora Lucchetti und Laura nicht geantwortet, als sie ihn danach fragten? Warum tat er so geheimnisvoll?«

»Vielleicht, um sich interessant zu machen«, mutmaßte Daniele, »um noch mehr Kunden in seine Bar zu locken.«

»Zumindest bei Cinzia Ferriello hatte er damit Erfolg.«

Perillo steuerte eine eigene Theorie bei. »Vielleicht ging er ja nach Holland, um seine Homosexualität dort auszuleben, was er hier nicht konnte. Als er dann doch zurückkehrte, wollte er nicht, dass es herauskam.«

»Wir wissen nicht, ob er schwul war«, sagte Daniele.

Perillo warf verzweifelt die Arme hoch. »Genau. Wir können tausend Vermutungen anstellen, warum Cesare den Mund gehalten hat. Aber spielt das eine Rolle?«

»Je mehr wir über ein Mordopfer wissen«, sagte Nico, »desto größer die Chance, dass wir erfahren, warum es getötet wurde. Das Wer bestimmt oft das Warum.«

Perillo nickte niedergeschlagen. In Sachen Mord hatte Nico viel mehr Erfahrung als er. Nico hatte immer recht. Warum war ihm dann die Suche nach dem Reisepass so gegen den Strich gegangen? Viel Zeit hatte sie Dani doch nicht gekostet.

Nico fiel der Stimmungsumschwung seines Freundes auf. »Es tut mir leid. Manchmal klinge ich wie ein dozierender Professor. Damals in der Mordkommission habe ich mich auch immer so verhalten, wenn niemand auf meine Vorschläge einging. Sich überzeugt zu geben ist eine gute Flucht nach vorn. Und ich möchte mich dafür entschuldigen, dass ich Daniele bat, das mit dem Pass herauszufinden, ohne Sie vorher gefragt zu haben. Ich schätze, auch ich habe anscheinend vergessen, dass ich nicht auf Ihrer Gehaltsliste stehe.«

Perillo brummte: »So unsicher bin ich nun auch wieder nicht, Nico.«

Nico stand auf. »Natürlich nicht, Sie leiden nur unter Nikotinentzug. Das macht launisch. Rita hat sich damals fast von mir scheiden lassen. Bleiben Sie aber dran. Mit der Zeit wird es besser.«

»Wenn Sie meinen.« Perillo spürte, wie erleichtert er war. Also war gar nicht sein blöder Stolz schuld.

»Gibt's was Neues über die Ducati?«

»Bis jetzt noch nicht«, sagte Daniele. »Ich checke regelmäßig die Verkaufsportale. Es werden viele Motorräder angeboten, aber nicht das, nach dem wir suchen. Beppe hat die Sache auch in seinen Blog gesetzt.«

Nico begriff nicht, warum sie Beppe in die Suche einbezogen hatten. »Wenn einer seiner Follower sie findet, wird er doch aller Wahrscheinlichkeit nach die Ducati behalten oder verkaufen.«

»Richtig«, sagte Perillo, »aber Dani glaubt an das Gute im Menschen.«

Nico klopfte Daniele auf die Schulter. »Ich hoffe, Sie müssen das nie bereuen.«

Daniele lächelte. »Danke.«

»Ich gehe jetzt nach Hause, werkele ein bisschen in meinem Gemüsegarten und konzentriere mich auf angenehmere Dinge. Ich nehme an, Sie werden auf dem Konzert alle in Ausgehuniform erscheinen?«

»Natürlich«, sagte Perillo. »Wir sind ja dann im Dienst.«

»Beide? Wie schade. Ich glaube, Stella hatte erwartet, dass Daniele neben ihr sitzt.«

Daniele errötete und richtete sich gerade auf. »Sie weiß, dass meine Arbeit Vorrang hat, aber wir essen heute Abend bei Angela.« Er hatte Vince gebeten, ihm Geld zu leihen, nachdem sie sich ausnahmsweise bereit erklärt hatte, ihn diesmal zahlen zu lassen.

Perillo strahlte. »Eine ausgezeichnete Idee, Dani.« Sein Brigadiere würde eine hübsche Überraschung erleben, wenn er die Rechnung bekam.

Nico öffnete die Bürotür. »Gut. Dann sehe ich Sie beide dort. Ciao.« Er pfiff nach OneWag. Der Hund kam aus Vinces Zimmer und leckte sich die Schnauze.

Nico lief mit OneWag von der Hauptstraße in Greve auf die Piazza Matteotti. Obgleich er frühzeitig zum Saison-Abschlusskonzert des Verdi-Orchesters erschienen war, hatte sich schon eine größere Menge versammelt. Perillo und seine Männer, alle in Paradeuniform, schlenderten lässig umher und mischten sich unter die Leute. Freunde, die sich vielleicht noch vor wenigen Stunden gesehen hatten, begrüßten einander herzlich und suchten sich einen Sitzplatz. Nico winkte Perillo zu, der gleich auf ihn zukam. OneWag schnupperte kurz an Perillos Stiefeln und lief dann aber wieder davon, um an allem zu schnüffeln, was sich ihm sonst noch bot.

Nico betrachtete seinen Freund in seiner feschen Uniform. »Na, Sie sehen wirklich imponierend aus, endlich.«

»Sie ja auch. Ich sehe Sie ausnahmsweise mal im Jackett, und das Hemd könnte sogar gebügelt sein.«

»Es ist kalt geworden.«

»Das stimmt zwar, aber hat das irgendwas mit einem gebügelten Hemd zu tun?« Perillo hob beide Augenbrauen. »Hmm?«

Nico ließ die Schultern hängen. »Ach, hören Sie auf damit, ja? Das ist nicht komisch.«

»Nun gut, dann im Ernst. Werfen Sie mal einen Blick auf die beiden am Ende der vierten Reihe von vorn.«

Nico sah zwei elegant gekleidete Männer, die sich unterhielten. »Was ist mit denen?«

»Der rechts ist Dottor Eugenio Vittori, ein erfolgreicher Finanzmanager. Das ist der, der sowohl Cesares als auch Gennaris Land gekauft hat.«

»Ein Mann mit einem Motiv.«

»Genau. Er hatte Zugriff auf Lauras Handy. Und der andere auch, Sirio Reni, der hofft, mit Vittori ins Geschäft zu kommen. Ich dachte, eventuell ...«

»Falls Sie mich bitten wollten, mich in deren Nähe zu setzen und ihr Gespräch zu belauschen, lautet die Antwort: Nein. Ich habe andere Pläne.«

Perillo klopfte Nico kameradschaftlich auf die Schulter und schaute ihn mitfühlend an. »Möglicherweise sind diese Pläne ins Wasser gefallen. Ciao.« Er ging davon.

Nico drehte sich um und ließ den Blick über die für das Konzert aufgestellten Sitzreihen schweifen. Die Orchesterstühle, im Halbkreis auf einer behelfsmäßigen Bühne vor dem Denkmal Amerigo Vespuccis aufgestellt, waren noch ganz verwaist. Fast die Hälfte der Publikumsplätze waren jedoch schon besetzt oder mit Kleidungsstücken und Handtaschen belegt. Kinder, von ihren Eltern unbeachtet, rannten zwischen den Stuhlreihen umher und spielten Fangen. Nico hatte geglaubt, zeitig genug erschienen zu sein, um für sich und Nelli zwei Plätze ergattern zu können, aber dann sah er sie in einer Mittelreihe sitzen. Laura und Tilde saßen rechts und links neben ihr.

Scheiße, dachte er und setzte sich in die letzte Reihe. Er hatte so gehofft, ihr nahe zu sein und das wohlige Gefühl zu genießen, das ihre Gegenwart in ihm auslöste. Worin bestand es genau? In der Überzeugung, dass die Welt mit sich im Reinen war. Warum hatte er Nelli nicht vorher gebeten, mit ihm zusammenzusitzen? Warum war er wie selbstverständlich davon ausgegangen, dass sie neben ihm sitzen wollte? Er könnte sich ohrfeigen.

Nico schaute hoch. Am Ende der Reihe stand Enzo. »Meine

Mutter hat darauf bestanden, dir einen Platz freizuhalten. Natürlich neben ihr.«

Nico stand auf und lief zu ihm. »Das ist sehr nett von ihr.« Er wäre viel lieber dort geblieben, wo er war, wo er ungestört hätte schmollen können; vielleicht hätte er sich auch hinter die beiden Männer gesetzt, die Perillo ihm gezeigt hatte. Aber das ging nun nicht. Der Familie durfte man nie etwas abschlagen, vor allem nicht dieser, die ihm gab, was er von seinen eigenen Eltern nie bekommen hatte.

»Ich sehe Stella gar nicht«, sagte Nico, als er Enzo folgte.

»Sie sucht ihren neuen Freund.«

»Daniele?«

Enzo blieb stehen und sah ihn besorgt an. »Ist er ein guter Mann?«

»Ein sehr guter. Ein Stück Brot, wie ihr hier sagt.«

»Das freut mich. Sie sieht langsam wieder richtig glücklich aus. Ich möchte nicht, dass ihr erneut wehgetan wird.«

»Keiner von uns will das.« Sie gingen wieder weiter auf ihre Plätze zu. Wenn irgendwem wehgetan werden würde, dachte Nico, wäre es Dani.

»Ich muss dich warnen«, sagte Enzo. »Mama summt gern mit der Musik.«

Nico hatte das Programm kurz überflogen. Verdi, Debussy, Puccini, Haydn. »Elvira kennt alle Stücke, die sie spielen? Wie beeindruckend.« Dank Rita war ihm Opernmusik vertraut. Die Musik der anderen beiden hatte er aber mit ziemlicher Sicherheit noch nie gehört.

Enzo kicherte. »Was meine Mutter nicht kennt, erfindet sie. Manchmal behauptet sie sogar, ihre Version sei die bessere.«

»Das könnte durchaus sein. Ciao allerseits«, sagte Nico laut, als er zwischen zwei Stuhlreihen lief, um sich Elvira anzuschließen, die in ihrer Abendkleidung für besondere Anlässe erschienen war, einem spitzenbesetzten blauen Kostüm und einer doppelreihigen Perlenkette.

Die vier Frauen schauten von der Lektüre ihrer Programmhefte auf. Er hatte nur Augen für Nelli.

»Ciao«, flüsterte sie mit einem Lächeln, dessen helles Strahlen er vermisst hatte.

Er lächelte zurück. Elvira zupfte an seinem Hemd, das er so sorgfältig gebügelt hatte. »Nico, du versperrst mir die Sicht.« Nico setzte sich und gab ihr die zwei obligatorischen Wangenküsschen.

»Welche Sicht denn?«, fragte er. »Das Orchester ist doch direkt vor deiner Nase.« Die Musiker nahmen jetzt ihre Plätze ein: Enrico mit seiner Geige, Luciana, die Blumenhändlerin, mit ihrer Oboe; Cesares Nachbar, Mattia Gennari, der in einem fort seine Querflöte mit zittrigen Händen sauberwischte. Nico hoffte für Enrico, dass Mattias Spiel fehlerlos sein würde. Von den anderen Spielern kannte er keinen, da sie nicht aus Gravigna stammten.

Elvira beugte sich vor und begann in ihrer Handtasche zu kramen. Sie schaute in Nellis Richtung.

»Sie sieht hübsch aus in diesem blauen Kleid, findest du nicht?«, fragte Nico.

»Wird auch allmählich Zeit, dass sie sich wie eine Frau anzieht. Sie duftet sogar gut. Ich vermute, deinetwegen.«

»Ich bin ein bisschen zu weit weg, um mich daran erfreuen zu können. Meine eigene Schuld, warum bin ich auch zu spät gekommen.«

»Nein, schuld ist dein gepanzertes Herz. Es ist aber die Hoteldirektorin, die ich angucke, Laura Benati. Nelli hat sie aufgefordert, sich zu uns zu setzen. Sie sieht nicht gerade wie eine Mörderin aus.«

»Wie sieht denn deiner Meinung nach eine Mörderin aus?«

Dissonante Töne erhoben sich, als die Musiker ihre Instrumente zu stimmen begannen.

»Grausam. Oder verrückt. Gierig. Wütend. Ich weiß es nicht genau. Auf jeden Fall anders als du und ich. Laura Benati sieht einfach nur traurig aus. Dann wieder ruhig und sehr freundlich. Es ist verwirrend.«

»Warum glaubst du, dass sie eine Mörderin ist?«

»Die Leute sagen, sie hätte ihren Barkeeper getötet.«

Da war sie wieder, dachte Nico. Die ewige, giftige Gerüchteküche. »Sagen sie auch, warum?«

»Wegen des Geldes, das er ihr hinterlassen hat. Manche meinen auch, sie hätte vor ein paar Jahren ihre Schwester getötet. Wer einmal tötet, tut es auch ein zweites Mal.«

»Das ist purer, böswilliger Unsinn. Ihre Schwester ist bei einem Autounfall ums Leben gekommen«, sagte Nico mehr aus Wut, wohl wissend, dass ihm nicht alle Fakten zum Tod ihrer Schwester bekannt waren. »Ich staune, dass du dir diesen Dreck überhaupt anhörst.«

»Du hast Recht. Es ist hauptsächlich Dreck, aber manchmal keimt darin ein Körnchen Wahrheit. Wie seht ihr das, du und Salvatore? Hat sie ihn getötet?«

Die ersten Takte aus *Aidas* Triumphmarsch erdröhnten. »Psst, Elvira. Lass uns auf die Musik hören.«

Elvira verschloss mit einem Klicken ihre Handtasche, lehnte sich in ihrem Stuhl zurück und begann zu summen.

Auch Nico lehnte sich zurück, froh, dass ihm Verdi erspart hatte, Elvira zu antworten; aber sie hatte ihn an etwas erinnert, das er mit Perillo besprechen musste, etwas, dem sie nachgehen mussten.

Als sich tosender Applaus für Verdi erhob, schlüpfte Stella an Elviras andere Seite. OneWag war ihr gefolgt. »Wieso kommst du erst jetzt?«, brummte Elvira vorwurfsvoll, sah aber trotzdem erfreut aus.

»Jetzt bin ich ja da.« Stella küsste ihre Großmutter und beugte sich vor, um Nico ein Küsschen zuzuwerfen. »Ciao, Zio. Hast du Dani in Uniform gesehen?« Ihre jadegrünen Augen sprühten vor Entzücken. »Er sieht so gut aus, wie ein Hollywoodstar. Ich habe ganz viele Fotos von ihm gemacht.«

»Ein schöner Weinstock gibt wenig Trauben«, knurrte Elvira.

Stella lachte. »*Dai*, Nonna, lass mich doch ruhig den Weinstock anschauen. Die Trauben koste ich später.«

Zu seiner Überraschung vernahm Nico ein Kichern von Elvira.

Der Dirigent klopfte mit dem Taktstock auf sein Pult. »Als

Nächstes bringen wir Debussys *Syrinx*, gespielt von unserem hervorragenden Flötisten, Mattia Gennari. Ich bitte freundlichst um absolute Stille. Vielen Dank.«

Stella erlaubte OneWag, es sich auf ihrem Schoß bequem zu machen. Nico sah, wie Enrico sachte Gennaris Rücken antippte. Der Dirigent trat zurück; Gennari erhob sich und ging vorn an die Bühne. Als Nico die Körperfülle des Mannes betrachtete, fiel ihm wieder ein, was Luciana gesagt hatte: Gennari sollte lieber Tuba spielen. Die Querflöte sah in seinen Händen wie ein kleines Spielzeug aus.

Stella beugte sich wieder über Elvira hinweg zu ihm vor. »Dani sagte, der Maresciallo möchte dich gleich nach dem Konzert auf dem Revier sehen.«

»Hat er gesagt, was ...«

»Psst«, zischte diesmal Elvira.

Gennari holte tief Luft, führte seine Querflöte langsam an die Lippen und begann zu spielen.

Nico lehnte sich zurück und fluchte innerlich. Er hatte gehofft, Nelli nach dem Konzert zu erwischen, ihr vorzuschlagen, noch hier in Greve zusammen einen Drink zu nehmen, und ihr anzubieten, sie nach Hause zu fahren. Vielleicht brächte er ja auch den Mut auf, ihr zu sagen, dass er sie liebte.

Die Musik legte sich besänftigend auf Nicos Enttäuschung. Die Töne waren getragen, traurig und ergreifend. Im Publikum war es mucksmäuschenstill. Elvira war sichtlich bewegt und machte keine Anstalten mitzusummen. Nachdem *Syrinx* nach nicht einmal drei Minuten zu Ende war, brandete gewaltiger Applaus auf. Bravorufe erklangen. Die anderen Musiker klopften mit Bögen oder Händen auf ihre Notenständer. Mattia Gennari stand da wie gelähmt, als könne er seinen Erfolg nicht fassen.

Kann ein Mann, der einem Instrument so himmlische Töne entlockt, einen Menschen töten?, fragte sich Nico. Er verstand nicht viel von klassischer Musik, aber die Reaktion des Publikums und Enricos strahlendes Gesicht bestätigten ihm, dass Gennari überragend gewesen war. Ihm fiel wieder ein, was Rita einmal gesagt hatte: Um in der Musik überragend zu sein, braucht es mehr als Talent. Es braucht ein Herz voller Gefühle, dazu Großzügigkeit, Güte. Nicht Habgier, Hass oder Wut, Gefühle, die für Mord unabdingbar sind. Aber Gennari hatte dennoch ein Motiv. Er hätte sein Land nur verkaufen können, wenn Cesare einwilligte, sein eigenes Grundstück zu verkaufen. Und Cesare hatte nun mal nicht eingewilligt. Nach Cesares Tod bekam Gennari, was er wollte. Er hatte für jenen Freitagvormittag kein Alibi. Was jedoch für ihn sprach, war die Tatsache, dass er nirgendwo in der Nähe von Lauras Handy gesehen worden war.

Die Ouvertüre zu Puccinis *Tosca* folgte als Nächstes. Elvira begann wieder zu summen. Die Musik war immer noch wunderschön und herzergreifend. Nico schaute zu Nelli hinüber. Er sah nur ihr Profil, ihre nicht hundertprozentig gerade Nase, ihre Wangenknochen, die sie beim Malen konzentriert zusammenbiss, den langen grauen Zopf, der sich auflöste, wenn sie sich liebten, damals, vor viel zu langer Zeit. Nico zog sein Handy hervor und schrieb eine SMS.

ICH BIN FRÜH HIER GEWESEN UND DACHTE SICHER, ICH KÖNNTE DICH VERLOCKEN, NEBEN MIR ZU SITZEN. ABER ICH WAR WIEDER MAL EIN ESEL. ICH UNTERSTELLE DINGE, DIE ALLEIN AUF WUNSCHDENKEN BASIEREN, WIE EIN KIND. NACH DEM KONZERT MÖCHTE PERILLO MICH TREFFEN. ICH WEISS NICHT, WIE LANGE ES DAUERT. ICH WÜRDE DICH WAHNSINNIG GERN SEHEN. AUF EINEN DRINK? EIN ESSEN? EINEN SPAZIERGANG? CIAO.

Er drückte auf »Senden« und ließ Puccinis romantische Musik den Rest besorgen.

Nellis Antwort erreichte ihn beim Crescendo der letzten Takte der Ouvertüre.

LAURA KOMMT ZU MIR ZUM ABENDESSEN. SIE BRAUCHT DRINGEND UNTERSTÜZUNG. HÄSSLICHE GERÜCHTE GEHEN UM, DIE IHR DEN MORD ANHÄNGEN. ICH STAUNE IMMER WIEDER, WIE GRAUSAM UND DUMM DIE LEUTE SEIN KÖNNEN. VERSUCHEN WIR'S EIN ANDERMAL.

Ein enttäuschter Nico schickte ihr ein »Daumen rauf«-Emoji zurück. Während die Musiker sich zum Haydn-Adagio neu arrangierten, sah sich Nico um und suchte die Piazza nach Perillo ab. Er war weit und breit nicht zu sehen.

»Entschuldige«, sagte Nico und stand auf. OneWag sprang von Stellas Schoß. »Was ist los?«, fragte sie.

Elvira tönte höhnisch: »Männer und ihre schwache Blase.«

»Ich habe etwas zu erledigen, ich muss los. Bis nachher.«

»Ohne mich. Dani führt mich zum Essen aus.«

»Gute Idee.« Nico stieß gegen diverse Knie und wäre beinahe jemandem auf den Fuß getreten, als er sich aus der Reihe zwängte. OneWag tauchte unter den Stühlen hindurch ab ins Freie.

Perillo trug wieder seine Kluft aus Jeans und Lederjacke, als Nico ihn auf einer Parkbank gegenüber dem Carabinieri-Revier entdeckte. In seinem Mundwinkel hing eine nicht angezündete Zigarette. Er winkte Nico herbei.

Nico kletterte den kurzen Weg zum Hügel hinauf, während OneWag sich hinter einem Busch erleichterte.

»Ich bin froh, dass Sie vorzeitig gegangen sind.« Von fern wehten noch schwache Klänge des Konzerts herüber. »Wir müssen noch wohin.«

»Was ist passiert?«, fragte Nico. Perillo gefiel es, ihn auf die Folter zu spannen.

»Pietro, das ist passiert.« Perillo schob die Zigarette zurück in die Schachtel und lief hinüber zum Revier. »Los geht's. Sie fahren.«

Nico folgte ihm. »Kommt Daniele nicht mit?« Perillo unternahm nie etwas ohne seinen getreuen Brigadiere.

»Ich brauche ihn nicht. Ich habe ja Sie und Rocco.« Perillo ging auf den Alfa zu.

Nico setzte sich ans Steuer. OneWag legte sich Perillo zu Füßen. »Wohin fahren wir?«

»Zu einem Luxushotel, das noch im Bau ist. Fahren Sie Richtung Panzano. Ich zeige Ihnen, wo Sie vor der Ortschaft abbiegen müssen.«

Der Abzweig entpuppte sich als eine zerklüftete, bergauf führende Schotterstraße voller Unkraut, die von dichten Bäumen gesäumt war. Oben befanden sich drei halbfertige, mit Baugerüsten bedeckte Ziegelmauern. Ein Betonmischer, neben dem sich Zementsäcke stapelten, stand etwas abseits. Weiter hinten sah man einen kleinen verwaisten Weingarten.

Nico parkte den Wagen an einer Stelle, wo der Boden eben war. Als sie ausstiegen, hob OneWag seine Schnauze und folgte einem interessanten Geruch vom Weingarten her.

»*Ehi*, Rocco, weg da!«, rief Vince.

Nicos Magen verkrampfte sich. Vince war vorhin noch, bevor das Konzert begann, auf der Piazza Mateotti herumstolziert. Jetzt haftete Dreck an seinen Hosenaufschlägen und Schuhüberziehern. Nico hatte es von Anfang an für wahrscheinlich gehalten, dass Pietro getötet worden war, trotzdem hatte er gehofft, dass er einfach zu neuen und besseren Ufern aufgebrochen wäre. Das Leben in Italien machte Nico sentimental. Was an sich gut war – selbst in einem Augenblick wie diesem.

Vince übergab ihm den zappelnden Hund.

Nico nahm OneWag, sperrte ihn ins Auto und ließ die Fenster halb geöffnet. »Schön brav.«

Perillo zog sich Schuhüberzieher an und folgte Vince in den Weingarten. Er hatte ein zweites Paar auf die Motorhaube des Alfa gelegt. Nico streifte es über und folgte Perillo, bis er mit ihm vor Pietros Leiche stand. Die Finger von Pietros rechter Hand klammerten sich an einen Weinstock, der sich um einen Draht in Bodennähe gewunden hatte.

»Anscheinend hat er noch versucht, aufzustehen«, sagte Vince. Neben Vince stand ein uniformierter Carabiniere, den Nico noch nie gesehen hatte.

»Ein Messerstich in den Magen.« Das Blut war schon getrocknet. Fliegen summten.

»Er könnte am Rücken noch andere Wunden haben«, sagte Vince. »Ich wollte ihn nur nicht bewegen.«

»Er ist schon seit einiger Zeit tot.« Nico hörte, wie OneWag bellte.

Perillo zog Handschuhe an, beugte sich vor und durchsuchte Pietros Taschen. Er fand jedoch nur einen unbenutzten Busfahrschein von Greve nach Castellina und ein Taschentuch.

Perillo richtete sich wieder auf. »Laut der Nachbarin ist er mit einem Rucksack aus dem Haus gegangen.«

»Wir sind beide den Weingarten abgelaufen«, sagte Vince. »Wir haben nichts gefunden. Nicht einmal eine Zigarettenkippe.«

»Wir müssen den Rucksack finden, weil wir sein Handy brauchen. Möglicherweise hat er seinen Mörder damit angerufen.«

Ein Grund mehr für den Mörder, ihn beiseitezuschaffen, dachte Nico.

Der andere Carabiniere sagte: »Die Spurensicherung und der Gerichtsmediziner sollten in etwa einer halben Stunde hier sein.«

»Wo ist der Mann, der ihn gefunden hat?«, fragte Perillo Vince.

»Nanni Gezzi. Er ist auf der anderen Seite der Baustelle. Ich habe ihm zur Beruhigung ein paar Kaugummis gegeben.«

Perillo hob eine Braue.

»Kauen hilft wirklich, Maresciallo. Sie sollten es auch mal probieren, wenn Sie wieder einen ihrer Wutanfälle kriegen.«

Perillo hielt sich mit dem Wutanfall zurück, der sich daraufhin anbahnte. »Ihr beide bleibt hier, bis das Team aus Florenz eintrifft. Kommen Sie, Nico, hören wir uns an, was Signor Pezzi zu sagen hat.«

»Gezzi, Maresciallo«, rief Vince ihm nach. »Nanni Gezzi.«

»Hab ich doch gesagt, oder?«, fragte Perillo den hinter ihm gehenden Nico. OneWag hatte offenbar ihre Schritte gehört; sein Gebell klang jetzt noch aufgeregter.

»Ja, das haben Sie gesagt«, sagte Nico, um Perillo zu besänftigen. Die Tatsache, dass sein Hauptverdächtiger ermordet wurde, musste er wie einen Tritt in die Kniekehle empfunden haben.

Nico öffnete die Autotür und hob OneWag heraus. »Nur, wenn du schön bei mir bleibst, Kumpel.« Sein Gesicht wurde heftig abgeschleckt. Nico setzte den Hund ab und beide folgten Perillo zur Rückseite des Rohbaus.

Signor Gezzi saß auf einem Brett, das über zwei große Eimer mit Zementmörtel gebreitet war. Er war Anfang achtzig und hatte einen Kopf mit noch fast vollem Haar, das in langen weißen Kringeln sein Gesicht umrahmte. Er trug einen sauberen Overall und ein Strickhemd. OneWag schnupperte vorsichtig an seinen Schnürstiefeln.

»Es war furchtbar«, verkündete Gezzi, als die beiden Männer auf ihn zugingen. »Ich bin fast gestorben.« Er fuhr sich mit einem zerknüllten Taschentuch über das rotgeäderte Gesicht. »Ich wusste auf den ersten Blick, dass er schon lange hinüber war. Mein Herz machte *Popp. Popp, popp, popp,* wie Mais in der Pfanne. *Popp, popp, popp.*« Er holte tief Luft und stieß sie langsam wieder aus. »Der Kaugummi war ein Segen.«

Perillo verzog keine Miene; er stellte sich und Nico vor, ohne dessen Funktion näher zu benennen.

»Ich weiß nicht, wer dieser arme Mann ist.« Gezzi stopfte das Taschentuch wieder in eine Tasche seines Overalls. »Ich habe ihn noch nie gesehen. Ich habe sofort die Carabinieri angerufen.« Er zog ein Handy aus der Brusttasche. »Ein Weihnachtsgeschenk von meinem Sohn, der meint, ich würde sonst verlorengehen.«

»Warum waren Sie heute hier?«, fragte Perillo.

»Ach, das ist eine lange Geschichte.« Er schob das Handy zurück in seine Tasche. »Da ich Ihnen schon einen Toten präsentiert habe, mach ich's kurz. Das Land hier hat vor Jahren meinem Vater gehört. Ich habe in dem Weingarten gespielt, bis ich sieben war. Dann wurde mein Vater krank, konnte nicht mehr arbeiten und musste verkaufen. Heute wohne ich in San Martino. Ein hübscher Ort, aber meine Kindheitserinnerungen sind nun mal hier. Ich komme an den Wochenenden auf meinem alten Dreiradauto angetuckert, wenn die Arbeiter nicht da sind und alles verschandeln. Der arme Mann liegt schon mindestens zwei Tage hier. All die Insekten, die sich von ihm ernähren.«

Perillo unterbrach Gezzis Redefluss. »Haben Sie ihn berührt oder verlegt?«

»Ich habe an seinen Schuh gestoßen, nur für den Fall, dass ich mich geirrt hätte. Sie wundern sich wahrscheinlich, warum die Handwerker ihn nicht gefunden haben. Das liegt wohl daran, dass keiner von denen in den letzten paar Tagen scheißen musste. Sie haben Babbos Weingut in eine Kloake verwandelt. Mehr habe ich über den toten Mann und mich nicht zu sagen.« Er schaute OneWag an, der vor ihm saß und zu ihm hochschaute. »Tut mir leid«, sagte Gezzi. »Ich hab kein Bällchen für dich.«

OneWag starrte unverdrossen weiter.

»Ah, wie ich sehe, hast du eine gute Nase.« Gezzi griff in eine Seitentasche, nahm das verkrumpelte Taschentuch heraus, einen Kamm, eine Streichholzschachtel und schließlich ein kleines Päckchen. Er wickelte es aus und legte ihm den Inhalt vor die Füße.

OneWag erhob sich, vollführte zum Dank seine einmalige Schwanzwedelnummer und biss in die halb vertrocknete Wurst.

Während der Hund kaute, tippte Perillo Gezzis persönliche Angaben in sein Handy, die er, wie Nico vermutete, später bestimmt an Daniele als E-Mail weiterleiten würde. »Vielen Dank, Signor Gezzi. Ich muss Sie bitten, aufs Revier zu kommen, damit wir Ihre Fingerabdrücke nehmen und eine DNA-Probe machen können. Es dauert nur wenige Minuten.«

»Das mache ich gerne. Ich habe nicht viel zu tun und bin dankbar, dass Sie einem alten Mann mit seinen Erinnerungen zugehört haben.«

»Ich erwarte Sie Montagmorgen«, sagte Perillo. »Arrivederci.«

Gezzi nickte.

»Mein Hund dankt Ihnen auch«, sagte Nico noch, bevor er Perillo folgte.

»Gern geschehen.« OneWag hatte alles aufgefressen und schaute zu Gezzi hoch. »Mehr ist nicht.«

OneWag trabte hinter Nico her.

Perillo stand am Rand des Weingartens und rief Vince und dem anderen Mann, die immer noch neben Pietros Leiche standen, zu: »Wir fahren zum Revier zurück. Ruft mich an, sobald Gianconi die Leiche untersucht hat.«

»Wer ist der Mann bei Vince?«, fragte Nico, als sie zum Wagen gingen.

»Er ist gerade zum Brigadiere befördert worden und macht jetzt die Runde bei den Revieren, um Berufspraxis zu kriegen. Er bleibt einen Monat bei uns. Ich fahre.« Perillo riss die Wagentür auf und rutschte hinters Lenkrad.

Nico begab sich zur Beifahrerseite, obwohl es ihm anders lieber gewesen wäre. Selbst an guten Tagen steuerte Perillo den Alfa Romeo, als wäre er in Monte Carlo auf der Piste. »Ich hänge an unser aller Leben«, sagte er, als er nach OneWag einstieg.

»Ich muss wieder mehr Oberhand gewinnen.« Perillo wendete rückwärts aus der Stelle, wo sie geparkt hatten, und fuhr in gemäßigtem Tempo den Schotterweg hinunter. »Kein Wort zu Dani, einverstanden? Pietros Tod kann bis morgen früh warten.«

»Wird er das nicht krummnehmen? Er ist schließlich Teil des Teams.«

»Er wird's verkraften. Er soll seine Nacht mit Stella haben.«

»Eine ganze Nacht?«

»Eine ganze Nacht würde ihm guttun. Aber ein Abend tut's auch.« Perillo bog mit quietschenden Reifen links ab auf die Bundesstraße 222. »Pietro hat versucht, mittels Erpressung zu seinem Vermögen zu kommen.« Er schlug mit der flachen Hand auf das Lenkrad. »Dieser Idiot! Hat er wirklich gedacht, er könnte ungestraft einen Mörder erpressen?«

Nico schaute auf den Tacho. Er zeigte 170 km/h an, und das

auf einer zweispurigen Fahrbahn. »Bitte fahren Sie langsamer.«

Perillo drosselte die Geschwindigkeit auf gemächliche 140. »Laura ist soeben wieder auf den ersten Listenplatz vorgerückt.«

»Warum? Halten Sie sie für stark genug, eine Leiche anzuheben und in einen Kofferraum zu hieven?«

»Cesare war sehr dünn, und leidenschaftlicher Wille verleiht ungeahnte Kräfte.«

»Mir geht die ganze Zeit etwas im Kopf herum«, sagte Nico. »Lassen Sie uns drüber reden, wenn wir wieder festen Boden unter den Füßen haben.«

»Mein lieber Americano, wir befinden uns auf Asphalt und sind fest angeschnallt. Sie werden es überleben. Sagen Sie's mir jetzt, sonst wird mein rechter Fuß zu Blei.«

»Wir sollten dem Tod von Lauras Schwester nachgehen.«

»Gabriella. Ja, Dani hat mir davon erzählt. Sie starb vor ein paar Jahren bei einem Autounfall. Er hat im Internet darüber gelesen.«

»Vielleicht besteht eine Verbindung zu Cesares Tod.«

»Wie kommen Sie darauf?«

»Wegen einer Sache, die Signora Lucchetti gesagt hat. Tun Sie mir einen Gefallen. Rufen Sie Ihre Kollegen in Casciano an und sagen Sie ihnen, Sie hätten mich bevollmächtigt, Erkundigungen über den Unfall einzuziehen.«

»Wenn Sie meinen«, sagte Perillo, dem ein Zusammenhang zwischen einem neun Jahre alten Unfall und Cesares Tod ziemlich weit hergeholt erschien. Er lenkte den Wagen schwungvoll auf den Parkplatz seines Reviers und stellte den Motor ab. OneWag sprang vom Rücksitz auf Nicos Schoß und drängelte zappelnd nach draußen. Nico öffnete die Autotür. OneWag sauste zum Revier. Perillo rührte sich nicht. »Montag schicke ich Daniele zu den Bauarbeitern des neuen Hotels; er soll die Leute fragen, ob sie irgendjemanden gesehen haben, der da nicht hingehört. Ich vernehme Laura, sobald mir Gianconi einen Zeitrahmen für Pietros Tod gegeben hat.«

»Auch um Mattia Gennari und Vittori müssen wir uns noch einmal kümmern«, sagte Nico. »Beide haben ein gutes Tatmotiv.«

»Mattia hat kein Alibi, aber er war auch nicht in der Nähe von Lauras Handy. Und die Vorstellung, dass Vittori in seiner eleganten Kleidung ein Messer in Cesare oder Pietro rammt, fällt mir schwer. Außerdem kann er mit seinem Geld alles Land kaufen, das er haben will.«

»Aber er wollte ja gerade dieses Land, nicht wahr?«

»Das sagt er jedenfalls.«

Nico schwang die Beine aus dem Auto. Ihm fehlte gerade die Energie, um ganz auszusteigen. »Vielleicht esse ich heute Abend im Hotel. Ich hätte nichts dagegen, mit den zwei Männern, oder auch nur einem allein, ein wenig zu plaudern.«

Auch Perillo schwang seine Beine aus dem Wagen. Er hatte Lust, etwas, oder jemanden, zu treten – zum Beispiel Pietro, wäre er noch am Leben. »Wie ist es mit Nelli gelaufen?«

»Nichts ist gelaufen, und Tilde braucht mich nicht mehr im Sotto Il Fico, bis die Touristensaison im April wieder losgeht. Ich habe jede Menge Zeit, ein bisschen herumzuschnüffeln.«

»Kommen Sie zum Abendessen zu uns. Ivana kocht immer genug, um das ganze Revier satt zu kriegen.«

»Danke, aber ich sollte besser zum Hotel fahren. Ich hoffe, Vittori und Reni da vorzufinden. Jetzt, wo Pietro tot ist, möchte ich mir eine Vorstellung machen, wer sie sind und wie sie ins Bild passen.«

»Na ja, es ist eine gute Art, die Zeit totzuschlagen, und essen werden Sie auch gut. Holen Sie Rocco da raus. Wahrscheinlich hat er es geschafft, Vinces Schließfach zu knacken.«

»Und was ist mit Ihnen?«

»Ich glaube, ich bleibe noch ein Weilchen hier sitzen und träume davon, eine Zigarette zu rauchen.«

»Dann träumen Sie schön.« Nico stieg aus dem Auto, pfiff nach OneWag und ging auf die andere Seite zu Perillos offenem Fenster. »Kopf hoch. Wir finden den Mörder.«

»Ich weiß nicht. Ich kann ohne Zigarette nicht klar denken«, sagte Perillo, als OneWag aus dem Revier herausgerannt kam.

Nico sah, was OneWag im Maul hatte, und befahl: »Aus!«

Perillo steckte den Kopf durchs Wagenfenster und rief: »Bravo, Rocco!«

Der Hund machte Sitz und schaute hoch zu seinem Herrchen.

»Ich sagte: Aus!«

OneWag legte sich hin. Nico wusste, dass der Hund sich als Nächstes auf den Rücken rollen würde. Er befolgte widerwillig alle Befehle. Aber sich von einem gefundenen Schatz wieder zu trennen war am schwersten.

Perillo lachte schallend.

»Das ist nicht hilfreich«, sagte Nico.

»Ich freu mich schon, es Vince zu erzählen.«

»Bitte tun Sie's nicht.« Nico bückte sich und streckte die Hand aus. OneWag setzte sich langsam auf, lief zu Nico hinüber und ließ einen Dreierpack Kaugummi in seine Hand fallen.

Perillo stieg aus dem Auto und kraulte OneWag gründlich hinter dem Ohr. »Danke, Rocco, du bist viel besser als jede Zigarette.«

Mit Vinces Kaugummipackung in der Hand stand er da und sah zu, wie sich Herr und Hund in Richtung Ortszentrum aufmachten. »Ja, wir finden ihn, wer immer es ist.«

Die Sonne war untergegangen, als Stella und Daniele den Garten von Da Angela betraten, aber ein verblassendes rosa Band schwebte immer noch am Horizont. Unter ihren Schuhen knirschte es, als sie auf dem Kiesweg zu ihrem Tisch neben einem Lorbeerbusch gingen. Die gleichmäßige Flamme einer dicken Kerze, tief in einem Glasgefäß versunken, warf einen Lichtkreis über das weiße Tischtuch. Sie trugen beide lange Hosen und Pullis, denn die Abendluft war schon sehr kühl.

»Ich bin froh, dass wir heute Abend zusammen sein können«, sagte Stella, als sie sich setzte. »Du fehlst mir, Dani.«

Danieles Wangen erblühten in gewohnter Weise. »Du mir auch.« Er wusste, jetzt war der Moment gekommen, in dem er ihr endlich sagen konnte, was er für sie empfand. Er setzte an: »Ich wollte ...« Aber der Rest des Satzes blieb ihm im Hals stecken.

Stella beugte sich zu ihm vor und küsste ihn.

»Das wollte ich schon seit einer ganzen Weile tun. Du auch, oder?«

Vor lauter Verblüffung brauchte Daniel einen Augenblick, bevor er antwortete: »Ein klares Ja.« Er lachte. »Ich war mir nicht sicher, wie gut es bei dir ankommen würde.«

»Na, jetzt weißt du's, und nach dem Dessert können wir es nach Lust und Laune fortsetzen.«

Aus Danieles Lachen wurde ein breites Grinsen. »Warum noch essen?«

Stella griff nach der handgeschriebenen Speisekarte. »Weil wir beide Hunger haben.«

Betta, Angelas Mutter, kam, um ihre Bestellung aufzunehmen. Sie stellte einen Teller mit geschnittenem Landbrot auf den Tisch. »Bestellen Sie, so viel Sie wollen, und danken Sie dem Maresciallo und seinem guten Herzen. Also, was darf's sein?«

»Was hat das mit dem Maresciallo zu tun?«, fragte Daniele, der fürchtete, sein Chef habe sich wieder einen Scherz mit ihm erlaubt.

»Das müssen Sie schon selber rauskriegen, von mir erfahren Sie nichts«, sagte Betta. »Bestellt das Hühnchen Cacciatore. Es ist ausgezeichnet. Ich habe es gemacht.«

»Dann nehme ich das nach dem Antipasto«, sagte Stella.

»Ich auch«, sagte Daniele lachend. Er war albern, aber er konnte nicht anders. Er war glücklich.

Auch Stella lachte, als sie den roten Hauswein bestellte.

Betta schüttelte den Kopf. »Panzanello Riserva, keinen Geringeren hat mein Hühnchen verdient. Und den kriegt ihr auch.«

»Wer wüsste das besser als Sie, Signora«, sagte Daniele. Er

hoffte inständig, dass sein Geld reichte. Die alte Frau entfernte sich wieder.

Ein klammes Schweigen setzte ein. Daniele war nicht geübt in der Kunst, eine Unterhaltung in Gang zu bringen.

Stella fragte sich, ob sie vorhin vielleicht zu aufdringlich gewesen war, ob sie den Eindruck vermittelt hatte, sie wäre mir nichts, dir nichts bereit, mit ihm ins Bett zu hopsen. Zwar dachte sie oft daran, aber sie wollte es mit Dani sachte angehen und sicher sein, dass weder ihm noch ihr wehgetan wurde.

»Ich habe gesehen, wie Salvatore das Konzert in großer Eile verlassen hat«, sagte Stella und knetete kleine Brotkügelchen. »Weißt du, wieso?«

»Nein«, sagte Daniele. »Vielleicht wollte seine Frau etwas von ihm. Es kann nichts Dienstliches gewesen sein, sonst hätte er mich mitgenommen.«

»Er ist eben auf dich angewiesen.«

»Sagen wir mal so, an mir kann er sich abreagieren.«

Seine nüchterne Sicht auf die Welt verlieh ihr ein Gefühl der Sicherheit.

Nico betrat das Restaurant des Hotels Bella Vista. Es war drinnen wie draußen leer. Nelli und Laura hatten offenbar ein anderes Restaurant zum Abendessen aufgesucht, Vittori und Reni ebenso. Nico kehrte mit OneWag zu seinem Auto zurück. Er wusste, dass er im Sotto Il Fico immer willkommen war, aber heute war sein Zuhause der beste Ort. Nelli und ein weiterer sinnloser Mord deprimierten ihn. Eine Schüssel Pasta e Fagioli mit ein paar Gläsern Wein würde die Lebensgeister wieder wecken.

Nico machte die Autotür auf. »Komm, OneWag, es geht nach Hause.«

Der Hund neigte den Kopf und schaute Nico fragend an. Irgendwas stimmte nicht.

»Na los«, sagte Nico. »Rein mit dir.«

OneWag sprang hinein und wartete auf dem Beifahrersitz, bis Nico sich gesetzt und angeschnallt hatte.

»Hör auf, mich anzustarren«, sagte Nico. »Runter vom Sitz.« Nico bestand darauf, dass der Hund sich unten im Fußbereich hinlegte, damit er nicht vom Beifahrersitz geschleudert und verletzt würde, wenn er einmal scharf bremsen musste. Der Hund gehorchte.

Auf halber Strecke schlich sich OneWag zurück auf den Sitz, machte sich lang und legte den Kopf auf Nicos Schenkel.

Daniele kam spät an diesem Abend ins Revier, wo ihn Dino begrüßte, der Nachtdienst hatte. »Ciao, Daniele. Was machst du denn hier? Willst du mir Gesellschaft leisten?«

»Ich möchte nur ein paar Sachen überprüfen.« Er wusste, dass er nicht schlafen konnte, nicht jetzt nach dem Treffen mit Stella, wo ihm das Blut wild in den Adern pulsierte. »Alles in Ordnung?«

»Jetzt ja. War's ein schöner Abend?«

»Sehr schön.« Daniele spürte immer noch ihren Mund auf seinen Lippen, während er zum Büro des Maresciallo ging. Er stand schon vor der Tür, als Dinos Bemerkung endlich durch seine romantische Verklärung zu ihm vordrang. Er drehte sich um. »Ist irgendwas passiert?«

»Das will ich meinen. Pietro Rinaldi wurde ermordet.« Er schilderte Daniele alle Einzelheiten, die ihm bekannt waren.

»Wann habt ihr es erfahren?«

»Als wir beim Konzert herumstolzierten, um zu gewährleisten, dass niemand erschossen wird.«

Die Euphorie des Abends verpuffte. Sein Platz wäre an der Seite des Maresciallo gewesen. Das war sein Job. »Warum hat mir der Maresciallo nichts gesagt?«

»Er hat Nico mitgenommen. Du darfst zweimal raten, warum. Nein, warte, dein Kopf steckt noch in den Wolken. Also dreimal.«

Die Wolken verzogen sich und Daniele wurde rot. »Oh«, sagte er, und ihm fiel wieder ein, was die alte Dame gesagt hatte, als sie ihre Bestellung aufnahm. *»Danken Sie dem Maresciallo und seinem guten Herzen.«* Man hatte ihm bei der

Rechnung einen dicken Rabatt gewährt, und jetzt so viel Verständnis. Viele Gefühle bewegten ihn zugleich: Verwunderung, Verlegenheit – und Stolz. Er war mehr als nur einer der Brigadieri des Maresciallo. Der Maresciallo mochte ihn wirklich.

»Der Maresciallo kann fies und launisch sein«, sagte Dino, »und manchmal labert er echte Scheiße, aber wenn du ein bisschen tiefer gräbst, weißt du, dass er ein guter Typ ist.«

»Das stimmt.« Daniele öffnete die Tür zu seinem Büro. »Bis später.«

»Bleib nicht ewig dadrin«, sagte Dino. »Sieh lieber zu, dass du ein bisschen Schlaf kriegst. Morgen haben wir bestimmt jede Menge zu tun.«

»Ich mach nicht lange.«

»Falls ich einschlafen sollte, weck mich nicht.«

»Ist gut. Träum süß.«

»Mir schwebte eher sexy vor.«

Daniele öffnete ein Fenster und ließ frische Luft herein. Er knipste seine Schreibtischlampe an, fuhr den Computer hoch und setzte sich. Er holte tief Luft und ließ sie langsam wieder heraus, um sich zu beruhigen. Er konnte sein Glück nicht fassen. Erst Stella, und jetzt auch noch der Maresciallo.

Der Bildschirm leuchtete auf. Er ging zuerst auf Beppes Blog, wie schon am Vorabend. Beppe hatte jetzt 506 Follower. @ZorroZero hatte vor einer Bar eine Ducati gesichtet, aber wie sich herausstellte, handelte es sich um ein jüngeres Modell. @Gloriagloris fragte, warum keine Belohnung für den Finder ausgesetzt sei. Beppe hatte geantwortet: »Geld korrumpiert. Gerechtigkeit adelt.«

Gut gegeben, dachte Daniele und kicherte leise. Er überflog rasch die Klatsch- und Sportkommentare; im Zusammenhang mit der Ducati gab es keine weiteren Meldungen. *Ob man sie je findet?*, fragte sich Daniele. Spielte es überhaupt eine Rolle? Ganz gleich, welche Spuren Cesares Mord dort hinterlassen hatte, sie wären inzwischen längst verschwunden. Aber vielleicht musste die Ducati ja Lauras und Signora Lucchettis wegen gefunden werden, damit sie Cesares Wunsch erfüllen konnten.

Daniele wechselte zu den 102 Polizeidirektionen, die an diesem Morgen immer noch nicht geantwortet hatten. Dreiundsechzig Direktionen bestätigten inzwischen, dass sie Cesare Rinaldi keinen Pass ausgestellt hatten. Die vierundsechzigste – Polizeidirektion Genua – meldete sich mit einer anderen Information. Daniele notierte sie. Dann schaltete er den Computer und die Schreibtischlampe aus, schloss das Fenster und verließ das Büro. Dino hielt am Eingangstresen die Stellung, mit einem gemütlich auf den Armen ruhenden Kopf. Daniele wünschte ihm stumm eine Gute Nacht. Er hoffte inständig, er würde so gut schlafen können wie jener. Morgen war Kirchgang angesagt, aber das änderte nichts daran, dass sie zwei Mordfälle zu lösen hatten.

DREIZEHN

Nach seiner gewohnten Joggingrunde und einer hastigen Dusche fuhr Nico mit OneWag in den Ort. Normalerweise frühstückte er sonntags zu Hause, da Gogol die Frühmesse ihm vorzog. Aber heute war Nico um zehn mit Perillo und Dani auf dem Revier verabredet. Bevor er das Café ansteuerte, lief er zu Nellis Atelier, und OneWag eilte ihm voraus. Die Tür war verschlossen. Der Hund blickte winselnd zu ihm hoch.

»Ich versteh dich gut, Kumpel«, sagte er zu OneWag. »Wir müssen uns einfach gedulden.« OneWag antwortete mit einem kurzen Bellen.

»Was machen Sie denn hier am Tag des Herrn?«, fragte Sandro, als Nico die Bar All'Angolo betrat. Sandro aß gerade ein Cornetto. Das Café war leer. Die Dorfbewohner waren in der Kirche oder lagen noch im Bett; heute würden sie später kommen.

»Buongiorno. Ihr habt mir gefehlt«, sagte Nico, während er seinen Kaffee und ein Cornetto bei Sandro bezahlte. Am anderen Ende des Tresens stand Jimmy, der ihm zuwinkte und Nicos Americano in Gang setzte. OneWag wetzte auf dem blitzblanken Fußboden hin und her.

Sandro gab Nico sein Wechselgeld heraus. »An einem Sonntag hatten Sie doch noch nie Sehnsucht nach uns. Warum heute?«

»Warum die vielen Fragen?«, sagte Nico, der dankbar konstatierte, dass Pietros Tod noch nicht die Runde gemacht hatte.

»Sie sahen so ernst aus, als Sie hier hereinspazierten. Ich dachte, vielleicht wäre wieder etwas passiert. Hier, Rocco.« Sandro warf OneWag den Rest seines Cornettos zu, der hochsprang und sich den Bissen in der Luft schnappte.

»Mich beschäftigt etwas, das vor acht oder neun Jahren geschah. Ein Autounfall, bei dem Gabriella, Lauras Schwester, ums Leben kam. Habt ihr zum Zeitpunkt etwas davon mitbekommen?«

»Damals waren wir noch nicht mit Laura befreundet«, sagte Jimmy, »aber sobald bei uns in einem Umkreis von sechzig Kilometern etwas Komisches oder Tragisches passiert, dann wird es zum Thema – man redet darüber und analysiert jede Einzelheit, bis hin zum leidenschaftlichen Disput.«

»Was war denn die vorherrschende Meinung?«

»Dass sie eingeschlafen ist, betrunken war, Selbstmord begangen hat, jemand sie von der Fahrbahn drängte. Suchen Sie sich was aus.«

»Das war etwa um die Zeit, als Cesare öfter herkam«, sagte Sandro.

Nico frühstückte im Stehen am Tresen, während OneWag seine volle Aufmerksamkeit auf Sandro richtete. »Hat Cesare irgendwas zu dem Unfall gesagt?«

»Ich weiß nur noch, dass er das Café verließ, als Gustavo und seine Freunde sich darüber unterhielten. Ich erinnere mich auch nur deshalb daran, weil er sonst immer viel länger blieb. Doch diesmal war er schon nach spätestens fünf Minuten wieder weg.«

Jimmy schaute Sandro vielsagend an. »Und du warst ganz froh darüber.«

»Erleichtert«, antwortete Sandro. »Aber warum das plötzliche Interesse, Nico?«

»Ich habe erst vor ein paar Tagen davon erfahren. Für Laura war das sicherlich sehr schmerzlich.«

»Die Schwester zu verlieren war noch das Geringste«, sagte Jimmy. »Aber manche Leute gaben ihr die Schuld an ihrem Tod.«

»Manche Leute sind einfach Idioten. Ich sehe Sie morgen. Komm jetzt, OneWag, Sandro lässt dich bestimmt auch morgen wieder springen.«

Daniele stand auf, als Perillo Punkt 9:59 Uhr ins Büro kam. »Vielen Dank. Das war wirklich sehr nett von Ihnen, mir den

Abend freizugeben und mir dann auch noch zu einem Rabatt zu verhelfen.«

Einen Rabatt, den ich bezahle. »Du hast es dir verdient«, sagte Perillo. »Und du hast nichts weiter verpasst als den Anblick einer weiteren Leiche. Nico ist so etwas gewohnt. Ich bin sicher, das Team aus Florenz hat die notwendigen Fotos gemacht. Wir müssen warten, bis die Spurensicherung und Gianconi uns mehr verraten können.« Er hängte seine Jacke über die Stuhllehne und setzte sich.

»Als ich gestern später noch einmal herkam«, sagte Daniele, »habe ich nachgesehen, ob eine der Polizeidirektionen Cesare einen Pass ausgestellt hat. Wir haben jetzt vierundsechzig negative Rückmeldungen.«

Perillo schüttelte ungläubig den Kopf. »Dani, ein freier Abend heißt ein freier Abend.«

»Ich weiß. Ich konnte nicht schlafen«, gestand Daniele.

»Ach ja, wie gut ich mich an diese Zeiten erinnere«, sagte Perillo wehmütig. Die Bürotür ging auf. »Ah, da kommt unser amerikanischer Detective, pünktlich wie immer.«

»Bald nicht mehr, wenn ich noch länger in diesem Land lebe«, sagte Nico. »Buongiorno. Ich wusste, ich kann mich drauf verlassen, dass Daniele hier ist.« Der junge Mann wirkte verschlafen und strahlend zugleich. Offenbar gelingt nur der Liebe solch eine spezielle Kombination, dachte Nico.

»Ich bin ja auch da«, grummelte Perillo. »Wo ist Rocco?«

»Er ist sofort in Vinces Zimmer verschwunden.«

»Dumme Frage.« Perillo griff zum Telefon. »Ich bestelle einen Espresso. Möchte noch jemand?«

Beide antworteten: »Nein, danke.«

»Vince, bestell bitte einen doppelten Espresso und einen Aprikosensaft.« Perillo hängte den Hörer wieder ein. »Keine Sorge, Dani, du kannst dir den Saft auch für später in Vinces Kühlschrank aufheben. Unser Hauptverdächtiger ist tot. Setzen wir uns also hin und beginnen wir mit dem Umdenken.«

Nico nahm den Stuhl vor Perillos Schreibtisch. »Reden wir über Pietro.«

»Da gibt's noch nicht viel zu erzählen«, sagte Perillo. »Pietro muss gesehen haben, wer Lauras Handy benutzte, und dachte dann wahrscheinlich, er hätte den Topf voll Gold am Ende des Regenbogens gefunden. Ich verstehe nur nicht, wieso er glaubte, er könne das durchziehen.« Er lehnte sich mit den Ellenbogen auf den Schreibtisch und raufte sich sein dichtes schwarzes Haar. »Wie kann man nur so blöd sein.«

»Geld hat oft diese Wirkung«, sagte Nico.

Daniele hatte seinen Stuhl mitgebracht und gesellte sich zu ihnen. »Ich habe Neuigkeiten«, verkündete er.

Perillos Augen verengten sich zu Schlitzen. »Nämlich?«

»Vor fünfzig Jahren hat Cesare Rinaldi jemanden tätlich angegriffen, der später seinen Verletzungen erlag. Cesare musste neuneinhalb Jahre ins Gefängnis. Er war nie in Deutschland.«

»Aha, der einsame Wolf hatte also guten Grund, sich bedeckt zu halten.« Perillo streckte die Beine unter dem Schreibtisch aus. »Kein Wunder, dass er so verschlossen war. Das erklärt auch, warum er immer behauptete, er hätte an der Hotelbar gearbeitet, seit er achtzehn war.«

Eine interessante neue Entwicklung, dachte Nico. »Wo saß er ein?«

»Den überwiegenden Teil seiner Haftzeit war er in Genua. Das letzte Jahr kam er wegen guter Führung nach Gorgona.«

»Wo ist das?«

Es klopfte an der Tür.

»Herein, herein«, rief Perillo.

Renzino, der Junge aus der Bar, brachte ein kleines Tablett.

»Ciao, Renzino«, sagte Perillo. »Wie ich sehe, bist du zu deiner natürlichen Haarfarbe zurückgekehrt.« Im April war er blond gewesen, im Jahr zuvor ein Rotschopf.

Renzino ließ die Mundwinkel hängen. »Meine Freundin hat mit mir Schluss gemacht.«

Perillo schuf Platz auf seinem Schreibtisch. »Das tut mir leid. Stell's hier drauf. Vince zahlt. Sieh zu, dass er dir ein ordentliches Trinkgeld gibt.«

»Ja, Maresciallo.« Renzino stellte den Espresso und die kleine Flasche Aprikosensaft ab.

Kaum hatte sich die Tür hinter Renzino geschlossen, beantwortete Perillo Nicos Frage. »Es ist eine Insel im toskanischen Archipel.« Er trank seinen Espresso mit zwei gierigen Schlucken, lehnte sich zurück und zog seine Schreibtischschublade auf. »Sicher kann Ihnen Dani mehr dazu erzählen. Bei mir im Kopf klingelt gerade was.«

Dani war froh, dass er sich heute früh die Zeit genommen hatte, Gorgona nachzuschlagen. »Im Mittelalter war da mal ein Mönchskloster.«

Perillo zog ein Notizheft aus der Schublade und begann darin zu blättern.

»Die Insel ist nur knapp zweieinhalb Quadratkilometer groß und die Strafanstalt beherbergte früher hundert Insassen«, sagte Daniele. »Wie bei Ihnen in Alcatraz ist eine Flucht von dort unmöglich. Die Gefangenen bauen ihre eigenen Lebensmittel an, kochen selbst. Sie stellen sogar ihren eigenen Wein her, lernen, wie man ...«

»Hier ist es«, sagte Perillo und drückte seinen Zeigefinger auf eine Seite. »Cesare hat Laura erzählt, er sei der einzige Toskaner, der die Kunst der Weinherstellung auf einer kleinen Insel erlernt habe. Als ich sie fragte, welche Insel das gewesen sei, sagte sie, das wisse sie nicht.«

»Wahrscheinlich wusste sie es wirklich nicht«, sagte Nico. »Normalerweise brüstet man sich nicht mit seinen Gefängnisaufenthalten. Es ist nur eine Vermutung, aber ich glaube, Cesares Vater hat ihm das Land wegen der Gefängnisjahre hinterlassen. Er wollte ihn wohl zu Hause halten und verhindern, dass er wieder straffällig wird.«

»Könnte sein.« Perillo klappte sein Notizbuch zu und legte es zurück in die Schublade. »Danke, Daniele, dass du so gründlich recherchiert hast.«

Daniele nickte und bemühte sich, die Hitze zu ignorieren, die ihm ins Gesicht stieg.

»Wir wissen jetzt also, dass Cesare im Bau war«, sagte Perillo. »Wie hilft uns das bei seiner Ermordung weiter? Inzwischen sind vierzig Jahre vergangen.«

»Fünfzig, seit er seine Haftstrafe antrat«, sagte Daniele.

Perillo hob ergeben die Hände. »Na schön. Wäre damals jemand hinter ihm her gewesen, hätte er nicht bis heute gewartet, um ihn zu töten. Er hätte ihn jederzeit finden können. Cesare hat nicht einmal seinen Namen geändert.«

Nico stand auf. »Es wäre vielleicht ganz gut, sich noch einmal Sirio Reni vorzunehmen. Überprüfen Sie, ob irgendwer unter diesem Namen im Gefängnis von Genua oder in Gorgona war. Auch Vittori.«

Perillo lachte. »Da wäre er ja nicht älter als zehn gewesen.«

»Sie kennen sein genaues Alter?«

»Vittori ist achtundsechzig«, sagte Daniele.

»Na, er sieht aber jünger aus«, verteidigte sich Perillo.

»Weil ich dachte, es könnte vielleicht wichtig sein«, sagte Daniele, »habe ich für die Zeit von Cesares Aufenthalten eine Liste seiner Zellengenossen im Genueser Gefängnis und eine der Gefangenen auf Gorgona angefordert.«

Perillo zeigt auf seinen Brigadiere. »Haben Sie das gehört, Nico? Dieser Mann, den ich so fleißig ausgebildet habe, hat es jetzt auf meinen Job abgesehen.«

Daniele sprang auf die Füße. »Niemals, Maresciallo!«

»Setz dich wieder hin, ich mache ja nur Spaß. Bravo, Daniele. Ich bin stolz auf dich.«

Daniele wollte etwas sagen, aber Perillo hob die Hand. »Du musst mir nicht danken.«

Daniele setzte sich wieder.

Nico sagte: »Wir müssen auch den Namen des Mannes in Erfahrung bringen, der an den Folgen von Cesares gewaltsamem Angriff gestorben ist. Es könnte ein Mord aus Rache gewesen sein.«

Perillo sah Nico erstaunt an. »Wir? Sie verteilen hier die Arbeit und gehen selbst wohin, wenn ich fragen darf?«

»Ich hole meinen Hund und fahre nach San Casciano, um mich mit einem Carabinieri zu unterhalten.«

Perillo nickte zustimmend. »Stimmt. Maresciallo Sanna erwartet Sie. Er ist ein intelligenter Mann, stammt aus Sardinien und freut sich schon darauf, Ihre Fragen zu beantworten. Ich habe ihm gesagt, Sie seien ein Brigadiere der Carabinieri – ehrenhalber. Maresciallo hätte übertrieben geklungen.«

Nico quittierte die Frotzelei mit einem breiten Lächeln. »Ich fühle mich geehrt.«

Danieles Stuhl schrammte am Boden, als er aufstand. »Sie wollen Gabriellas Unfall untersuchen.«

»So ist es«, antwortete Nico.

Daniele schaute etwas verwirrt drein. »Ich habe den Zeitungsbericht gelesen. Sie hat in einer Kurve die Kontrolle über ihr Auto verloren und ist gegen einen Baum gerast. Es war spät in der Nacht. Wahrscheinlich ist sie eingeschlafen. Glauben Sie, es könnte eine Verbindung zu dem Mord geben?«

»Nicht unbedingt. Sollte ich etwas Interessantes erfahren, sage ich Bescheid. Ciao.«

»Warten Sie.« Perillo stemmte sich aus seinem Lehnstuhl heraus. »Ivana kocht gerade wieder eins ihrer fantastischen Sonntagsessen. Sie sind herzlich willkommen. Fahren Sie doch später nach San Casciano.«

»Vielen Dank. Vielleicht an einem anderen Sonntag.« Nico war versucht, Perillos Einladung anzunehmen, aber ihm war beim Konzert aufgefallen, wie Nelli seinen gewölbten Bauch gemustert hatte. In letzter Zeit hatte er sich oft mit Snacks und Naschereien getröstet, unterstützt von einem begeisterten OneWag. »OneWag und ich sind ab heute auf Diät. Arrivederci.« Nico ging zur Tür und machte sie hinter sich zu.

Perillo schüttelte den Kopf, während Nico auf dem Flur nach seinem Hund pfiff. »Er hat keine Ahnung, was für Leckerbissen er sich da entgehen lässt.«

»Nein, hat er wirklich nicht«, pflichtete Daniele ihm bei. Ivanas Sonntagsessen waren Gelage à la Rabelais, zu denen er eine Dauereinladung hatte.

»Auch dir werden leider diese Leckerbissen entgehen, aber

heute ist Ivana freundlicherweise bereit, dich an Stella abzutreten.«

Danieles Wangen glühten vor Glück und Verlegenheit. »Ich danke Ivana und Ihnen, Ma – Salvatore.«

»Jetzt ist mal gut mit der ewigen Dankerei. Tritt mir vor morgen früh nicht mehr unter die Augen.«

Von Greve nach San Casciano führten dreizehn Kilometer bergaufwärts, mitsamt der im Chianti üblichen Kurven. Nico war erst zweimal dort gewesen. Das erste Mal war er mit Rita hergekommen und hatte erfahren, dass das Städtchen auf Etrusker- und Römerzeiten zurückging und lange Zeit prosperierte. Florenz baute es in der Renaissance zu einem wichtigen militärischen Vorposten aus und errichtete jene wuchtigen Mauern, die immer noch die Altstadt umgeben. Der Zweite Weltkrieg hatte die halbe Stadt zerstört. Als Nico jetzt durch die Straßen lief, sah er nichts mehr von dem, was die Deutschen und die Alliierten angerichtet hatten.

Bei seinem zweiten Besuch an einem glühend heißen Montag im Juli hatte Nico OneWag mitgenommen. Er musste Töpfe und Pfannen auf dem großen Markt einkaufen, der sich auf viele Straßen des Städtchens erstreckte. Hunde besitzen ein gutes Ortsgedächtnis; OneWag trottete Nico mit sicherem Instinkt voraus und blieb nur stehen, um entgegenkommende Hunde und interessante Winkel zu beschnüffeln.

Nachdem er sich beim Brigadiere am Eingang des Carabinieri-Reviers vorgestellt hatte, wurde Nico zu Maresciallo Sanna geführt, einem sympathisch aussehenden Mann mittlerer Größe in Jeans und langärmeligem Polohemd. Nico schätzte ihn auf Ende vierzig. Als sie sich die Hand schüttelten, bemerkte Sanna, dass OneWag dabei war, seine Sneaker einer Überprüfung zu unterziehen.

»Ah, auch ein Hundeliebhaber. Ich habe zwei davon zu Hause«, sagte Sanna lächelnd. »Früher habe ich immer mal wieder einen mit aufs Revier gebracht, aber wegen der Mäuseplage halten wir uns hier jetzt eine Katze. Gehen wir lieber ins Café, sonst kratzt sie Ihrem Hund noch die Augen aus. Dort ist es sowieso angenehmer.«

Im Café nur ein paar Häuser weiter führte Sanna Nico an einen Ecktisch, der vom Tresen weit entfernt war.

»Ich komme öfter zum Nachdenken her«, sagte Sanna und setzte sich, nachdem Nico Platz genommen hatte. »Ein Orangensaft gegen die Müdigkeit, und die grauen Zellen arbeiten wieder wie am Schnürchen.« Sie bestellten beide ein Glas Orangensaft. Da die Erforschung der Straße eindeutig beendet war, legte sich ein enttäuschter OneWag unter Nicos Stuhl.

Sanna wartete Nicos Fragen gar nicht erst ab. »Ich habe mir den Bericht über den Unfall, bei dem Gabriella Benati umkam, noch einmal sehr genau angesehen. Zum Glück wohnt der Mann, der den Bericht verfasst hat und jetzt pensioniert ist, in der Nähe, in Calcinaia. Nachdem ich ihn wegen des Unfalls angerufen hatte, kam er gleich aufs Revier, um mir alles zu erläutern. Er hatte die frische Delle und den langen Kratzer auf der Fahrerseite des Wagens gesehen und hielt es für mehr als wahrscheinlich, dass ein anderes Auto Benati in der Kurve abdrängte und sie daraufhin die Kontrolle über ihr Auto verlor, das zur anderen Straßenseite driftete und dort gegen einen dicken Baum raste. Er fand auch verdächtig, dass der Mann, der den Unfall telefonisch gemeldet hatte, seinen Namen nicht nennen wollte.«

Nico beugte sich vor. »Existiert eine Aufnahme des Anrufs?«

»Jetzt nicht mehr, aber lassen Sie mich ausreden. Sie finden das bestimmt interessant und merkwürdig. Der Brigadiere …« Sanna hielt inne, um einen großen Schluck von seinem Orangensaft zu nehmen, den der Kellner gerade gebracht hatte.

Nico trank ebenfalls. »Der Brigadiere …«, forderte er ihn auf.

»Der in der Unfallnacht Dienst hatte, rief am nächsten Morgen Benatis Mutter an, um sie darüber zu informieren, wie sich der Unfall wahrscheinlich ereignet hatte. Er kam gar nicht dazu, alles zu berichten, weil der Großvater am Telefon war; er sagte, es wäre ihm egal, wie seine schöne Enkelin gestorben ist. Sie sei tot, und hätte ihre Schwester sie nicht betrunken angerufen, wäre sie noch am Leben. Bevor wir Carabinieri noch irgendetwas sagen konnten, hatte der Großvater schon wieder aufgelegt.«

»Und das war's?«

»Ja. Brocci hat seine Verdachtsmomente im Bericht vermerkt. Er liegt in meinem Büro, wenn Sie ihn lesen möchten.«

»Ihr Wort genügt mir. In der Presse stand also kein Wort davon, dass möglicherweise ein anderes Auto an dem Unfall beteiligt war?«

»Benatis Mutter rief zurück und bat uns, diese Tragödie nicht noch mit derartigen Spekulationen zu verschlimmern. Broccis Vorgesetzter sah das ein.«

»Verstehe. Vielen Dank für diese Information.«

Sanna leerte sein Glas und wischte sich mit einer Serviette den Mund ab. »Es kommt noch besser.«

Sanna führt sich auf wie ein Bühnenschauspieler, dachte Nico, *der sich über seine Hauptrolle freut und sich seinen Text genüsslich zurechtgelegt hat, bevor er ihn deklamiert.* »Ich höre.«

»Es hat sich noch jemand für den Unfall interessiert.«

»Ja, ich weiß. Nelli Corsi. Sie kam nach dem Unfall zu Ihnen aufs Revier, um auszusagen, dass am Morgen des Unfalls die Delle noch nicht da gewesen war.«

»Das ist fast neun Jahre her. Aber vor ungefähr einem Monat, das genaue Datum ist mir gerade entfallen, wollte Gabriellas Schwester, Laura, den Bericht sehen. Nachdem sie ihn gelesen hatte, bat sie uns um eine Aufzeichnung des Anrufs, mit dem der Unfall gemeldet wurde. Außerdem fragte sie, warum wir damals unserem Verdacht nicht nachgegangen seien. Ich nannte ihr den Grund und bat sie um Verzeihung. Wäre ich damals zuständig gewesen, hätten wir Ermittlungen aufgenommen. Wir hätten uns von der Familie nicht hineinreden lassen dürfen.«

»Laura war bestimmt verärgert.«

»Wenn, dann ließ sie es sich nicht anmerken. Ich hatte den Eindruck, dass sie fast erleichtert war.«

Erleichterung hatte Nico nicht erwartet. Er hielt seinem Gegenüber die Hand hin. »Danke, Maresciallo.«

Sanna schüttelte seine Hand. Er hatte einen eisenharten Griff. »Das ist meine Pflicht. Darüber hinaus ist es immer ein Vergnügen, einen New Yorker Kriminalkommissar kennenzulernen.«

»Im Ruhestand. Jetzt spiele ich Carabiniere ehrenhalber.«

Gemeinsam verließen sie das Café, und sobald Sanna ihm auf den Weg zum Revier den Rücken zugekehrt hatte, schüttelte Nico seine Hand aus, um das Blut wieder zirkulieren zu lassen. Auf dem Weg zum Auto kaufte er ein Thunfisch-Artischocken-Panino, das er sich mit OneWag teilte, und rief Perillo an. Nico ließ das Handy klingeln, während er seinen Imbiss aß, aber Perillo nahm nicht ab. Wahrscheinlich hielt er einen Mittagsschlaf, nachdem er sich mit Ivanas Speisen vollgestopft hatte. Nico hinterließ keine Nachricht.

Stella hatte Daniele zur Wohnung ihrer Eltern in der Neustadt mitgenommen. Jetzt saßen sie auf dem schmalen Balkon und aßen Schiacciata-Sandwiches mit den einzigen Zutaten, die sie im Kühlschrank gefunden hatten: Birnen und Ricotta, mit etwas Honig. Tilde und Enzo hatten im Restaurant zu tun.

Die Sonne stand hoch am Himmel, aber ein kalter Wind vertrieb jeden Anflug von Wärme. Daniele trug Jeans, Sneaker und einen Baumwollpulli.

»Ist dir nicht kalt?«, fragte Stella, die in Jeans und Stiefeletten, einem weißen Hemd und einer grauen Wolljacke, die Tilde auf dem Sofa liegengelassen hatte, besser gegen die Außentemperaturen geschützt war.

»Es ist schön hier draußen«, sagte Daniele, ohne direkt zu antworten. Ihm war tatsächlich kalt und seinem Blick boten sich nur Reihen von Zweifamilienhäusern gegenüber, zwischen denen schmale Grünflächen eines kleinen Parks zu erkennen waren. Doch die einzige Aussicht, die ihn interessierte, war Stellas atemberaubendes Gesicht mit den jadegrünen Augen.

»Ich hoffe, du wirst satt davon«, sagte Stella, nachdem sie einen Schluck aus ihrer Flasche Peroni-Bier genommen hatte. »Ich dachte eigentlich, es gäbe hier mehr zu essen.«

»Es ist völlig in Ordnung«, sagte Daniele. Essen war das Letzte, woran er jetzt dachte. »Ich bin immer noch satt von gestern Abend.« Vom Moment an, seit er mit Stella die leere Wohnung betreten hatte, verspürte er ein Kribbeln im Magen.

Stella legte die Füße aufs Balkongeländer und biss in ihr Sandwich; vorsichtig darauf bedacht, dass nichts vom Ricotta heruntertropfte. »Im Sotto Il Fico hätten wir eine bessere Mahlzeit bekommen, aber Nonna Elvira und Mamma hätten uns da keine Sekunde aus den Augen gelassen.«

Daniele schaute Stella mit einem strahlenden Lächeln an. »Hier ist es viel besser.«

Stella sah, wie seine Augen leuchteten – vor Aufregung? Erwartung? Vielleicht beidem. Sie spürte einen Anflug von schlechtem Gewissen. Die Beine wanderten zurück auf den Boden und sie erwiderte Danieles Blick mit ernster Miene. »Es tut mir leid, Dani. Ich habe dich hergebracht, weil ich dachte, wir könnten uns hier einfach in Ruhe unterhalten, ohne ständig unter Beobachtung zu stehen.«

Daniele begann vor lauter Peinlichkeit zu schwitzen.

Stella lehnte sich auf den Tisch und versuchte sich zu erklären: »Ich bin wirklich gern mit dir zusammen. Es macht mich glücklich. Darum habe ich dich gestern Abend auch andauernd geküsst. Das soll nicht heißen, ich hätte dich bloß zum Spaß geküsst. Ich wollte auch mehr, aber wenn wir miteinander schlafen, wird es etwas Ernstes. Jedenfalls für mich.«

»Für mich auch.«

»Dann verstehst du das. Im Moment ist mir eigentlich nur meine Arbeit ernst. Die katastrophale Trennung von Gianni ist gerade einmal ein Jahr her, und sie hat mich ziemlich mitgenommen.«

»Ich weiß. Es tut mir leid, dass du so darunter gelitten hast.«

»Danke. Sind wir immer noch Kuss-Freunde?«

Daniele murmelte schnell etwas.

»Teilst du mir gerade in venezianischem Dialekt mit, dass du mich zum Mond schießen willst?«

»Nein, es ist nur so eine Redensart. *Quando l'è finio el vin, va ben anca l'acqua.*« Er kippte sein Peroni mit glühenden Wangen herunter.

»Wenn der Wein alle ist, tut es auch Wasser?«

Daniele nickte.

Stella drückte seine Hand. »Du bist zu gut für mich.«

»Ich lasse eine Freundin nicht im Stich, das ist alles.«

Stella drückte seine Hand noch einmal. »Danke.« Sie wechselte das Thema. »Ich habe das von dem zweiten Mord gehört. Wie furchtbar. Hast du eine Idee, warum das passieren konnte?«

»Habgier. Wir gehen davon aus, dass Pietro Rinaldi den Mörder seines Onkels erpresst hat.« Er nahm einen ordentlichen Happen von seinem Sandwich.

»Du meinst, er war tatsächlich Zeuge des Mords?«

»Ich glaube, er sah, wer Laura Benatis Handy genommen und die SMS geschickt hat.«

»Welche SMS?«

»Entschuldige, ich hätte das gar nicht erwähnen dürfen.«

»Top secret, was?«

Daniele nickte und aß den Rest seines Sandwichs.

»Ich kenne Laura ein bisschen«, sagte Stella. »Sie ist mit Sandro und Jimmy befreundet. Ich habe ein lustiges Bild von ihr, wie sie mit den beiden und mir Eiswaffeln schleckt. Nonna hat es aufgenommen und in ihr Album geklebt. Sie hat ständig von allem und jedem Fotos gemacht, tolle und schreckliche, zum Beispiel eins von ihren Eltern, aufgebahrt in ihren Särgen.« Stella schüttelte sich, um die Vision zu verscheuchen. »Laura ist die Hauptverdächtige bei dem Mord an diesem Barkeeper, stimmt's? Mamma sagte, dass sich das die Leute hier erzählen.«

»Ist sie nicht, und wenn sie es wäre, dürfte ich es dir nicht sagen, aber sie ist es nicht. Es ist schrecklich, dass die Leute so etwas denken. Ich weiß nicht, woher sie überhaupt die Kraft nimmt, zu arbeiten und den Menschen gegenüberzutreten. Erst verliert sie ihre Schwester, wofür ihr die eigene Familie die Schuld gibt, und jetzt noch einen guten, vielleicht sogar ihren besten Freund.«

Stella schaute ihren wunderbaren, mitfühlenden Freund an, den Mann, in den sie sich immer mehr verliebte. »Selbst wenn alle Beweise direkt auf Laura hindeuten, kannst du dir einfach nicht vorstellen, dass eine so schöne Frau böse genug sein könnte, um einen Mord zu begehen.«

»Ihr Aussehen spielt keine Rolle, sondern ihre Ausstrahlung: liebenswürdig, sanft und meist traurig.«

Die Glocken der Kirche Sant'Agnese in der Altstadt schlugen drei Uhr. »Meine Eltern kommen bald heim.«

»Ich weiß. Du willst noch ein bisschen mit ihnen zusammen sein, bevor du wieder fährst.«

»Und mit Nonna.« Stella beugte sich zu Daniele vor und küsste ihn auf den Mund. »Verzeih mir, Dani.«

Er küsste sie zurück, leidenschaftlicher. »Es gibt nichts zu verzeihen.« Er küsste sie auf die Nase. »Wirklich.« Ihre Stirn bekam den letzten Kuss ab. »Deine Ehrlichkeit bedeutet mir sehr viel.« Sie hatte gesagt, mit ihm zusammen zu sein mache sie glücklich. Mehr brauchte er vorläufig nicht.

Daniele stand auf und nahm seine leere Bierflasche und den Teller mit. »Ich helfe dir beim Aufräumen. Dann arbeite ich noch ein bisschen an dem Fall. Du hast mich auf etwas gebracht, dem ich nachgehen will.«

»Was denn?«

»Dass deine Nonna nicht die Einzige ist, die Erinnerungsfotos macht.«

Sobald Nico wieder in Gravigna war, rief er Nelli an.

Nach zweimaligem Läuten nahm sie ab. »Wie geht es dir, und wo bist du?« Würde sie ihn zu sich einladen, wenn er in der Nähe war? Nein. Sie würde ihn direkt in ihr Bett führen.

»Ich bin zu Hause und du fehlst mir. Störe ich?«

»Ich lese gerade mit großem Genuss das Buch, das du mir vor einiger Zeit empfohlen hast.« Nelli lag mit einem 87.-Polizeirevier-Krimi von Ed McBain auf dem Sofa. Sie hatte mehr über seinen alten Job erfahren wollen und sich Aufschluss darüber erhofft, warum er sich hinter diesem emotionalen Schutzpanzer verschanzte.

»Soll ich auflegen?«

»Nein. Das Buch kann warten. Ich habe das mit Pietro Rinaldi erfahren. Also deswegen bist du plötzlich mitten im Konzert gegangen, stimmt's?«

»Ja.«

»Was für eine entsetzliche Sache. Es tut mir sehr leid, dass du so direkt involviert bist.«

»Nelli, es ist meine Arbeit.«

»Das war damals, in New York. Jetzt bist du im Chianti!«

»Dem Land, wo man nichts darstellen muss, sondern einfach man selbst sein kann.«

»Eben. Kannst du nicht den Polizisten ablegen?«

»Perillo hat mich um Hilfe gebeten.«

»Du hättest nein sagen können.« Nelli unterbrach sich kurz. »Verzeih mir. Ich habe kein Recht, dich so zu nerven.«

»Du nervst mich nie, Nelli. Hör zu, ich habe viel nachgedacht. Ich möchte dich sehen und über uns sprechen. Wann können wir uns treffen? Heute Abend vielleicht?«

»Ich verstehe einfach nicht, wie du einen gewaltsamen Tod so wegstecken kannst.« Kaum waren die Worte gesagt, hätte Nelli sie am liebsten wieder zurückgenommen.

»Ich stecke ihn nicht weg. Ich hasse Mord und Totschlag«, sagte Nico leidenschaftlich. »Ich mache das, weil man Mördern das Handwerk legen muss und die Hinterbliebenen der Opfer Antworten verdient haben. Versteh mich bitte, Nelli.«

»Entschuldige.« Nelli spürte, wie ihre Anspannung verflog. Sie liebte diesen Mann. »Heute Abend wäre schön.«

»Prima, ich koche was. Ich möchte mich bei dir bedanken, weil du mit mir über den Unfall gesprochen hast, bei dem Lauras Schwester ums Leben kam. Ich komme gerade von einem Gespräch mit Maresciallo Sanna oben in San Casciano zurück.«

Nelli schwang ihre Füße auf den Boden und richtete sich auf. »Warum?«

»Du hast mich neugierig gemacht.«

Nelli zog die Luft ein. Warum hatte sie ihm das bloß erzählt? »Willst du Laura deswegen vernehmen?«

»Ich werde mit ihr reden. Möchtest du nicht mitkommen?«

»Wenn du Hilfe brauchst, um Laura den Mord anzuhängen, dann zähl bitte nicht auf mich.«

»Wow, wo kommt denn das plötzlich her?«

»Warum sonst könnte dich der Unfall interessieren?«

»Es geht mir darum, dass Laura sich öffnet und mir erzählt, was sie über den Tod ihrer Schwester weiß. Ich habe heute etwas erfahren, das ihr schaden könnte. Es ist nur ein kleines Teil in einem größeren Puzzlespiel. Ich möchte mehr darüber wissen, und ich bin überzeugt, dass sie es mir sagen kann. Wenn nicht, wird Perillo sie verhaften, fürchte ich.«

»Vielleicht glaubst du ja, dass Laura unschuldig ist, aber genau weißt du es nicht. Weil sie mir vertraut, erzählt sie dir womöglich etwas, das ihre Lage noch verschlimmert. Es tut mir leid, da bin ich nicht dabei. Das verstehst du sicherlich.«

»Natürlich. Ich hätte wohl besser erstmal darüber nachdenken sollen, bevor ich dich mit so einem Vorschlag überfalle. Also heute, Abendessen?«

»Ich glaube, wir sollten lieber warten, bis du deinen Mörder gefunden hast. Geh bitte schonend mit ihr um. Ciao.« Sie legte auf, bevor er noch etwas sagen konnte.

OneWag war auf dem Beifahrersitz und blickte auf sein Herrchen. Nico saß da, die Knie ans Lenkrad gedrückt, in der Hand immer noch das Handy; er starrte auf die staubige Windschutzscheibe und dachte: *Was bin ich bloß für ein Idiot. Noch so ein Fehler und ich habe sie endgültig verloren.*

OneWag machte sich über die Handbremse hinweg lang und leckte Nico das Kinn.

Nico erwiderte die Geste mit einem Kuss auf seine Schnauze. Er warf den Motor an und legte den Gang ein. Er würde Laura allein gegenübertreten.

Daniele entfernte das Absperrband vor Pietros Tür und betrat das kleine Zweizimmerapartment. Nach Pietros Verschwinden hatten er und der Maresciallo die Wohnung nach Spuren durchkämmt, die sie zu ihm führen könnten, aber ohne Erfolg. Stattdessen entdeckten sie, dass Pietro in Cesares versiegeltes Haus eingebrochen war und einige Habseligkeiten seines Onkels entfernt hatte – drei Küchenmesser, eine Schere, einen elektrischen Rasierer, eine neue Flasche Rasierschaum, eine Wanderkarte und einen großen Umschlag mit Fotos, alles Sachen, die sie in dem Haus vorgefunden hatten, als er und der Maresciallo es zum ersten Mal durchsuchten. Daniele hatte sich gewundert, warum Pietro wegen solcher Kinkerlitzchen Ärger mit dem Maresciallo riskierte. Dank Stella glaubte er es jetzt zu wissen.

Daniele ging in Pietros Schlafzimmer, öffnete ein Schränkchen und holte den Karton mit Cesares Sachen hervor. Er stellte ihn auf den Küchentisch und griff sich den Umschlag mit den Fotos, die er sich schon bei der Durchsuchung von Cesares Haus angesehen hatte. Vor fünf Tagen hatte er sich nur für das Foto von Jimmy in jungen Jahren interessiert.

Daniele setzte sich und nahm sich Zeit, Cesares Erinnerungsfotos eingehend zu betrachten: Ein alter Mann mit einem wettergegerbten Gesicht, eine große Spraydose haltend und in die Kamera lächelnd. Eine erschöpft aussehende Frau mit einem Baby im Arm und einem kleinen Jungen, der sich an ihrem Rockschoß festhielt. Eine Todesanzeige an einer Hauswand, die das Ableben von Cesares Vater bekanntgab. Ein junger Cesare und ein Mann, der ihm ähnlich sah, beide in Fußballtrikots. Ein älterer Cesare in Jeans und T-Shirt, mit einer Gartenschere in der Hand, neben einer Reihe Weinstöcke; im

Bildhintergrund schien Wasser zu sein. Ein Ausblick über ein ruhiges Meer, aus der Höhe aufgenommen. Das letzte Foto zeigte Cesare mit sechs grinsenden Männern verschiedenen Alters, die um eine Weinabfüllmaschine herumstanden, jeder mit einer Flasche in der Hand. Daniele fiel wieder ein, was der Maresciallo aus seinen Vernehmungsnotizen vorgelesen hatte: *»Der einzige Toskaner, der die Kunst des Weinanbaus auf einer kleinen Insel erlernt hat.«* Er kniff die Augen zusammen, um zu lesen, was auf dem Etikett stand. Es gelang ihm nicht; das Foto war aus einem zu großen Abstand gemacht worden.

Er machte eine Handyaufnahme von der Flasche, die am weitesten vorn zu sehen war, und vergrößerte sie. Auf dem Etikett stand: La Penitenza. Er studierte alle Gesichter auf dem Bild. Wieder kniff er die Augen zusammen und betrachtete einen jungen Mann von achtzehn, neunzehn Jahren mit einem breiten, kantigen Kinn. Erinnerte der ihn an ...? Nein. Reines Wunschdenken verleitete ihn, Dinge zu sehen, die nicht da waren.

Daniele sprang auf, sammelte die Fotos ein, legte das letzte obenauf und schob alle wieder in den Umschlag. Er hatte ein Foto von Cesare auf Gorgona gefunden, aber er war sich nicht sicher, ob sich daraus für den Maresciallo oder Nico irgendetwas Neues ergeben würde. Dass einer dieser grinsenden Männer Cesares Mörder sein könnte, wäre wahrscheinlich zu viel verlangt.

Laura schnitt die verwelkten blauen Blüten aus Hortensienbüschen, die an der Vorderfront des Hotels wuchsen, als Nico mit OneWag eintraf. Sie trug dunkelgrüne Cordhosen und ein gestricktes, hellblaues Oberteil. Der Hund lief auf sie zu, wedelte zur Begrüßung einmal mit dem Schwanz und beschnupperte ihre Schuhe.

»Ciao, OneWag.« Die Ankunft der beiden schien sie nicht zu überraschen, obwohl Nico sich nicht telefonisch angekündigt hatte. »Vielen Dank, dass Sie mir meinen Wagen endlich zurückgegeben haben, Signor Doyle.«

Nico hob eine tote Blüte auf, die auf dem Rasen gelandet war, und warf sie in den Korb an Lauras Arm. »Ich fürchte, damit hatte ich nichts zu tun.«

»Aber Sie gehören zum Ermittlungsteam.«

»Ja, das schon.« Er lächelte sie an, wie um ihr zu verstehen zu geben, dass er nicht ihr Feind war. »Der Maresciallo hat mich zum Brigadiere ehrenhalber ernannt.«

Lauras Gesichtsausdruck blieb ernst.

Nico lachte. »Na ja, nicht wirklich.«

»Ein Kriminalkommissar aus New York zu sein sollte eigentlich genügen.«

Nach italienischem Recht besaß er in diesem Land keine Amtsgewalt. Was machte er hier eigentlich, warum versuchte er, einer durch und durch netten Frau das Geständnis zu entlocken, zu wissen, wer für den Tod ihrer Schwester verantwortlich war? Nein, was er hier tat, geschah aus Freundschaft zu Perillo und Daniele, denen er sich verpflichtet fühlte. Außerdem waren ihm in seiner New Yorker Zeit viele »durch und durch nette« Männer und Frauen begegnet, die sich dann doch als Mörder entpuppt hatten.

Laura fuhr fort, welke Hortensienblüten abzuschneiden. »Falls Sie Dottor Vittori oder Signor Reni suchen, dann haben Sie sie gerade verpasst.« Sie blickte Nico immer noch nicht an. »Ich habe alles gesagt, was ich zu sagen habe. Mein Auto enthielt keinen einzigen Tropfen Blut von wem auch immer, aber wenn Sie und der Maresciallo mich immer noch für schuldig halten, verhaften Sie mich ruhig, bringen wir es hinter uns.«

Sie könnte ein anderes Auto benutzt, eins gestohlen oder sogar einen Komplizen gehabt haben. »Können wir uns vielleicht irgendwo hinsetzen und ungestört reden?«

»Hier sind wir ungestört. Es ist niemand in der Nähe.«

»Ich komme gerade aus San Casciano, wo ich mit dem Maresciallo der dortigen Carabinieri über den Unfall Ihrer Schwester gesprochen habe.«

Laura ließ die Schere zuschnappen und drehte sich endlich zu Nico um; sie sah ihn herausfordernd an. »Ich wollte wissen, ob es wahr ist, dass jemand Gabi von der Straße abdrängte und sie deswegen die Kontrolle über ihren Wagen verlor.«

»Warum, nach fast neun Jahren?«

»Weil ich meine Gewissensbisse nicht mehr ertragen konnte. Ich suchte einen Beweis, dass es nicht meine Schuld war.« Leise zischte sie: »Mein Großvater hasst mich, weil ich nicht anstelle von Gabi gestorben bin, und für meine Mutter existiere ich praktisch nicht. Der Einzige, der außer meinem Vater noch etwas für mich empfand, war Cesare. Und jetzt denken Sie und dieser vertrottelte Maresciallo, ich hätte ihn getötet, weil er mir einen Haufen Geld vermacht hat. Bestimmt fragen Sie sich auch, wie ein kleiner Barkeeper zu so viel Geld kommen konnte. Wahrscheinlich glauben Sie, er hätte es gestohlen.« Ihr Gesicht war rot vor Wut und Schmerz.

»Sie sagten, er hätte gute Trinkgelder kassiert.«

»So gute nun auch wieder nicht.« Sie tauchte eine Hand in den Korb und ließ die Blüten durch ihre Finger gleiten. »Signora Lucchetti hat Cesare fürstlich bezahlt und er hat nie einen Cent für irgendetwas ausgegeben, außer für die Ducati, die sie ihm geschenkt hat. Sie werden sie wohl nie finden, oder?«

»Das könnte durchaus sein. Bestimmt geht es Ihnen jetzt besser, seit Sie wissen, dass wahrscheinlich tatsächlich jemand Ihre Schwester von der Straße abgedrängt hat.«

Sie wühlte weiter im Korb. »Zu erfahren, dass meine Mutter und Nonno weitere Ermittlungen verhinderten, war ein herber Schlag, andererseits verstehe ich, warum sie nicht wollten, dass die Untersuchung über Gabis Tod ewig breitgetreten würde. Ich wollte es ja auch nicht. Es hätte nichts geändert. Ich glaube, mir ging es immer nur darum, mich meinem Selbstmitleid hinzugeben.«

»Das war wohl Ihre Form von Trauer.«

»Vielleicht.«

»Haben Sie sich damals nie gefragt, wer es gewesen sein könnte?«

»Nein. Ich hatte diese Möglichkeit ausgeklammert.« Laura

nahm ihre Hand aus dem Korb und ließ die Schere hineinfallen. »Ich hole mir ein Glas Wasser. Ich bin sicher, OneWag könnte auch etwas zu trinken gebrauchen.«

Der Hund war über den Rasen davongezogen, aber als er Lauras zornigen Tonfall hörte, war er wieder zurückgetrabt und hatte sich neben Nicos Füße gesetzt.

»Danke«, sagte Nico. »Auch ich hätte sehr gern etwas Wasser, wenn es Ihnen nichts ausmacht.«

Laura sah ihn fragend an, bevor sie sagte: »Kommen Sie.«

Sie durchquerten die große Lobby mit ihrem dunklen Mobiliar und der Balkendecke. OneWags Krallen klickten auf den Terracottafliesen. Nico fielen die alten Wandteppiche auf, und Signora Lucchettis strenges Porträt. Er hatte das Hotel noch nie von innen gesehen. »Es ist sehr schön hier.«

»Ja, aber es muss modernisiert werden. Leider erlaubt Signora Lucchetti das nicht.« Nachdem sie eine kleine Lounge passiert hatten, kamen sie in ein Zimmer, das eher einer Bibliothek als einer Bar glich. Drei Wände waren gesäumt mit Büchern in mehreren Sprachen, davor standen zwei Ledersofas, ein paar Sessel und Teetischchen. Laura stellte den Korb auf dem nächsten Tisch ab und ging hinter den Tresen. »Still oder mit Sprudel?«

»Still, bitte. Vom Hahn ist mir auch recht.«

Laura schüttelte den Kopf und stellte eine leere Keramikschale für Knabberzeug auf den Tresen. Die meisten Italiener hielten Wasser aus dem Hahn für ungesund.

Nico setzte sich auf den Barhocker in der Mitte. »Sie sagten, Sie hätten die Möglichkeit ausgeklammert, dass jemand den Tod Ihrer Schwester verursachte. Eigentlich müsste Ihnen doch daran gelegen gewesen sein.«

Laura bückte sich, öffnete den Kühlschrank unter dem Tresen und entnahm ihm eine Flasche stilles Wasser. Von einem Regal hinter sich holte sie zwei Gläser. »Es hätte nichts geändert. Ich war immer noch diejenige, die sie zwang, sich ins Auto zu setzen und mich abzuholen.«

»Wenn jemand Ihre Schwester wirklich von der Fahrbahn

gedrängt hat und Sie wüssten, wer es war, könnten Sie ihm je verzeihen?«

Sie öffnete die Flasche und goss Wasser für OneWag in die Schale für Knabberzeug. »Ich weiß nicht, warum wir diese lächerliche Unterhaltung führen.« Sie beugte sich hinunter und stellte die Schale auf den Boden. OneWag wedelte einmal mit dem Schwanz und begann eifrig das Wasser aufzuschlecken. »Da.« Ihre Stimme klang nun zärtlich. »Ich wusste doch, dass du Durst hast.« Sie richtete sich wieder auf.

»Ich gehe davon aus, dass in der Tat jemand den Wagen Ihrer Schwester gestreift hat. Ich glaube, auch Sie denken das inzwischen. Haben Sie sich gefragt, wer es gewesen sein könnte?«

Laura goss die beiden Gläser voll und reichte Nico eins. »Ich habe nichts, worauf ich einen Verdacht gründen könnte.«

Nico nahm einen großen Schluck Wasser; er wollte ihr gerne glauben.

»Als ich aus San Casciano wiederkam«, sagte Laura, »habe ich Cesare gefragt, ob er damals, nach Gabis Tod, irgendwelche Gerüchte gehört hätte. Er wurde böse mit mir und schrie mich an. Ich solle aufhören, mich ständig mit dem Unfall zu beschäftigen, und lieber an die Zukunft denken. Damals erfuhr ich auch, dass Signora Lucchetti ihm versprochen hatte, ihm das Hotel zu vermachen. Aber er hatte ihr gesagt, dass er zu alt sei und sie es mir hinterlassen solle. Sie hat keine Verwandten.« Sie griff zum Glas und trank.

»Würde Ihnen das gefallen?«

In Lauras Augen lag ein Lächeln, als sie ihn ein paar Sekunden über den Rand des Glases hinweg anschaute. »Ja, sehr sogar. Ich liebe dieses Hotel. Es ist mein Zuhause geworden.« Sie setzte das Glas ab und wurde wieder ernst. »Da ich aber jetzt verdächtigt werde, ihn umgebracht zu haben, wird das nicht passieren. Signora Lucchetti hat Cesare geliebt.«

»Aber wenn Sie von dem Verdacht befreit werden?«

»Manche Leute werden trotzdem weiter an mir zweifeln.«

Nico rutschte von seinem Hocker. »Signora Lucchetti scheint mir zu klug zu sein, um sich von so etwas beeinflussen zu lassen. Ich danke Ihnen, dass Sie mit mir gesprochen und unseren Durst gelöscht haben.«

Laura blieb hinter dem Tresen stehen. »Ich hoffe, Sie glauben mir.«

»Warum sollte ich nicht? Ich möchte Sie allerdings um einen Gefallen bitten.«

Lauras Gesichtsmuskeln spannten sich an. »Und der wäre?«

Er nannte ihn ihr.

Sie überlegte einen Moment. Würde es ihr helfen oder würde es ihr schaden, wenn sie seiner Bitte nachkam? »Morgen früh«, sagte sie. Sie hatte so wenig zu verlieren. »Nach zehn.«

»Danke«, sagte Nico. »Komm, Kumpel, lassen wir die Dame wieder in Frieden.«

Als sie »Frieden« hörte, musste Laura lachen.

Während Nico zu seinem Wagen lief, ging er das Gespräch noch einmal in Gedanken durch. Laura war ihm weder ängstlich noch nervös erschienen. Sie hatte ihm sehr persönliche Gefühle offenbart und dabei ehrlich gewirkt. Hatte sie versucht, ihn auf ihre Seite zu ziehen? Nico wusste es nicht, aber er wollte ihr sehr gern glauben. Hoffentlich tat er es nicht nur wegen Nelli.

Im Auto rief er Perillo an. »Sind Ihre Sonntagnachmittage sehr heilig? Ich habe Neuigkeiten.«

Perillo seufzte. »Nach einem langen Mittagsschlaf bin ich wunderbar erholt, aber ich finde Ihren und Danieles Eifer, so bewundernswert er ist, ziemlich irritierend.«

»Ich kann auch bis Montag warten.«

»Sie dürfen nicht warten. Die Zahl der Morde wächst. Ich wünschte nur, ich hätte Ihre Energie.«

»Schieben Sie's auf den Nikotinentzug. Die Geschichte ist zu lang fürs Telefon. Soll ich zu Ihnen ins Büro kommen?«

»Ich komme zu Ihnen nach Hause. Ein Glas guter Whiskey wird mir die Ohren schärfen. Daniele kommt auch mit. Er hat Fotos, die er uns zeigen will. Aber zum Essen komme ich nicht. Der Sonntagabend mit meiner Frau ist nicht verhandelbar.«

Perillo hatte es sich in Nicos Sessel bequem gemacht; in seiner legeren grauen Hose, einem roten Pulli mit V-Ausschnitt, einem weißen Hemd und seinen Wildlederstiefeletten wirkte er lässig und entspannt. Daniele saß auf einem Stuhl neben dem Küchentisch und umklammerte einen großen grauen Umschlag. Auch er war in einem dunkelblauen Pulli mit V-Ausschnitt, einem hellblauen Hemd, den dunkelbraunen Hosen und neuen Sportschuhen, die OneWag faszinierend fand, adrett gekleidet.

Nico hatte sich umgezogen und trug eine Cargohose und einen alten beigen Rollkragenpulli, für den er vergeblich Ersatz gesucht hatte. Italienische Männer bevorzugten Pullover mit V-Ausschnitt.

»Sonntags wirft man sich in Schale, wie ich sehe«, sagte Nico, als er Whiskey in ein Glas mit Eiswürfeln goss. Daniele wollte nur Wasser haben.

»Ich war in der Kirche«, sagte Daniele. Seinen Lunch mit Stella erwähnte er nicht.

»Was mich betrifft: Ivana hat das Sonntagsessen zu unserem Ausgehabend erklärt«, sagte Perillo. »Sie findet es egoistisch, Geld fürs Restaurant auszugeben. Ich zahle ihr das Abendessen und sie steckt das Geld in der Kirche in den Opferstock. Ich bekomme ein Essen, das kein Restaurant besser hinkriegen würde, und die Armen haben auch was davon.«

»Damals in New York war sonntags Pizzatag.« Nico reichte Perillo sein Glas. Ihm fehlten diese Abende. Er und Rita waren immer nach Greenwich Village gefahren und hatten bei John's auf der Bleecker Street eine große Pizza Peperoni verschlungen. Die Pizzeria in Gravigna konnte sich nicht entfernt mit John's messen. Als er hier das erste Mal Pizza Peperoni bestellte, servierte man ihm eine mit grüner Paprika. Er hätte eine Salame Piccante nehmen sollen. Nico goss sich ein Glas vom Wein seines Vermieters ein und setzte sich neben OneWag aufs Sofa. »Daniele, wollen Sie anfangen?« Der junge Mann rutschte ungeduldig auf seiner Stuhlkante.

Höflich, wie er war, sagte Daniele: »Nein, bitte, fangen Sie doch an.«

»Ja«, sagte Perillo, »erzählen Sie uns erst einmal, was Sie bewog, dem Unfall von Lauras Schwester nachzugehen. Ich glaube, Sie sagten, es hätte was mit der Besitzerin des Hotels zu tun.«

Nico beugte sich vor, die Ellenbogen auf die Knie gelehnt. »Das stimmt, aber ich möchte zunächst erklären, warum ich die Angelegenheit überhaupt untersuchen wollte. Pietros Tod macht Laura wieder zu unserer Hauptverdächtigen. Sie wirkt vielleicht nicht stark genug, um eine Leiche in einen Kofferraum heben zu können, aber Wut kann einer Person unglaubliche Kräfte verleihen. Von Anfang an habe ich nicht geglaubt, dass Geld ein ausreichendes Motiv für sie sein könnte, um Cesare zu ermorden.«

Daniele sprang auf und sein Umschlag mit den Fotos fiel zu Boden. »Sie haben recht, Nico. Sie schickt ihrer Mutter die Hälfte ihres Gehalts.«

»Ihr irrt euch beide«, widersprach Perillo und schwenkte sein Glas. »Wenn sie Geld nach Hause schicken muss, hat sie doch erst recht einen Grund, mehr Geld zu wollen.«

»Nein. Wenn Laura Cesare tatsächlich getötet hat, dann aus einem sehr emotionalen Grund. Nicht aus Habgier.«

Daniele hob den Umschlag auf und setzte sich wieder. Ihm gefiel nicht, worauf Nico offenbar hinauswollte.

Perillo schlug mit der flachen Hand auf den Tisch. »Laura hatte einen Komplizen! Das erklärt, wie Cesare in beide Kofferräume gelangen konnte. Und wer, wenn nicht Pietro Rinaldi? Zwar hat er Laura nicht getraut, aber Cesare hasste er. Darum beging er den Fehler, sie zu erpressen, und das musste er mit dem Tod bezahlen.«

»Sehr gut möglich.« Nico nahm einen Schluck Wein und fuhr fort: »Als ich bei Signora Lucchetti zum Lunch geladen war, erzählte sie mir, dass ungefähr zu der Zeit, als Gabriella ihren Unfall hatte, Cesare sehr aufgewühlt war und plötzlich auch kein Auto mehr hatte. Nelli ist überzeugt, dass Gabriellas Wagen in dieser Nacht von einem Auto gestreift wurde und sie vielleicht deshalb von der Straße abkam. Nelli entdeckte eine tiefe Delle auf der Fahrerseite des Autos, die am Vortag noch nicht da gewesen war.«

»Den Carabinieri ist das doch sicher aufgefallen.«

»Durchaus, und sie hätten die Sache auch weiterverfolgt, wenn nicht Lauras Mutter und Großvater sie gebeten hätten, das Ganze fallenzulassen. Ich vermute, aus Respekt für ihren großen Verlust gaben sie klein bei. Da ist noch etwas, das mir abgesehen von dem, was Signora Lucchetti sagte, verdächtig erscheint. Ein Mann hat den Unfall kurz, nachdem er sich ereignet hatte, dem Carabinieri-Revier in San Casciano gemeldet und gesagt, das Opfer sei bereits tot gewesen; er wollte aber seinen Namen nicht nennen.«

Perillo entnahm einer Schale auf dem Beistelltisch einen Kartoffelchip und biss hinein. »Niemand will in sowas verwickelt werden.«

»Vielleicht, aber ich halte es für wahrscheinlicher, dass der Anrufer derjenige war, der den Unfall verursachte.«

»Worauf wollen Sie hinaus?«, fragte Perillo.

Nico stellte sein leeres Glas auf den Boden. »Der Tod ihrer Schwester hat Laura extrem mitgenommen. Ihre Familie gab ihr die Schuld daran. Vermutlich gab sie sich auch selbst die Schuld. Sie hatte ihre Schwester angerufen und sie gebeten, sie abzuholen. Ein paar Monate später bewirbt sich Laura um die Stelle im Hotel. Wie es aussieht, steckte Cesare dahinter. Signora Lucchetti sagte jedenfalls, er habe darauf bestanden, dass sie Laura einstellt, trotz ihrer Zweifel, dass Laura wirklich die emotionale Stärke für diese Aufgabe besäße. Warum hat er das getan?«

»Weil sie befreundet waren«, antwortete Daniele.

»Ja, aber wie haben Sie Cesares Handy-PIN gefunden, Dani?«

Daniele schüttelte den Kopf. »Das war Zufall.«

»Das glaube ich nicht. Sie haben sie gefunden, als Sie das Datum eingaben, das Sie auf Signora Benatis Kreuz gesehen haben, das Todesdatum ihrer Tochter.«

Perillo setzte sich in seinem Sessel auf. »Wollen Sie andeuten, dass Cesare derjenige war, der Gabriellas Wagen gerammt hat? Dass er der Mann war, der den Unfall meldete, nachdem er sich vergewissert hatte, dass Gabriella nicht mehr zu helfen war?«

»Genau das will ich andeuten. Erst vor etwas über einem Monat tauchte Laura auf dem Revier in San Casciano auf und wollte dort mehr über den Unfall erfahren. Sie bat, den Mitschnitt des Anrufs hören zu dürfen. Auch ich hatte gehofft, ihn hören zu können, aber er wurde schon vor Jahren gelöscht.«

Perillo hielt sein Whiskeyglas in beiden Händen; der Inhalt war jetzt vergessen. »Sie meinen, sie hatte ihn im Verdacht?«

»Und stellte ihn vielleicht zur Rede. Er gab es zu, und sie wurde von ihren Rachegefühlen überwältigt.«

»Und was dann?«, fragte Daniele ungläubig. »Hat sie viermal zugestochen?«

Perillo schaute Daniele streng an. »Jawohl. Ein Mord aus Leidenschaft. Das klingt plausibel, Nico.«

»Bisher klingt nur die Möglichkeit plausibel«, sagte Nico. »Als ich heute Nachmittag aus San Casciano zurückkam, habe ich Laura im Hotel aufgesucht, und sie bestritt nicht, jemanden im Verdacht zu haben.« Er gab das Gespräch mit ihr fast wörtlich wieder. »Sie war die ganze Zeit sehr gelassen. Unverstellt. Ohne jeden Groll.«

»Weil sie unschuldig ist«, murmelte Daniele leise.

Nico wandte sich Daniele zu. »Ich würde das auch gern glauben, Dani, aber wir müssen trotzdem allen Hinweisen nachgehen.«

»Lassen wir Laura einen Moment aus dem Spiel«, sagte Perillo. »Dani, zeig Nico, was du hast.« Daniele hatte ihm die Fotos schon auf dem Revier gezeigt.

Daniele öffnete eilig den Umschlag, den er sich die ganze Zeit an die Brust gedrückt hatte. Beim Rascheln von Papier wachte OneWag auf und sprang vom Sofa. »Es tut mir leid, Rocco, diesmal ist es nichts für dich.« Daniele nahm die zwei

Fotos heraus, von denen er sicher war, dass sie auf Gorgona aufgenommen wurden, und sagte zu Nico: »Mir fiel ein, dass ich diese Fotos schon einmal gesehen habe, als wir Cesares Sachen nach seinem Verschwinden durchgesehen haben. Weder mir noch Salvatore sagten sie etwas, da wir zum Zeitpunkt nicht wussten, dass er auf der Insel Strafgefangener gewesen war. Schauen Sie, Nico.« Er reichte ihm das erste Foto.

Nico betrachtete dasjenige, auf dem Cesare allein zu sehen war, und drehte es um. Auf der Rückseite stand nichts. »Es könnte Gorgona sein. Kein schlechter Ort für einen Gefängnisaufenthalt.«

»Ein Paradies«, sagte Perillo und warf OneWag einen Chip zu, der nur kurz daran schnüffelte und zurück aufs Sofa sprang. »Dahin kommen nur Gefangene mit guter Führung, die noch ein oder zwei Jahre ihrer Haftstrafe zu verbüßen haben.«

»Zeigen Sie mir das andere«, sagte Nico.

Daniele reichte es ihm. »Auf dem Flaschenetikett steht ›La Penitenza‹.«

»Eine ziemlich tolle Art der Buße«, sagte Nico. »Sowas gibt's nur in Italien.«

»Sehr richtig«, sagte Perillo. »La dolce vita selbst für unsere Häftlinge. Das ist keine Sklavenarbeit. Sie ernähren sich von dem, was sie anbauen. So können sie sich wieder wie Menschen fühlen.« Er griff in seine Lederjacke, entnahm ihr eine Hornbrille und schob sie auf seine Adlernase.

»Das ist ja ...«, setzte Nico an.

Perillo hob die Hand. »Bitte keine Kommentare. Die Brille beweist, dass meine Midlife-Crisis vorbei ist. Wenn ich akzeptieren kann, dass Daniele jedes verdammte Verhör aufzeichnet, kann ich genauso gut die Tatsache akzeptieren, dass meine Augen Unterstützung brauchen.« Er wandte sich seinen Freunden zu. »Ivana sagt, sie steht mir. Was meint ihr?«

»Sehr professionell«, sagte Nico, obwohl Perillo damit eher komisch als seriös wirkte.

»Ja, wie ein Professor oder Anwalt«, sagte Daniele. Die Gläser waren kugelrund. Perillo sah aus wie eine Eule.

Die Antworten stimmten Perillo zufrieden; er wandte sich den Gesichtern der Männer auf dem Foto zu. »Sie machen einen glücklichen Eindruck, was schön ist. Ein Lob für deine Tüchtigkeit, Daniele, aber wie bringen uns diese Bilder in unseren Mordfällen weiter?«

Daniele holte tief Luft, um ein Erröten zu unterdrücken, eine Methode, die er gegoogelt hatte. »Ich weiß es nicht.« Er war zwar tatsächlich nicht rot geworden, aber genauso wenig war es ihm gelungen, seine Enttäuschung zu verbergen.

Nico hatte es bemerkt und mischte sich ein. »Einer dieser Männer könnte unser Mörder sein. Dani, Sie haben scharfe Augen – haben Sie irgendjemanden gesehen, der Reni oder Vittori sein könnte?«

»Wir wollen doch bitte realistisch bleiben, ja?« Perillo nahm die Brille ab, legte sie vorsichtig in ihre Lederschatulle und hob den Daumen. »Erstens, die Chance, dass es sich bei den Männern um Reni oder Vittori handelt, ist gleich null.« Jetzt ging der Zeigefinger hoch. »Zweitens müssen wir ihre Fingerabdrücke nach Genua und Gorgona schicken und prüfen lassen, ob es eine Übereinstimmung gibt.«

»Und drittens?«, fragte Nico und zwinkerte Daniele zu.

»Drittens ist es Zeit, dass ich nach Hause gehe.« Diesmal ohne erhobenen Finger. »Ich kann bis hierher riechen, was Ivana kocht.«

»Das ist die Schweinelende, die ich gerade in Milch schmore«, sagte Nico.

»Ah.« Perillo stand auf und schüttelte die Hosen aus. Ein Kartoffelchip fiel zu Boden und hinterließ einen kleinen Fettfleck. »Ivana macht das mit Kalbfleisch.«

»Aber mit Schweinefleisch schmeckt es besser.« Nico erhob sich und gab Daniele die Fotos zurück, der sie wieder in dem Umschlag verstaute.

»Danke für Whiskey und Chips«, sagte Perillo. »Daniele und ich räumen das auf. Morgen will ich noch einmal mit Laura reden. Bis dahin hoffe ich, dass mir Gianconi Pietros Todeszeit, wie ungefähr auch immer, gemeldet hat, damit ich sie fragen kann, wo sie sich während dieses Zeitraums aufhielt. Ich hoffe, Sie haben nichts dagegen, Nico.« Sein amerikanischer Freund hatte begonnen, auf eigene Faust zu handeln.

»Perillo, natürlich nicht. Sie sind derjenige, der die Ermittlungen leitet.«

Perillo schenkte Nico ein zufriedenes Lächeln. »Da ich der Maresciallo bin, stimmt das wohl.«

»Zweifellos. Aber bitte warten Sie im Revier auf mich, bevor Sie Laura befragen. Ich glaube, ich habe dann etwas, das Ihnen helfen könnte.«

»Was denn?«, fragte Perillo stirnrunzelnd.

»Morgen werden Sie es erfahren«, sagte Nico. Er begleitete die beiden Männer zur Tür.

»Nico, Sie treiben Ihre Spielchen mit mir.«

»Das habe ich von Ihnen gelernt, Maresciallo.« Nico drehte sich zu dem etwas mutlos dreinschauenden Daniele um. »Ich würde Sie liebend gern zum Abendessen einladen, Dani. Aber das einzige Gemüse, das ich zu bieten hätte, sind in sahniger Fleischbrühe gekochte Kartoffeln.«

»Vielen Dank. Ich habe zu essen. Stella bestand darauf, dass ich mir einpacken lasse, was ich gestern Abend bei Angela nicht geschafft habe. Jetzt bin ich froh, auf sie gehört zu haben.«

Nico öffnete die Haustür. »Nun denn, eine Buona Serata Ihnen beiden und eine Buonanotte später. Bitte grüßen Sie Ivana von mir.«

Sobald sich die Tür geschlossen hatte, sprang OneWag vom Sofa und rannte zu seinem Fressnapf. Betört vom Geruch des Schweinebratens, der aus dem Ofen strömte, stieß er mit seiner Schnauze und einer Pfote gegen den leeren Napf, der laut scheppernd umflog.

»Ich hab verstanden.« Nico lachte und schüttelte den Kopf. »Tut mir leid, Kumpel. Für dich gibt's Hundefutter.«

VIERZEHN

Am Montagmorgen um halb elf kam Nico mit OneWag und einem Päckchen, das Laura im gegeben hatte, in Perillos Büro. Perillo und Daniele waren gerade vom Café nebenan zurückgekehrt.

Perillo saß an seinem Schreibtisch und strahlte Nico an.

»Buongiorno«, sagte Nico. »Wie schön, dass Sie sich freuen, uns zu sehen.«

»Ich freue mich über mich. Zwei Espressi, und nicht einmal eine halbe Zigarette.« Die zwei, die er sich auf seinem gestrigen Abendspaziergang gegönnt hatte, erwähnte er nicht.

Nico blickte auf Daniele, um sich die Aussage bestätigen zu lassen.

»Das stimmt absolut«, bemerkte Daniele von seinem Computer her, ohne die Zufriedenheit seines Chefs recht teilen zu können. Keine Zigarette bedeutete, dass der Maresciallo den ganzen Tag übelster Laune sein würde.

»Gut gemacht, Perillo«, sagte Nico. Aus Solidarität mit Perillos Vorsatz hatte Nico die ein bis zwei Zigaretten pro Tag aufgegeben, die er sich nach Ritas Tod angewöhnt hatte.

Perillo bedankte sich mit einem entschiedenen Nicken. »Was ist in dem Päckchen?«

»Zwei Orangensaftgläser vom Frühstück im Hotel. Das eine mit Renis und das andere mit Vittoris Fingerabdrücken. Jetzt müssen Sie nur noch überprüfen, ob man sie einem Häftling in Genua oder auf Gorgona aus jener Zeit zuordnen kann, in der Cesare dort inhaftiert war.« Nico stellte das Päckchen vorsichtig vor Perillo ab und setzte sich auf den »Verhörstuhl«, den er so nannte, weil er immer vor Perillos Schreibtisch stand. OneWag legte sich darunter.

Perillo brummte enttäuscht: »Eigentlich wollte ich ja Laura um diese Fingerabdrücke bitten.«

»Entschuldigen Sie, dass ich Ihnen zuvorgekommen bin«, sagte Nico, während ihm ein alberner Spruch in den Sinn kam: *Rauche, staune, gute Laune.*

»Schon gut, Nico. Sie haben ja alles richtig gemacht. Aber diese Fingerabdrücke haben nur dann Aussichten, noch vor Weihnachten nächsten Jahres überprüft zu werden, wenn ich die Amtsgewalt meines geschätzten und verhassten Staatsanwalts Riccardo Della Langhe einschalte. Er wird wissen wollen, warum Reni und der angesehene Geschäftsmann Vittori in Cesares Mord verwickelt sein sollten. Ich kann ihm schlecht sagen, dass wir dies nur tun, um die mutmaßliche Mörderin, Laura Benati, zu entlasten.«

»Maresciallo, aber das ist doch nicht der Grund«, meldete sich Daniele vorsichtig zu Wort.

Perillo wirbelte auf seinem Stuhl herum. »Und was ist dann verdammt noch mal der Grund?«

Daniele verließ seinen Platz am Computer und kam zu ihnen vor. »Außer Signorina Benati gab es nur noch drei andere Personen, die diese SMS über ihr Handy verschickt haben konnten. Seit dem Mord an Pietro sind es nur noch zwei. Sirio Reni und Dottor Vittori. Nicht nur wollte Vittori unbedingt Cesares Land haben, er müsste auch seinen Laden dichtmachen, würden seine vornehmen Kunden erfahren, dass er früher einmal im Gefängnis war.«

Perillo unterbrach ihn. »Vittori war viele Jahre Hotelgast. Cesare hätte ihn doch irgendwann erkannt.«

»Nicht unbedingt«, sagte Daniele. »Die äußere Erscheinung eines Menschen kann sich im Alter stark verändern. Ich habe meine Großmutter auf einem Foto, das vor fünfunddreißig Jahren aufgenommen wurde, nicht erkannt. Außerdem könnte Vittori sein Aussehen gezielt verändert haben. Vielleicht war es etwas, das Vittori vor kurzem tat, wodurch Cesare plötzlich wusste, wen er vor sich hatte. Am Abend, bevor Cesare verschwunden ist, als er das Tablett fallen ließ und Vittori diesen heftigen Wutanfall bekam, vielleicht hat da Vittori irgendetwas gesagt, womit er sich verriet.«

Nico lehnte sich zurück und beobachtete, wie Daniele beim Sprechen die Füße in den Boden stemmte, als würde ihm der feste Untergrund Halt geben, sich nicht beirren zu lassen.

Perillo schüttelte den Kopf. »Das sind alles nichts als Vermutungen.«

»Was Reni betrifft«, fuhr Daniele fort, als hätte er Perillo überhört, »nach dem, was er Ihnen erzählt hat, ist ihm ein Deal mit Vittori ungeheuer wichtig. Falls er mal im Knast war und Vittori dies erfährt, kann er sich von seiner Windfarm verabschieden. Die Fingerabdrücke werden uns einen Hinweis geben, ob zwischen Cesare und einem der Männer eine Verbindung besteht. Ich kann mir nicht vorstellen, dass Staatsanwalt Della Langhe sich dieser Argumentation verweigert.«

Perillo schwieg.

Daniele wartete noch einen Moment auf die Reaktion seines Chefs. Er schaute Nico an, der seinen Daumen hob, was Perillo nicht sehen konnte. »Vielleicht sollte Daniele Della Langhe anrufen und wiederholen, was er gerade gesagt hat«, sagte Nico. »Sie hassen es doch, mit dem Mann zu reden.«

»Das stimmt«, sagte Perillo, »aber dank meines Brigadiere weiß ich jetzt, was ich sagen muss.« Er schenkte Daniele ein etwas zerknirschtes Lächeln.

Daniele, der einen Wutausbruch erwartet hatte, wurde rot. »Es tut mir leid, dass ich mich eingemischt habe.« Er spürte jetzt deutlich, dass er in seinem Bemühen, den Verdacht von Laura abzulenken, nur Vermutungen äußerte, nicht anders als im Grunde der Maresciallo und Nico. Vielleicht irrten sie sich alle drei.

Perillo tat die Entschuldigung mit einer wegwerfenden Handbewegung ab. »Du hast deine Meinung offen gesagt, und du hast sie schlüssig vorgetragen.« Er nahm das Päckchen, das Nico mitgebracht hatte. »Lass von denen hier Fingerabdrücke nehmen.«

Nico sah zu, wie Daniele eilig das Zimmer verließ, dabei balancierte er das Päckchen so vorsichtig, als würde er rohe

Eier tragen. OneWag, bereit für eine weitere Erkundung von Vinces Schließfach, folgte ihm.

»Komm wieder hierher!«, befahl Nico. Der Hund blieb stehen und begann eine ausführliche Untersuchung seines Hinterteils.

Nico schüttelte den Kopf. »OneWag hält sich für besonders schlau. Gibt's was Neues über den schwarzen Toyota?«

»Vier wurden in der Toskana als gestohlen gemeldet, aber von denen hatte keiner ein *V* auf dem Nummernschild.«

»Haben Sie was vom Gerichtsmediziner gehört?«

»Nein. Ich rufe ihn gleich mal an.« Perillo griff zum Hörer des Bürotelefons und tippte die Nummer ein. »Buongiorno, Gianconi. Salvatore Perillo hier. Sind Sie mit Pietro schon fertig?« Er nickte zu Nico hinüber. »Zwei Stiche in den Magen. Die Größe der Wunden entspricht denen von Cesare. Dasselbe Messer, glauben Sie?« Perillo nickte wieder. »Wann? ... Sechsunddreißig bis achtundvierzig Stunden, bevor wir ihn gefunden haben? Verstehe ... Wurde vom Angriff überrascht. Keine Abwehrwunden. Danke, Gianconi.«

»Wann bekommen wir Cesares Leiche?«, fragte Nico.

»Ah, Moment noch, Gianconi. Können Sie die erste Leiche freigeben? ... Gut. Danke.« Perillo lachte. »Ich will auch von Ihnen nie wieder hören. Ciao.« Er legte auf. »Sie haben's ja gehört. Pietro wurde sechssunddreißig bis achtundvierzig Stunden, bevor er am Sonnabend gefunden wurde, umgebracht. Für einen so langen Zeitraum ein hieb- und stichfestes Alibi vorzuweisen, wird unseren Verdächtigen sicher nicht leichtfallen. Ich rufe Della Langhe an und unterhalte mich dann noch mal mit Laura. Bevor ich mit Reni und Vittori spreche, muss ich erst die Ergebnisse der Fingerabdrücke abwarten.«

»Vorläufig wohnen sie noch im Hotel«, sagte Nico. »Aber sie könnten jede Minute wieder abreisen.«

»Ich werde sie auffordern, in der Nähe zu bleiben.«

»Dafür müssen Sie ihnen aber einen Grund nennen.«

»Nico, langsam stellen Sie meine Geduld auf eine harte Probe.«

»Ich will ja nur helfen.«

»Ich weiß.« Perillo trommelte mit den Fingern auf seinem Schreibtisch. Nach einer Minute rief er: »Ich hab's! Dass ein so ein erfahrener Barkeeper wie Cesare angesichts der beiden ein Tablett fallen lässt, ist verdächtig; dem müssen wir weiter nachgehen. Nun ziehen Sie bitte mit Rocco sonst wohin ab, während ich mich mit Della Langhe unterhalte. Der hält sich bisher erstaunlich bedeckt. Vielleicht ist er krank, nicht, dass ich ihm das wünsche. Übrigens danke für die Fingerabdrücke.«

»Ich mache nur den Job, den Sie mir aufgetragen haben.« Nico stand auf. »Ich überlasse Sie jetzt Ihrem Staatsanwalt.«

Perillo winkte ihn fort. »Und kommen Sie bloß nicht zurück!«

»Ciao.«

Perillo griff wieder zum Hörer. Sein Handy klingelte. Es war Dino, den er mit dem Auftrag losgeschickt hatte, die Arbeiter auf der Hotelbaustelle zu befragen, ob sie irgendetwas gesehen hätten. Perillo hängte den Hörer wieder ein und nahm das Handygespräch an.

»Sie haben Pietros Rucksack gefunden. Er steckte im Zementmixer«, sagte Dino. »Aber kein Handy.«

»Scheiße!« Damit beendete Perillo das Gespräch und zog eine Schreibtischschublade auf. Er nahm eine Zigarette aus einer offenen Schachtel, steckte sie sich zwischen die Lippen und sog den imaginären Rauch ein. Als er erneut zum Bürotelefon griff, pustete er langsam die Luft aus und tippte Della Langhes Nummer ein.

Nico fuhr zurück nach Gravigna und ergatterte einen Parkplatz auf der Piazza. Es war nicht mehr so kalt wie am Vortag. Der Himmel sah aus wie eine strahlende blaue Kuppel und kein Lüftchen regte sich. Nico fand, dies sei ein guter Tag für sein Vorhaben. Er ging zum Blumenladen.

»Ciao, Luciana. Was empfehlen Sie mir heute für Rita?«

Sie schaute von einem Strauß auf, den sie gerade zusammenstellte. »Sie wollen schon wieder Blumen?« Normalerweise begrüßte ihn Luciana mit einem breiten Lächeln und einer stürmischen Umarmung.

»Warum nicht?«

»Nehmen Sie die lila Kosmeen.« Sie widmete sich wieder ihrem Arrangement.

»Sie sind heute sehr beschäftigt.«

»Ich habe diese Woche eine Menge Bestellungen.« Sie steckte ein paar weiße Freesien in einen Strauß rosa Rosen. »Ein kalter Januar bedeutet viele Geburten im Oktober, worüber ich mich gar nicht beklagen will. Nicht über die Blumen. Aber über die Morde. Einer hat gereicht. Jetzt haben wir schon wieder einen. Will Salvatore noch auf den dritten warten, bevor er diesen Wahnsinnigen schnappt? Es ist doch sein Job, für unsere Sicherheit zu sorgen, oder? Ja, in der Tat.«

Nico kannte Luciana gut genug, um zu wissen, dass sie keine Antworten erwartete. Sie redete sich ihre Sorgen von der Seele.

»Ich lege mir jetzt immer ein Messer unters Kopfkissen. Enrico hat eine Heidenangst, zu mir ins Bett zu kommen, aber ich habe ihm gesagt, ohne das Messer kann ich nicht mehr schlafen. Ich liebe meinen Enrico, aber er ist nun mal kein Hüne. Seine paar Muskeln benutzt er nur, wenn er an der Schneidemaschine steht. Ich muss uns beide beschützen. Wenn Sie zum Sotto Il Fico raufgehen, schauen Sie kurz bei Enrico im Laden vorbei. Reden Sie ihm gut zu und versichern Sie ihm, ich werde ihm schon nicht mitten in der Nacht versehentlich die Kehle durchschneiden. Bitte tun Sie mir den Gefallen.«

»Das mach ich, bei nächster Gelegenheit.« Nico nahm einen Strauß Kosmeen aus einer Vase auf dem Boden. »Was bin ich Ihnen schuldig?«

»Gar nichts. Reden Sie mit Enrico. Ich will ihn wieder bei mir im Bett haben.«

»Ist gut. Danke.« Er umwickelte die tropfenden Stiele mit einer Plastiktüte und ging zur Tür, während Luciana sich weiter ihren Rosen widmete. »Ich möchte nur wissen, wer als

Nächster dran ist. Jedenfalls nicht ich oder mein Enrico, kommt nicht in Frage.«

»Glückwunsch zum Sieg des AC Florenz«, rief Nico den Mitgliedern des Rentnerquartetts zu, die auf ihren sonnenbeschienenen Bänken saßen. Sie hatten sich sicherheitshalber in Schals und Mützen gemummelt, da sie auf keinen Fall auf ihr Montagsritual verzichten wollten, die Fußballspiele vom Wochenende zu diskutieren.

Simone, ein winziger Mann weit über achtzig, schwenkte seinen Filzhut. Gustavos Gruß bestand in einem euphorischen Grinsen. »Ich habe fünf Euro von Ettore gewonnen.«

Ettore stieß Gustavo seinen Ellenbogen in die Rippen. »Nächsten Sonntag hole ich sie mir wieder zurück, und noch was obendrauf. Nico, bleiben Sie doch einen Moment. Immer haben Sie es so eilig.«

Nico ging zu den beiden Bänken. OneWag wusste, wohin sein Herrchen als Nächstes gehen würde, und rannte in die andere Richtung.

»Zuerst wird ein Barkeeper umgebracht und in Jimmys Auto verfrachtet«, sagte Ettore. »Das kann uns weiß Gott nicht egal sein. Jimmy ist schließlich einer von uns. Und jetzt ist gar nicht weit von hier noch ein Mann ermordet worden, aber ich sehe nicht, dass sich irgendein Carabiniere um unsere Sicherheit kümmert. Wir könnten die Nächsten sein.«

Gustavo brummte: »Wer würde dich denn umbringen wollen? Deine Frau vielleicht.«

»Bei deiner Frau«, blaffte Ettore zurück, »solltest lieber du dir Sorgen machen.«

»Hört auf damit!«, rief Pippo. Mit seinen neunundsiebzig war er der Jüngste der vier. »Es sind doch beides gute Frauen, ganz wie meine Giovanna. Die Zeiten, in denen man auf dem zarten Geschlecht herumhackte, sind lange vorbei.«

»Komm mal wieder runter von der Kanzel, ja?«, grummelte Gustavo.

Simone warf Nico einen verdrießlichen Blick zu, als wollte er sagen: *Da siehst du, was ich hier zu leiden habe.*

Nico wusste, dass sie sich eigentlich weder gegenüber Frauen noch untereinander respektlos verhielten. Sie waren Freunde, die zusammen alt geworden waren, die mit den gleichen Enttäuschungen, den gleichen eingeschränkten Fähigkeiten, die das Alter mit sich brachte, fertigwerden mussten. Auch ihm stand das bald genug bevor. »Meiner Meinung nach seid ihr hier völlig sicher.« Simone nickte zustimmend. »Aber ich sage dem Maresciallo Bescheid, dass ihr euch Sorgen macht, und bei der nächsten Gelegenheit kommt er sicher persönlich her, um euch zu beruhigen.«

»Nein«, sagte Gustavo, »sagen Sie ihm, er soll zuerst den Mörder finden, und helfen Sie ihm dabei. Das beruhigt uns viel mehr als irgendwelche schönen Worte.«

»Ich versuch's ja. Genießen Sie den herrlichen Morgen.«

Gustavo nickte, wie auch Simone und Peppo. Ettore wirkte weniger überzeugt.

Als Nico sich von den Rentnern entfernte, erspähte er Beppe, der ihm vom Türeingang des Restaurants Da Gino zuwinkte. Neben ihm stand Carletta, Ginos Tochter, mit ihrem lavendelblauen Haar. Sie hatte die Tische draußen für die wenigen Touristen gedeckt, die sich noch in der Gegend aufhielten.

Nico erwiderte den Gruß mit erhobener Hand und lief zügig weiter. Er wollte noch Nelli in ihrem Atelier erwischen, bevor sie ins Weingut GrappoloBello zur Arbeit ging. Aber vorher musste er Rita Bescheid sagen.

Beppe drückte Carletta einen Kuss auf die Wange und rannte los, um Nico einzuholen.

»*Ehi*, Nico, Sie sind der Mann, den ich suche. Wir haben es mit einem neuen Mord zu tun und meine Leser gieren nach Einzelheiten. Was können Sie mir erzählen?«

»Ich darf dir gar nichts erzählen, das weißt du doch.« Nico lief weiter.

»Natürlich dürfen Sie das. Sie ermitteln ja nicht offiziell. Sie können mir alles erzählen. Wurde Pietro erstochen, so wie Cesare? Er wusste, wer Cesare getötet hat, und hat's mit Erpressung versucht, stimmt's? Das muss es gewesen sein.«

»Es könnte alles gewesen sein, Beppe. Gibt's was Neues über die Ducati?«

Beppe grinste. »Wer weiß? Vielleicht jeden Moment. Das Glücksrad dreht sich auf rätselhafte Weise. Wenn Sie mir helfen, erzähle ich Ihnen etwas Interessantes über Daniele. Sie werden staunen.«

Wahrscheinlich irgendeinen Klatsch über Daniele und Stella, vermutete Nico.

»Es tut mir leid, Beppe. Ich darf wirklich nicht.« Nico warf einen Blick zurück auf Carletta, die an der Außenwand der Trattoria lehnte; sie hatte die Hände in ihre hellrote Da-Gino-Schürze geschoben und schaute zu ihnen herüber. »Sie wartet auf dich.« Nico bog von der Piazza nach links, Richtung Friedhof.

OneWag erwartete ihn vor Ritas Grab. Nico stellte sein Handy auf Vibration und arrangierte so gut er konnte die Kosmeen rund um die Chrysanthemen. Dann richtete er sich wieder auf und hielt seine Hand über die Blumen, um das emaillierte Foto von Rita zu berühren.

»›*Lass eine andere in dein Herz*‹, *hast du gesagt, bevor du starbst. Niemals, habe ich dir geantwortet. Da bist du böse geworden. Du hast mir das Versprechen abgenommen, wieder zu lieben, damit du in Frieden sterben kannst. Danke, Rita. Ich kann das Versprechen jetzt einlösen.*«

Nico beugte sich noch weiter vor, küsste Ritas Gesicht und verließ den Friedhof. OneWag rannte voraus, ein Hund mit einem klaren Ziel.

»Rocco, wo willst du hin?«, rief Nelli, die gerade aus der Bar All'Angolo kam. Der Hund vollführte eine schnelle Drehung nach rechts und sprang an Nelli hoch. »Runter mit dir, Dummkopf. Du machst mich ganz schmutzig.« Sie trug ein kurzes, blau-grau gestreiftes Kleid über dunkelgrauen Strumpfhosen und schwarzen Stiefeletten.

»Du siehst bezaubernd aus«, sagte Nico, als er auf sie zuging. »Bist du auf dem Weg zur Arbeit? Ich dachte, ich würde dich noch im Atelier erwischen.« Er klang enttäuscht.

»Ja. Ich habe dich vorbeigehen sehen, als ich einen Espresso trank.«

»Warum hast du mich nicht gerufen?«

»Du hattest Blumen dabei.«

Nico trat näher an sie heran. Er wollte ihr seine Hand an die Wange legen, ihre Weichheit, ihre Wärme spüren, aber nicht hier vor aller Augen. »Ich wollte, dass Rita es erfährt.«

Sie erwiderte seinen Blick. Ihre Augen lächelten, ermutigten. »Was erfährt?«

»Dass ich dich liebe. Ich möchte dich in meinem Leben haben.« Da, er hatte es gesagt. Es fühlte sich unglaublich gut an.

Nellis Miene hellte sich auf, als hätte sich eine Wolke verzogen und die Sonne wieder zum Vorschein gebracht.

»Ich dich auch, Nico.«

Nico spürte, wie ihn eine wunderbare Leichtigkeit erfasste. »Essen wir heute Abend zusammen?«

Nelli lachte. »Das, und hoffentlich noch viel mehr.« Sie beugte sich vor und küsste ihn auf die Lippen. »Um acht bei mir. Ciao.« Sie ging mit fröhlich klappernden Stiefeletten auf ihr Auto zu.

Als Nicos Handy vibrierte, zog er es aus seiner Gesäßtasche. »Alles in Ordnung?«, fragte er Perillo.

»Della Langhe war in ›gehobener Stimmung‹ – seine Worte. Seine Tochter hat sich gerade mit dem ›richtigen Mann‹ verlobt. Ebenfalls seine Worte. Aber gerne doch wolle er mir behilflich sein. Er hat mir sogar ein Kompliment gemacht, weil ich den letzten Mord so erfolgreich aufgeklärt habe. Ich konnte Ihren Beitrag natürlich schlecht erwähnen. Ich hoffe, Sie sind nicht allzu beleidigt?«

Nico lachte. »Perillo, das ist mir vollkommen egal.«

»Sie klingen sehr glücklich.«

»Bin ich auch.« Nico winkte Nellis davonfahrendem Auto hinterher.

»Eine Verlobung?«

»Eine Übereinkunft. Hat Della Langhe Ihnen einen Zeitrahmen genannt?«

»Er kennt den Polizeipräsidenten von Genua. Wir werden wahrscheinlich bald von denen hören. Über Pietros Handy gibt's leider keine guten Nachrichten. Die Bauarbeiter am neuen Hotel haben Pietros Rucksack in einem Zementmixer gefunden. Sein Handy war aber nicht drin.«

»Das beweist, dass Pietro mit seinem Mörder per Handy kommunizierte. Was übrigens ein weiterer Entlastungspunkt für Laura ist.«

»Mit anderen Worten, hätte sie die SMS geschickt, warum hat sie dann nicht Cesares Handy verschwinden lassen?«

»Genau.«

»Sie unterstellen also, dass sie immer noch klar denken konnte, nachdem sie einen Mann ermordet hatte, den sie seit ihrer Kindheit kannte«, fügte Perillo hinzu.

»Guter Einwand«, sagte Nico, dem klar war, wie sehr Perillo sich wünschte, dass Laura nicht von der Liste der Verdächtigen gestrichen wurde.

»Das will ich meinen«, sagte Perillo zufrieden.

»Übrigens sollten Sie sich bei uns in Gravigna blicken lassen. Man muss den Leuten die Angst nehmen, mitten in der Nacht ermordet zu werden.«

»Ihre Ortschaft ist als Nächstes dran. Wir haben schon die Leute in Greve und Panzano beschwichtigt. Ich komme morgen früh vorbei. Halten Sie mir einen Platz in der Bar All'Angolo frei. Genießen Sie Ihre neue Stimmung.«

»Danke.« Nico beendete das Gespräch und hoffte, dass die Überprüfung der Fingerabdrücke noch eine Weile auf sich warten ließe. Er hatte viel Zeit vergeudet, die er jetzt mit Nelli nachholen wollte. »Komm, OneWag, genießen wir ein gutes Mittagessen in unserem Lieblingsrestaurant.«

Auf halber Höhe der Stufen, die zum Sotto Il Fico hinaufführten, blieb ein keuchender OneWag wie gewohnt vor Enricos Laden stehen.

»Buongiorno, Nico.« Enrico war gerade dabei, seinen Laden über Mittag zu schließen. »Rocco sieht aus, als bräuchte er Wasser.«

»Er wollte nur Hallo sagen.« Nico war sich unsicher, wie er das Gespräch auf Lucianas Messer-unterm-Kopfkissen-Bemerkung lenken sollte. »Mattia Gennari hat das Querflöten-Solo auf dem Konzert wunderschön gespielt.«

»Mattia war göttlich. Sie können sich gar nicht vorstellen, wie erleichtert ich war. Er hat mich zu Tränen gerührt.« Enrico öffnete eine Flasche mit toskanischem Mineralwasser und goss es in eine Schale.

»Sie verwöhnen ihn«, protestierte Nico.

»Das tut Rocco gut. Keine Bange, ich nehme die Flasche mit nach Hause. Acqua Panna tut auch Ihnen gut. Das hilft gegen Ihre Nierensteine.«

Nico betrat den Laden und nahm die Schale. »Danke. Vorerst habe ich aber keine.« Er ging wieder hinaus und stellte die Schale ab. OneWag tauchte seine Schnauze ein und begann zu schlabbern.

»Die kommen schon früher oder später«, sagte Enrico. »Sie und der Maresciallo müssen sich um einen neuen Mord sorgen. Der Körper leidet angesichts all dieser Gewalt.«

»Der Körper leidet auch, wenn er allein ist. Luciana vermisst Sie.«

»Fangen Sie den Mörder, und ich wärme ihr wieder die Zehen.«

»Machen wir.« Nico gab ihm die leere Schale zurück. »Vielen Dank. Arrivederci.«

»Mit Sicherheit.« Enrico nahm die Mineralwasserflasche, folgte Nico aus dem Laden und verschloss die Tür.

Nico und OneWag liefen weiter den Berg hoch, um sich an einem Mittagessen von Tilde zu erfreuen.

FÜNFZEHN

Als Nelli, Nico und OneWag am Dienstagmorgen die große Piazza von Gravigna überquerten, stießen sie auf eine größere Gruppe von Menschen, die dort beieinanderstanden. Nelli nickte im Vorbeigehen ein paar Frauen zu.

Nico entdeckte Luciana und Enrico. »Warten alle auf Perillo?«

»Ja«, rief Luciana. »Anscheinend hat er irgendjemandem erzählt, dass er kommen will – und dieser Jemand muss es dann in die Welt gesetzt haben.«

»Ich erwähnte es gestern gegenüber einer sehr erbosten Elvira.«

»Mehr gehört ja nicht dazu.« Nelli fasste Nico am Arm. »Ich komme in ein paar Minuten nach. Ich will nur dieses tolle Geschenk ins Atelier bringen.«

Er war gestern Nachmittag nach Florenz gefahren, um bei Zecchi Ölfarben für Nelli zu kaufen. »Aber beeil dich bitte.«

»Mach ich.« Nelli fädelte sich durch die Leute.

Nico und OneWag setzten ihren Weg fort und betraten die Bar All'Angelo. »Buongiorno.«

Sandro und Jimmy grüßten mit einem »Ciao«.

Gogol erhob sich von seinem Stuhl vor der geschlossenen Fenstertür; in der Nacht war ein kalter Wind aufgekommen. »Ich grüße meinen Freund und erinnere ihn: ›Stets ist er hier von jeder Störung frei …‹«

»Du hast recht. Und ich habe mich ziemlich verspätet. Es tut mir leid.« Nico ging zu ihrem gemeinsamen Tisch und ergriff Gogols Hand. Sie nahmen beide Platz. OneWag entfernte sich, um sich den Zuckerkrümeln auf dem Fußboden zu widmen.

»Das Übliche ist schon unterwegs«, sagte Jimmy, der am anderen Ende des Tresens zwei Vollkorncornetti auf einen Teller legte.

»Danke«, sagte Nico. »Wie ich sehe, hattet ihr einen einträglichen Morgen.«

Sandro war dabei, schmutzige Tassen, Untertassen und zerknüllte Servietten einzusammeln, die die ganze Länge des L-förmigen Tresens einnahmen. »Das verdanken wir Salvatores angekündigtem Auftritt. Ich bin froh, dass Sie doch noch gekommen sind. Wir hatten uns schon Sorgen gemacht.«

Gogol beugte sich über den Tisch und tippte mit seinem langen Finger Nicos Arm an. »Ich habe beide Crostini gegessen. Sie waren ausgezeichnet.«

»Geschieht mir recht«, sagte Nico. Sich die Crostini des Metzgers zu teilen, war ein Spielchen der beiden. Es endete stets damit, dass Gogol beide aß.

»Heil dir, Cäsar, wir grüßen dich!«, verkündete Sandro.

Nico drehte sich um und sah, dass der Alfa Romeo des Carabinieri-Reviers von rechts auf die Piazza fuhr. Linker Hand kam Nelli auf das Café zugelaufen.

Nico wandte sich wieder Gogol zu. »Der Maresciallo möchte alle beruhigen und ihnen etwas die Angst wegen der Morde nehmen. Wollen Sie sich ihn anhören?«

Gogol schloss die Augen. »Das ist nicht nötig. Das Sterben ist vorbei.«

Jimmy applaudierte ihm.

Gogol schlug wieder die Augen auf und sah Nico an. »Obgleich der Himmel zugezogen ist, scheint die Sonne auf Ihr Gesicht. Raten Sie nicht, woher das stammt, ich zitiere mich selbst. Also erzählen Sie.«

»Frühstücken wir erst mal.«

Gogol runzelte seine dicken grauen Augenbrauen. »Und warum? Weshalb widersetzen Sie sich mir?«

»Nico wollte Sie überraschen.« Nelli trat von hinten an Gogol heran und umarmte ihn. »Lieber Freund, wie geht es Ihnen?« Sie küsste ihn auf die Wange und setzte sich neben ihn.

Gogols Augen leuchteten. Nelli war seit Ewigkeiten seine Freundin. »›Sprach sie zu mir, durch eines Lächelns Licht.‹«

Nelli drückte ihm die Hand. »Durch der Liebe Licht.«

Die Tür des Cafés ging auf und Perillo kam herein.

Sandro schaute auf. »Wie immer, Salvatore?«

»Nein, danke.« Perillo wandte sich an Nico. »Ich habe Neuigkeiten. Wenn ich hier fertig bin, begleiten Sie mich bitte zum Revier.«

»Kann das nicht warten?« Er wollte sein zweites Frühstück mit Nelli genießen, bevor sie beide wieder ihrem Alltag nachgingen.

»Das liegt bei Ihnen, Nico.«

»Ich muss zurück ins Atelier«, sagte Nelli, die es ihm offensichtlich etwas leichter machen wollte. »Außerdem habe ich auch Neuigkeiten, für euch alle. Ich habe gerade mit Laura gesprochen. Der Termin für Cesares Trauerfeier ist morgen früh um zehn in der Kirche Santa Maria in Panzano. Die Beisetzung findet im kleinen Kreis statt.« Sie schaute zu Perillo. »Könnten Sie das vielleicht bekanntgeben?«

»Mach ich gern. Beerdigungen setzen einen Schlussstrich«, sagte Perillo. »Das wollen wir alle. Ich hole Sie, wenn ich da draußen fertig bin«, sagte er zu Nico.

Sandro brachte Nicos Frühstück. »Was ist mit Ihnen, Nelli?«

»Nichts, danke. Nico, geh lieber mit Salvatore. Ganz gleich, wofür er dich braucht, es klang nicht gut. Er sah besorgt aus.«

»Wahrscheinlich hast du recht. Aber die nächsten fünfzehn, zwanzig Minuten sollten einfach uns gehören.«

»In der Tat«, sagte Gogol. »Denn: ›Das ist kein Werk, ums nur im Scherz zu wagen.‹«

Vierzig Minuten später saß Nico in seinem Wagen und folgte Perillo unwillig nach Greve. OneWag hatte er bei Nelli zurückgelassen.

»Was gibt es denn für Neuigkeiten?«, fragte Nico, als sie das Revier betraten.

Anstatt zu antworten, ging Perillo direkt in sein Büro. Daniele erhob sich hastig, als sie hereinkamen. Er wirkte noch beunruhigter als Perillo.

»Die Fingerabdrücke ergaben keine Treffer.« Perillo setzte sich hinter seinen Schreibtisch. »Reni und Vittori waren nie im Gefängnis. Jedenfalls nicht in einem italienischen.«

»Das ging ja schnell.« Nico nahm im Verhörstuhl Platz. »Vielleicht zu schnell?«

»Nein. Der Polizeipräsident von Genua hat Della Langhe versichert, dass er sehr gründlich nachgeforscht hat. Ich musste mir den Vorwurf anhören, seine Zeit verschwendet zu haben. Zum Glück hat Daniele den Anruf entgegengenommen. Jetzt sind wir also wieder bei Laura. Ich habe Dino geschickt, sie zu holen.«

»Ich habe darum gebeten, sie erst einmal herzubringen.« Daniele hatte seine Worte an Nico gerichtet. Er stand immer noch neben seinem Computer.

Perillo drehte sich um und warf Daniele einen langen, verständnisvollen Blick zu. »Du bist zu parteiisch.«

»Ich wollte sie nicht verängstigen.«

»Mein ritterlicher Brigadiere«, sagte Perillo lächelnd. »Zieh dir einen Stuhl ran und leiste uns Gesellschaft.«

Daniele stellte seinen Stuhl neben Perillos Schreibtisch. »Dürfte ich um einen Gefallen bitten?«

»Der wäre?«

»Ich möchte ihr vorher ein paar Fragen stellen.«

Perillo schaute ihn stirnrunzelnd an. »Warum?«

»Ich glaube nicht, dass sie uns die ganze Wahrheit gesagt hat.«

Perillo warf die Hände hoch, als könne er es nicht fassen. »Das sag ich doch die ganze Zeit. Woher jetzt der plötzliche Sinneswandel?«

»Es ist so leicht, Vermutungen anzustellen, etwas zu sehen, ohne dessen Tragweite zu erkennen.« Nachdem der ergebnislose Bericht über die Fingerabdrücke hereingekommen war, hatte Daniele Perillos Abstecher nach Gravigna genutzt, um auf einer Parkbank gegenüber dem Revier in Ruhe nachzudenken. »Ich bin den Fall noch einmal Tag für Tag durchgegangen.« Er unterschlug die beiden Anrufe, die er getätigt hatte, nachdem er sich Klarheit verschafft hatte. Ein Anruf beinhaltete eine Frage, der andere eine Warnung.

»Gut«, sagte Perillo. Anscheinend war sein idealistischer Brigadiere endlich zur Vernunft gekommen. »Aber warum willst du dir diese unschöne Aufgabe aufbürden?«

»Bei umsichtiger Befragung«, sagte Nico, »könnte Laura vielleicht sogar gestehen.« Hatte Daniele seine Meinung zu Lauras Schuld wirklich geändert, überlegte er, oder wollte er nur versuchen, den Schlag abzufedern? »Außerdem wäre es eine gute Übung für ihn.«

Perillo brummte. »Sie meinen wohl, eine gute Übung, um mir meinen Job zu stehlen.« Er schaute zu seinem Brigadiere hoch, der immer noch steif neben seinem Stuhl stand. »Ich gebe dir fünf Minuten.«

Daniele erlaubte es sich endlich, sich zu setzen. »Danke, Maresciallo.«

»Ich glaube, ich habe gerade verdient, mit Salvatore angesprochen zu werden.«

Daniele nickte.

Laura saß aufrecht vor Perillo und Daniele auf dem Stuhl, den Nico für sie freigemacht hatte. Sie trug einen dunkelblauen Rock und einen Pulli in einem helleren Blau.

»Darf ich Sie Laura nennen?«, fragte Daniele lächelnd.

»So heiße ich.«

»Der Maresciallo hat mir gestattet, Ihnen zuerst einige Fragen zu stellen. Ich zeichne dieses Gespräch auf.«

»Tun Sie das. Ich habe Cesare nicht getötet.«

»Sie haben es aber sicherlich gewollt.«

»Warum?«

»Weil er der Mann war, der den tödlichen Unfall Ihrer Schwester verursachte.«

Laura erbleichte. »Nein.«

»Haben Sie nicht Cesare nach Ihrem Gespräch mit den Carabinieri in San Casciano gefragt, ob er wüsste, wer den Wagen Ihrer Schwester gerammt hat?«

Daniele sah, wie ihre Schultern zusammensackten.

»Ja, ja, habe ich. Er hat gesagt, ich solle aufhören, ständig darauf herumzureiten.«

»Aber wie konnten Sie denn anders? Sie hatten jedes Recht, darauf herumzureiten.«

Laura beugte sich vor, die Ellbogen auf den Knien, und schaute Daniele mit großen Augen an.

Daniele rückte näher vor, sodass ihre Gesichter nur ein paar Handbreit voneinander entfernt waren. »Jemand anderes war für Gabis Tod verantwortlich«, sagte er leise. Das Bandgerät stand gleich neben ihnen auf dem Schreibtisch des Maresciallo. »Es war nicht Ihre Schuld. Könnten Sie das beweisen, würde Ihre Mutter Sie lieben. Selbst Ihr Großvater würde Sie lieben.«

Laura schüttelte den Kopf, unwillkürlich traten ihr Tränen in die Augen.

»Haben Sie Cesare nicht noch ein zweites Mal gefragt, ob er wüsste, wer es war?«

Sie wischte sich die Augen.

»Nein.«

Daniele schwieg.

Laura lehnte sich zurück. »Also gut, ja. Ein paar Tage später. Ich war sicher, dass er etwas wusste, es mir aber nicht sagen wollte.«

»Ich habe heute früh mit Signora Lucchetti gesprochen«, sagte Daniele. »Sie hatte Ihnen erzählt, dass etwas mit Cesares Auto passiert war und er sich danach geweigert hatte, wieder ein anderes zu fahren. Haben Sie Cesare gefragt, was passiert war?«

Laura löste ihre überkreuzten Beine und zupfte sich den Rock zurecht. »Warum fragen Sie mich das alles? Cesares Tod hat mit Gabis Unfall nichts zu tun. Ich habe Cesare nicht getötet. Das sollte Ihnen genügen.«

»Das genügt uns bei weitem nicht, Signorina Benati«, mischte sich Perillo ein. »Bitte beantworten Sie Brigadiere Donatos Fragen. Wider mein besseres Wissen versucht er Ihnen zu helfen.«

»Danke, Maresciallo«, sagte Daniele. »Ich versuche tatsächlich, Ihnen zu helfen, Laura. Cesare starb, weil er Gabis Tod verursacht hatte, und Sie wissen das.«

»Nein!«, schrie Laura. Sie klammerte sich an ihren Stuhl, als wollte sie sich daran hindern, aufzuspringen. »Ich weiß überhaupt nichts.«

»Wissen Sie doch, Laura. Er war Ihr Freund seit Ihrer Kinderzeit. Sie wissen, was es heißt, die Schuld am Tod eines Menschen mit sich herumzuschleppen. Sie haben jeden Tag mit dieser Bürde leben müssen, seit Gabi gestorben war. Und Cesare ging es nicht anders.«

Laura senkte den Kopf.

Daniele fragte sich, ob sie vielleicht betete. »Ich glaube, Cesare hat Ihnen schließlich gesagt, dass er es war, der Gabis Unfall verursacht hat. Er hat dafür die Arbeit riskiert, die er liebte, er hat Ihre Freundschaft riskiert, aber letztlich hat er es Ihnen trotzdem gesagt, nicht wahr?«

»Nein.«

»Was glauben Sie – warum hat er es Ihnen nach fast neun Jahren doch noch gestanden?«

Laura ballte die Fäuste. Sie hob den Kopf und sah wieder Daniele an. Heftige Bestürzung verzerrte ihr Gesicht. »Bitte lassen Sie mich in Ruhe.«

Daniele hätte nichts lieber getan. Aber er konnte nicht. Er musste ihren Widerstand brechen, bevor der Maresciallo übernahm. »Cesare ließ Sie ja auch nicht in Ruhe, als Sie Hilfe brauchten. Er hat sich um Sie gekümmert. Er hat Sie geliebt. Bestimmt litt er sehr daran, mitansehen zu müssen, wie Sie weiter um Gabi trauerten, wie Sie der Zorn Ihrer Familie quälte. Was hat ihn bewogen, Ihnen schließlich die Wahrheit zu sagen?«

Laura öffnete ihre Fäuste und ließ die Handflächen auf den Schenkeln ruhen. Daniele konnte förmlich zusehen, wie sich ihr ganzer Körper entkrampfte. Als ihre Anspannung wich, löste sich auch seine eigene.

»Ihm war die Minze für die Bar ausgegangen.« Laura sprach

langsam und hielt den Kopf gesenkt. »Der Gemüseladen in Panzano hatte keine, darum bot ich an, ihm welche aus dem Garten meiner Mutter zu holen. Er fuhr mich hin. Als ich ihm die Minze gab, sah uns mein Großvater vom Fenster aus und begann uns anzuschreien, wir sollten abhauen, mein Anblick, und jeder meiner Freunde, wäre ihm ein Graus. Ich war seit langem an die Wutausbrüche und Beleidigungen meines Großvaters gewöhnt, aber Cesare hat das sehr mitgenommen. Als wir ins Hotel zurückkamen, sagte er, ihm sei jetzt klar geworden, dass man mir die Schuld an Gabis Tod gab, und er gestand mir, dass er ihren Tod verursacht hatte.«

»Wann hat er Ihnen das gesagt?«

Laura blickte auf. »Zwei Tage, bevor er verschwand.« In ihrem Gesicht war keine Gefühlsregung mehr zu erkennen, nur noch Erschöpfung, als hätten sich nun alle Emotionen verbraucht. »Er sagte, es würde mir bessergehen, wenn ich ihn hasste und nicht mich.«

»Und, hassen Sie ihn?«

Laura antwortete nicht. Perillo rutschte auf seinem Stuhl hin und her; er brannte darauf, zu übernehmen. Nico saß wie der sprichwörtliche Lauscher an der Wand auf einem Hocker im hinteren Bereich des Büros, voll Bewunderung für Daniele, obgleich ihm unklar war, worauf er hinauswollte.

Nachdem eine Zeitlang Stille geherrscht hatte, war Perillo mit seiner Geduld am Ende. »Laura Benati, ich verhafte ...«

Daniele schoss von seinem Stuhl hoch. »Warten Sie, Maresciallo!«

Perillo brachte Daniele mit einem sengenden Blick zum Schweigen. »Was bildest du dir ein?«

Daniele stellte das Bandgerät ab. »Ich bitte um Verzeihung, Maresciallo. Ich hatte kein Recht, Sie zu unterbrechen, aber es gibt noch etwas, das Sie wissen sollten, bevor Sie sie verhaften.«

»Und das wäre, Brigadiere Donato?« Perillos Tonfall besaß die Schärfe eines Eispickels.

»Ich glaube, ich weiß, wo wir Cesares Ducati finden können.«

»Und wo, bitte schön?«

»Nein«, sagte Laura und warf Daniele einen flehenden Blick zu.

»Es tut mir leid, Laura«, sagte Daniele, und er meinte es ehrlich. »Ich muss.«

»Nein«, flüsterte Laura noch einmal.

»Wo?«, fragte Perillo wieder, immer noch in seinem scharfen Ton.

Daniele schaute Laura an, als wollte er sich entschuldigen, dann sagte er es ihm.

Hocherfreut schlug Perillo mit der flachen Hand auf den Schreibtisch. Also hatte er die ganze Zeit Recht gehabt. »Natürlich! Wo sonst? Nico, wir hätten es eigentlich wissen müssen.«

Nico sah Lauras verängstigten Blick und wünschte, dass Daniele sich irrte.

»Praktisch in ihrem eigenen Garten.« Perillo war schon halb aufgestanden, als ihm etwas einfiel und er zurück auf seinen Stuhl plumpste. »Wir brauchen einen Durchsuchungsbefehl.«

»Nein, Maresciallo. Wir sind willkommen.«

»Dann steigen wir mal in unsere Uniformen«, sagte Perillo. »Dieses Willkommen können Sie uns später erklären.«

Schweigend steuerte Daniele den Wagen mit Perillo und Laura über die unebene Straße. Im Alfa war die Fahrt zwar weitaus bequemer als auf seinem Motorrad, aber Daniele war viel zu angespannt, als dass ihm dies auffiel; in Gedanken war er schon bei dem, was sie erwartete. Nico, der dem Alfa in seinem kleinen Fiat folgte, spürte jedes Schlagloch. Er fragte sich, wie Daniele der Wahrheit auf die Spur gekommen war.

Das Haus mit den blauen Fensterläden tauchte linker Hand auf. Daniele verlangsamte das Tempo und bog auf einen Asphaltweg, der gerade breit genug für ein Auto war. Nico fuhr hinterher. An der Tür zum Gewächshaus, neben Signora Benati, stand Beppe. Er hielt einen Spaten in der Hand. Noch bevor der Alfa ganz zum Stehen kam, sprang Laura hinaus und rannte zu ihrer Mutter. Anstatt sich zu umarmen, sahen sie sich nur an; schließlich ergriff Laura die Hand ihrer Mutter und hielt sie fest umklammert.

Beppe ging Daniele entgegen, als der aus dem Wagen stieg. »*Ehi*, Daniele, ist das nicht aufregend? Von mir aus können wir mit dem Buddeln loslegen. Die Signora leiht Ihnen gern ihren Spaten.«

»Buongiorno, Beppe.« Perillo ging von der anderen Seite des Alfa auf ihn zu. »Ich hoffe, mein Brigadiere hat Recht. Ich möchte ungern eine Rolle in so einem Polizistenwitz spielen, in dem wir Carabinieri am Ende wieder die Deppen sind.«

»Bestimmt nicht, Maresciallo.« Beppe warf Daniele einen Blick zu. »Wird er doch nicht, oder?«

Daniele drückte heimlich die Daumen. »Fangen wir a ...« Ein Ruf ließ ihn innehalten.

»Haut sofort von meinem Grundstück ab, ihr Ärsche!« Lauras Großvater stand, in Jeans, Stiefeln und einem Pyjamaoberteil, vor der Haustür. Er hatte ein Gewehr auf sie gerichtet. »Weg hier! Und nehmt auch diese versoffene Schlampe wieder mit. Sonst knallt's.«

Perillo langte nach seiner Pistole. Daniele tat es ihm gleich. Beppe schlich sich hinter den Alfa und duckte sich. Nico hatte seit drei Jahren keine Feuerwaffe mehr angerührt. Das Einzige, was ihm jetzt einfiel, war, seine Wagentür so laut wie möglich zuzuschlagen, damit der Mann woandershin zielte. Aber der Alte behielt die beiden bewaffneten Uniformierten fest im Blick. Laura schluchzte.

»Steigt in eure Autos und verschwindet. Ihr habt kein Recht, hier einzudringen.« Gualtieris Stimme überschlug sich. »Das ist Privateigentum!«

Signora Benati eilte zu ihm. »Hör auf, Babbo. Geh zurück ins Haus. Es ist zu kalt. Du wirst sonst wieder krank.«

Während Signora Benati versuchte, ihren Vater ins Haus zu schieben, gab Daniele Nico sein Handy und lief auf die beiden zu. »Buongiorno, Signor Gualtieri. Es tut mir leid, wenn wir

Ihnen Unannehmlichkeiten bereiten. Wir hätten vorher anrufen sollen.«

Gualtieri stieß seine Tochter beiseite und betrachtete Daniele mit halb zusammengekniffenen Augen. »Ich kenne Sie.« Seine Hand auf dem Gewehrlauf zitterte.

Daniele ging weiter. »Ja, wir haben neulich zusammen Kaffee getrunken. Ich war gekommen, um Ihnen Fragen über Cesare Rinaldi zu stellen.«

Gualtieri spuckte auf den Boden. »Der Drecksack hat bekommen, was er verdient hat.«

»Er liebte Ihre Frau, nicht wahr? Hat sie seine Liebe erwidert?«

»Sie war eine dumme Kuh. Dass er sich so lange verdrückt hat, geht bestimmt auf meine Rechnung, glauben Sie mir. Ich habe ihm nämlich gesagt, ich bringe ihn um, wenn er sich je wieder in ihre Nähe wagt.«

Signora Benati versuchte, den Gewehrlauf nach unten zu drücken. Gualtieri umklammerte ihn noch fester mit beiden Händen, den Finger weiter am Abzug. »Wollen wir nicht reingehen, Babbo?« Sie wandte Daniele ihr verzweifeltes Gesicht zu. »Kommen Sie, Brigadiere Donato, kommen Sie doch mit herein. Ich koche uns einen Kaffee.«

»Das wäre nett.« Daniele hatte sich Gualtieri jetzt auf Armeslänge genähert. »Cesare hat Leute um das betrogen, was ihnen rechtmäßig gehörte. Das haben Sie mir doch erzählt, erinnern Sie sich?«

»Ja, ein Aasgeier. Ein dreckiger, stinkender Aasgeier.«

»Er hat Ihnen die Frau geraubt. Was hat er Ihnen noch genommen?«

Gualtieri stieß ein qualvolles Brüllen aus, hob das Gewehr und hielt es Daniele vors Gesicht.

Perillo zielte mit seinem Revolver auf Gualtieri und schrie: »Runter, Dani!«

Anstatt sich zu ducken, warf sich Daniele gegen Gualtieris Brust und drückte das Gewehr nach unten. Als es losging, schlug die Kugel ein Loch in den Asphaltweg. Signora Benati schrie.

Laura hielt sich die Hände vors Gesicht. Perillo und Nico eilten zur Hilfe. Gualtieri lag auf dem Rücken; er trat und schlug wild um sich. Ein Stiefel landete auf Danieles Wange.

Nico verpasste dem Alten eine kräftige Ohrfeige. Gualtieri wurde still und schaute zu Nico auf. »Er musste büßen, dass er mir die Einzige nahm, die ich je geliebt habe.«

»Nur Gabi hat seine Liebe bekommen. Nicht seine Frau, nicht ich, nicht Laura«, sagte Signora Benati, als die drei Männer Gualtieri wieder auf die Beine stellten. »Laura und ich, wir haben immer nur darauf gehofft, nicht wahr, Babbo?« Sie packte ihn am Hemd und zog daran. »Wir haben darum gebettelt. Wir haben es verdient, geliebt zu werden.« Sie schaute Daniele aus verweinten Augen an. »Ich bekam immer nur Vorwürfe zu hören. Für ihn bin ich nichts weiter als ein Dienstmädchen.«

Ob sie es wusste?, fragte sich Nico. Hat sie seine blutgetränkten Sachen gewaschen und gehofft, dafür geliebt zu werden?

Laura tauchte an der Seite ihrer Mutter auf. »Aber ich liebe dich, Mamma. Lass uns reingehen.«

Perillo legte einem gefassten Gualtieri Handschellen an.

Signora Benati flüsterte: »Er ist nicht mehr ganz richtig im Kopf.«

»Ich verstehe, Signora. Kommen Sie bitte morgen früh aufs Revier.«

»Da sind wir bei Cesares Beerdigung.«

»Richtig, dann anschließend.«

Die beiden Frauen machten die Tür hinter sich zu. Perillo eröffnete Gualtieri, dass er wegen Doppelmordes verhaftet sei. Daniele klärte den alten Mann über seine Rechte auf.

»Das ist nicht nötig«, sagte Gualtieri ruhig. »Verstehen Sie doch. Wir haben zusammen Kaffee getrunken, aber ich habe Ihren Namen vergessen.« Er schaute Daniele an.

»Daniele Donato.«

»Lassen Sie es mich bitte erklären, Daniele.« Er klang wie ein Vater, der seinem Kind eine ungeliebte Regel erläutern will.

Perillo stieß ihn vorwärts. »Erklären können Sie alles später.«

»Das war vollkommen verrückt«, sagte Nico zu Daniele, während sie hinter Perillo und Gualtieri herliefen. »Er hätte Sie töten können. Auch Sie müssen einiges erklären.«

»Werde ich, sobald wir Gualtieri in ein Gefängnis nach Florenz geschickt haben.« Er schaute auf das Handy, das Nico noch immer in der Hand hielt. »Ist da noch Saft drauf? Ich glaube, er möchte weiterreden.«

»Nicht viel.« Nico nahm sein eigenes Handy heraus und gab es Daniele. »Nehmen Sie meins. Es ist aufgeladen.«

Als sie auf Beppe zugingen, tauchte dieser aus seiner Deckung hinter dem Alfa auf. Er keuchte atemlos. »Mamma, meine Leser flippen aus, wenn ich ihnen diese Story serviere.«

»Kein Sterbenswörtchen von dir ohne meine Erlaubnis«, sagte Perillo. Er drückte Gualtieri auf den Rücksitz.

Beppe fluchte in sich hinein und sah Daniele an. »Und was ist mit der Ducati? Hilft mir jetzt keiner, sie auszugraben? Ich meine, sie ist doch hier, oder?«

»Ich glaube, schon«, sagte Daniele. »Versuch's mal mit dem Beet im Gemüsegarten.«

»Und wenn er sie ganz tief verbuddelt hat?«

»Dann dauert es länger, aber der Ruhm ist dir gewiss.«

»Klingt gut. Natürlich nicht ganz so gut wie die Rückenschmerzen hinterher.« Beppe schwang sich seine Schaufel über die Schulter und zog los zum Gemüsegarten.

»Ich fahre«, verkündete Perillo. »Setz du dich mit nach hinten und versuch ihn ruhig zu halten.«

»Gern, Maresciallo.« Daniele stieg neben Gualtieri ein. Vielleicht erhielt er ja Antwort auf einiges, was ihnen in diesem Fall Kopfzerbrechen bereitet hatte.

Nico wäre gerne mitgefahren, aber er musste seinen Wagen nach Hause bringen.

Sobald Perillo wieder auf der Holperstraße fuhr, fragte Daniele: »Was wollten Sie erklären, Signor Gualtieri?«

»Sehen Sie, ich hatte keine Wahl. Er musste bestraft werden.

Das verstehen Sie doch, oder? Ich habe mich korrekt verhalten. Er hat es verdient, von mir getötet zu werden. Von niemand anderem. Er hat mich dazu auserkoren, als er es mit meiner Frau trieb, als er meine Gabi umbrachte. Es war sein Schicksal.«

»Woher wussten Sie, dass es Cesares Auto war, das den Unfall verursachte?«

»Schreiben Sie sich das hinter die Ohren, junger Mann.« Gualtieri hob ermahnend den Zeigefinger. »Wenn Sie wollen, dass Ihr Leben in geordneten Bahnen läuft, müssen Sie auf der Hut sein, immer wachsam, und selbst das kleinste Mäuschen piepsen hören. Laura hat bei ihrer Mutter gepiepst. Und ich war wachsam.«

»Verstehe«, sagte Daniele sanft. »Wenn Sie so auf Ordnung aus sind – warum haben Sie Cesare nicht gleich irgendwo abgeladen?«

Gualtieri lachte bellend. »Ja, stimmt, ich mag Ordnung. Ich habe alles genau geplant. Mein Fiat Palio wäre für die Ducati zu klein gewesen, darum habe ich mir einen anderen Wagen gesucht. Und wo findet man Autos, die nur darauf warten, gestohlen zu werden?«

»Villa Costanza?«, mutmaßte Daniele.

Gualtieri stupste Daniele mit dem Knie an. »Ein wunderschöner Toyota Highlander wartete auf mich. Ich habe meinen Wagen dort abgestellt, wo er geparkt hatte.«

»Wie sind Sie ohne Parkschein überhaupt rausgekommen?«

»Ha! Den hätte ich verloren, habe ich gesagt, und dass ich zwei Tage da stand. Dann habe ich gezahlt und bin losgefahren.«

Daniele schauderte, als er Gualtieris widerlich selbstgefälligen Blick sah. »Warum haben Sie Cesare nicht da liegengelassen, wo Sie ihn getötet hatten?«

»Das wollte ich ja erst. Ihn einfach an Ort und Stelle liegenlassen, wo er vergammeln könnte. Ich habe die Ducati in den Kofferraum gehievt. Schwer, aber eine Menge Geld wert. Ein bisschen weiter weg tauchte dann eine Frau auf. Sie kam auf mich zu. Mir blieb nichts anderes übrig, als meine letzten Kräfte zu sammeln und das Aas zum Kofferraum zu zerren. Ich war wahnsinnig erschöpft, obwohl ich jeden Tag fünfzig Liegestütze mache, seit ich acht bin. Darum musste ich ruhen, ganz wie Gott am siebten Tag. Ich habe das Schwein mit nach Hause gebracht, den Toyota hinterm Haus geparkt, die Ducati rausgeholt und versteckt. Dann habe ich mein Mittagessen gegessen, meinen Mittagsschlaf gehalten, während dieser Scheißkerl auf meinem Grund und Boden langsam verrottete. Habe dann auch noch mein Abendbrot verspeist.« Gualtieri kicherte. »Der Gedanke war tröstlich.«

»Genug geredet«, sagte Perillo. »Wir werden Ihre Aussage auf dem Revier aufnehmen.«

»Ich rede mit dem jungen Mann hier, nicht mit Ihnen. Ich weiß nicht einmal, wer Sie sind.«

Daniele beugte sich vor. Er saß direkt hinter Perillo. »Ich zeichne es auf.«

Perillo nahm die Information mit einem zustimmenden Nicken zur Kenntnis.

»Warum haben Sie ihn nach Villa Costanza gebracht?«, wandte sich Daniele wieder an Gualtieri.

Überrascht zog Gualtieri seine dichten Augenbrauen hoch. »Natürlich, um den Toyota mit ihm darin zurückzubringen und mein Auto abzuholen.«

»Waren Sie nicht besorgt wegen der vielen Überwachungskameras?«

»Die haben mich auch nicht erwischt, als ich den Toyota geklaut habe, oder? Ich wartete, bis es dunkel war. Und wie durch eine göttliche Fügung hatte diese Schwuchtel aus Gravigna seinen Wagen für mich abgestellt. Mit offenem Kofferraum. Es war perfekt. Ich habe mir ins Fäustchen gelacht. Soll doch die Schwuchtel ins Gefängnis wandern, wo er und sein sogenannter Ehemann sowieso hingehören. Das verstehen Sie doch, oder, Daniele?«

»Es wäre aber Laura gewesen, die wegen des Mordes an Cesare ins Gefängnis gekommen wäre, nicht Jimmy. Denn Sie sind an diesem Morgen ins Hotel gegangen und haben ihr Handy benutzt.«

»Wie hätte ich ihn denn sonst zur Kapelle locken sollen? Ja, was hatte ich ein Glück an diesem Tag. Und wäre es mir an dem Tag nicht hold gewesen, hätte ich es eben ein andermal versucht. Mich hat noch nie irgendwer oder irgendwas an einem Vorhaben gehindert, wissen Sie? Ein paar Gäste haben mich gesehen, aber ich war gekleidet wie ein Gentleman.« Der alte Mann platzte fast vor Stolz.

»Pietro Rinaldi hat Sie gesehen, nicht wahr, und dann versucht, Sie zu erpressen?«

»So ein einfältiger Kerl. Er war einfach auf die Ducati scharf. Ich wusste, ich würde Lauras Handy finden, das bestimmt irgendwo herumlag. Sie hat ständig ihren Kram überall im Haus liegen lassen, selbst als sie noch eine kleine Rotznase war.«

»Wollten Sie sie bestrafen?«

Die Frage schien Gualtieri zu überraschen. »Sie hat Gabi in den Tod geschickt.«

Er sackte auf seinem Sitz zusammen. »Jetzt bin ich müde. Ich habe getan, was getan werden musste. Der Richter wird das verstehen.« Er schloss die Augen; während der restlichen Fahrt sagte er kein einziges Wort mehr.

Auf dem Revier übergab Perillo den Verhafteten an Vince. »Nimm diesem Mann die Fingerabdrücke ab und bring ihn hinterher zu mir. Nico, bitte begleiten Sie Vince.«

Zehn Minuten später brachte Vince Gualtieri ins Büro. Perillo löste dem alten Mann die Handschellen und setzte ihn auf den Verhörstuhl. Daniele bezog seinen Posten vor dem Computer und dem büroeigenen Tonbandgerät.

Perillo setzte sich ebenfalls und rief in Vinces Zimmer an. »Sind Sie bereit?« Die Anwesenheit eines Zivilisten beim Verhör eines Verhafteten hätte ihm Ärger einbringen können.

»Bin ich«, antwortete Nico. Er kaute gerade ein Stück Schokolade, das Vince ihm angeboten hatte.

»Wir reden später.« Perillo legte den Hörer hinter dem Telefon ab. So konnte Nico im Nebenraum mitanhören, was in Perillos Büro geschah.

»Signor Gualtieri, hätten Sie gern einen Kaffee?« Perillo wollte vor allem selbst einen.

»Ich hätte gern was zu essen«, sagte Gualtieri, »und ein Glas Roten. Wo ist meine Tochter?« Er blickte panisch im Zimmer umher. »Wo ist sie?« Halb erhob er sich von seinem Stuhl. »Wo habt ihr sie versteckt? Ich brauche sie. Ich habe Hunger. Sie kümmert sich um mich.«

Perillo stand auf und machte eine beschwichtigende Geste. »Sie ist zu Hause bei Laura.«

»Nein, ich brauche sie hier. Ich habe Hunger. Ich muss was essen.«

»Wir lassen Ihnen ein Panino holen. Wäre eins mit Prosciutto und Mozzarella in Ordnung?«

»Nein! Meine Tochter macht mir Essen. Bringen Sie mich nach Hause.«

»Daniele, fang bitte an mit der Aufnahme.« Perillo nannte laut das Datum und die Uhrzeit, und vor Freude über den erfolgreichen Vormittag vergaß er, in einem tiefen Bass zu sprechen. »Haben Sie, Duccio Gualtieri, Cesare Rinaldo getötet?«

»Ich hatte keine andere Wahl.«

»Haben Sie auch Pietro Rinaldi getötet?«

»Ich hatte keine andere Wahl.«

»Möchten Sie irgendetwas hinzufügen?«

»Meine Tochter soll mir Essen machen.«

Perillo nannte die Uhrzeit und erklärte das Verhör für beendet. Er legte den Hörer wieder auf. Daniele stoppte die Aufnahme.

»Vielen Dank für Ihre Offenheit, Signor Gualtieri. Möchten Sie jetzt vielleicht ein Sandwich, während Daniele Ihre Aussage tippt? Ich muss Sie noch bitten, diese zu lesen und zu unterschreiben, bevor Sie nach Florenz weiterfahren.«

Gualtieri schaute überrascht auf. »Florenz? Ich habe immer gern bei den Imbissbuden an der Straße gegessen. Die haben das beste Lampredotto.«

Perillo fand die Vorstellung ekelerregend, den vierten und letzten Magen einer Kuh zu essen. Der Alte hatte eindeutig keinen Bezug mehr zur Realität.

»Ich habe Hunger. Eine Sciacciata mit Salami und Mozzarella würde mir schmecken.«

Perillo griff wieder zum Hörer und bestellte das gewünschte Sandwich. Daniele übergab Perillo das ausgedruckte Verhörprotokoll. Gualtieri unterschrieb und begab sich in der Obhut von Vince und dem neuen Brigadiere, mit seiner eingewickelten Sciacciata in der Hand, auf den Weg nach Florenz.

Als sie fort waren, kam Nico ins Büro. »Ist Gualtieri nun irre oder schlau?«

»Ich bin sicher, sein Anwalt überzeugt ihn davon, dass es das Beste sei, wegen Unzurechnungsfähigkeit auf verminderte Straffähigkeit zu plädieren. Meiner Meinung nach ist er ein durchaus zurechnungsfähiger, verabscheuungswürdiger Mensch.«

»Was Laura durchmachen musste, ist grausam, unmenschlich«, ließ sich Daniele hinten im Büro vernehmen.

Nico setzte sich auf den Verhörstuhl, der von seinem Vorbesitzer noch etwas angewärmt war. »Ich glaube, ihrer Mutter erging es nicht viel besser. Ziehen Sie Ihren Stuhl ran, Daniele, und schildern Sie uns ausführlich, wie Sie auf Gualtieri gekommen sind und wie Sie ihn eingekreist haben.«

Perillo hob verneinend den Finger und griff zum Telefonhörer. »Zuerst Della Langhe.«

Barbara, Della Langhes wunderbare Sekretärin, nahm das Gespräch an. Es gab keine direkte Leitung zum Stellvertretenden Staatsanwalt.

»Wir haben ihn erwischt und überführt. Besser gesagt, nicht wir, sondern Daniele.«

»Evviva! Geben Sie ihm einen Kuss von mir.«

»Das überlasse ich lieber anderen.« Perillo wusste, dass Barbara von Danieles Stimme und seinen guten Manieren hingerissen war. Sie hatte ihn noch nie gesehen. »Wie ist denn heute die Stimmung Seiner Hochwürden?«

»Immer noch frohlockend. Ich stelle Sie durch. Ciao.«

Della Langhe nahm das Gespräch im gewohnt arroganten Tonfall entgegen und Perillo überbrachte ihm die gute Nachricht.

»Nun, ich freue mich zu hören, dass Sie den Täter verhaftet haben. Und Sie haben ein Geständnis. Hervorragend. Ich kann Sie also von der Liste streichen«, sagte Della Langhe. »Schicken Sie mir die Einzelheiten. Gute Arbeit, Maresciallo.«

»Brigadiere Donato ist der Mann, der den Fall gelöst hat, nicht ich. Ich bin sehr stolz auf ihn.«

»Ah, der Venezianer. Ich erinnere mich an ihn. Er ist ausnehmend höflich, sehr unüblich bei jungen Leuten. Richten Sie ihm meine Glückwünsche aus.« Della Langhe legte auf.

»Ich soll dir Glückwünsche von ihm bestellen«, sagte Perillo. »Und ich schließe mich mit meinen an.«

Daniele errötete, diesmal zu Recht. »Danke.« Gualtieris Stiefel hatte knapp unter einem Auge einen Abdruck in einem noch kräftigeren Rot hinterlassen.

»Nichts zu danken. Du hast sie dir eindeutig verdient. Deine Wange schwillt gewaltig an. Leg ein bisschen Eis drauf, oder ein Dario-Cecchini-Steak. Macht man das nicht so in Amerika, Nico?«

»Nur in alten Spielfilmen. Eine Packung Tiefkühlerbsen wäre besser. Ich gehe mal rüber zum Coop und besorge eine.«

»Nein, nein«, protestierte Daniele. »Bitte. Es geht mir gut.« Er hatte nichts dagegen, über ein vorzeigbares Andenken seines Einsatzes zu verfügen.

Perillo lehnte sich über den Schreibtisch. »Wir sollten etwas essen, bevor wir irgendetwas anderes tun. Mein Magen knurrt wie verrückt.« Er griff zum Hörer und drückte zwei Tasten. »Dino, drei Schiacciate mit Salami, Prosciutto und Caciotta. Einen mit Aubergine für Daniele ... nein, sagen wir vier. Auch einen für dich. Wir wollen feiern.« Er legte auf und schaute wieder Daniele an, der noch bei Perillos Schreibtisch stand.

»Ich bin genauso gespannt wie Nico, wie du auf Lauras

Großvater gekommen bist. Sicherlich hatte dein Wunsch, ihre Unschuld zu beweisen, eine Menge damit zu tun, aber es muss ja auch noch was anderes gegeben haben.«

»Allerdings, es gab auch noch was anderes«, sagte Daniele niedergeschlagen. »Dürften wir das erstmal zurückstellen? Della Langhe wird so schnell wie möglich eine Abschrift der Gegenüberstellung mit Gualtieri haben wollen, die ich mit meinem Handy aufgezeichnet habe. Außerdem muss ich zurück zu Beppe und ihm helfen, die Ducati auszugraben. Es wäre schön, wenn Cesare morgen zusammen mit ihr beerdigt werden könnte.«

»Das würde Laura und Signora Lucchetti bestimmt sehr glücklich machen«, sagte Nico. »Sind Sie sicher, dass sie im Gemüsegarten vergraben ist?«

»Ich hoffe es. Ich verstehe nichts von Landwirtschaft, aber das frisch bestellte Beet Ende Oktober hat mich stutzig gemacht.«

»Dann schnappe ich mir mein Sandwich und helfe Beppe beim Buddeln«, sagte Nico. »Wir schaffen das auch ohne Sie, Dani. Sie haben heute schon großen Mut bewiesen.«

»Und Leichtsinn«, fügte Perillo mit einem strengen Blick hinzu, »wie deine feuerrot geschwollene Backe mahnt, aber ich bin stolz auf dich, Dani. Ich muss mir erst mal klar darüber werden, warum ich nicht selbst auf die Lösung gekommen bin. Ich frage mich, ob das schon an meinem Alter liegt?«

»Ich bin auch nicht darauf gekommen«, sagte Nico.

»Natürlich nicht. Sie sind ja auch Jahre älter als ich.«

Nico lachte. »In der Tat.«

»Maresciallo, mit dem Alter hat das nichts zu tun. Sie konnten Gualtieri gar nicht verdächtigen, weil Sie ihn nicht kennengelernt haben.« Daniele setzte sich. Er war müde, aber er sollte lieber mit seinen Erläuterungen anfangen, bevor der Maresciallo sich wieder in seine Alterspanik steigerte. »Ich habe Gualtieris Wut mitbekommen, habe erlebt, wie er seine Tochter behandelt. Wie sehr er Cesare hasste und wie er die

Enkelin, die gestorben ist, über alle Maßen liebte. Ich habe die Plastikplane gesehen, die über das provisorische Gewächshaus gespannt war und von der er wahrscheinlich ein Stück verwendet hatte, um Cesares Leichnam einzupacken. Ich habe das frisch bestellte Beet gesehen. Damals hatte ich aber all diese Elemente nicht miteinander in Verbindung gebracht. Als nun aber Laura als einzig verbliebene Verdächtige übriggeblieben war, suchte ich nach einer weiteren Verdachtsperson.«

»Du hattest keine konkreten Beweise«, sagte Perillo, voll aufrichtiger Bewunderung. »Aber du hast etwas geahnt und alles auf eine Karte gesetzt.«

Daniele schenkte Perillo ein schwaches Lächeln. »Ich habe alles auf eine Karte gesetzt, weil ich überzeugt war, dass unglaublich viel Hass und Wut dazu gehören, jemandem, den man seit seiner Kindheit kennt, viermal das Messer in den Leib zu rammen. Gualtieri besaß beides, Wut und Hass. Laura besaß nur Traurigkeit.«

Perillo stand auf, ging zu Daniele hinüber und umarmte ihn so stürmisch, dass er ihn direkt vom Stuhl hob. »Danke, Dani. Du bist der Beste.«

»Und Sie verdienen auch das Beste«, fügte Nico hinzu. »Zunächst einmal eine Gehaltserhöhung. Sie haben die Gabe, sich in Menschen hineinzuversetzen.«

Wie erwartet lief Dani rot an. Nico und Perillo wandten den Blick ab. Renzino klopfte und schwebte unaufgefordert mit einem Tablett voller Sandwiches und Getränke herein.

Nico griff sich das mit einem *N* auf dem Einwickelpapier: Cacciotta und Mortadella. »Danke. Ich gebe Laut, wenn wir die Ducati finden.«

Perillo scheuchte ihn weg. »Wir erwarten Ihren Laut.«

Eine Viertelstunde später war Nico mit OneWag im Schlepptau wieder da. Nelli hatte ihn vor dem Coop in Greve abgeliefert, weil sie zur Arbeit ins Weingut musste, wo Hunde nicht willkommen waren.

Die Sandwiches waren schnell gegessen. Daniele saß schon wieder am Computer und tippte Gualtieris Drohungen und seine eigenen zurückhaltenden Worte ab.

Perillo war in der Bar und überlegte, ob er sich für Danieles Erfolg mit einer Zigarette belohnen sollte.

Nico legte einen Beutel gefrorener Erbsen auf Danieles Schreibtisch. »Passen Sie auf sich auf.«

Daniele dankte ihm und drückte sich den Beutel auf die Wange, bis Nico und OneWag den Raum verlassen hatten. Die Kühle fühlte sich gut an, aber er hatte noch zu tun.

SECHZEHN

Es goss in Strömen, als Nico und Nelli im Laufschritt in die Stille der Santa-Maria-Kirche von Panzano eindrangen. Sie waren von dem Wolkenbruch überrascht worden und nun beide völlig durchnässt.

»Ich dachte, es regnet bei Beerdigungen nur im Film«, sagte Nelli leise, während sie sich das Gesicht mit einem Taschentuch abtrocknete. Vom Saum ihres grauen Kleides fielen Tropfen. Das Wasser auf Nicos dunkelblauem Anzug, den er schon zu seiner Hochzeit und auf Ritas Beerdigung getragen hatte, verströmte einen milden Geruch von Mottenkugeln. Fünfundzwanzig Jahre waren zwischen diesen beiden Ereignissen vergangen. Bevor der Schauer einsetzte, hatte ihm der Anzug noch gepasst, nur das Jackett konnte er nicht mehr zuknöpfen.

Nelli steckte das Taschentuch wieder weg und schaute den Hauptgang entlang. Ein Lächeln leuchtete in ihrem Gesicht. »Jetzt kann er in Frieden ruhen.«

»So, wie er es gewollt hat.«

Vor Cesares geschlossenem Sarg stand die überall gesuchte Ducati, in deren funkelndem Fahrgestell sich die Leuchter spiegelten. Viele der Anwesenden starrten auf das Motorrad und tuschelten.

Perillo saß in der letzten Bankreihe und machte Nico mit erhobener Hand auf sich aufmerksam. Neben ihm saß Daniele. Als Nico zu den beiden hinüberging, fiel ihm auf, dass ihre Uniformen trocken waren.

»Ihr seid wohl sehr früh hergekommen«, sagte Nico.

»Wir waren die Ersten, wie es sich gehört.« Perillo zeigte mit dem Kinn auf den Altarraum. »Ein schöner Anblick.« Daniele richtete sich kerzengerade auf. Man sah ihm seinen Stolz an, trotz des lila Flecks auf seiner Wange. »Ich habe gestern

Abend versucht, Sie anzurufen, aber Sie sind nicht rangegangen.«

Nico war mit Nelli zusammen gewesen, die jetzt stehengeblieben war, um eine Bekannte anzusprechen.

»Der Besitzer des Toyota hat endlich seinen Wagen abgeholt.«

»Warum hat er so lange auf sich warten lassen?«

»Weil er eben erst aus Australien zurückgekommen ist. Er war nicht gerade erfreut, einen Kofferraum voller Blut vorzufinden ...«

Nico seufzte. »Na, ich hoffe, er hatte wenigstens einen schönen Urlaub.«

Nelli kam zu Nico zurück und begrüßte leise die beiden Carabinieri.

»Wollen Sie sich zu uns setzen?«, fragte Perillo. Beerdigungen waren ihm ein Gräuel.

Nelli schüttelte den Kopf. »Ich möchte lieber weiter vorn sein. Laura ist eine Freundin von mir.« Laura saß mit ihrer Mutter in der ersten Reihe. Don Alfonso, der Priester, hatte sich zu den beiden vorgebeugt und sprach auf sie ein. »Ich möchte sie nur einmal drücken«, sagte Nelli zu Nico. »Such du uns doch einen Platz. Ich finde dich schon.«

Nico sah, wie sie den Hauptgang entlangeilte. »Was passiert mit Pietro?«, fragte er Perillo. »Hat man seine Leiche freigegeben?«

»Ja. Seine Exfrau in San Casciano kümmert sich um die Bestattung.«

»Da ist Jimmy«, sagte Nico. Er saß am Ende einer Bankreihe zusammen mit Gogol, der nie eine Beerdigung oder Taufe ausließ, solange sich jemand fand, der ihn mitnahm. »Ich gehe mal Hallo sagen.«

Die Zahl der Trauergäste war ziemlich überschaubar, fand Nico. Nelli würde ihn hier problemlos finden. Während er im Seitenschiff zu ihnen lief, winkte er Nardo eine stumme Begrüßung zu, jenem Besitzer des Gemüseladens, dessen Beobachtung die Ermittlungen entscheidend vorangebracht hatte.

Er nickte zu Cinzia und Aldo auf der anderen Seite des Hauptganges hinüber. Gustavo mitsamt dem restlichen Rentnerquartett saß einige Reihen hinter dem Paar; sie lauschten Beppe, der eine Kamera und sein Notizbuch auf dem Schoß hielt und ihnen wahrscheinlich gerade erzählte, wie er die Ducati gefunden hatte. Tilde in der nächsten Reihe schenkte Nico ein Lächeln und machte eine Drehbewegung mit dem Finger, ein Zeichen, das *nachher* bedeutete. Er lächelte zurück und nickte. Ein paar Reihen weiter vorn, auf seiner Seite des Ganges, setzte er sich zu seinen Freunden vom Café.

Sie begrüßten einander im Flüsterton. Gogols Kölnischwasser war nur schwach auszumachen. Jimmy brummte: »Er hätte mitkommen müssen.«

»Musste Sandro denn im Café bleiben?«

Jimmy schaute Nico resigniert an. »Ich war ja dafür, es für ein paar Stunden zu schließen. Aber unser lieber Pfennigfuchser weigerte sich unter dem Vorwand, dass Cesare nicht aus Gravigna stammte. Gogol leistet mir freundlicherweise Gesellschaft.«

Mit seinen knochigen Fingern tätschelte Gogol Jimmy die Hand und wisperte: »›*Nicht weigern kann ich dir, was dein Begehr.*‹«

»Danke, Gogol. Eine elegante Dame hat Sie vorhin gesucht, Nico.« Jimmy schaute sich in der Kirche um. »Ah, da ist sie ja.« Er deutete auf sie.

In der ersten Reihe, neben Laura und ihrer Mutter, saß Signora Lucchetti. Sie war ganz in Schwarz; auf ihrem weißen Haupt trug sie einen kleinen, etwas schräg sitzenden Hut mit Schleier.

»Danke für den Hinweis.« Nico schlüpfte aus Jimmys Reihe, lief zu ihr hinüber und setzte sich neben sie. Sie lächelte; Tränen traten ihr in die Augen. »Ich weiß nicht, wie ich Ihnen danken soll«, flüsterte sie kaum hörbar. »Sie haben Cesares Wunsch erfüllt. Und meinen auch.«

»Der Dank gebührt Brigadiere Donato, nicht mir.« Aber auch OneWag hatte seinen Teil beigetragen.

»Mein armer, lieber Cesare.« Hinter der Ducati war Cesares mit Chrysanthemen bedeckter Sarg aufgebahrt. »Die Frau, die er liebte, war Lauras Großmutter, nicht wahr?« Die Nachricht von Gualtieris Festnahme war vor kurzem durchgesickert. Nico hatte Beppe im Verdacht.

»So scheint es wohl.«

Nelli schlüpfte in ihre Reihe und nahm auf der anderen Seite von Nico Platz. Bevor er sie vorstellen konnte, setzte die Orgel ein und Don Alfonso begann mit der Messe. Eine Dreiviertelstunde später war die Trauermesse vorüber. Cesares Sarg wurde über den Hauptgang von Nardo, dem Gemüsehändler, und drei Männern, die Nico nicht kannte, hinausgeleitet, gefolgt von Laura, ihrer Mutter und der Ducati.

Die Trauergemeinde begab sich nach und nach zum Ausgang. Nico und Nelli begleiteten Signora Lucchetti hinaus. Vor der Kirche gab sie Nico ihre schwarz behandschuhte Hand und bedankte sich noch einmal. Der Regen war inzwischen zu einem leichten Nieseln abgeklungen. Signora Lucchetti, von ihrer Arthritis vorgewarnt, hatte einen geblümten Regenschirm dabei. Nico schaute ihr hinterher, als sie mit Laura und ihrer Mutter in Lauras Wagen stieg. Dann folgte das Auto dem Leichenwagen zum Friedhof von Panzano, wo die Beisetzung im engsten Kreis stattfinden würde.

»Ich glaube, ich brauche jetzt einen Drink«, sagte Nico. Die Beerdigung hatte schmerzliche Erinnerungen geweckt. Vor allem aber wollte er die ganze traurige Geschichte hinter sich lassen und mit Nelli zusammen sein.

»Ich auch«, sagte Perillo, der hinter Nico trat. »Nehmen wir doch zusammen einen. Die drei Musketiere, plus eine.«

»Nein, danke, Perillo. Ich habe erstmal eine Weile genug von euch beiden.«

»Nico und Nelli sind mit mir verabredet«, ließ sich Tilde hinter der Vierergruppe vernehmen. »Die beiden müssen mir ein paar Einzelheiten einer erfreulichen neuen Entwicklung erzählen. Na los, verschwinden wir aus dem Regen und holen uns einen Drink.« Sie flitzte die Stufen hinunter.

»Ich bin dabei.« Nelli rannte ihr hinterher.

»Vergessen Sie nicht, dass Laura und ihre Mutter heute Nachmittag aufs Revier kommen«, erinnerte Perillo Nico. »Also bis dahin?«

»Nein. Sie können mir später alles erzählen. Ciao zusammen.«

»Danke für Ihre Hilfe«, sagte Perillo. Er klang enttäuscht.

»Jederzeit, aber nicht so bald. Wir sehen uns am Samstag, zur Jubiläumsfeier der Bar All'Angolo.«

»Vielleicht«, entgegnete Perillo.

Nico hastete die Treppe hinunter und hoffte inständig, dass OneWag, der wegen des Regengusses im Auto bleiben musste, nicht die Sitzpolster zerfetzt hatte.

Perillo wollte sich gerade nach oben begeben, um die Uniform gegen seine Zivilkleidung zu tauschen und mit Ivana Mittag zu essen, als ihn Beppe noch in der Tür erwischte. Er hatte sich wegen der Beerdigung eine Krawatte über sein Sweatshirt gebunden, ansonsten trug er Jeans und ausgetretene Sneaker. »Maresciallo, was ist mit den Exklusivrechten, die Sie Info-Beppe versprochen haben?«

»Du hast das Motorrad doch gar nicht gefunden.«

»Aber ich habe geholfen.«

»Schreib deinen Exklusivbericht selber. Du warst ja da.«

Beppe hielt kurz inne, dann grinste er. »Stimmt, war ich.« Er hob seine Kamera. »Zeigen Sie mir Ihr strahlendes Siegerlächeln. ›Triumph von Gesetz und Gerechtigkeit‹ lautet meine Schlagzeile.«

Perillo bedeckte das Objektiv mit seiner Hand. »Nix da, aber ich sehe zu, dass deine Hilfe wie versprochen in der Presseerklärung erwähnt wird.« Daniele würde dafür sorgen, dass er sein Versprechen hielt.

Nachdem er Zivilkleidung angezogen und ein Mittagessen, bestehend aus mit Spinat gefüllten Ravioli in einer Pistazien-Pilz-Soße, panierten Hühnchenschnitzeln, einem Apfel und einem Espresso, genossen und sein Mahl noch mit einem halbstündigen Mittagsschlaf gekrönt hatte, war Perillo fast so weit wiederhergestellt, dass er den Fall Cesare Rinaldi abschließen konnte. Mit einer Zigarette hätte sich sogar das »fast« streichen lassen, aber er widerstand dem Impuls.

Perillo schlenderte ins Büro, wo er seinen Brigadiere bereits am Computer vorfand. »*Ehi*, Daniele, wie war dein Mittagessen?«

»Ausgezeichnet.« Daniele hatte seine Mittagspause damit verbracht, Kartoffelchips zu essen und Stella Textnachrichten über die Beerdigung zu schicken.

»Komm, gehen wir noch einen Kaffee trinken – den Espresso für mich und einen Orangensaft für dich.« Als Perillo die Tür öffnete, stand ihm Dino gegenüber.

»Was gibt's, Dino?«

»Sie sind da.«

»Gut.« Perillo trat hinaus auf den Flur. »Kommen Sie bitte herein«, sagte er und machte eine einladende Bewegung hin zur seinem Büro. Die beiden Frauen warteten auf der Bank neben der Eingangstür, den Rücken durchgedrückt, die Hände in den Schoß gelegt, und schauten ihn an. Die eine wirkte wie eine jüngere Ausgabe der anderen; beide trugen noch ihre dunkle Trauerkleidung.

»Danke, dass Sie an diesem traurigen Tag gekommen sind.«

Laura stand auf. »Wir wollen, dass das Ganze endlich vorbei ist.« Sie schritt entschlossen auf ihn zu. Ihre Mutter, die erkennbar verängstigt aussah, näherte sich nur zaghaft.

Daniele begrüßte sie mit einem Kopfnicken und senkte sofort wieder den Blick. Er fühlte sich unwohl in seiner Haut, verlegen, ja schuldig. Er wäre ihnen am liebsten nicht noch einmal gegenübergetreten. Ihr Leben war gestern komplett aus den Fugen geraten. Laura mochte froh sein, dass sie nicht ins Gefängnis musste, aber Gualtieri war ihr Großvater, der Vater der Signora. Wie empfanden sie das? Und was hielten sie jetzt von ihm, Daniele?

Die Frauen setzten sich auf die beiden Stühle, die für sie vor

Perillos Schreibtisch aufgestellt waren. Er selbst ließ sich auf seinem Bürosessel nieder. »Wenn Sie wahrheitsgemäß antworten, dauert es nicht lange. Daniele, starten Sie bitte die Aufnahme. Signora Benati, ich werde mit Ihnen anfangen.« Perillo sah, wie Laura nach der Hand ihrer Mutter griff.

»Als Ihr Vater, nachdem er Cesare getötet hatte, zum Mittagessen nach Hause kam, haben Sie da nicht die Blutflecken auf seiner Kleidung bemerkt?«

»Doch. Ich sprach ihn darauf an und er sagte, er hätte unserem Nachbarn bei der komplizierten Geburt eines Kalbs geholfen und gemeinsam mit ihm das Junge zur Welt gebracht.«

»Und das haben Sie ihm geglaubt.«

»Warum denn nicht? Nachbarn sind füreinander da. Er hatte schon immer ein gutes Händchen mit Tieren. Und von dem Motorrad weiß ich nichts. Ich schlief schon, als er in dieser Nacht nach Hause kam, und ich bin diejenige« – hier hielt sie ihren Zeigefinger auf die Brust –, »die das Beet hergerichtet hat. Ich werde Grünkohl, Kohl und Rosenkohl anpflanzen. Mein Vater hat nie einen Fuß in meinen Gemüsegarten gesetzt. Das war mein Fleckchen Erde.« Sie schaute ihn entrüstet an und zeigte immer noch auf sich.

»Mamma.« Laura griff nach der Hand ihrer Mutter und drückte sie ihr sanft in den Schoß.

»Hatten Sie denn nicht Ihren Vater in Verdacht, als Cesares Leiche gefunden wurde?«

»Nein. Ich habe mir Sorgen um Laura gemacht. All die Jahre hatten wir ihr die Schuld an Gabis Tod gegeben, und jetzt wusste sie, dass Cesare für ihn verantwortlich war.«

Laura umklammerte beide Hände ihrer Mutter. »Ich habe ihm verziehen, Mamma. Das habe ich dir doch gesagt. Er ist ja nicht absichtlich gegen Gabis Auto gefahren. Er war müde; ihm waren die Augen zugefallen. Er hat seine Schuld genauso lange erduldet wie ich die meine. Ich habe ihm verziehen.«

Signora Benati entzog ihr ihre Hände und richtete sich gerade auf. »Dann bist du ein besserer Mensch als ich.«

»Nein, bin ich nicht.«

»Und Sie, Laura?«, fragte Perillo. »Sie müssen doch Ihren Großvater verdächtigt haben.«

»Mrs Barron, ein Hotelgast, eine Engländerin, die an der Bar war, als Cesare das Tablett mit den Drinks fallen ließ, sagte etwas, das mich zur Annahme führte, Signor Reni hätte Cesare umgebracht.«

»Und als dieser Verdacht ausgeräumt war?«

Laura schaute zu Daniele hinüber. Er versuchte, ihrem Blick auszuweichen. Sie verdankte ihm ihre Freiheit und schenkte ihm ein Lächeln, um ihm ihre Dankbarkeit zu bekunden. Sie wünschte, sie könnte sich erkenntlich zeigen. »Da dachte ich, mein Großvater könnte es vielleicht gewesen sein.«

»Sie hätten uns Ihren Verdacht mitteilen müssen«, sagte Perillo. »Ich könnte Sie noch nachträglich wegen Begünstigung anklagen.«

»Ich hatte doch keinen Beweis.«

»Wir hätten den Beweis gefunden.« Perillo schaute ihr prüfend ins Gesicht. Er erkannte darin keine Gefühlsregung; sie wirkte gefasst. »Wollen Sie damit sagen, Sie wären bereit gewesen, für einen Großvater ins Gefängnis zu gehen, der Sie so schändlich behandelt hat?«

Laura blickte wieder zu Daniele hinüber. Er sah sie mitfühlend an. Sie wandte sich wieder Perillo zu. Der betrachtete sie nur ungläubig. »Ich weiß es nicht, Maresciallo. Familie ist nun mal eine komplizierte Angelegenheit.«

Perillo lehnte sich in seinem Stuhl zurück und studierte ausgiebig die Kratzspuren auf seinem Schreibtisch. Als Teenager hatte ihm ein verständnisvoller Carabiniere ein Heim geboten, anstatt ihn zu verhaften, und so seinem Leben auf der Straße ein Ende bereitet. Er hatte Glück gehabt. Er könnte Laura anzeigen, aber wem sollte das nutzen? Gualtieri würde nie wieder morden. Sie hatte genug durchgemacht. Außerdem würde es ihm Daniele nie verzeihen.

»Ende der Vernehmung.«

Danieles Herz setzte einmal aus, als er die Uhrzeit nannte und das Gerät abschaltete.

Perillo erhob sich von seinem Stuhl. »Signora, Signorina, Sie dürfen gehen.«

Hand in Hand verließen die beiden Frauen das Büro.

Perillo zog seine Lederjacke von der Stuhllehne. »Komm, Dani, Kaffee und Orangensaft erwarten uns. Und eine Zigarette. Ich denke, ich habe mir eine verdient.«

Im Stillen gab Daniele ihm recht.

SIEBZEHN

Die Jubiläumsparty war schon in vollem Gange, als Nico und OneWag zu der großen Piazza von Gravigna kamen. Über der weit offenen Tür des Cafés hing eine halbkreisförmige Girlande mit Lämpchen und Luftballons in den Farben des Regenbogens. Ein Lautsprecher, der neben dem Eingang aufgebaut war, beschallte die Piazza mit Lady Gagas »Always Remember Us This Way«.

Überall schlenderten Leute umher, begrüßten einander, plauderten, ließen sich die Antipasti schmecken, tranken Prosecco und gingen ins Café und kamen wieder heraus. Kinder spielten Fangen oder schleckten Eis.

Höchste Zeit, die vergangenen zehn Jahre, seit Sandro und Jimmy die Bar All'Angelo übernommen und betrieben hatten, mit einem fröhlichen Fest zu begehen, dachte Nico. Schon lange hatte sich Nico nicht mehr so wohl gefühlt wie jetzt. Nelli war wieder ein Teil seines Lebens. Die Mordfälle waren aufgeklärt. Der Tag war warm und sonnig gewesen. Jetzt, um fünf Uhr nachmittags, versank die Sonne im Westen. Das intensive Blau des Himmels verblasste, aber die alten Laternen hatten die Beleuchtung übernommen, unterstützt von Lichterketten, die von einer Laterne zur nächsten die Piazza umgaben.

»Ciao, Nico«, rief Luciana und winkte ihm zu. Sie saß auf einer Bank und schunkelte zur Musik; das gewohnte schwarze Zeltkleid hatte sie heute durch ein anderes, bunt-fröhliches ersetzt. »Wir feiern.« Sie hatte den Arm um die Schulter ihres Mannes gelegt. Enrico grüßte mit seinem Rotweinglas.

Auf einer anderen Bank hoben auch Gustavo und seine Freunde ihre Rotweingläser. »Alla salute«, riefen sie im Chor.

»Und auf Ihrs!«, erwiderte Nico. »Ich muss mir auch einen Wein holen.« Er ging weiter. OneWag trottete davon, um all die Hunde zu begrüßen, die in Begleitung ihrer Besitzer erschienen waren.

Jemand fuchtelte mit einer Zeitung vor Nicos Gesicht herum, sodass er stehenblieb. »Haben Sie das gesehen, Nico, ja?« Beppe strahlte vor Glück. »Ich stehe im *Chianti Sette.* Hier auf der fünften Seite.« Er schaute von der Zeitung auf und zitierte aus dem Kopf: »›Beppe Fantoni, Gestalter des lokalen Nachrichtenblogs InfoBeppe, trug entscheidend dazu bei, dass Maresciallo Salvatore Perillo die Mordfälle lösen konnte‹, und so weiter und so weiter, ›indem er gemeinsam mit Domenico Doyle, einem amerikanischen Einwohner Gravignas, die verschollene Ducati fand.‹«

»Ich hab's gelesen, Beppe. Gratuliere.«

»Hundertzweiundzwanzig neue Abonnenten habe ich über Nacht bekommen. Es werden bestimmt noch eine Menge mehr, was meinen Sie?«

»Ganz sicher.« Hinter den offenen Fenstertüren des Cafés erspähte Nico einen grauen Bart. »Entschuldige mich, Beppe. Ich muss weiter.« Er eilte davon.

»Da bist du ja«, sagte Nelli, die ihm aus dem Café mit einer Espressotasse voll Oliven entgegenkam. Als sie vor ihm stand, stellte sie sich auf die Zehenspitzen und küsste ihn leicht auf den Mund. »Gogol hat schon nach dir gefragt. Und Jimmy auch, und Sandro.«

»Du nicht?« Er sah, wie sich ihre Lippen zu einem Lächeln formten.

»Noch nicht.« Sie fütterte ihm eine Olive.

Er kaute. »Hübsch siehst du aus.« Sie trug ein tief türkises Top mit rundem Halsausschnitt über weiten dunkelgrünen Hosen, ein Ensemble, das ihr wesentlich besser stand als die übergroßen Hemden und farbbekleckten Jeans, in denen er sie gewöhnlich antraf. »Und kein Terpentingeruch.«

Nelli knuffte ihn sanft in den Arm. »Das ist mein Nelli No. 5. Gewöhn dich dran. Ich hatte heute nur noch keine Zeit zum Malen, ich musste den Prosecco für die Party organisieren. Ich konnte den beiden einen dicken Rabatt von einem Weingut nahe Asolo verschaffen und Aldo hat seinen roten Ferriello praktisch zum Selbstkostenpreis zur Verfügung gestellt. Das war sehr großzügig von ihm. Er und Cinzia sind auch drin. Komm, deine Freunde warten auf dich.«

»Auch Perillo?« Er hatte ihn nicht mehr gesprochen, seit der Maresciallo Laura und ihre Mutter gehen ließ, ohne Anzeige zu erstatten.

»Der auch. Und Daniele ist mit Stella da. Was für ein süßes Paar.«

OneWag hatte Nelli entdeckt; er kam angerannt und machte die wildesten Verrenkungen, um sie zu begrüßen. »Ciao, bello mio.« Sie bückte sich und kraulte ihm das Ohr. »Vielleicht ist es keine so gute Idee, ihn mit hereinzunehmen. Da zertrampeln sie ihn.«

Nico nahm OneWag auf den Arm. »Ich halte ihn fest.«

Sie mussten sich mühsam einen Weg ins Café bahnen, wo dichtes Gedränge herrschte. Als die Musik vorübergehend verstummte, vernahm Nico ein Brummen, das wie »amico« klang; er drehte sich um und sah Gogol an seinem Stammplatz vor der Fenstertür sitzen, wie gewohnt in seinen Mantel gehüllt. Elvira saß ihm gegenüber und löste ein Kreuzworträtsel. Die beiden belegten den einzig noch vorhandenen Tisch; alle anderen Tische und Stühle waren weggeräumt, um Platz zu schaffen. Nico beugte sich zu Elvira hinunter und küsste ihr die Wangen.

»Sag deinen Freunden, sie sollen endlich diese Musik abstellen«, grummelte sie. Doch da setzte schon das nächste Lied ein. Nico nickte und wandte sich Gogol zu. »Ciao, amico. Wie geht es dir? Ich habe dich seit heute Morgen nicht mehr gesehen.«

Mit einem schiefen Lächeln präsentierte Gogol ein angebissenes, mit Prosciutto gefülltes Mini-Cornetto. »Auf ›Liebe, die schnell an zarten Herzen haftet‹.«

Nelli beugte sich zu ihm vor und küsste ihn auf die Wange. »Von wegen. Er hat sich ewig Zeit gelassen.« Sie schlüpfte an Nico vorbei und zwängte sich durch die vielen Leiber nach vorn, wo Sandro stand und Eiswaffeln verteilte. Auf der gesamten Länge seines Tresens standen Tassen mit Oliven, Salami- und Caciotta-Häppchen, Schiacciate, Mini-Cornetti, Bruschetta und Obstschalen voll Weintrauben.

»Nico ist hier«, verkündete sie ihm.

»Danke«, sagte Sandro.

Nico erblickte Tilde in einem knallroten Kleid, das sie um Jahre jünger machte, am anderen Ende des Tresens. Sie füllte Prosecco in Sektgläser. Jimmy, der neben ihr saß, reichte sie den Gästen, ebenso Gläser mit Rotwein, den Alba einschenkte.

Nico hob den Arm, um Tilde auf sich aufmerksam zu machen. Die Länge des Raums zu ihr zu durchqueren, hätte heftiges Schieben und Schubsen erfordert.

Tilde schaute auf, sah ihn und klatschte in die Hände. Er klatschte ebenfalls. Da gerade auf voller Lautstärke »Purple Rain« von Prince lief, wäre jeder Versuch, gegen die allgemeine Geräuschkulisse anzuschreien, zum Scheitern verurteilt gewesen. Sie bildete stumm das Wort *Enzo* mit den Lippen und zeigte zu ihm hin. Nico folgte der Richtung, aber sein Blick blieb an seinem Vermieter Aldo hängen. Aldo hob Cinzia hoch, damit sie Nico zuwinken konnte. Nico warf ihr eine Kusshand zu. Enzo blieb unsichtbar. Nico schaute zurück zu Tilde und schüttelte den Kopf. Sie zuckte mit den Schultern und widmete sich wieder dem Füllen der Sektgläser.

Ein Rotweinglas tauchte vor Nico auf – ein hochwillkommener Anblick. Er drehte sich um; Perillo, der mit Ivana vor ihm stand, hielt es ihm hin.

Er küsste Ivana auf die Wangen und beugte sich zu Perillo vor, damit er ihn hören konnte. »Danke. Wo ist Daniele?«

»Er ist mit Stella irgendwo in einer Ecke eingeklemmt. Eigentlich wollte er gehen, aber Sandro bat ihn zu warten, bis Sie kommen. Mich auch. Jetzt sind Sie da und wir können unsere Drinks endlich draußen genießen.«

Nelli trat von hinten an sie heran. »Das geht nicht. Sandro will eine Rede halten.«

Perillo stöhnte.

»Hör auf, Salva«, schalt ihn Ivana leise und fügte dann etwas freundlicher hinzu: »Wir müssen ihnen doch erst noch zuprosten.«

Princes Gesang brach jäh ab. Sandro klatschte in die Hände und bat um Aufmerksamkeit. OneWag bellte. Alle verstummten, auch OneWag. »Danke, Rocco. Ab jetzt bekommst du bei jedem Besuch ein Cornetto vom Vortag.«

»Falls noch welche übrig sind«, fügte Jimmy hinzu, was vereinzelt Heiterkeit erzeugte.

»Immer muss er das letzte Wort haben.«

Nico sah, wie Sandro jetzt den Raum beherrschte, weil er sich hinter dem Tresen auf einen Stuhl gestellt hatte.

»Liebe Freunde, wir danken euch, dass ihr gekommen seid, um mit uns die zehn Jahre zu feiern, in denen wir Besitzer der Bar All'Angolo sind. Jimmy und ich fühlen uns geehrt und glücklich, dass wir euch in all den Jahren bedienen durften. Jimmy, komm her zu mir.«

»Ich würde ja gern, aber ich stecke hier fest!« Bei der leisesten Bewegung lief er Gefahr, entweder Gläser zu zerschlagen oder Essen auf dem Boden zu verteilen.

»Na, dann komme ich eben zu dir.« Sandro stieg vom Stuhl, trug ihn zum Ende des Tresens und schaute auf seinen Partner. Jimmy schaute zu ihm hoch. »Jimmy, ich war in letzter Zeit nicht gerade der beste Ehemann aller Zeiten. Ich möchte dich vor all diesen wunderbaren Menschen um Verzeihung bitten. Ich liebe dich. Du machst mich sehr glücklich.«

Irgendwo in der Menge drückte Daniele Stellas Hand.

Jimmy zwinkerte den Anwesenden zu. »Natürlich mache ich ihn glücklich. Ich schwitze wie ein Affe am Backofen und an der Espressomaschine, während er kalt lächelnd das Geld einstreicht.«

Alles lachte.

»Ich liebe ihn auch, und ich liebe euch alle, solange ihr weiter meine Cornetti kauft und mir sagt, wie fantastisch sie euch schmecken.«

Wieder Gelächter. Nico klatschte laut und ließ beinahe OneWag fallen. Nelli nahm ihm den Hund ab und drückte ihn sich fest an die Brust.

»Aber reden wir nicht mehr von uns«, sagte Sandro und nahm das Glas Prosecco entgegen, das Jimmy ihm hinhielt. »Ich möchte unseren hervorragenden Maresciallo Perillo, Brigadiere Donato und unseren ganz besonderen Gravigneser, Nico Doyle, dafür danken, dass es ihnen ein weiteres Mal gelungen ist, den Täter zu fassen. Sie lassen uns nie im Stich. Wir können wieder ruhig schlafen.«

»Vorläufig«, sagte jemand, der sofort von allen Seiten ausgezischt wurde. Die Leute klatschten Beifall, und Dankesbekundungen wurden laut. Perillo erhielt mehrmals einen anerkennenden Klapps auf die Schulter. Daniele errötete vor Stolz.

»Bevor wir das Glas auf uns, die wackeren Gravignesi, erheben, möchten einige der hier anwesenden Männer Nico nur eine einzige Frage stellen. Haben Sie was dagegen, Nico?«

»Das kommt auf die Frage an.«

»War die Ducati wirklich im Gemüsegarten vergraben?«

»Nein, war sie nicht.«

»Ich hab's ja gewusst!«, rief Gino. Er war ein großer Mann mit einem buschigen Schnurrbart, der aus der Menge hervorragte und dessen Leibesumfang verriet, dass auch er die Speisen zu schätzen wusste, die er in seiner Trattoria anbot. »Nie und nimmer hätte Gualtieri in seinem Alter noch die Kraft gehabt, ein Loch zu graben, das tief genug gewesen wäre. Also, wo war sie?«

»Ich hatte denselben Gedanken wie Sie, Gino«, sagte Nico. »Oder vielleicht war ich einfach zu faul. Jedenfalls fand ich, dass Beppe und ich uns erst einmal umsehen sollten, bevor wir anfingen zu graben. Das Erste, auf das wir stießen, war ein Kaninchen, dem mein Hund sofort hinterherjagte.«

Jemand buhte.

»Nein, Rocco hat gut gehandelt.« OneWags hektisches Bellen hatte ihn zu einem großen U-förmigen Holzstapel an der rückwärtigen Holzwand geführt. »Das verfolgte Kaninchen musste sich nämlich schnell ein Versteck suchen.« Als er sich bückte, um OneWag wegzuziehen, sah er in der kleinen Öffnung zwischen den Scheiten etwas Helles aufblitzen. Nachdem er mit Beppe nur wenige Hölzer beiseitegeräumt hatte, war da der Seitenspiegel der Ducati, der das Sonnenlicht zurückwarf. Beppe hatte vor Freude einen Luftsprung gemacht.

»Die Ducati und das Kaninchen haben sich hinter einem Stapel Feuerholz versteckt.«

»Ist das Kaninchen davongekommen?«, fragte eine Kinderstimme.

»Es ist losgesaust wie der Blitz. Rocco hat mir immer noch nicht verziehen.«

Die Leute applaudierten. Jemand rief: »Evviva!« und »Bravo, Rocco!«.

OneWag spitzte die Ohren.

»Danke, Nico«, sagte Gino. »Ich habe gerade zwanzig Euro gewonnen. Sie dürfen sich jederzeit ein Gericht bei Gino bestellen. Bringen Sie Nelli und Rocco mit.«

Ein Mann neben Nico, den er als Lehrer an der Mittelschule erkannte, hielt ihm die Hand hin. »Ich hoffe, Sie haben vor, bei uns zu bleiben.«

Nico schüttelte ihm die Hand. »Gravigna ist jetzt meine Heimat.«

»Freut mich zu hören.«

»Wir freuen uns alle«, sagte Nelli im Stillen und drückte OneWag sanft.

»Und jetzt«, sagte Sandro so laut, dass das Geschnatter, das wieder eingesetzt hatte, schnell verstummte, »erheben wir bitte unser Glas auf Gravigna und alle Gravignesi.«

OneWag hob den Kopf und jaulte.

DANKSAGUNG

Wieder einmal hielt mich COVID-19 von meinen Freunden im Chianti fern, aber sie waren trotzdem bei mir, als ich diese dritte Geschichte schrieb. Das Internet sorgte dafür, dass wir uns nahe bleiben konnten. Tausend *grazie* gehen an Lara Beccatini, Ioletta Como und Andrea Sommaruga für ihre Freundschaft. Dem inzwischen pensionierten Maresciallo Giovanni Serra, der nach wie vor meine Fragen virtuell beantwortet, bin ich zu ewigem Dank verpflichtet. Mir fehlen die Freunde in Panzano, die ich beim Schreiben dieser Serie dazugewonnen habe. Ihnen allen wünsche ich Gesundheit und hoffe, sie sehr bald wiedersehen zu können.

In New York danke ich Barbara Lane für ihr unbestechliches Auge. Kein Tippfehler, kein falsch gesetztes Komma wird ihr je entgehen. Meine hervorragende neue Lektorin, Yezanira Venecia, hat meine mitunter holperige Prosa ausgebügelt. Die Pressereferentin Alexa Wejko ist immer toll, wenn es darum geht, die Kunde zu verbreiten. Mein Dank ihnen allen.

Und meinem ersten Leser, meinem wunderbaren Ehemann Stuart, bin ich dankbar für seine Liebe und Geduld.

NACHBEMERKUNG DER ÜBERSETZERIN

Gogols Zitate aus Dante Alighieris *Divina Commedia/Göttlicher Komödie* sind den deutschen Übersetzungen von Karl Streckfuß, Carlos Witte, Philaletes, Otto Gildemeister, Richard Zoozmann und Friedrich von Falkenhausen entnommen – je nachdem, welche sich am geschmeidigsten in den Kontext fügte. Das schöne Wort »Rentnerquartett« verdanke ich Uta Botsching, die *Toskanische Vergeltung* übersetzte. Ein besonders herzlicher Dank geht an Gerhard Will für seine fachkundige Unterstützung dieser Arbeit.

Ruth Keen

VERZEICHNIS DER HANDELNDEN PERSONEN

Nico Doyle – pensionierter amerikanischer Kriminalkommissar, jetzt in Gravigna beheimatet
Salvatore Perillo – Maresciallo der Carabinieri von Greve-in-Chianti, Nicos Freund
Daniele Donato – ständig errötender venezianischer Brigadiere und Perillos rechte Hand
OneWag – von Nico adoptierter Hund, hört auch auf den Namen Rocco

Rita Doyle – Nicos verstorbene Ehefrau, begraben auf dem Friedhof von Gravigna

Vince – Kaugummi kauender Brigadiere des Carabinieri-Reviers von Greve
Dino – wortkarger Brigadiere im Carabinieri-Revier von Greve

Laura Benati – schuldgeplagte Geschäftsführerin des Hotels Bella Vista
Cesare Rinaldi – Barkeeper des Hotels, der sich über seine Vergangenheit in Schweigen hüllte
Stella Morelli – mit Daniele befreundete Kunstexpertin; Tochter von Tilde und Enzo
Elvira Morelli – grantige Witwe und Eigentümerin des Restaurants Sotto Il Fico
Tilde Morelli – Ritas Kusine und um Nico besorgte Köchin des Restaurants
Sandro Ventini – Mitbesitzer der Bar All'Angolo
Jimmy Lando – Cornettobäcker, Mitbesitzer der Bar All'Angolo und Sandros Ehemann

Gogol – Nicos Dante zitierender Freund, der sich weder von seinem Mantel noch von seinem Kölnischwasser je trennen wird

Luciana – Eigentümerin der Blumenhandlung von Gravigna; verteilt gern Umarmungen

Alba – Albanierin mit Hüftschwung, Kellnerin im Sotto Il Fico

Nelli Corsi – Künstlerin, deren Geduld mit Nico am Ende ist

Pietro Rinaldi – Cesares wütender Neffe

Giovanni Sant'Angelo – Betreiber eines Cafés an der Straßenbahnstation Villa Costanza

Miremba – Barista im Villa-Costanza-Café, die einen Zeitrahmen liefert

Aldo Ferri – Eigentümer der Ferriello-Weingüter und Nicos Vermieter

Oreste – Friseur von Gravigna

Gustavo – halsstarriger Ruheständler, Anführer des Rentnerquartetts

Ettore – das friedliche Mitglied des Rentnerquartetts

Simone – ein unter Magengeschwüren leidendes Mitglied des Rentnerquartetts

Pippo – jüngstes Mitglied im Rentnerquartett

Gino – Besitzer der Trattoria Da Gino; stellt die letzte Frage

Enrico – Besitzer der Salumeria des Orts und Lucianas besorgter Ehemann

Beppe – ewig scharf auf Nachrichten für seinen BeppeInfo-Blog

Tino – Sohn des Metzgers

Enzo Morelli – Elviras pflichtgetreuer Sohn und Tildes liebender Ehemann

Nardo – Gemüsehändler in Panzano, der ein wichtiges »*Pling*« vernimmt

Mrs Barron – englischer Hotelgast mit einer eigenen Sicht auf die Ereignisse

Cinzia Ferri – Aldos Ehefrau, die von Cesare fasziniert ist

Arben – albanischer Manager der Ferriello-Weingüter

Carla Benati – Lauras trauernde Mutter
Duccio Gualtieri – Lauras verbitterter Großvater
Mattia Gennari – Cesares Querflöte spielender Nachbar
Ida Crivelli – geschwätzige Haushälterin in Montagliari
Dottor Eugenio Vittori – Stammgast im Hotel Bella Vista, der eine Veränderung sucht
Angela – Eigentümerin des Restaurants Da Angela in Lucarelli
Betta – stolze Köchin und Angelas Mutter
Ivana Perillo – schicksalsergebene Ehefrau des Maresciallo und Fan von *Montalbano*
Nadia – Lauras Assistentin im Hotel
Riccardo Della Langhe – Stellvertretender Staatsanwalt in Florenz
Barbara – seine Sekretärin
Signora Lucchetti – verwitwete Besitzerin des Hotels Bella Vista
Sirio Reni – Dottor Vittoris Gast, auf der Suche nach Investoren
Nanni Gezzi – ein alter Mann, der eine unerwartete Entdeckung macht
Carletta – Ginos Tochter
Renzino – junger Mann, der in der Bar neben dem Greve-Revier bedient
Maresciallo Sanna – arbeitet im Carabinieri-Revier in San Casciano
Don Alfonso – ein Priester

NF 534/1/3.22

»Ein toskanisches Feuerwerk voll alter Lust und neuer Liebe.«
Martin Walker

Ein Jahr ist vergangen, seitdem der Ex-Polizist Nico Doyle ins idyllische Gravigna in der Toskana gezogen ist. Er hat sich eingelebt, hilft im Restaurant seiner Verwandten, pflegt sein Gemüsebeet, streift mit seinem Hund durch die Weinberge und isst Cornetto in der Bar All'Angolo. Ein mitten auf der Piazza geparkter Jaguar sorgt für Gesprächsstoff: Michele Mantelli, ein bekannter Weinkritiker, ist in eine handfeste Auseinandersetzung mit Nicos Freund Aldo Ferri geraten. Ein harmloser Streit unter Konkurrenten? Oder geht es um mehr?
Als Mantelli mit seinem Sportwagen tödlich verunglückt, gerät Aldo unter Verdacht – und Nico wieder mitten in einen Mordfall …

»Packende Lektüre voller Kulinarik und Charme.« *New York Journal of Books*

Camilla Trinchieri, Toskanische Vergeltung. Kriminalroman. Aus dem amerikanischen Englisch von Uta Botsching. insel taschenbuch 4916. ca. 372 Seiten. Auch als eBook erhältlich

NF 578/1/4.23

NF 543/1/4.22